D1690515

reinhardt

LANGE SCHATTEN

ROLF VON SIEBENTHAL

Friedrich Reinhardt Verlag

Alle Rechte vorbehalten
© 2016 Friedrich Reinhardt Verlag, Basel
Projektleitung: Denise Erb
Layout: Sandra Guggisberg
Umschlaggestaltung: Bernadette Leus,
www.leusgrafikbox.ch
Titelbild: Collage unter Verwendung
eines Bildes von Fotolia/borisb17
ISBN 978-3-7245-2155-6

www.reinhardt.ch

Für Tobias

1

Mit drei Metern Abstand hinter Bundesrätin Kölliker schritt Emil Luginbühl am Montagmorgen durch die Herrengasse auf das Berner Münster zu. Er beobachtete Fussgänger, Paare beim Einkaufen, Handwerker beim Imbiss. Sein Blick glitt über die Sprossenfenster der historischen Gebäude. Immer wieder kontrollierte er die Lauben auf der linken Seite der Gasse, hinter jedem Pfeiler konnte ein Irrer lauern.

Sechs Kilometer Lauben gab es in der Altstadt, ein sechs Kilometer langer Albtraum für ihn und seine Kollegen vom Bundessicherheitsdienst. Doch Luginbühl hatte Erfahrung. Seit elf Jahren bewachte er Magistraten aus dem In- und Ausland bei privaten oder beruflichen Anlässen.

Bundesrätin Kölliker machte einen Schwenk um einen Brunnen und blieb dann vor der Buchhandlung Weyermann stehen. Sie kramte in einer Bücherkiste.

Automatisch checkte Luginbühl die Umgebung ab – wie so oft zuvor. Zahlreiche Bundesräte hatte er betreut in all den Jahren: Leuenberger, Cortesi und Calmy-Rey zum Beispiel oder Mangold. Manche von ihnen waren schwierig gewesen, andere weniger. Ursula Kölliker gehörte zu den einfachen Kundinnen, deswegen mochte er sie. Die Vorsteherin des Finanzdepartementes zickte nicht herum wie andere.

Herzverstand. Sie drehte das Buch um und las die Beschreibung auf der Rückseite. Im Schaufenster der Buchhandlung lagen ähnliche Titel: Spiritueller Optimismus, Heilsteine. Ob die auch Krimis verkauften? Mit dem Nesbö auf seinem Nachttisch würde Luginbühl bald durch sein. Nach einem Kapitel gestern Abend waren die Buchstaben vor seinen Augen verschwommen. Er musste sich eine stärkere Lesebrille besorgen.

Kölliker legte das Buch in die Kiste und ging weiter.

Eine korpulente Frau um die 40 kam ihnen entgegen: Kopftuch, schwarze Brille, Pflaster auf dem spitzen Kinn. Neben ihr lief ein alter Mann mit dunklem Bart, er trug einen Wollmantel. Bei 25 Grad im Oktober? Das Paar hielt vollgepackte Migros-Taschen in den Händen. Der Alte musterte die Bundesrätin von Kopf bis Fuss, nickte dann aber freundlich beim Näherkommen.

Die Bundesrätin grüsste höflich zurück.

Luginbühl war froh, dass sie die Sicherheitsmassnahmen akzeptierte. Sie meldete Auftritte frühzeitig an und machte keine Extratouren. Da gab es ganz andere Kunden. Herrgott! Cortesi hatte ihn öfter zum Kaffeeholen geschickt. Oder die junge Mangold. Die bestand darauf, alleine Zug oder Bus zu fahren. Volksnähe wollte sie damit demonstrieren. Luginbühl und seinen Kollegen bereitete die Frau schlaflose Nächte. Würde etwas passieren, bliebe es an ihnen hängen.

Schnelle Schritte näherten sich von hinten, harte Absätze trafen auf das Kopfsteinpflaster. Mit einem Ruck drehte sich Luginbühl um. Eine junge Frau mit Kinderwagen kam auf ihn zu, überholte, schaute weder nach links noch nach rechts. Luginbühl reckte den Kopf. Im Wagen schlief ein Baby.

Das wäre auch ein alter Trick gewesen. Dennoch liess sich nicht alles vorhersehen. Wie die Grossmutter vor drei Wochen. In Lausanne hatte sie sich dem Bundespräsidenten verzweifelt an den Hals geworfen, weil ein Gauner sie mit dem Enkeltrick um ihre Ersparnisse gebracht hatte. Wenn die ein Messer gehabt hätte …

«Emil, wo seid ihr?» Lukas aus der Einsatzzentrale meldete sich in seinem Ohrhörer.

«Herrengasse, gleich beim Münster», sagte Luginbühl in das kleine Mikrofon am Jackettkragen.

«Verstanden.»

Zwei Schritte vor Luginbühl bog die Bundesrätin auf den Münsterplatz ein. Vor ihnen ragte der 100 Meter hohe Turm auf. Als sie am Portal vorbeigingen, bewunderte Luginbühl kurz die Figuren über dem Eingang. Das Jüngste Gericht.

Genau so hatte Abteilungsleiter Meyer die letzte Besprechung inszeniert. Loswerden wollte der ihn.

Nächstes Jahr könntest du in Pension gehen und deine Hobbys pflegen.

Der konnte ihn kreuzweise. Mit 59 fühlte sich Luginbühl gesund wie ein Ochse, in den letzten 20 Jahren war er keinen Tag krank gewesen. Doch Meyer hatte sich davon nicht beeindrucken lassen. Falls der ihn wirklich abschoss, würde Luginbühl wenigstens finanziell nicht darben. Er hatte vorgesorgt.

Mit zügigen Schritten marschierte Kölliker über das Kopfsteinpflaster, er folgte ihr auf dem Fuss. Drei Schüler kickten sich einen Tennisball zu, er hoppelte über den weitläufigen Platz. Ihre Kollegen hatten sich zum Znüni vor dem vergitterten Portal niedergelassen.

Die Bundesrätin bog um die Ecke, sie kamen in die Münstergasse. 20 Meter vor ihnen, an der Aussenmauer des Münsters, lehnte ein junger Kerl. Kurze schwarze Haare unter einer Baseballmütze, verspiegelte Sonnenbrille, Lederjacke. In der linken Hand hielt er eine Zigarette, die rechte steckte in der Jackentasche. Der Bursche stiess sich von der Mauer ab, kam auf die Bundesrätin zu. Er lächelte breit. Zu breit.

Zwei Meter vor Luginbühl schritt Kölliker durch die Gasse, sie hielt den Kopf gesenkt und sah den Kerl nicht kommen.

Luginbühl spürte ein Kribbeln im Nacken. Mit raschen Schritten überholte er die Bundesrätin und bildete ein Schutzschild zum Burschen.

Der hielt geradewegs auf sie zu. Und, verdammt, die Hand steckte immer noch in der Jacke.

Luginbühl griff nach der Pistole im Halfter unter seinem Jackett.

Der Kerl liess die Zigarette auf das Pflaster fallen, zog die rechte Hand aus der Jacke, streckte sie vor. «Hoi, Tante Ursi.» Die Hand war leer.

«Alles in Ordnung, Herr Luginbühl», sagte Kölliker. Sie kam um ihn herum, ging auf den Burschen zu, übersah dessen ausgestreckte Hand und umarmte ihn. «Mark, schön, dass ich dich auch wieder mal sehe.» Sie hielt ihn auf Armeslänge fest. «Wie läuft es denn zu Hause?» Der Bursche zuckte mit den Schultern. «Ach, wie immer. Mami macht voll Stress wegen meiner Lehre. Sie will, dass ...»

Luginbühl atmete auf. Diskret zog er sich ein paar Schritte zurück.

Eine Touristengruppe schlenderte vorbei, mit lauter Stimme erzählte die Reiseleiterin von der Grundsteinlegung des Münsters im Jahr 1421. Vier Lieferwagen standen vor den Lauben der Münstergasse in einer Reihe, ein fünfter quer dahinter an der Mauer des Münsters. Unablässig restaurierten Handwerker den alten Bau, sonst würde der früher oder später zusammenkrachen. Luginbühl schaute hoch zum Turm, den ein Metallgerüst verschandelte.

Nochmals umarmte Kölliker ihren Neffen, dann strebte sie weiter durch die Münstergasse und schwenkte in die Lauben der Junkerngasse ein. Ihre Stiefelabsätze klapperten auf den Steinplatten. Luginbühl beschleunigte seinen Schritt, bis er auf gleicher Höhe mit der Bundesrätin war. In 50 Meter Entfernung entdeckte er Urs, der vor dem Von-Wattenwyl-Haus Wache stand. Der Kumpel kam ihm gerade recht. Nach dem Sieg der Berner Young Boys gegen den FC Thun konnte Luginbühl gleich die Wettschulden eintreiben. Mit den zehn Franken würde er sich eine feine Bratwurst gönnen.

Sie gingen auf das dunkelbraune Eingangsportal des Patrizierhauses zu, das der Bundesrat für Sitzungen und Empfänge nutzte. Luginbühl grinste Urs an, rieb vor seiner Nase den rechten Daumen und den Zeigefinger aneinander. Neben ihm knöpfte Ursula Kölliker ihren Mantel auf.

Urs nickte ihnen zu, öffnete einen Flügel der Eingangstür.

In dem Moment fühlte Luginbühl einen harten Stoss im Rücken, es krachte in der Junkerngasse – ganz klar ein Gewehr, ein grosses Kaliber.

Die Bundesrätin schrie auf, mit einer Hand bedeckte sie den aufgerissenen Mund, Blutspritzer sprenkelten ihr Gesicht. Und sie deutete auf seine Brust.

Luginbühl schaute an sich herab, sah sein Hemd rot werden, spürte einen irren Schmerz.

Dann wurde alles schwarz.

2

Vor dem Münster trat Alex Vanzetti hart auf die Bremse des Skodas. Es war ihm egal, dass die Reifen quietschten. Eine Armada von Einsatzfahrzeugen verstellte den Platz, und es schien Vanzetti, als ob sämtliche Polizisten des Kantons Bern zum Tatort gerast waren. Auch er hatte nicht gezögert, als der Alarm über Funk gekommen war.

Vanzetti sprang aus seinem Dienstwagen und schlängelte sich zwischen Krankenwagen und Patrouillenfahrzeugen durch. Maledetto, die Journalisten waren ihm zuvorgekommen. Unten vor der Junkerngasse entdeckte er eine Horde Reporter, Fotoapparate und Videokameras im Anschlag, Mikrofone am Mund. Durch ihre Mitte musste er sich einen Weg bahnen, bis er vor einem rot-weissen Absperrband stand. Er hob es hoch.

«Hier ist gesperrt.» Ein Polizist mit Bürstenschnitt und dunkelblauer Uniform stellte sich in seinen Weg.

«Vanzetti, Bundeskriminalpolizei, Abteilung Staatsschutz.» Er hielt dem Mann seinen Ausweis vor die Nase.

«BKP, soso.» Der Polizist verzog das Gesicht, als stünde er in einem Haufen Hundedreck. «Okay.» Mit dem Daumen wies er über seine Schulter.

Vanzetti ignorierte die Fragen der Journalisten, schlüpfte unter dem Band hindurch und marschierte durch die Lauben auf das Von-Wattenwyl-Haus zu. Die Techniker der Berner Kantonspolizei hatten über dem Tatort ein Zelt aufgebaut, zwei Männer in weissen Schutzanzügen suchten den Boden in der Gasse ab. Ihre Kollegin hantierte an einem 3-D-Oberflächenscanner, der einem Gettoblaster ähnelte. Durch eine Lücke im Zugang zum weissen Zelt sah Vanzetti Halbschuhe, Socken und Hosenbeine, alles schwarz. Das Opfer musste auf dem Bauch liegen.

Ein paar Meter neben dem Zelt sass ein Mann auf einer breiten Steinmauer und lehnte mit dem Rücken gegen einen Pfeiler der Laube. Seine Arme lagen überkreuzt auf den hochgezogenen Knien, die Stirn ruhte auf den Unterarmen. Blutrote Striemen verliefen über seine Hände und das weisse Hemd.

Vanzetti trat auf ihn zu. «Sind Sie verletzt?»

Der Mann hob den Kopf, seine Schläfen waren grau. «Nein.» Rote Tropfen sprenkelten sein Gesicht. «Ich wollte ihn retten … Emil … mit Herzmassage.»

Vanzetti zeigte seinen Ausweis und deutete zum Zelt. «Hat es Ihren Kollegen erwischt?»

Er nickte. «Emil Luginbühl.»

Den hatte Vanzetti gekannt, vor Jahren war er in irgendeinem Lehrgang bei Feldweibel Luginbühl gewesen. «Wie heissen Sie?»

«Urs Jost.»

«Wen hat Luginbühl begleitet, Herr Jost?»

«Bundesrätin Kölliker. Sie wollte hier an eine Sitzung.» Mit einer Kopfbewegung wies er die Lauben hinunter.

«Ist sie verletzt?»

«Nein, ich glaube nicht.»

Vanzetti fing seinen Blick auf. «Wo ist die Bundesrätin?»

Jost strich sich mit dem Handrücken über die Stirn. «Sie ist noch drin, im Haus.»

«Gehen Sie nicht weg, Jost.» Vanzetti wich in die Gasse aus, schritt um das Zelt herum und steuerte auf den Eingang des Von-Wattenwyl-Hauses zu. Vor dem zweiflügeligen Portal stand ein Wachtmeister der Kantonspolizei, auf seinem Namensschild stand *P. Tschanz*.

«Wachtmeister Tschanz, ich bin Alex Vanzetti von der Bundeskriminalpolizei.»

«Ich weiss, wer Sie sind», sagte Tschanz. «Sie sind der Kerl, der …»

«Sparen Sie sich den Atem, Wachtmeister.» Vanzetti hielt eine Hand hoch. «Hören Sie mir genau zu. Bundesrätin Kölliker befindet sich im Haus hinter Ihnen. Ich will, dass Sie reingehen, sich neben sie stellen und nicht mehr aus den Augen lassen.»

«Von Ihnen muss ich keine Befehle entgegennehmen.»

Jetzt ging das schon wieder los. Doch auf eine Diskussion über Zuständigkeiten würde sich Vanzetti diesmal nicht einlassen. Er hielt Tschanz seinen Zeigefinger vor die Nase. «Sie gehen jetzt da rein, Tschanz, und passen auf die Bundesrätin auf. Falls die Frau das Gebäude verlassen will, dann verhindern Sie es. Es ist mir egal, wie Sie das anstellen. Bundesrätin Kölliker bleibt dort drin, haben Sie verstanden? Wenn ihr etwas zustösst, werde ich Sie persönlich dafür verantwortlich machen. Ist das klar, Wachtmeister?»

Die Muskeln am Kiefer von Tschanz zuckten. Doch dann quittierte er den Befehl mit einem leichten Nicken und verschwand im Innern des Hauses.

Neben der Eingangstür kniete ein Kriminaltechniker vor einem Spurensicherungskoffer und holte einen Pinsel heraus. Vanzetti entdeckte eine Packung Feuchttücher im Koffer. «Darf ich?»

Der Mann im Schutzanzug nickte, eine hellblaue Maske bedeckte Mund und Nase.

Mit ein paar Feuchttüchern in der Hand ging Vanzetti um das Tatortzelt herum zurück zu Jost, der noch immer an den Laubenbogen gelehnt dasass. Er hielt sie ihm hin. «Ihr Gesicht ist voller Blut.»

Jost nickte dankbar und griff nach den Tüchlein.

Vanzetti setzte sich auf die Mauer. «Erzählen Sie mir, was passiert ist.»

Jost wischte sich das Blut von Stirn und Wangen. «Alles ging so verflucht schnell. Emil kam mit der Bundesrätin vom Münster her auf mich zu. Ich machte ihnen gerade die Tür auf, da hörte ich einen lauten Knall. Emil machte ein Gesicht ... nie im Leben werde ich das vergessen. Dann sackte er zusammen. Ich habe die Bundesrätin ins Haus gestossen, meine Kollegen drin haben den Alarm ausgelöst. Dann habe ich mich um Emil gekümmert.» Er legte ein rotgefärbtes Feuchttüchlein auf die Mauer.

«Haben Sie eine Ahnung, woher der Schuss kam?»

Jost schüttelte den Kopf.

Mit den Augen suchte Vanzetti die Gasse ab. Sie war etwa zehn Meter breit, Lauben mit dicken Pfeilern verliefen auf einer Seite und schränkten die Sicht stark ein. In diesem Teil der Altstadt gab es weniger Geschäfte, Wohnungen und Büros reihten sich aneinander. Ein Stück weiter oben unter den Laubenbogen hindurch konnte Vanzetti das Kopfsteinpflaster der Münstergasse und die Mauer des Münsters erkennen. Er wandte sich wieder Jost zu. «Ich möchte, dass Sie sich von einem Arzt untersuchen lassen. Und dann müssen wir Ihre Aussage aufnehmen. Bleiben Sie hier sitzen.»

Jost nickte.

Erleichtert stellte Vanzetti fest, dass noch kein hohes Tier der Berner Kantonspolizei den Tatort für sich beanspruchte. Er kannte die Typen, schliesslich hatte er selbst neun Jahre für sie gearbeitet. Bestimmt würde es ein Kompetenzgerangel geben. Doch für Bedrohungen gegen Staatspersonen war die Bundeskriminalpolizei zuständig, da gab es nichts zu diskutieren.

Er schritt auf das weisse Zelt zu und schob eine Stoffwand zur Seite. Eine Rechtsmedizinerin mit Schutzanzug und Latex-Handschuhen untersuchte die Leiche, ein Techniker stand über ihr und machte Bilder. Immer wieder erhellten Blitze die weissen Wände.

Luginbühl lag auf dem Bauch. Seine Arme waren ausgebreitet wie bei einem Fallschirmspringer im freien Fall. Das Einschussloch befand sich im Rücken auf der Höhe der Brust, eine Blutlache hatte sich unter dem Körper gebildet. Der Kopf war nach rechts gedreht, die Augen starrten ins Leere.

Die Ärztin entdeckte Vanzetti, schob die Kapuze ihres Overalls zurück und entblösste einen graubraunen Kurzhaarschnitt. «Übernehmen Sie den Fall?», fragte Alice Rudin vom Institut für Rechtsmedizin der Universität Bern. Über die Jahre hatte Vanzetti ihre Professionalität schätzen gelernt.

«Ich weiss es noch nicht. Könnte sein.»

Sie zog den Mundschutz herunter und legte eine Hand auf das Jackett neben das Einschussloch. «Hier ist die Kugel eingedrungen, beim Austritt hat sie die Brust zerfetzt.»

«Ein Teilmantelgeschoss also.»

«Sieht so aus.»

«Und die Waffe?»

«Sehr wahrscheinlich ein Gewehr, der Schuss muss aus einiger Distanz gekommen sein. Genaues weiss ich nach der Untersuchung im Institut.» Sie rückte Mundschutz und Kapuze zurecht und wandte sich wieder ihrer Arbeit zu.

Vanzetti ging in die Hocke und nahm den Anblick des Toten in sich auf. *Jeder Mensch ist ein Abgrund, es schwindelt einem, wenn man hinabsieht.* Wie recht der Schriftsteller Georg Büchner gehabt hatte. Mit seinen 35 Jahren, neun bei der Kantonspolizei Bern, sechs bei der Bundeskriminalpolizei hatte Vanzetti eine Menge Leichen zu Gesicht bekommen. Abgestumpft hatte ihn dies nicht, im Gegenteil. Mit jedem neuen Opfer kehrten die Geister der alten zurück und forderten Gerechtigkeit. Meist hatte Vanzetti ihnen dazu verhelfen können.

Er wandte sich ab, schritt hinaus in die Junkerngasse, holte eine Packung Zigaretten aus der Jackentasche und steckte eine an. Als er den Rauch tief in die Lungen einsog, spürte er sich ruhiger werden. Mit der freien Hand zückte Vanzetti das Mobiltelefon und scrollte durch die Namen des Bundesamtes für Polizei. Er wollte diesen Fall. Und dafür musste er ganz oben anklopfen.

«Vanzetti.» Wachtmeister Tschanz winkte in der offenen Tür des Von-Wattenwyl-Hauses.

«Was ist?» Vanzetti drückte die Zigarette auf dem Kopfsteinpflaster aus und steckte den Stummel in die

Jackentasche. Dann ging er auf den Eingang zu und blieb vor Tschanz stehen.

Der Wachtmeister neigte ihm den Kopf zu und senkte die Stimme. «Die Bundesrätin will wissen, wie lange ich sie hier noch festhalte.»

Eine laute Frauenstimme dröhnte aus dem Innern des Hauses. «… zurück ins Büro, verflucht nochmal. Ich habe wirklich Besseres zu tun, als hier den ganzen Tag …»

Tschanz zog die Tür hinter sich zu. «Sie ist ziemlich angepisst.»

«Sagen Sie ihr, dass ich gleich da sein werde. Fünf Minuten.» Vanzetti hielt das Handy hoch. «Muss zuerst noch mit der Chefin reden.»

Tschanz blies die Wangen auf und stiess Luft aus. «Aber keine Minute länger. Sonst reisst die mir …» Er hielt inne, grinste und hob das Kinn in Richtung Junkerngasse. «Ich glaube, den Anruf können Sie sich sparen.»

Vanzetti drehte den Kopf. Vom Münster her stakste Bundesanwalt Beat Marti durch die Gasse, in seinem Schlepptau folgten die Chefin der Bundeskriminalpolizei, der Berner Kripo-Chef und weitere Anzugträger. Porca miseria!

Vanzetti seufzte und steckte das Handy zurück ins Jackett. Dann straffte er die Schultern und schritt auf die Alphatiere zu.

3

Mit einem Knall fiel die Wohnungstür zu. «Wir sind erledigt!», rief Wahlkampfleiter Markus Rüfenacht.

Diese Reaktion hatte Lucy Eicher erwartet. Sie stand im Wohnzimmer am Stehpult unter dem Dachfenster und machte Häkchen hinter Namen auf einer Sponsorenliste. «Ach, das ist doch bloss ein kleiner Rückschlag.»

«Nein, das ist das Ende.» Markus betrat das Wohnzimmer, warf das Jackett auf das Sofa und lockerte die blaue Krawatte über dem weissen Hemd. «Das Inserat ist heute überall drin: Bund, 20 Minuten, Berner Oberländer, sogar im Blick.» Der kleine, rundliche Mittvierziger liess sich auf das Sofa fallen, das unter seinem Gewicht knarrte. In seiner Hand schwenkte er eine Berner Zeitung.

Lucy nahm auf dem Sessel gegenüber Platz. «Gib mal her.» Sie setzte ihre Lesebrille auf und schaute sich das Inserat nochmals an. Es war gross und teuer: Inlandteil, halbseitig, farbig. Ständerat Viktor Heiniger strahlte vor schneebedeckten Bergen im karierten Flanellhemd, natürlich unter wolkenlosem Himmel. Hinter ihm flatterte die Fahne des Kantons Bern. Der 62-jährige Zahnarzt machte auf Naturbursche und wirkte fast wie ein Jüngling, Photoshop sei Dank.

Für eine selbstbewusste und starke Schweiz prangte in grossen Lettern quer über dem Inserat.

Wir unterstützen Viktor Heiniger, weil er …

… im Kanton Bern geboren und aufgewachsen ist.

Der Text griff ihren Kandidaten an, Oliver Schenk, der aus Basel stammte.

… nicht bloss eine Rolle spielt.

Als Schauspieler hatte der 53-jährige Oli eine ansehnliche Karriere auf der Bühne und im Fernsehen gemacht.

… über langjährige Erfahrung in der Politik verfügt.

Seit nur gerade mal einem Jahr politisierte Oli im Grossen Gemeinderat von Muri.

… einer von uns ist!

Vor 18 Jahren hatte Oli die Tochter eines Thuner Fabrikanten geheiratet, immerhin, aber das machte ihn für die Einheimischen nicht zum echten Berner.

Komitee für die Wiederwahl von Viktor Heiniger

Die folgende Liste mit den Mitgliedern des Komitees las sich wie ein Who's who der Schweizer konservativen Parteien. Lucy legte die Zeitung auf den Tisch. «Könnte schlimmer sein.»

Markus fuhr sich mit der Hand über die Stirnglatze. «Was, bitte schön, könnte schlimmer sein als das?»

«Zum Beispiel ein Foto, das Oli im Bett mit einer Prostituierten zeigt.»

«Haha. Wenigstens dir ist der Humor noch nicht vergangen.»

«Komm schon, Markus. Wir können das viel besser.» Sie legte die Zeitung auf den Couchtisch zwischen ihnen und stand auf. «Möchtest du einen Tee?»

Er winkte ab, legte den Kopf in den Nacken und starrte gegen die Decke.

Der arme Markus, der nahm sich das wirklich zu Herzen. Lucy schritt über das Parkett an ihm vorbei und in den Flur der Wahlkampfzentrale, einer schmucken Vierzimmerwohnung an der Gerberngasse im Mattequartier.

In der Küche stapelte sich Werbematerial in Kartonschachteln an der Wand: Kugelschreiber, Buttons und Pins. Lucy setzte Wasser auf und musterte das Plakat an der Wand über dem Küchentisch. Es brachte Olis braune Augen gut zur Geltung. Das markante Kinn, die spitze Nase und die Locken – eine Mischung aus Burt Lancaster und Hardy Krüger. Mit 71 Jahren stieg Lucys Puls nicht mehr gleich beim Anblick eines schönen Mannes. Doch wenn er so aussah wie Oli …

Auf dem Plakat richtete er den Zeigefinger auf den Betrachter, links neben seinem Gesicht stand der Slogan, den sich Markus ausgedacht hatte: *Sie haben die Wahl!* Ziemlich 08/15, fand Lucy.

Eine befreundete Fotografin hatte das Bild gemacht und Lucy den Job als Medienverantwortliche, Redenschreiberin und Grossmutter für alles vermittelt. Mit ihrer Rente kam sie als ehemalige Journalistin gerade so über die Runden. Da machten 15 000

Franken für drei Monate Arbeit einen grossen Unterschied.

Trotzdem hatte sich Lucy nicht kopflos in das Abenteuer gestürzt. Vor ihrer Zusage hatte sie Oli eine Stunde lang gegrillt und erfreut feststellen dürfen, dass sie wichtige Ansichten teilten: Nein zur Atomenergie, Ja zu einem EU-Beitritt, Ja zur Sterbehilfe. Und dass Oli als Unabhängiger kandidierte, betrachtete sie als Bonus.

Von weither hörten sie den Klang von Sirenen. «Bestimmt hat wieder ein Idiot seinen Koffer vor dem Bundeshaus stehen lassen», sagte Markus aus dem Wohnzimmer.

Lucy öffnete das Fenster. Die Sirenen klangen laut, doch in der Gasse tat sich nichts. Nur vor dem Restaurant Santorini diskutierten drei alte Männer gestenreich miteinander.

Sie füllte ihre Lungen mit frischer Luft. Zweifellos bot Oli gutes Rohmaterial. Politisch noch etwas unbedarft, aber durchaus vielversprechend. Wenn er sich nur nicht gleich den Ständerat zum Ziel gesetzt hätte. Klar, die Kleine Kammer des Schweizer Parlaments brachte ein hohes Ansehen mit sich. Doch zu Beginn seiner Karriere hätte Oli besser das Berner Kantonsparlament angepeilt. Oder den Nationalrat, in dem der Kanton immerhin 25 Sitze besetzen durfte. Doch dafür hätte sich Oli einer Partei mit einer Liste anschliessen müssen.

Das Wasser kochte. Lucy legte einen Beutel Schwarztee in eine Tasse, gab einen halben Löffel Zucker dazu und goss Wasser darüber.

Mit der Tasse in der Hand ging sie zurück ins Wohnzimmer und setzte sich wieder in den Sessel. Markus hatte sich nicht von der Stelle gerührt. Mit dem Bügel ihrer Lesebrille tippte Lucy auf das Inserat. «Wir sollten das positiv sehen.»

Markus hob den Kopf. «Ach ja?»

«Bis jetzt hat uns Heinigers Team ignoriert. Das Inserat zeigt, dass sie uns als Konkurrenz ernst nehmen.» Das war auch an der Zeit, sechs Tage vor den Wahlen. Trotzdem hatte Oli keine echte Chance. Im letzten Wahlbarometer vor einer Woche hatte er unter den acht Kandidaten Rang fünf belegt. Zudem traten die bisherigen Berner Ständeräte erneut an: der konservative Viktor Heiniger und seine linke Kollegin Eva Bärtschi. Beide konnten eine breite Basis mobilisieren und hatten über die Jahre ein grosses Netzwerk aufgebaut. Und sie besassen eine volle Kriegskasse.

«Na, vielen Dank auch.» Markus lehnte sich zurück, das Hemd spannte sich über seinem Bauch. «Und was tun wir jetzt?»

Du bist der Chef, lag Lucy auf der Zunge. Doch sie verkniff sich den Seitenhieb. Rüfenacht war Anwalt und hatte den Job bloss inne, weil er ein alter Freund von Oli war – wie viele andere auch. Im Wahlkampfteam wimmelte es nur so von Bekannten, Verwandten und freiwilligen Helfern. Oli hasste eben die aalglatten Kommunikationsfuzzis. Ein Grund mehr, weshalb Lucy ihn mochte. «Wir müssen zurückschlagen.»

Seine Miene hellte sich auf. «Hast du eine Idee?»

«Wir schalten auch ein Inserat. Übermorgen. Schaffst du das?»

Markus kratzte sich am Kinn. «Klar, kein Problem. Eine halbe Seite, wenn es sein muss. Und Geld für neue Plakate hätten wir auch.»

«Nein, lieber etwas weniger protzig. Wir müssen uns unterscheiden von Heiniger. Dafür aber auf der Frontseite. Dort lesen es mehr Leute. Du kümmerst dich um das Inserat, ich bastle am Text.»

Markus schnalzte mit der Zunge. «Wir könnten auf Heinigers Verbindungen zu den Krankenkassen anspielen.»

Lucy nippte an ihrem Tee. «Gute Idee. Den Angriff wird er noch bereuen.»

An der Haustür klingelte es kurz, dann betrat Nora, die 22-jährige Tochter von Markus, die Wohnung. Die zierliche Germanistikstudentin mit den hellblonden Haaren gehörte ebenfalls zum Wahlkampfteam. Ihre Wangen glühten, sie schien die Treppe hochgerannt zu sein. «Habt ihr gehört? Es gab ein Attentat auf eine Bundesrätin in der Junkerngasse.»

Lucy rutschte beinahe die Tasse aus den Fingern, Tee schwappte über, sie verbrannte sich die Hand.

Mein Gott, die lag ja gleich um die Ecke! «Jetzt hat der Terror auch die Schweiz erreicht.»

4

Der Aristokrat mit der weissen Perücke und dem Stehkragen glotzte düster vom Gemälde an der Wand. Offensichtlich hatte jemand im Sitzungssaal des Von-Wattenwyl-Hauses seinen Tick für Holz ausgelebt: hellbraun getäferte Wände und Decke, Parkettboden, ovaler Eichentisch und passende Stühle. Nur der weisse Kachelofen in der Ecke wirkte deplatziert.

Bundesanwalt Beat Marti hatte entschieden, dass nur ein Grüppchen an der Besprechung teilnehmen sollte. Knapp eine Stunde nach dem Attentat sass Vanzetti mit drei Chefbeamten am Tisch. Marti hatte sich ans Kopfende gesetzt und seine Stellung als Silberrücken markiert. Der hagere Bundesanwalt trug eine neue Titanbrille, war nervös wie immer und schaute in die Runde. «Wir haben viel Arbeit vor uns und wenig Zeit. Herr Vanzetti, Sie waren als einer der Ersten am Tatort. Was wissen Sie zum jetzigen Zeitpunkt?»

Vanzetti sass ihm gegenüber. «Das Opfer heisst Emil Luginbühl, ist 59 Jahre alt, Mitarbeiter des Bundessicherheitsdienstes. In seiner Begleitung befand sich Bundesrätin Kölliker. Sie ist unverletzt, es geht ihr den Umständen entsprechend gut. Herr Luginbühl wurde durch einen Schuss in den Rücken getötet. Die Verletzungen deuten auf ein Teilmantelgeschoss mit grossem Kaliber hin. Bis jetzt gibt es keine Hinweise auf den Täter.»

Links von Marti schnaubte Daniel Pulver, Kripo-Chef der Kantonspolizei Bern. «Tolle Leistung. Haben Sie auch etwas, das wir nicht schon wissen?» Seit Monaten hatte Vanzetti seinen ehemaligen Vorgesetzten nicht mehr zu Gesicht bekommen, inzwischen war er kahl geschoren. Er starrte Vanzetti an.

Ihr Verhältnis war schon immer schwierig gewesen, denn Pulver schmückte sich gerne mit fremden Federn. In den fünf Jahren bei der Berner Kriminalpolizei hatte Vanzetti mehrere knifflige Fälle lösen können. Die Meriten hatte jedoch Pulver eingeheimst, sowohl in den Medien wie auch bei der Regierung. Damit hätte Vanzetti leben können. Doch die Truppe hatte Pulver den Spitznamen «Usain» verliehen – wenn etwas schiefging, machte er sich schneller aus dem Staub als Bolt.

Rechts von Marti räusperte sich Claudia Oppliger, Leiterin der Bundeskriminalpolizei. «Herr Vanzetti hat letztes Jahr einen Lehrgang beim FBI in Quantico besucht. Ich bin sicher, dass er uns eine erste Einschätzung geben kann.» Als etwas übergewichtige Frau mittleren Alters wirkte seine Chefin so fehl am Platz wie der weisse Kachelofen. Mit ihren braunen Locken, der übergrossen Brille und der Strickjacke schien Oppliger auf der Suche nach einem Häkelkurs das falsche Zimmer erwischt zu haben. Vanzetti fragte sich regelmässig, ob sie diesen Look absichtlich pflegte. Denn er verleitete dazu, sie zu unterschätzen. Doch weder er noch sonst jemand würde es wagen, ihr so etwas ins Gesicht zu sagen. Oppliger würde den Rüpel in mundgerechte Stücke schneiden und zum Frühstück verspeisen.

Sie schaute ihn herausfordernd an. Den Lehrgang hatte Vanzetti auf seinen eigenen Wunsch hin besucht, er fühlte sich auf einmal wie ein Schüler bei einer mündlichen Prüfung. «Die amerikanischen Behörden teilen Morde generell in zwei Kategorien ein: organisiert oder chaotisch. Dieser Fall gehört zweifellos in die Kategorie der organisierten Taten. Erkundung, Vorbereitung und Ausführung waren makellos.»

Pulver schüttelte den Kopf. «Blödsinn, dann wäre die Bundesrätin jetzt tot.» Sein Gesicht glich mehr und mehr einer reifen Tomate. Wenn Blicke töten könnten.

Vanzetti nahm es ihm nicht übel. Pulver hatte allen Grund, ihn zu hassen. Der Grund dafür lag sechs Jahre zurück. An einem sonnigen Maitag hatte ein Scheisskerl im Streit um das Sorgerecht seine eigenen Kinder erstochen. Noch heute suchte die Tat Vanzetti in schlaflosen Nächten heim. Mit fürchterlichen Bildern von zwei Kinderleichen im Kopf hatte er den Tatort verlassen.

Als er in der Berner Quartierstrasse auf sein Auto zugewankt war, hatte er sie gesehen. Auf dem Beifahrersitz eines Einsatzwagens hatte sie gesessen, mit offener Tür und dem Laptop auf den Knien. Kurz hatte sie den Kopf gehoben und Vanzetti das Gefühl gegeben, als ob jemand ein Licht angeknipst hätte. Als er bei der offenen Tür stehen geblieben war, hatte sie den Kopf gedreht. «So ein schöner Tag. Und dieser Drecksack löscht einfach zwei junge Leben aus.» An dem Tag hatte Vanzetti noch nicht gewusst, dass die schöne Staatsanwältin mit seinem Chef Pulver verheiratet war. Er hatte die Tränen in ihren Augen gesehen und ihr zugehört. Dann hatte er ihr seinen eigenen Horror geschildert. Vier Monate später hatte Tamara ihren Mann verlassen und war bei ihm eingezogen. Und Vanzetti hatte sich einen neuen Job gesucht.

Er kratzte sich am Kinn. «Ich bezweifle, dass Bundesrätin Kölliker wirklich das Ziel war.»

Pulver setzte zu einer Erwiderung an, doch Bundesanwalt Marti stoppte ihn mit einer Handbewegung. «Wieso sollte jemand einen Sicherheitsmann erschiessen?»

Vanzetti verschränkte die Hände. «Darauf kann ich keine Antwort geben. Noch nicht.»

Pulver schnaubte wie ein Stier. «Klasse Arbeit, Vanzetti. Soll erst ein Bundesrat sterben?»

Mit dem Zeigefinger tippte Vanzetti auf den Holztisch. «Politische Attentäter sind in der Regel schlecht organisiert. Oft sind es Verlierertypen oder frustrierte Einzelpersonen. Sie wollen eine Zielperson ausschalten und eine Botschaft in die Welt setzen. Deswegen unternehmen sie wenig, um sich selber zu schützen. Die meisten von ihnen wollen sogar identifiziert und gefasst werden. Denn die Tat gibt ihrem Leben eine Bedeutung, sie wollen damit prahlen. In unserem Fall hat der Attentäter seine Flucht aber genau vorbereitet.»

Marti und Oppliger wechselten einen Blick. «Ihre Theorie in Ehren», sagte er. «Trotzdem können wir nicht ausschliessen, dass die Bundesrätin das eigentliche Ziel war. Wo befindet sie sich?»

«Wir haben sie unter Polizeischutz ins Finanzdepartement bringen lassen. Sie ist jetzt in ihrem Büro.»

«Gut. Ich will, dass die Sicherheitsmassnahmen für alle Bundesräte augenblicklich verstärkt werden.»

«Ich kümmere mich darum», erwiderte Oppliger.

Marti richtete den Kugelschreiber auf sie. «Ihr Bundesamt übernimmt die Federführung bei den Ermittlungen.» Er wandte sich an Pulver, der bereits protestieren wollte. «Die BKP wird die Kantonspolizei selbstverständlich laufend informieren.» Er richtete sich wieder an Oppliger. «Wen setzen Sie ein für die Ermittlungen?»

Oppliger spitzte die Lippen wie bei einer Teeverkostung. «Herr Vanzetti ist einer unserer besten Ermittler. Und da er schon mal hier ist ...»

Marti nickte knapp. «Dann ist das geklärt. Fragen?» Er wollte schon aufstehen.

Vanzetti stoppte ihn mit einer Handbewegung. «Welche Informationen geben wir der Öffentlichkeit?»

Wieder dieser Blick von Marti zu Oppliger. «Die Bundesanwaltschaft wird eine Pressemitteilung veröffentlichen», sagte er. «Sämtliche Auskünfte laufen über uns.»

Das war äusserst ungewöhnlich. Vanzetti runzelte die Stirn. «Gibt es etwas, das ich wissen sollte?»

Marti und Oppliger nahmen ihr stummes Zwiegespräch wieder auf. Dann nickte er knapp.

Oppliger bückte sich und holte ein dünnes blaues Mäppchen aus ihrer Tasche auf dem Fussboden. «Dieser Fall ist möglicherweise kompliziert.» Sie schob das Mäppchen Vanzetti hin.

Streng vertraulich!

Er widerstand dem Reflex, den Deckel aufzuklappen. «Was ist das?»

Für ein paar Sekunden studierte sie den Kronleuchter an der Decke. «Jemand hat ein Kopfgeld von einer Million Franken ausgesetzt. Bekommen soll das Geld, wer einen Bundesrat tötet.»

Vanzetti schluckte leer.

5

Zoe Zwygart legte das Springseil auf den weichen Boden, ging in den Spagat, senkte den Kopf bis aufs Schienbein und umfing den rechten Fuss mit beiden Händen. Das Dojo hatte keine Fenster, eine blau-rote Matte bedeckte drei Viertel des Raumes, es roch nach Schweiss. Sie fühlte sich wie zu Hause.

Helen Liniger, ihre Kollegin aus der Lokalredaktion, machte neben ihr ein paar Kniebeugen und schob die schwarze Hornbrille hoch. «Ich wünschte, ich wäre so beweglich wie du.»

Zoe nahm das andere Bein nach vorne. «Dafür sind meine Gelenke im Eimer. Zwölf Jahre Kunstturnen hinterlassen Spuren.»

«Wann hast du aufgehört?»

«In der Pubertät bin ich in die Höhe geschossen. Leider. Deswegen war vor elf Jahren Schluss, mit 17.» Zoe machte einen seitlichen Spagat und ging in den Handstand. Die Position hielt sie mühelos für ein paar Sekunden, dann richtete sie sich auf. Der Schweiss lief ihr über den Rücken, ein schönes Gefühl.

Helen lockerte die Beine, Hungerhaken Leo Sutter vom Sportressort machte ein paar Liegestütze – oder das, was er dafür hielt.

Zoe zog die Jacke enger um ihren Körper und straffte den weissen Gürtel. Wochenlang hatte Chefredaktor Nyffeler in der Redaktion für den Kurs in seinem Karateclub geworben. Nichts Besseres zur Teambildung gebe es und fit mache das. Drei Freiwillige – Zoe, Helen und Sutter – hatten sich schliesslich gemeldet. Und nun sass Nyffeler im Anzug und mit Strümpfen auf einer Holzbank an der Wand und beobachtete seine neue Kampftruppe.

Instruktor Edi stellte sich breitbeinig vor sie und verbeugte sich. Der Schwarzgurt-Träger war um die vierzig, etwa 1,90 Meter gross, hatte kurz geschorene hellbraune Haare und machte ein Leg-dich-nicht-mit-mir-an-Gesicht.

Die drei Anfänger stellten sich ihm gegenüber in einer Reihe auf. «Kommst du nachher noch einen Happen essen?», raunte Helen in Zoes Ohr.

«Kann nicht, ich muss …»

«Schweigt!» Edi bellte wie eine Bulldogge. «Euer Benehmen ist ungehörig. Respekt gegenüber dem Sensei gehört zu den Grundregeln von Karate.»

Hatte der sie noch alle? Zoe stöhnte laut auf. Sie liebte die Bewegung, trainierte viel und intensiv – doch Spass gehörte dazu.

«Hast du ein Problem?» Edi schaute sie herausfordernd an.

Stumm verschränkte Zoe die Arme vor der Brust. Diesen Ton hatte sie schon in der Kaserne gehasst.

«Ich opfere meine Freizeit, um euch Karate beizubringen. Im Gegenzug erwarte ich Disziplin.»

Zoe biss sich auf die Zunge.

«Ist das klar?» Edi hob die Stimme.

«Ja», murmelte Sutter, dieser ABBA-Hörer. In Redaktionssitzungen hob der immer die Hand und schnippte mit den Fingern.

Zoe spürte Edis Augen von unten nach oben über ihren Körper gleiten. Wehe, der machte jetzt einen Spruch.

«Eine Querulantin erkenne ich aus einem Kilometer Entfernung.» Er kam einen Schritt näher. «Beim Karate geht es in erster Linie um Respekt und Disziplin. Sogar ein Turnhäschen wie du kann hier eine Menge lernen.»

In ihrem Hinterkopf rief ein verschrecktes Gen nach Diplomatie. Dieses nette kleine Ding. Wie immer in solchen Fällen ignorierte es Zoe. «Turnhäschen? Du hast sie wohl nicht mehr alle.»

Er seufzte theatralisch. «Oje, eine Feministin.»

Zoe spürte die Hitze in ihren Kopf steigen. Sie könnte einfach rauslaufen, duschen, in Ruhe an der Aare ihr Müsli essen. Sie würde jetzt wirklich besser den Mund halten. «Du bist wohl einer der Letzten, die von den Bäumen gestiegen sind und den aufrechten Gang gelernt haben. Typen wie du gehen mir echt auf den Geist.» Die Worte prasselten einfach aus ihrem Mund. «Chefwitz-Lacher, die ihre Hemden von

Mami bügeln lassen. Und die sich immer im Recht sehen, nur weil sie am lautesten schreien.»

Rote Flecken traten auf Edis Wangen, seine Kiefermuskeln zuckten. «Bestimmt möchtest du es einem Typen wie mir mal so richtig zeigen.» Er machte ein paar Schritte rückwärts ins Zentrum der Matte und winkte mit seiner Hand.

Chefredaktor Nyffeler trat an den Rand der Matte und stemmte die Hände in die Hüften.

Zoe zögerte. Edi war doch eigentlich gar nicht der Grund für ihren Ärger. *Sie* hatte den Anruf am Morgen bekommen, *ihr* hatte die Leserin von einer Schiesserei auf dem Münsterplatz erzählt. Zoe hatte Notizblock und Digitalrecorder in Windeseile gepackt und Nyffeler informiert. Und der? Hatte einfach Walker losgeschickt, diesen Lackaffen. Klar, der hatte ihr ein paar Jahre Erfahrung voraus. Aber Mensch, diese Riesenstory wäre *ihre Chance* gewesen.

Edi winkte immer noch. «Hajime», brüllte er.

Ach, Herr, lass Hirn vom Himmel regnen. Zoe machte ein paar langsame Schritte auf ihn zu. Sie atmete durch und stellte sich ganz entspannt hin.

Edi breitete die Arme aus. «Und jetzt gib dem Macho mit der grossen Schnauze mal so richtig eins auf die Fresse.»

«Wie hart?»

«Tu dir keinen Zwang an, Turnhäs ...» Zoe riss ihre rechte Faust hoch und rammte sie Edi auf das Nasenbein. Es klang wie die Walnüsse, die sie an Weihnachten mit der Faust zu knacken pflegte. Ein schönes Geräusch.

Wie eine gefällte Eiche fiel Edi auf seinen Hintern und hielt sich die Nase mit einer Hand. Blut strömte zwischen seinen Fingern hervor. Ungläubig glotzte er Zoe an, dann starrte er auf seine blutige Hand. Mit einem Wutschrei sprang er auf.

Zoe hob die Fäuste und wich keinen Schritt zurück.

«Stopp!» Chefredaktor Nyffeler rannte auf die Matte und drängte sich dazwischen. «Es reicht, Edi … Und Sie, Frau Zwygart, halten jetzt Abstand.»

Zoe atmete durch, liess Edi nicht aus den Augen und trat schliesslich zurück in die Reihe neben Helen. Die feixte, Sutter stand der Mund offen.

«Lass mich das mal ansehen.» Nyffeler nahm Edis Gesicht zwischen seine Hände und inspizierte dessen Nase. «Könnte gebrochen sein.» Er drehte sich zu Zoe um. «Wieso haben Sie das getan?»

«Ich habe nur die Anweisungen des Sensei befolgt. Von wegen Disziplin und so. Na ja, eigentlich doch nicht ganz. Ich hätte noch härter zuschlagen können.»

«Du Schlampe.» Edi knurrte und wollte sich auf sie stürzen, Bluttropfen spritzten durch die Luft.

Nyffeler hielt ihn an der Jacke zurück, dann umfing er Edis Körper mit beiden Armen wie ein Schraubstock. «Du brauchst eine kalte Dusche, Edi. Und danach einen Arzt.»

Edi grunzte, funkelte Zoe für ein paar Sekunden an, dann machte er sich los, stampfte quer durch das Dojo und aus der Tür, die er hinter sich zuknallte.

«Schöne Schweinerei.» Sutter zeigte auf die rote Tropfenspur auf der Matte.

Helen legte eine Hand auf Zoes Arm. «Das Putzen übernehme ich. Das Spektakel war es allemal wert. Bin gleich zurück.» Sie ging Edi hinterher.

«Gut, dann wäre das geklärt. Wir sehen uns in der Redaktion, Herr Sutter.» Mit seinem Blick und einem Wink mit der Hand wies Nyffeler den Dünnen an, sie allein zu lassen.

Mist. Hoffentlich würde er sie nicht gleich feuern. Zoe grub ihre Zehen in die kühle Matte.

Nyffeler wartete, bis Sutter die Tür hinter sich geschlossen hatte. Er musste um die 1,80 sein, genauso gross wie Zoe. Buschige Augenbrauen dominierten sein Gesicht. Sie spannten sich wie Regenschirme über die grauen Augen. «Edi ist ein guter Kollege von mir. Weshalb sind Sie so ausgerastet?»

«Ich lasse mir nicht alles gefallen.»

Die Augenbrauen hoben und senkten sich. «Edi ist manchmal etwas ... ungehobelt. Bestimmt hat er es nicht so gemeint. Ich entschuldige mich für ihn.»

«Danke.» Bisher war Nyffeler fair zu ihr gewesen. In den drei Monaten, die Zoe bei den Berner Nachrichten arbeitete, hatte er ihr viele Tipps gegeben.

Doch bislang keine tolle Story. Und sie brannte darauf, sich zu beweisen.

Er hob einen Mundwinkel. «Sie haben einen harten Schlag drauf.»

«Sie kennen meinen Lebenslauf. Zwischen Matura und Uni war ich in der Armee. Nahkampf gehört zur Ausbildung bei der Militärpolizei.»

«Respekt.» Er strich sich mit einem Daumen über die Augenbrauen. «Vielleicht habe ich Sie falsch eingeschätzt. Kommen Sie nach der Mittagspause in mein Büro. Dann besprechen wir die Berichterstattung über dieses Attentat nochmals.»

«In Ordnung.» Zoe gab ihrer Stimme einen gleichmütigen Klang. Doch innerlich machte sie einen Rückwärtssalto mit Doppelschraube.

6

«9.34 Uhr.» Auf dem Stuhl vor Vanzetti tippte Reto Saxer mit dem Finger auf den Monitor. Das Video, das eine Webcam vor dem Münster aufgenommen hatte, zeigte einen weissen Transporter, der durch die Münstergasse fuhr. Er bog nach links in die Kreuzgasse ab und verschwand aus dem Bild. «Wann wurde Luginbühl erschossen?»

«9.33 Uhr. Die Zeit passt.» Vanzetti blickte über Saxers Schulter, der Ein-Meter-neunzig-Schlacks mit den dichten grauen Haaren nahm ihm fast die Sicht. «Was ist das für ein Fahrzeug?»

«VW T5 Transporter, ziemlich weit verbreitet.»

Sie befanden sich im zweiten Stock der BKP-Zentrale im Galgenfeld. Der Besprechungsraum sollte als Einsatzzentrale für die «Sonderkommission Wattenwyl» dienen, die Vanzettis Chefin Oppliger zusammengestellt hatte. Neben ihnen beiden gehörten der Soko 13 Beamte an, die erste Sitzung war auf 14 Uhr angesetzt, in zehn Minuten. Dann würde Vanzetti kostbare Zeit mit Organisieren und Delegieren verplempern.

«Eiskalt, dieser Kerl. Die meisten hätten sich mit Vollgas aus dem Staub gemacht», sagte Saxer.

«Geh nochmal zum Anfang.»

Saxer liess das Video, das sie bei Bern Tourismus beschafft hatten, zurück zum Start springen. Auf dem eingefrorenen, etwas verschwommenen Bild stand der Transporter in der Münstergasse nahe der Kirchenmauer und mit dem Heck gegen die Junkerngasse gerichtet. «Und?»

Vanzetti schob seinen Kopf über Saxers Schulter. «Kannst du auf das Kennzeichen einzoomen?»

Saxer drückte seine Nase fast auf dem Bildschirm platt. «Nein, die Auflösung der Webcam ist miserabel.»

Saxer war das einzige Mitglied der Soko, das Vanzetti selber angefordert hatte. Die meisten anderen Kollegen trieb zu viel Ehrgeiz an, sie wollten sich einen Namen oder Karriere machen. Saxer hingegen schien zufrieden mit sich, seinem Job und seinem Leben. So maulte der 46-Jährige, der mit seinem Partner in der Länggasse wohnte, nie herum, wenn er Telefonlisten abarbeiten oder Befragungen von Tür zu Tür machen musste. «Wie sicher bist du, dass der Schuss aus der Münstergasse kam?»

Vanzetti richtete sich auf. «Luginbühls Verletzungen und die Ortsverhältnisse deuten darauf hin. Gewissheit werden wir nach dem Bericht aus der Gerichtsmedizin haben. Trotzdem werden wir alle Anwohner der Junkern- und der Münstergasse befragen müssen. Vielleicht taucht doch noch ein Zeuge auf.»

«Klar, Personal haben wir ja genug.»

Mit einem Klick startete Saxer das Video erneut. Der Transporter stand noch ein paar Sekunden da, bevor er im Schritttempo in Richtung Münsterplatz fuhr. «Das war kein Amateur.»

«Ganz meine Meinung.» Vanzetti nahm ein Klemmbrett vom Computertisch und notierte *VW T5*. «Ich will eine Liste mit allen weissen VW-Transportern, die im Kanton Bern angemeldet sind. Vielleicht werden wir die Suche auf die ganze Schweiz ausdehnen müssen.» Er schaute wieder auf den Monitor, vor den Pollern am Münsterplatz machte der Transporter eine 180-Grad-Wende. «Stopp.»

Saxer hielt das Video an.

«Der VW ist beschriftet.» Er richtete seinen Finger auf die Seite des Wagens.

Saxer vergrösserte das Bild. Drei Streifen in Rot, Gelb und Blau verliefen senkrecht über die Karosserie, daneben waren unscharfe Buchstaben zu erkennen. Er zoomte ein, doch das Bild löste sich in einzelne Pixel auf. «Vielleicht können unsere Techniker noch mehr herausholen. Ich werde mich darum kümmern.»

«Gut. Kannst du das auf dem Beamer abspielen?» Mit dem Daumen deutete Vanzetti auf den Apparat unter der Decke.

«Kein Problem.» Saxer klickte ein paar Mal, der Beamer surrte an und projizierte nach ein paar

Sekunden das Bild auf die Leinwand am Kopfende des Saals.

Vanzetti liess seinen Blick über die blauen Stühle und grauen Tischplatten des Besprechungsraums gleiten. Die Chefin hatte sich nicht lumpen lassen, innerhalb kürzester Zeit war alles Nötige installiert worden: Tische und Stühle, Telefone, Computer mit Internetanschluss, ein Drucker und Whiteboards.

Es fehlten nur ein paar Feldbetten. Wenn Vanzetti sich in einen Fall verbiss, übernachtete er schon mal in der Zentrale. Und er verlangte den gleichen Einsatz von allen Beteiligten. Er wusste, dass er deswegen als schwieriger Kollege galt, als Dickkopf und Eigenbrötler. Und wenn schon. Nicht kleinreden konnten die Kritiker seine Aufklärungsquote von 89,7 Prozent.

Vom Pult nahm Vanzetti das Mäppchen mit der Aufschrift *Streng vertraulich*. «Und dann müssen wir uns noch um das hier kümmern?»

«Was ist das?»

Vanzetti klappte es auf. «Vor fünf Wochen ist der Nachrichtendienst des Bundes auf eine Webseite gestossen. Sie heisst ‹tod-dem-bundesrat.com›.»

«Du machst Witze.»

«Es kommt noch besser.» Vanzetti zog ein Blatt Papier aus dem Mäppchen und legte es vor Saxer auf den Computertisch. Es zeigte einen Ausdruck der Webseite. Weisse Buchstaben prangten auf rotem

Hintergrund, kleine Schweizerkreuze bildeten einen Rahmen um den Text.

Töte einen Schweizer Bundesrat und erhalte 1 Million Franken in bar.

Er tippte auf die Schriftzeichen unter dem deutschen Satz. «Hier steht das Gleiche noch auf Russisch, Arabisch und Englisch. Und das darunter ist die Kontaktadresse: ‹info@tod-dem-bundesrat.com›.»

Saxer stand der Mund offen. «Hat der Nachrichtendienst herausgefunden, wer dahintersteckt?»

«Nein. Der Provider sitzt in Rumänien. Bis heute versucht der NDB vergeblich, an den Urheber der Webseite zu kommen. Doch das brächte sowieso nicht viel. Bestimmt wurde die Seite unter einem falschen Namen registriert. Und auch die Mailadresse ist eine Sackgasse. Die Mails werden automatisch über Konten in verschiedenen Ländern weitergeleitet.»

Saxer tippte *www.tod-dem-bundesrat.com* in seinen Browser, eine Fehlermeldung erschien auf dem Bildschirm. «Wie lange war die Seite online?»

«Offenbar nur ein paar Tage.»

«Das ist doch nichts als ein dummer Scherz.»

«Vermutlich. Trotzdem macht sich der Nachrichtendienst jetzt in die Hose. Der Bundesrat ist in den vergangenen Jahren einer Menge Leute auf die Füsse getreten. Bankern zum Beispiel, die sich nicht mehr in die USA trauen. Oder afrikanischen Diktatoren, deren Geld er hat beschlagnahmen lassen. Wir dürfen das also nicht ausser Acht lassen. Ich werde jemanden darauf ansetzen.»

«Deiner Stimme höre ich ein *Aber* an.»

Vanzetti nahm Bleistift und Lineal vom Pult und trat an die Karte der Berner Altstadt, die an der Wand hing. «Nehmen wir mal an, dass der Täter hinten in diesem Transporter lag und schoss. Der Wagen stand hier.» Er machte neben dem Münster ein Kreuz auf die Karte. «Luginbühl wurde vor dem Von-Wattenwyl-Haus getroffen, also hier.» Er malte ein zweites Kreuz und mass den Abstand mit dem Lineal. «Das sind etwa 90 Meter. Auf diese Distanz würde sogar ich treffen.»

«Und das will etwas heissen», spöttelte Saxer.

«Deswegen setze ich mein Geld auf ihn.» Vanzetti griff nach einem Foto von Luginbühl auf dem Tisch und befestigte es mit einem Magneten an einem Whiteboard. «Was wissen wir über den Mann?»

Saxer liess den Drehstuhl herumfahren. «Offenbar lebte er alleine, Angehörige haben wir bis jetzt nicht ausfindig machen können. Seit acht Jahren im Sicherheitsdienst des Bundes, zuvor beim Kanton Bern, Verkehrspolizei. War zuverlässig und beliebt bei den Kollegen, soweit wir bis jetzt wissen.»

Vanzettis Magen knurrte laut hörbar, er legte eine Hand auf den Bauch. «Sorry, habe das Mittagessen ausgelassen.»

«Ich hätte eine Banane dabei», bot Saxer an.

Vanzetti winkte ab. «Danke, ich hole mir nach der

Sitzung etwas.» Oder er liess es ganz bleiben. Seit jeher musste Vanzetti auf sein Gewicht achten, das hatte er seiner verstorbenen Nonna zu verdanken. *Was bist du für ein toller Esser, Alessandro,* hörte er sie sagen. *Nur weiter so, dann wirst du gross und stark.* Klein Alessandro hatte jeweils bis über beide Ohren gegrinst und noch eine Extraportion Schmorbraten in den Mund gestopft. Seinen Platz in Nonnas Ruhmeshalle hatte er nicht riskieren wollen. Genau wie Zia Elvira, die ebenfalls eine herausragende Esserin gewesen war. Mit 42 Jahren war sie an einem Herzinfarkt gestorben.

Die Tür öffnete sich, mit einem Kopfnicken betrat Kollege Wegmüller den Besprechungsraum. Ihm auf dem Fuss folgten Seiler und Bach. Die Uhr an der hinteren Wand stand auf 13.58 Uhr.

Vanzetti ordnete die Akten auf dem Tisch, sodass sie parallel zur Kante lagen. Daneben platzierte er zwei neue BIC-Kugelschreiber, Crystall medium, blau. Erregung packte ihn. «Es geht nichts über das Suchen, wenn man etwas finden will. Zwar findet man bestimmt etwas, aber gewöhnlich ist es nicht das, was man gesucht hat.»

Saxer verdrehte die Augen. «Ist das wieder eines deiner berühmten Zitate?»

«Tolkien. Passt doch perfekt.» Punkt 14 Uhr würde Vanzetti mit der Suche beginnen.

Wer zu spät auftauchte, konnte gleich wieder verschwinden.

7

Vor der Heiliggeistkirche kramte Lucy 30 Werbebriefe für Wählerinnen und Wähler aus der Tasche. Sie strebte unter dem gläsernen Baldachin über den Bahnhofplatz und machte vor dem Briefkasten halt. Am Einwurf drängelte sich ein junger Kerl mit Baseballmütze vor. Er prallte mit der Schulter gegen ihre Hand, die Briefe flogen in hohem Bogen auf das staubige Pflaster. «Können Sie nicht aufpassen?»

Der Teenager mit einer Kippe im Mundwinkel reagierte nicht. Keine Entschuldigung, kein grimmiger Blick, nichts. Er ignorierte sie völlig, stopfte etwas in den Schlitz und stolzierte davon wie ein Gockel.

Lucy sammelte die verstreuten Couverts vom Boden auf, Taubendreck und Kaugummireste klebten auf einigen davon. Nein, so etwas konnte sie im Namen von Oli Schenk natürlich nicht verschicken. Lucy sortierte die schmutzigen Briefe aus und stopfte sie in ihre Tasche. Die anderen steckte sie in den Briefkasten. Dann ging sie auf den hässlichen Klotz aus Beton und Glas zu, der sich Hauptbahnhof nannte.

Eine dieser alten Schnepfen, die lauthals über die Jugend von heute klagten, würde Lucy nicht werden. Weiss Gott, sie hatte es damals ja auch krachen lassen. Sie hatte im Gambrinus-Keller an der Schauplatzgasse auf Tischen getanzt, bevor er dem Warenhaus Spengler hatte weichen müssen. Und bei den Zürcher Globus-Krawallen im Juni 1968 war sie mitten drin gewesen. *Nur tote Fische schwimmen mit dem Strom.* Sie hatte Jimi Hendrix im Zürcher Hallenstadion bejubelt und den jungen Urs «Polo» Hofer mit den Jetmen bewundert.

Trotzdem. Manchmal musste sich Lucy schon wundern über die jungen Leute. Wie letzte Woche in diesem Geschäft für Dessous an der Marktgasse, wo zwei stark geschminkte Verkäuferinnen munter über einen «saaagenhaften Yogakurs» geplaudert hatten, während sie zwischen den Gestellen suchend auf und ab gegangen war. Schliesslich hatte sich Lucy mit ihren ganzen 160 Zentimetern vor ihnen aufgebaut. Ihre Frage nach roter Spitzenunterwäsche war ignoriert worden, als ob sie gar nicht existiert hätte.

Bei Grün überquerte Lucy den Fussgängerstreifen vor dem Bahnhof.

Erst als eine der beiden Verkäuferinnen im Hinterzimmer verschwunden war, hatte die andere mit einer Mitleidsmiene Notiz von Lucy genommen. Ob sie irgendwie helfen könne. Als Lucy ihr dann erklärt hatte, dass die rote Unterwäsche nicht etwa für eine Enkelin, sondern für sie selber sei, wäre das Mädchen beinahe aus den Louboutins gekippt. Am Vegi-Restaurant Tibits vorbei betrat sie das Bahnhofsgebäude, der Duft von Kardamom und Kreuzkümmel lag in der Luft.

Vom Erdgeschoss blickte Lucy auf die untere Ebene der Bahnhofshalle, wo der Wahlkampf-Stand unter der riesigen Anzeigetafel aufgebaut war. Über einen Mangel an Aufmerksamkeit musste er sich keine Sorgen machen. Oli bewegte sich mit hochgekrempelten Hemdsärmeln zwischen Senioren, Müttern mit Kinderwagen und Teenies. Er schüttelte eine Hand hier, klopfte dort auf eine Schulter, begrüsste neue Passanten und unterhielt sich mit ihnen.

Bewusst einfach hatten sie den Stand gehalten, nichts Aufwändiges oder Luxuriöses. Auf dem Holztisch mit Markise lagen Flugblätter, Buttons und Schokoladentaler, links und rechts hingen Plakate mit Olis Konterfei. *Sie haben die Wahl!*

Pendlerströme schoben sich am Stand vorbei zu den Zügen. Trotzdem blieben erstaunlich viele Leute stehen, um ein Wort mit dem Ständeratskandidaten zu sprechen. Studentin Nora Rüfenacht schenkte Gratiskaffee aus und verteilte heliumgefüllte Luftballons. Die zerbrechlich wirkende junge Frau mit dem hellblonden Zopf unterschied sich kaum von den Kindern, die vor ihr anstanden – sie sah deutlich jünger aus als 22. Ihre Haut war bleich wie Alabaster und wirkte fast durchscheinend.

Lucy stellte sich auf die Rolltreppe, fuhr hinunter und schaute dabei Oli zu. Er lächelte und schüttelte den Kopf wie der Gast bei einer Überraschungsparty, gleichzeitig überwältigt und etwas verlegen. *Nur wegen mir seid ihr alle hier? Wirklich? Aber nicht doch!* Und Oli nahm sich Zeit.

Er hatte das gewisse Etwas, keine Frage.

In ihrer Karriere als Journalistin hatte Lucy Bill Clinton, Helmut Kohl und Margaret Thatcher interviewt – sowie viele weitere Politikerinnen und Wirtschaftskapitäne. Einige von ihnen hatten es gehabt, die meisten nicht: Charisma. Es war keine Frage von Körpergrösse, Geld oder gutem Aussehen. Es war etwas, das Lucy nach wie vor nicht richtig fassen konnte – eine Art Aura, die gewisse Männer und Frauen umgab. Ihre Körper, ihre Bewegungen und Stimmen sagten: *Ihr könnt mir vertrauen, Leute, ich habe alles im Griff.*

Oli hatte jede Menge davon.

Am Fuss der Rolltreppe blieb Lucy stehen und beobachtete ihn aus zehn Meter Entfernung.

Gekonnt vermied er einen Anfängerfehler: Nie guckte er über die Schulter seiner Gesprächspartner nach anderen, wichtigeren Menschen. Jedem schenkte er seine volle Aufmerksamkeit – nur für ein paar Sekunden, natürlich, bevor er sich dem Nächsten zuwandte. Nichts in seinem Benehmen liess darauf schliessen, dass Oli in den vergangenen drei Monaten an die hundert Stände, Brunchs, Podien, Versammlungen oder Kaffeekränzchen besucht hatte. An manchen Tagen hatte er sogar ganze Strassen abgeklappert, geklingelt und sich an den Türen höflich vorgestellt.

Lucy ging auf den Marktstand zu.

Eine vielleicht 60-jährige Frau mit Einkaufskorb packte Olis Unterarm. «Ich bin Ihr grösster Fan, Herr Schenk. Die Folgen von Traumschiff mit Ihnen habe ich auf DVD, die schaue ich mir immer wieder an. Und in der Lindenstrasse fand ich Sie auch ganz toll.» Sie streckte ihm eine Werbebroschüre mit Olis Foto entgegen. «Würden Sie mir ein Autogramm geben? Für Ruth.» Sie klimperte mit den Wimpern.

«Ach, das Traumschiff und die Lindenstrasse. Ist lange her, da war ich noch ein junger Hüpfer.» Oli unterschrieb. «Mit Film und Fernsehen habe ich abgeschlossen, mein nächstes Theater ist der Ständerat.» Er lachte und gab ihr die Broschüre zurück.

Die Frau verstaute sie sorgfältig in ihrer Handtasche. «Meine Stimme haben Sie auf sicher.» Sie drückte seine Hand fest zum Abschied.

Oli entdeckte Lucy. «Moment, da ist meine Chefin, bin gleich zurück», entschuldigte er sich beim nächsten Fan. «Gehen Sie nicht weg.»

Er nahm Lucy am Arm, geleitete sie hinter einen Billettautomaten. «Den halben Kanton habe ich heute begrüsst. Alles läuft bestens.»

«Ich will nicht lange stören.» Lucy kramte das Papier mit Heinigers Inserat aus der Handtasche. «Hast du das schon gesehen?»

Er nickte. Sein dunkelblaues Hemd passte zu seinen Augen, ein kurzes Haar spross aus seinem rechten Nasenloch. Ganz perfekt war Oli auch nicht. Zum Glück.

«Das wollen wir morgen als Reaktion darauf bringen.»

Sie setzte ihre Brille auf und hielt das Blatt so hin, dass sie beide den Text lesen konnten.

Oli Schenk ist der bessere Ständerat, weil er ...
... unabhängig ist.
... nicht am Tropf von Krankenkassen hängt.
... nie Geld von Lobbyisten angenommen hat.
... sich nicht kaufen lässt.
Wollen Sie einen Interessenvertreter oder einen unabhängigen Politiker im Ständerat? Sie haben die Wahl!

«Wunderbar.» Oli legte einen Arm um Lucy und drückte sie, dann liess er wieder los. «Können wir beweisen, dass er Geld von Krankenkassen bekommt?»

Lucy machte ein unschuldiges Gesicht. «Hier steht doch kein Name. Wenn sich Heiniger angesprochen fühlt, kann er sich beschweren. Was er hoffentlich tun wird. Denn dann können wir auf sein Abstimmungsverhalten im Ständerat hinweisen. Kein einziges Mal in den vergangenen acht Jahren hat Heiniger für Massnahmen zur Eindämmung der Kosten im Gesundheitswesen gestimmt.»

«Du bist genial.» Oli hielt den Daumen hoch. «Hast du das von Furrer gelesen?»

«Nein.» Remigius Furrer kandidierte ebenfalls für den Ständerat, ein weiterer Konkurrent mit kleinen Wahlchancen.

Mit raschen Schritten holte Oli den Blick am Abend vom Stand. «Furrer ist raus aus dem Rennen.» Er hielt ihr die Zeitung hin. «Ein Fotograf hat den Herrn Saubermann beim Puffbesuch erwischt.» Er lachte auf.

Lucy nahm die Zeitung. Das dreispaltige Foto unter dem Lead zeigte den Kandidaten der fundamentalchristlichen Partei «Lanze Gottes», wie er aus einer rot beleuchteten Tür trat. Das Bild sei im Frühling vor einem Bordell in Biel aufgenommen worden, stand in der Legende.

«Wo die das wohl herhaben?» Lucy hob den Kopf, doch Oli sprach bereits mit dem nächsten Wähler.

Ungläubig las Lucy den Rest des Artikels. Furrer betonte darin, dass es ein einmaliger Fehltritt gewesen sei, für den er alle Wählerinnen und Wähler um Verzeihung bitte. Dieser Heuchler sollte sich, wenn überhaupt, mal lieber bei seiner Frau und seinen Kindern entschuldigen.

Jetzt blieben also noch sieben Kandidaten für die beiden Berner Sitze im Ständerat übrig. Lucy brachte die Zeitung zurück zum Marktstand.

«Möchtest du einen Kaffee, Lucy?» Mit ihren schmalen Händen bediente Nora die Maschine, der Zopf baumelte über ihren Rücken.

Lucy winkte ab. «Nein, danke. Davon hatte ich heute genug.»

Nora kam um den Tisch herum und senkte die Stimme. «Weisst du etwas Neues über das Attentat auf die Bundesrätin?»

Lucy schüttelte den Kopf. «Leider nicht. Ich wüsste auch zu gerne mehr darüber. Aber ich gehe jetzt nach Hause. Und dort habe ich eine gute Quelle.»

8

Mit dem aufputschenden Beat von *We're marchin on* von One Republic im Kopf strebte Mauro Galizia auf die Café-Bar Turnhalle an der Speichergasse zu. Mit einem Soundtrack ging Galizia durchs Leben, für jede Situation hatte er den passenden Text. Heute war er gut drauf. Irre gut, Mann. «Yes!» Er ballte die Faust und machte einen Hüpfer auf dem Trottoir.

Vor einer knappen Stunde hatte er die Zusage für den neuen Job bekommen: Er würde Chefarzt-Stellvertreter der Notfallmedizin am Inselspital werden. Jahrelang hatte er darauf hingearbeitet, hatte sich den Arsch aufgerissen. Nun, mit 44, stand er an der Tür zum Paradies. Der Chef würde in drei Jahren pensioniert und Galizia hatte beste Aussichten auf die Nachfolge als Direktor und Chefarzt. Verdammt gut klang das in seinen Ohren.

But with what we have, I promise you that, we're marchin on.

Kurz nach 21 Uhr betrat Galizia die Turnhalle von der Hodlerstrasse her. Ein Basketballkorb an den Wänden und Ringe an der Decke erinnerten an deren Vergangenheit. Eine Plattform auf filigranen Stahlträgern beherbergte die Bar, auf der Bühne im Erdgeschoss baute eine Band Instrumente auf. Das Publikum sass dicht gedrängt an kleinen runden Tischen.

Unten konnte er seinen Studienfreund Beni nicht entdecken. Galizia rannte die Treppe hoch zur Bar, nahm immer zwei Stufen auf einmal. Wie schade, dass er das seinem Alten nicht mehr unter die Nase reiben konnte. Ob der Herr Chirurgie-Professor jetzt endlich einmal stolz wäre auf seinen Sohn? Was hatte der nicht herumgemäkelt an Galizias Spezialisierung auf Notfallmedizin, an seinen Wanderjahren von Leipzig über Burgdorf nach Aarau.

Galizia schlängelte sich durch die Menschen, entdeckte Beni an der U-förmigen Bar unter den grossen Hängeleuchten aus Porzellan.

Beni reckte seinen kahlen Kopf. «Und?», schrie seine Miene.

Galizia nickte.

«Du hast es geschafft, Mann», rief Beni und klopfte ihm auf die Schultern. «Gratuliere.»

«Du darfst jetzt Herr Chefarzt-Stellvertreter zu mir sagen.» Galizia schob sich auf den Barhocker, den Beni mit einer Jacke reserviert hatte.

Beni grinste breit und hob sein halb leeres Glas. «Erst wenn du mir einen ausgegeben hast.» Er leerte es in einem Zug und winkte der Barfrau in Rot: rote Haare, rotes T-Shirt, rote Jeans. «Noch einen Mojito für mich. Der frischgebackene Chefarzt hier bezahlt.»

Sie hob die Augenbrauen. «Gratuliere.»

«Danke.» Galizia lächelte sie an. «Für mich einen Caipirinha.»

Unter dem Spiegel am Kopfende der Bar mischte die rote Dame ihre Drinks, Beni knuffte Galizia in den Arm. «Hast du ihren Blick gesehen? Die Weiber fliegen auf einen Chefarzt. Da kann ich nicht mithalten.»

Schön wärs. «Du hast auch Frau und Kind zu Hause.»

«Na ja, gegen etwas Abwechslung hätte ich nichts einzuwenden.» Beni grinste verschwörerisch. «Jetzt erzähl endlich. Wie ist es abgelaufen?»

Die Barfrau stellte die Drinks vor sie hin. «Zum Wohl.»

«Alles ganz easy. Der Spitaldirektor war da, Chefarzt Müll…» Galizia stockte mitten im Satz, als er sie im Spiegel entdeckte. «Das ist sie.» Er kontrollierte seine Kleidung. Mist, wieso hatte er bloss den alten Karo-Pullover über das weisse Hemd angezogen und nicht das schwarze Jackett?

«Wer?» Beni checkte die Reihen an der Bar ab.

«Die Frau, von der ich dir erzählt habe. Aus dem Café in der Insel. Sie sitzt gegenüber, in der Ecke.» Bewusst schaute Galizia in die andere Richtung. «Weisse Bluse, karierter Schal, schwarzer Pferdeschwanz. Aber glotz jetzt nicht gleich hin.»

Natürlich tat Beni genau das, dieser Idiot. Er stiess einen leisen Pfiff aus. «Tolle Lippen. Da würde ich mich freiwillig zur Mund-zu-Mund-Beatmung melden. Aber in der Bluse könnte sie mehr haben, ich tippe auf Körbchengrösse B.»

«In die Augen musst du schauen, das sind die schönsten grünen Augen von Westeuropa.» Das hatte Galizia im Insel-Café feststellen dürfen. Die Frau war vielleicht Ende 20 und strahlte etwas Geheimnisvolles, Abenteuerliches aus. Zum ersten Mal seit acht Monaten, seit ihn Vicky verlassen und er sich in die Arbeit vergraben hatte, interessierte er sich wieder für eine Frau. Nein, *interessierte* war nicht das passende Wort. Sie *faszinierte* ihn, das traf es besser.

«Geh rüber und rede mit ihr.» Beni stupste ihn an.

Unmöglich. «Ich sehe aus wie ein Penner. Und ich kenne sie ja gar nicht. Wir haben uns bloss zwei Mal zugenickt im Café.»

«Sie schaut dich aber an.»

Galizia zögerte, setzte ein Lächeln auf, erhaschte ihren Blick.

Sie senkte die Augen, als ob es ihr peinlich wäre. Doch dann sah sie wieder hoch, erwiderte seinen Blick, schmunzelte schüchtern.

«Los jetzt.» Beni packte ihn links am Arm und schubste ihn weg von der Bar. «Du bist bald Chefarzt, verdammt nochmal. Die Frauen liegen dir zu Füssen.»

Galizia holte tief Luft. Und bevor er es sich richtig überlegte, zwängte er sich durch die Menge. Er putschte sich auf mit The Cure.

I don't care if Monday's black, Tuesday, Wednesday heart attack, Thursday never looking back, it's Friday I'm in love.

Doch als er auf der anderen Seite der Bar ankam, war es zu spät. Ein Bodybuildertyp im schicken Anzug sass neben der schönen Unbekannten und sprach auf sie ein. Galizia senkte den Blick und ging weiter, als ob er auf dem Weg zur Toilette sei.

Doch genau dann, als er sich an ihrem Barhocker vorbeidrückte, zupften ihn rot lackierte Finger am Ärmel. Verwirrt schaute Galizia in grün funkelnde Augen.

«Wo warst du denn so lange, Schatz?», sagte sie.

Der Muskelmann erwiderte seinen Blick feindselig.

Galizia folgte einem Impuls, beugte sich vor und gab der Frau einen Kuss auf die Wange. «Sorry, Spatz.»

Die warme Haut und das Parfüm liessen ihn leicht schwindlig werden.

Der Bodybuilder öffnete den Mund, als ob er protestieren wolle.

Galizia richtete seinen Chefarzt-Blick auf ihn. «Danke, dass Sie meiner Verlobten die Zeit vertrieben haben.»

Der Kerl schob sich vom Barhocker und verschwand in der Menge.

Galizia nahm dessen Platz ein. «So etwas ist mir noch nie passiert.»

«Bitte entschuldigen Sie den Überfall. Aber ich stehe nicht auf Sportler.» Sie lächelte und beugte sich etwas zu ihm hin. «Und den konnte ich einfach nicht loswerden.» Sie strecke die Hand aus. «Ich bin Rita.»

«Ich heisse Mauro. Wir kennen uns vom …»

«Insel-Café. Ich habe Sie gleich wiedererkannt und mich gefragt, ob Sie mich mal ansprechen.»

«Tatsächlich?»

Mit dem Zeigefinger malte sie einen Kreis auf den Tresen. «Ich wohne erst ein paar Wochen in Bern und bin nicht so gut darin, neue Leute kennenzulernen. Arbeiten Sie im Spital?»

«Chefarzt-Stellvertreter der Notfallabteilung.» Na ja, fast.

«Habe ich mir gedacht, dass Sie Arzt sind. Mit dem weissen Kittel und allem.» Rita senkte den Blick auf ihren Drink. «Ihr Freund beobachtet uns.»

Galizia schaute hinüber zum grinsenden Beni und warf ihm einen mörderischen Blick zu. Doch das verstärkte bloss dessen Feixen. Trottel. Er nahm seinen Mut zusammen. «Möchten Sie irgendwo hingehen, wo es nicht so voll ist?»

Sie spitzte die Lippen, strich sich eine lose Haarsträhne hinter das Ohr. «Warum nicht?» Dann rutschte Rita von ihrem Hocker und nahm ihren schwarzen Mantel vom Haken an der Wand.

Galizia legte 50 Franken auf den Tresen, winkte seinem Freund zum Abschied.

Beni lachte breit und hielt beide Daumen hoch.

Als Galizia hinter Rita die Turnhalle verliess, bewunderte er ihre schlanke Taille, die schönen Waden unter dem engen weissen Rock und den geschmeidigen Gang.

Lay Lady Lay, sang Bob Dylan in seinem Kopf.

Draussen half er Rita in ihren Mantel, sie schaute die Speichergasse rauf und runter. «Ich kenne mich in Bern nicht gut aus.»

«Wir könnten in den Kreissaal gehen. Das sind fünf Minuten zu Fuss.» Er zeigte in Richtung Stadtzentrum.

«Ist es nicht auch ziemlich voll dort?» Schon wieder spitzte sie die rot geschminkten Lippen. «Ein ruhiges Plätzchen wäre schön.»

Entzückend naiv, diese Dorfschönheit. «Nun … Wir könnten auch zu mir gehen. Ich wohne im Brunnadernquartier. Bloss zehn Minuten mit dem Tram.» Er hielt die Luft an, hoffentlich hatte er sie nicht verschreckt.

«Ich weiss nicht recht.» Rita saugte eine Wange ein. «Was wäre die Welt, wenn ich nicht mal einem Chefarzt vertrauen könnte? Also gut.»

Ein paar Minuten später bestieg Galizia mit ihr den 8er am Bärenplatz. Er setzte sich ihr gegenüber, und Rita erzählte von ihrem Job in einer Kunstgalerie, ihrer Liebe zu Pferden und Mozart.

Galizia hörte zu und nickte an den richtigen Stellen.

Als sie das Tram bei der Haltestelle Weltpostverein verliessen, kannte er sie bereits fast wie eine alte Freundin. Sie spazierten die Muristrasse entlang und bogen in den Elfenauweg ab. Unterwegs hakte sich Rita bei ihm ein. Es fühlte sich wunderbar an.

In seiner Wohnung machte Galizia Licht, holte eine Flasche Rioja aus dem Weinschrank. Er setzte sich neben Rita auf die rote Ledercouch, entkorkte die Flasche, goss den Wein in zwei Kristallgläser.

Sie nippte am Rioja und erzählte weiter von sich und ihrer Arbeit. Unglaublich, mit welcher Gewinnspanne ihre Galerie Bilder verkaufte.

Galizia unterbrach sie nur hin und wieder mit einer Frage, trank ein Glas Wein, dann das zweite, bald war die Flasche leer. Und ständig wunderte er sich darüber, wie in aller Welt er so eine fantastische Frau hatte kennenlernen können.

Er liess seinen Blick über ihre Ohrläppchen gleiten, die Muskeln am Hals, den Ansatz ihrer Brüste, die schlanken Arme. Ritas Haut schien samtweich zu sein. Sein Puls beschleunigte sich, er hörte Labelle.

Voulez-vous coucher avec moi, ce soir?

Galizia beugte sich vor, Rita hielt abrupt inne in ihrem Redefluss, zögerte. Dann kam sie ihm entgegen und küsste ihn sanft auf den Mund. Im Kopf spürte er sein Herz pochen.

Der nächste Kuss war intimer, leidenschaftlicher. Er liess die Finger seiner rechten Hand über ihren

Arm hoch bis an den Hals gleiten, mit der Linken streichelte er ihre Hüften.

«Ich habe ein Geschenk für dich», sagte sie unvermittelt. Sie beugte sich hinab zu ihrer Tasche und zog etwas rot Verpacktes heraus.

Ein Geschenk? Galizia stutzte. Wo kam denn das so plötzlich her? War Rita etwa eine Stalkerin?

Mit dem Nagel ihres Zeigefingers fuhr Rita über seine Brust, seinen Bauch, seinen Oberschenkel.

Galizia wurde schwindlig vor Verlangen. Er griff nach dem Geschenk, riss das schimmernde Papier weg, öffnete die weisse Schachtel darin und zog ein Flakon heraus. Die Marke kannte er nicht.

«Wunderbar, vielen Dank. Als ob du gewusst hättest, dass ich Herrenparfüm mag.»

Er warf das Papier und die Schachtel auf den Boden und stellte das Fläschchen auf den Couchtisch.

Dann stand Galizia auf, nahm Rita an der Hand, führte sie die Treppe hoch. Auf der Schwelle zu seinem Schlafzimmer blieben sie stehen. Er knöpfte ihre Bluse auf, streifte sie über ihre Schultern, öffnete den Reissverschluss ihres Rocks.

Sie liess ihn heruntergleiten und stand schliesslich in weisser Spitzenunterwäsche vor ihm.

Galizia blieb die Luft weg. Rita war dünn, beinahe mager. Doch hübsche Brüste füllten den leicht durchsichtigen BH aus. Etwas verschämt blickte sie zu Boden. «Ich habe etwas vergessen.» Sie streifte die

Pumps ab, küsste ihn auf die Wange und verschwand die Treppe hinunter.

Es war nur vernünftig, wenn sie ein Kondom holte. Schnell schlüpfte Galizia aus seinen Kleidern, kickte sie in eine Ecke des Schlafzimmers, legte sich nackt auf die Bettdecke, schaltete die Lampe auf dem Nachttisch ein.

Nein, so ging das nicht. Er glitt von der Matratze, schlug die Decke auf, schlüpfte darunter, dimmte das Licht. *Sexual Healing* von Marvin Gaye klang durch seinen Kopf.

Oh baby, I'm hot just like an oven, I need some lovin'.

Unten hörte er es rascheln, eine Tür wurde geschlossen. Ob er auch noch schnell auf die Toilette …? Schon hörte er Schritte auf der Holztreppe. Keine Zeit dafür. Galizia legte sich auf den Rücken, faltete die Hände unter dem Kopf und schloss die Augen. Diesen Moment wollte er voll auskosten.

Sie kam ins Schlafzimmer, setzte sich auf die Bettkante.

Erregt streckte Galizia die Hand aus, erwartete nackte Haut. Doch seine Finger berührten kaltes Metall. Galizia öffnete die Augen – und starrte in die Mündung einer silbrig glänzenden Pistole.

Für einmal fiel ihm kein passender Song ein.

9

Auf den rot-braunen Fliesen vor ihrer Haustür an der Brückenstrasse im Marziliquartier lag ein in Seidenpapier eingeschlagener Strauss Blumen, gelbe Rosen lugten oben heraus. Für wen waren denn die? Zoe hob sie auf, eine Karte steckte zwischen den Blüten: *Für Lucy.* Ihre Grossmutter also. Soso.

Zoe öffnete das Schnappschloss der Tür und ging müde die Wendeltreppe hoch. Ihre Dachwohnung lag im dritten Stock, hinter der Milchglasscheibe der Tür im zweiten Stock brannte Licht. Zoe klopfte zwei Mal an, bevor sie die Klinke zum grossen Entrée drückte. «Hast du einen geheimen Verehrer, Grosi?» Sie hielt den Blumenstrauss hoch.

Grosi Lucy sass auf der Bank mit einem Buch auf dem weiss lackierten Holztisch vor sich. Sie nahm die Lesebrille ab.

Zoe legte den Blumenstrauss auf den Tisch. «Den habe ich unten vor dem Eingang gefunden.»

Grosi nahm die Karte aus den gelben Rosen und las. «Kein Gruss, kein Absender. Eigenartig.» Sorgfältig faltete sie das Papier auseinander. «Wer in aller Welt schickt mir denn gelbe Rosen?»

«Bestimmt einer deiner geheimen Bewunderer.» Grosi war 71, sah aber aus wie andere Frauen um die

50. Mit ihrem Gesicht könnte sie jederzeit Werbung für eine dieser bescheuerten Schönheitscremes machen. Und trotz ihrer zierlichen Figur gab es nichts Zerbrechliches an ihr, sie strahlte Kraft und Energie aus. Wohl auch deswegen hatte Grosi in den vergangenen 20 Jahren mehr Heiratsanträge bekommen als der gesamte Frauenverein Marzili. «Hat die Farbe von Rosen nicht eine Bedeutung?»

Grosi biss sich auf die Unterlippe.

«Gelb steht für Freundschaft, glaube ich. Und Wiedergutmachung.»

«Hattest du Streit mit jemandem?»

«Nicht, dass ich wüsste.» Sie legte die Blumen auf den Tisch, rutschte vom grünen Kunstleder der Bank und ging ins Wohnzimmer.

Zoe hörte sie eine Blumenvase aus dem Einbauschrank nehmen und im Bad die Vase mit Wasser füllen. «Hast du Hunger, Zoe? Ich könnte Spaghetti aufwärmen», rief sie.

«Nein, danke, etwas Kleines genügt.» Zoe öffnete in der Küche den Kühlschrank, inspizierte den Inhalt und nahm ein Erdbeer-Joghurt heraus. Die Uhr an der Wand über dem Kochherd stand auf 23.25 Uhr, normalerweise ging Grosi um zehn zu Bett. Sie nahm einen Löffel aus der Schublade.

Grosi stellte die Vase auf den Tisch im Entrée und schälte die Blumen sorgfältig aus dem Papier.

«Bist du wegen mir aufgeblieben?», fragte Zoe.

«Nein, nein, mir ging zu viel durch den Kopf. Dieser Wahlkampf macht mir mehr zu schaffen, als mir lieb ist.»

Zoe setzte sich auf einen der beiden schwarzen Holzstühle am Tisch. Durch das Fenster sah sie über die Dächer gegenüber hinauf zum Hotel Bellevue und zum Bundeshauskomplex, in dessen Mitte das imposante Parlamentsgebäude thronte. In einigen Fenstern dort oben brannte noch Licht. Sie riss den Deckel vom Joghurt. «Probleme, Grosi?»

«Die letzte Woche vor den Wahlen ist immer hektisch. Doch bald ist es vorüber.» Der kinnlange Pagenschnitt ihrer Grossmutter rahmte ein praktisch faltenfreies Gesicht ein, nur um die Augen hatten sich Krähenfüsse eingegraben. Von Fotos wusste Zoe, dass ihr Haar früher kohlrabenschwarz gewesen, mit Mitte 30 aber silbern geworden war. Grosi hielt ihre Nase an eine Blüte und lächelte. «Es ist lange her, seit ich einen Blumenstrauss bekommen habe.»

«Du hast also keine Ahnung, wer den geschickt hat?», fragte Zoe spöttisch.

Grosi lächelte verschmitzt. «Glaubst du, dass ich Geheimnisse vor dir habe?»

«Natürlich, ganz viele.» Es gab da einiges in Grosis Vergangenheit, über das Zoe gerne mehr erfahren hätte. Ihre wilden Hippie-Jahre zum Beispiel, ein paar Geschichten über Musikerfreunde und Nächte auf Polizeiposten hatte Zoe von Mami gehört.

Und dann war da natürlich noch der Skandal um Grosspapi, Nationalrat Felix Eicher, der sich 1976 von der Kirchenfeldbrücke in den Tod gestürzt hatte. In alten Zeitungen hatte Zoe nachgelesen, dass ihm ein Prozess wegen Unterschlagung gedroht habe. Nur zu gerne hätte sie die genauen Umstände gekannt. Doch Grosi hatte nie darüber reden wollen.

Grosi nahm auf der Bank gegenüber Platz. «Wie war es in der Redaktion? Weisst du etwas über die Schiesserei in der Junkerngasse?»

«Ich habe sogar darüber geschrieben.» Zoe rutschte vor auf die Stuhlkante. «Leider nicht die Titelgeschichte, die hat Walker gemacht. Aber wenigstens einen Hintergrundbericht. Chefredaktor Nyffeler hat mich am Nachmittag zum Münster geschickt, um Anwohner und Touristen zu befragen und die Atmosphäre zu beschreiben.» Zoe steckte einen Löffel Joghurt in den Mund.

«Haben deine Recherchen etwas gebracht?»

«Vielleicht. Eine Angestellte beim Coiffeursalon Blond an der Münstergasse hat mir erzählt, dass sie kurz nach dem Knall einen Lieferwagen hat wegfahren sehen. *Malerei Gygax aus Bern* stand darauf. Die Frau renoviert in Rubigen gerade ein altes Haus, deswegen achtet sie auf so was. Ich habe bei der Malerei angerufen und Herr Gygax hat mir versichert, dass heute keine Handwerker seiner Firma in der Nähe des Münsters gewesen seien. Vielleicht sass dort der Attentäter drin.»

«Hast du das exklusiv?» Grosi beugte sich vor.

«Ich glaube schon.»

«Gut gemacht. Wer leitet denn die Ermittlungen?»

«Ein Alex Vanzetti. Soll ein schwieriger Typ sein, aber Resultate liefern.»

«Kenne ich nicht. Kantonspolizei oder Bundeskriminalpolizei?»

«Bund.»

«Hast du mit dem Kommissar gesprochen?»

Zoe winkte ab. «Keine Chance. Ich habe dort mehrmals angerufen, bin aber nie über die Pressestelle hinausgekommen. Überhaupt sind die viel mühsamer als die Kantonspolizei. Beim Kanton weiss ich wenigstens, an wen ich mich wenden muss. Über die BKP konnte ich ausser einer Hauptnummer kaum Informationen finden. Nirgends. Keine Namen, keine Funktionen, nicht mal eine Adresse.» Sie kratzte den letzten Rest Joghurt aus dem Becher.

Grosi spitzte die Lippen. «Verschwiegenheit ist ihr Prinzip. Die BKP ermittelt nur in hochkarätigen Fällen: Spionage, organisierte Kriminalität, Geldwäscherei, Korruption, solche Sachen. Und wenn Politiker oder Diplomaten betroffen sind. Das ist eine Elitetruppe, nur die besten Kantonspolizisten schaffen es dorthin. Die Chefin heisst Oppliger und soll ein harter Knochen sein. Die Zentrale liegt oben im Galgenfeld, direkt an der Autobahn. Aber es gibt auch ein paar Aussenstellen in der ganzen Schweiz.»

«Ach, dort oben sind die. Ob ich einfach mal hinfahren soll?»

«Ohne Termin wirst du kaum reinkommen.» Grosi tippte mit einem Fingernagel auf die Tischplatte. «Mach weiter so wie heute. Rede mit den Leuten. Und nimm auch Anrufe von Leserinnen und Lesern entgegen.»

Zoe stöhnte innerlich. «Meinst du wirklich? Viele spielen sich doch bloss auf.»

«Klar, viele Anrufer nerven oder wollen sich wichtigmachen.» Grosi hob einen Finger. «Aber so manche Exklusivgeschichte habe ich nur auf diese Weise bekommen.»

Und davon gab es eine Menge, wie Zoe festgestellt hatte. «Ich hoffe, dass ich weiter recherchieren darf. Chefredaktor Nyffeler traut mir noch nicht richtig.»

«Lass dich bloss nicht unterkriegen von dem, der hat auch mal klein angefangen. Ich kann mich gut daran erinnern, wie Nyffeler von der Uni kam. Keinen blassen Schimmer hatte der.» Grosi kicherte wie ein junges Mädchen. «Mit grossen Augen ist er in Bundesbern herumgestolpert. Und beim ersten Interview mit einem Bundesrat hat er dem vor lauter Nervosität Kaffee über die Hose geschüttet. Zum Glück hatte der Bundesrat Ersatzkleider im Büro.»

Die Vorstellung liess Zoe glucksen. Sie fühlte sich so geborgen hier bei Grosi, an diesem Tisch, an dem sie so viele Märchen und Kindergeschichten gehört hatte. Die einzige Konstante in ihrem Leben war immer ihre Grossmutter gewesen.

Grosi gähnte. «Ich gehe jetzt schlafen.» Sie rutschte von der Bank, kam um den Tisch herum und beugte sich zu Zoe herab. Sie gab ihr einen Kuss auf die Wange. «Schlaf gut.»

Bei Zoes Geburt war ihre Mutter gerade mal 18 und noch nicht einmal mit dem Gymnasium fertig gewesen. Mami hatte Paps geheiratet, doch das war nur ein kurzes Intermezzo gewesen – wie so vieles im Leben ihrer Mutter, die zwischen St. Moritz, Monaco und Männern pendelte. Nur wenn wieder mal eine ihrer Beziehungen in die Brüche ging, machte sie Station in Bern und spielte Mutter.

Zoe stand auf und nahm ihre Grossmutter kurz in den Arm. Wie klein sie war, ihr Scheitel reichte gerade bis zu Zoes Kinn. Im Gegensatz zu Mami war Grosi immer für sie da gewesen. Wenn Zoe von der Schule heimgekommen war, hatte ein warmes Essen auf dem Tisch gestanden. War Zoe krank oder traurig gewesen, hatte Grosi ihre Hand gehalten. Weiss der Teufel, wie sie das neben ihrer Karriere als Journalistin geschafft hatte. Seit Zoe selber bei den Berner Nachrichten arbeitete, stieg ihre Bewunderung für Grosi ins Unermessliche.

Umso schlimmer fand es Zoe, dass sie Grosi seit Monaten belügen musste. «Schlaf du auch gut.»

10

«Accidenti.» Vanzetti knüllte am Dienstagmorgen die Berner Nachrichten zusammen und warf sie in den Fonds des Dienst-Skodas. Vom Lieferwagen der Malerei hatte er nichts gewusst. «Wer hat die Befragung in der Münstergasse durchgeführt?»

«Seiler und Wegmüller.» Saxer überholte ein 9er-Tram auf der Kornhausstrasse.

«Diese beiden Armleuchter werde ich mir zur Brust nehmen.»

«Sie sind noch nicht ganz durch mit der Befragung. Vielleicht haben sie die Strasse von der anderen Seite her aufgerollt und waren gestern nicht in diesem Coiffeursalon.»

Vanzetti schnaubte. «Ich lasse mich nicht von einer Zeitung vorführen.» Er holte die zerknüllte BN vom Rücksitz, legte sie auf seine Beine, strich sie glatt, überflog nochmals den Artikel auf Seite 2. *Zoe Zwygart* stand in der Autorenzeile, die musste neu sein bei der Zeitung. Eine Anfängerin machte die Bundeskriminalpolizei zur Lachnummer.

Saxer fuhr am Kursaal vorbei und über die Kornhausbrücke. «Ich habe mir die Webseite der Malerei angesehen. Ihr Logo hat drei senkrechte Streifen. Rot, gelb und blau. Genau wie auf dem Video. Und

Gygax, der Inhaber, hat mir bestätigt, was in der Zeitung steht. Keiner seiner Handwerker war gestern mit einem Firmenwagen in der Nähe des Münsters unterwegs.»

«Das bestätigt, dass der Anschlag von langer Hand geplant war. Die Täter lackierten einen Lieferwagen so, dass er beim Münster nicht auffiel.»

Saxer bog in die Nägeligasse ab. «Hast du etwas von der Rechtsmedizin gehört?»

«Im vorläufigen Bericht steht, dass Luginbühl durch einen Schuss von hinten ins Herz getötet wurde. Das Projektil hat die Rippen zertrümmert und ein Loch ins Gewebe gerissen. Der Schütze hat ein Teilmantelgeschoss verwendet, Kaliber 7,62, Nato-Standard.»

«Das ist nicht hilfreich, das ist weit verbreitet.»

Leider hatte er recht. «Aber das Teilmantelgeschoss ist speziell. So etwas verwenden Scharfschützen bei der Terrorabwehr.»

«So einer hätte sein Ziel kaum verfehlt.» Saxer steuerte durch die Zeughausgasse. «Trotzdem bin ich nicht überzeugt, dass es um Luginbühl ging. Weshalb sollte jemand einen Leibwächter umbringen?»

Das war die Eine-Million-Franken-Frage. «Wir sind hier, um es herauszufinden.»

Auf dem Waisenhausplatz bremste Saxer ab, hinter ihnen hupte ein ungeduldiger Autofahrer. Saxer steuerte an den Marktständen vorbei und parkierte den Skoda vor der Einmündung zur Neuengasse.

Vanzetti stieg zuerst aus, unter dem bedecktem Himmel fand er es recht kühl.

Der Nachtclub Maxim lag nur ein paar Schritte entfernt. An einem Schaukasten mit Fotos der Tänzerinnen vorbei stiegen sie die Treppe hoch in den ersten Stock. Vanzetti zog am goldenen Griff der Eingangstür, sie war nicht abgeschlossen.

Im Innern brauchten seine Augen ein paar Sekunden, bis sie sich an das schummrige Licht gewöhnt hatten. Eine grosse Bar dominierte den Raum vor einer niedrigen Bühne, die Wände entlang standen Sessel und Tische, über die Lautsprecher sang Udo Jügens gedämpft vom griechischen Wein. «Hallo?», rief Vanzetti.

«Wir haben geschlossen.» Aus dem Hintergrund tauchte eine Frau auf, mit gelben Gummihandschuhen hielt sie einen Besen vor ihrer Brust wie eine Waffe. «Der Club öffnet erst um 17 Uhr.»

«Frau Luginbühl?» Er hielt seinen Ausweis hoch. «Mein Name ist Vanzetti, Bundeskriminalpolizei.»

Sie lehnte den Besen an einen Sessel, nahm ein Tablett mit Gläsern von einem Tisch und kam quer durch das Lokal. Die Frau musste um die 50 sein und hatte ihr langes, rotbraunes Haar zu einem Zopf geflochten. Ihr puppenhaftes Gesicht deutete darauf hin, dass sie einmal hübsch gewesen war. Doch mit den Jahren waren Gesicht und Körper in die Breite gegangen. «Wie haben Sie mich gefunden?»

«Wir waren an der Daxelhoferstrasse. Ihre Nachbarin hat uns gesagt, dass Sie hier arbeiten.»

«Maya ist eine Tratschtante», sagte Vesna Luginbühl leichthin. Sie ging hinter die Bar, stellte das Tablett auf dem Tresen ab und streifte die Gummihandschuhe ab. «Ich habe mir schon gedacht, dass Sie früher oder später bei mir auftauchen würden. Setzen Sie sich. Möchten Sie etwas trinken?»

«Nein, danke.» Vanzetti zog einen lederbezogenen Barhocker hervor, während sich Saxer etwas abseits an den Tresen setzte. Ihre Arbeitsteilung beruhte auf einer stillen Übereinkunft: Vanzetti redete, Saxer machte sich Notizen. «Sie haben also davon gehört?»

«Von der Schiesserei? Ja. Ein ehemaliger Kollege von Emil hat mich gestern angerufen, ein Polizist.» Sie sprach Berndeutsch mit einem leichten Einschlag, den Vanzetti nicht einordnen konnte.

«Ich spreche Ihnen mein Beileid aus.»

«Danke.» Sie fuhr sich mit einem Handrücken über die Stirn. «Wir haben uns zwar scheiden lassen, standen uns aber immer noch nahe.»

«Wann haben Sie sich getrennt?»

«2007. Die Scheidung ging ein Jahr später durch.»

«Den Namen haben Sie aber behalten.»

Sie stiess Luft aus. «In der Schweiz lebt es sich leichter mit dem Namen Luginbühl als mit Vukovic.»

Das erklärte den Akzent. «Wie haben Sie Ihren Mann kennengelernt?»

«Hier im Club. Ich habe getanzt früher.» Luginbühl runzelte die Stirn. «Starren Sie mich nicht so ungläubig an, ich hatte eine tolle Figur damals.» Ihr Gesichtsausdruck wurde wehmütig. «Emil gehörte zu den Stammkunden, so einmal pro Woche hat er dort drüben in der Ecke gesessen und sein Bier getrunken. An einem Abend sind wir ins Gespräch gekommen, danach haben wir uns angefreundet. Emil war ein lieber Kerl. Und ich kam langsam in ein Alter, in dem ich mir Sorgen um die Zukunft machen musste.»

Das klang nicht nach der grossen Liebe. «Haben Sie nach der Heirat weiterhin getanzt?»

«Nein, er wollte das nicht.» Sie zuckte mit den Schultern.

«Weshalb haben Sie sich getrennt?»

Sie stellte die schmutzigen Gläser in die Spüle hinter dem Tresen. «Sind Sie verheiratet, Herr Vanzetti?»

Die Frage brachte ihn aus dem Takt. Tamara … Er musste einen Moment überlegen, was er antworten wollte. «Nein.»

«Ein Glück. Polizisten sollten nicht heiraten. Die sollten leben wie die Priester. Dafür gibt es doch ein Wort …»

«Im Zölibat.»

«Richtig. Der Job hat Emil aufgefressen. Es war sein Ton, der mir zum Ende hin an die Nieren gegangen ist. Nach acht Stunden als Polizist konnte er die Rolle nicht mehr wechseln. Hat mich herumkommandiert wie eine Kriminelle. Eines Abends kam er nach Hause, besoffen und wütend. Hat herumgeschrien, weil das Essen kalt war. Dann gab er mir eine Ohrfeige. Am nächsten Morgen habe ich meine Sachen gepackt.»

«Und danach? Blieben Sie in Kontakt?»

«Er kam mich regelmässig besuchen. Besonders, wenn er betrunken war.»

«War das okay für Sie?»

«Reingelassen habe ich ihn immer. Ausser mir hatte er ja niemanden. Wie gesagt, Emil war ein lieber Kerl. Wir hatten keinen Streit bei der Scheidung, jeden Monat hat er mir mein Geld überwiesen. Und nach seinen Besuchen habe ich oft kleine Geschenke gefunden irgendwo in der Wohnung. Ohrringe, Einkaufsgutscheine, Pralinen, solche Sachen.» Sie lächelte versonnen.

Offenbar war die Beziehung doch mehr als ein Geschäft gewesen. «Geld war nie ein Problem?»

«Geld war immer ein Problem. Mit seinem Einkommen als Kantonspolizist lebten wir nicht gerade fürstlich. Und später beim Bund hat er auch kein Vermögen verdient.» Sie nahm eine Zigarette aus der Schachtel vom Tresen, steckte eine an und blies den Rauch gegen die Decke.

Der Rauch liess Vanzetti zur Schachtel in seiner Jacke greifen, er steckte sich ebenfalls eine Zigarette an. Sie schwiegen für ein paar Züge. «Fällt Ihnen jemand ein, der Emil hätte umbringen wollen?»

Sie lachte tonlos. «Der einzige Mensch, der mir einfällt, bin ich selber.» Die Zigarette glühte, als sie energisch daran saugte.

Irgendwie mochte Vanzetti diese Frau. «Wieso?»

«Er war ein Idiot. All die Jahre kam er zu mir wie ein kleiner Hund. Hat mir Geschenke und Komplimente gemacht. Und kein einziges Mal hat er versucht, mich zurückzugewinnen.» Sie zerquetschte die Zigarette in einem Aschenbecher. «Hat einfach den Schwanz zwischen die Beine geklemmt und die Trennung hingenommen. Das hat mich mehr geärgert als alles andere.»

Er liess ihr ein paar Sekunden, damit sie sich beruhigen konnte. «Könnte es sein, dass er in etwas Illegales verstrickt war?»

«Emil? Glauben Sie, dass er nicht zufällig erschossen wurde?»

«Das will ich herausfinden.»

Langsam zog sie eine neue Zigarette aus der Schachtel. «Nein, das hätte nicht zu ihm gepasst.» Sie zündete sie an, nahm einen Zug. «Dafür war er viel zu anständig.»

Vanzetti rutschte vom Hocker. «Vielen Dank für die Auskünfte.»

«Gern geschehen.» Mit einem Putzlappen wischte sie den Tresen sauber.

Vanzetti wartete, bis Saxer seinen Satz zu Ende geschrieben und das Notizbuch verstaut hatte. Dann verliessen sie den Nachtclub.

Als sie zurück zum Skoda kamen, knurrte Saxer. Er klaubte den Bussenzettel unter dem Scheibenwischer hervor und zerknüllte das Papier. «Haben diese Idioten denn nichts Besseres zu tun?»

Sie stiegen ein und blieben für ein paar Sekunden schweigend nebeneinander sitzen. Dann verzog Saxer die Miene. «Diese Frau Luginbühl ... Ich weiss nicht recht ...»

Vanzetti erwiderte Saxers skeptischen Blick. «Ja. Ich frage mich auch, was sie uns verschweigt.»

11

Beim Manuel-Schulhaus am Elfenauweg kettete Zoe ihr BMC-Velo an einen Ständer. Bloss 15 Minuten hatte sie am Dienstagmorgen mit dem Rennrad gebraucht von ihrer Wohnung bis ins Brunnadernquartier. Nach ihrer Joggingrunde an der Aare war sie gerade aus der Dusche gekommen, als Nyffeler angerufen hatte. Danach war sie hart in die Pedale getreten. Die Chance, als erste Journalistin an einem Tatort zu sein, wollte sie sich nicht nehmen lassen.

Durch ein offenes Fenster des Manuel-Schulhauses hörte sie eine Klasse *Dr Sidi Abdel Assar* singen. Den Text kannte Zoe auswendig.

Sie überquerte den Elfenauweg und ging an einem Coiffeurgeschäft vorbei auf drei Polizeifahrzeuge zu. Zoe zog die Mütze vom Kopf und stopfte sie in den roten Rucksack, ihr Haar war noch feucht von der Dusche. Pirmin Gloor, ihre Flamme in der 7. Klasse, hatte ihr mal im Matheunterricht zugeflüstert, dass die Schauspielerin Rachel Weisz aus «Die Mumie» ihre Haare immer an der Luft trocknen lasse, da die Hitze eines Föhns deren Struktur zerstöre. Und weil Zoe Pirmin als zukünftigen Ehemann auserkoren hatte, hatte sie sich seinen Rat zu Herzen genommen. Ein paar Wochen später hatte der Blödmann sein

Znüni in der Pause allerdings mit Brigitte Gobeli geteilt. Nach dem Verrat hatte Zoe ihre Heiratspläne begraben, die Abneigung gegen Haartrockner aller Art war ihr jedoch geblieben.

Zwischen einigen Zivilfahrzeugen, einem Leichenwagen mit offener Hecktür und einem Bus der Kriminaltechnik schlängelte sich Zoe durch bis zum rotweissen Absperrband. Konkurrenz von anderen Medien konnte sie noch nicht entdecken. Doch das würde nicht lange dauern. Zoe gesellte sich zu einem Grüppchen Gaffer. Zwei Polizisten in Uniform traten in das weiss gestrichene, dreistöckige Mehrfamilienhaus. Lukarnen ragten aus dem Dach, die gelben Sonnenstoren waren hochgezogen. Ringsum reihten sich ähnliche Häuser aneinander – das Brunnadernquartier war beliebt mit seinen Schulen, Einkaufsgeschäften und der kurzen Distanz zum Stadtzentrum.

Die Leute um Zoe herum tuschelten miteinander, Zoe spitzte die Ohren. «Drogen auch, Kokain.» – «Eine Orgie, hat er gesagt.» – «Zwei oder drei Leichen.» – «So etwas passiert einfach nicht bei uns.» – «Bestimmt aus der Türkei oder Serbien.» – «Da traue ich mich gar nicht mehr aus dem Haus.»

Am Absperrband, zehn Meter entfernt, bemerkte Zoe eine Frau mit kurzen grauen Haaren, Perlenhalskette und blauer Bluse. Trotz der Kühle trug sie keinen Mantel, vermutlich eine Nachbarin. Zoe entfernte sich mit ein paar langsamen Schritten vom

Grüppchen der Gaffer und stellte sich neben sie. «Entschuldigung. Können Sie mir sagen, wer hier wohnt?» Ein Klingelton signalisierte ihr, dass sie eine SMS bekommen hatte.

Die Frau schlang die Arme um den Körper. «Kenne ich Sie?»

«Ich bin von den Berner Nachrichten.»

«Ich lese bloss die NZZ.»

Mit dem Kinn wies Zoe auf die Gaffer. «Dort ist von Drogen und einer Orgie die Rede. Wissen Sie etwas darüber?»

Die Frau stöhnte genervt. «Niemand weiss irgendetwas ... Pah, Drogen. Diese Klatschweiber haben doch keine Ahnung.» Sie spie die Wörter aus wie heisse Maroni. «Nie würde der nette Doktor Galizia ...» Mitten im Satz brach sie ab.

«Ja?»

Die Frau musterte sie. «Das müssen Sie schon selber herausfinden, junge Frau.»

Zoe liess sie stehen, wenigstens hatte sie jetzt einen Namen. Ein Kleinbus von TeleBärn sauste die Strasse hoch und parkierte gegenüber. Sie fischte das Handy aus ihrer Jackentasche und rief die Textnachricht ab.

Junkerngasse Nr. 1.

Die Nummer des Absenders kannte Zoe nicht. War das ein Werbetext? Oder kam es aus der Redaktion? In der Junkerngasse hatte sie doch gestern Leute befragt. Komisch.

Zoe ging das Absperrband entlang, beobachtete jedes Fenster im Haus, jede Bewegung der Polizei dahinter. Vielleicht befragte man dort drin schon Zeugen, die Techniker untersuchten den Tatort. Wo befand sich der eigentlich? Chefredaktor Nyffeler war von einer Nachbarin über den Polizeiaufmarsch informiert worden, offizielle Informationen gab es noch keine. Hektisch suchte Zoe etwas oder jemanden, das oder der ihr weiterhelfen würde. Vielleicht einen Zeugen, den die Polizei entlassen hatte.

Plötzlich spürte Zoe ein eigenartiges Kribbeln im Nacken. Hinter ihr auf dem Trottoir stand eine junge Frau mit einem Kinderwagen, ein Teenager machte Fotos mit seinem Handy. Niemand beachtete sie. Sie durfte sich nicht verrückt machen lassen.

Ein Mann in dunkelblauer Uniform verliess gerade das Haus. Er ging auf die Einsatzwagen zu.

War das nicht …? Glück durfte man auch mal haben.

Sie ging dem Polizisten nach, bis sie ausser Hörweite der Gaffer war. «Hallo, Herr Erb.»

Er drehte sich um, sein Gesicht hellte sich auf. «Mensch, Frau Zwygart, schön, Sie zu sehen. Was tun Sie denn hier?» Mit ausgestreckter Hand kam der Polizist auf sie zu.

Zoe schüttelte seine Hand. «Die Zeitung hat mich hergeschickt.» Mit dem Daumen wies sie zum Haus. «Was ist denn los dort drin?»

«Verstehe, Sie brauchen Informationen.» Verstohlen schaute er sich um. «Kommen Sie mit.»

Niklaus Erb war im Zentrum des zweiten Artikels gestanden, den Zoe für die Berner Nachrichten geschrieben hatte. Mit einer Stiftung unterstützte der Polizist ein Waisenhaus in Nepal, der Heimat seiner Ehefrau. Als das Projekt in Finanzprobleme geschlittert war, hatte sich Erb an verschiedene Zeitungen gewandt. Ausser Zoe hatte sich niemand dafür interessiert. Sie hatte Gespräche geführt, Filme über das Waisenhaus angeschaut und sich bei der Schweizer Botschaft in Nepal versichert, dass es ein seriöses Heim war. Dann hatte Zoe einen Artikel mit positivem Unterton geschrieben und die Kontonummer angefügt. Nach der Publikation waren viele Spenden bei der Stiftung eingegangen.

Der etwas pummelige Mann um die 50 führte sie in eine Seitenstrasse zu einem Polizeiauto. Sie nahmen auf den Vordersitzen Platz, Zoe stellte den Rucksack auf ihren Schoss.

Aus dem Lautsprecher quäkte die Stimme der Zentrale, Erb schaltete das Funkgerät aus.

«Wie läuft es mit dem Waisenhaus?», fragte Zoe.

«Das Geld aus der Spendenaktion wird für mindestens zwei weitere Jahre reichen. Das nimmt mir eine riesige Last von den Schultern. Ich kann gar nicht sagen, wie dankbar ich Ihnen bin.» Mit dem Zeigefinger strich er über seinen schwarzen Schnurrbart.

Zoe winkte ab. «Ich habe bloss meinen Job gemacht.» Mit dem Kinn wies sie nach draussen. «Leider gelingt mir das hier nicht besonders gut. Ich weiss nicht mal, was passiert ist.»

«In der Dachwohnung liegt ein Toter. Er heisst Mauro Galizia, ein Arzt aus dem Inselspital. Da oben ist eine ziemlich grosse Sauerei. Der Mann hat eine Schusswunde in der Stirn, das halbe Hirn fehlt.»

Nur ein grosses Kaliber würde so eine Verletzung verursachen. «Eine Pistole?»

«Wahrscheinlich. Eine Waffe haben wir aber nicht gefunden.»

Zoe stellte den Rucksack in den Fussraum, holte ihren Notizblock heraus, blätterte zu den leeren Seiten am Ende und schrieb mit. «Wann wurde er erschossen?»

«Irgendwann letzte Nacht. Genaueres wissen wir noch nicht.»

«Gibt es Zeugen?»

«Bis jetzt nicht, glaube ich. Die Kollegen von der Kripo stehen aber noch ganz am Anfang. Wir sind erst seit etwa einer Stunde hier.»

Die Digitaluhr auf dem Armaturenbrett stand auf 9.37 Uhr, Zoe notierte sich die Zeit. «Wer hat denn die Leiche gefunden?»

«Eine junge Krankenpflegerin. Galizia ist nicht zum Dienst erschienen und hat sich nicht am Telefon gemeldet. Also hat die Chefin sie hergeschickt.

Als sich auch an der Tür niemand meldete, ist sie zusammen mit dem Hausabwart reingegangen. Ich war auf Patrouille in der Gegend und als Erster hier.»

«Könnte ich mit der Pflegerin reden?»

«Ausgeschlossen. Die ist völlig am Ende mit den Nerven und liegt jetzt selbst im Spital.» Mit der Hand deutete er in Richtung Stadt.

«Sieht es nach Raub aus? Oder mehr nach Beziehungsdelikt?»

«Die Leiche liegt jedenfalls nackt im Bett.»

«Also dürfte er den Täter gekannt haben.» Kurz erhaschte Zoe einen Blick auf zwei Männer, die einen Zinnsarg an der Seitenstrasse vorbeitrugen. Vermutlich lag da Galizia drin.

«Vielleicht.»

«Haben Sie sonst noch irgendetwas?»

«Ich weiss nicht recht. Wenn die herausfinden, dass Sie das von mir haben, bin ich meinen Job los.»

«Ich werde keine Quellen nennen. Versprochen.»

«Ich weiss, dass ich Ihnen vertrauen kann.» Er kontrollierte mit einem Blick in die Autospiegel, ob sich jemand in der Nähe des Autos befand. Dann kramte Erb ein Mobiltelefon aus der Brusttasche seiner Uniform. «Das Ding stand auf Galizias Couchtisch. Es muss neu sein, die Verpackung liegt auf dem Boden. Aber vielleicht bedeutet das auch gar nichts.» Er tippte ein paar Mal auf den Bildschirm, dann hielt er ihn Zoe hin. «Ich habe ein Foto gemacht. Ich fand es einfach seltsam.»

Auf einem niedrigen schwarz lackierten Tisch stand eine durchsichtige Parfümflasche mit einem goldenen Sprühknopf. Zoe vergrösserte das Bild, damit sie die Marke erkennen konnte:

Création Nr. 2.

«Stimmt.» Zoe blickte zu Erb auf. «Kein Mann hat so etwas auf dem Couchtisch.» Jedenfalls keiner von denen, die sie kannte.

Plötzlich fiel ihr die SMS wieder ein. Sie holte das Handy aus ihrer Jacke und kontrollierte das Display:

Junkerngasse Nr. 1.

12

Auf seinem Computermonitor schritt Vanzetti den Tatort in der Junkerngasse nochmals virtuell ab. Mit einer Bewegung der Maus drehte er das Bild und zoomte auf Luginbühl ein, der auf dem Boden lag. Ein Klick liess ihn aufstehen und die Position einnehmen, in der er getroffen worden war. Mit einem weiteren Klick blendete Vanzetti die Flugbahn der Kugel ein.

Die Kriminaltechniker der Berner Kantonspolizei hatten gute Arbeit geleistet – zum Glück. Denn die Bundeskriminalpolizei hatte kein eigenes Labor, sie war auf die Experten der Kantone angewiesen. Der 3-D-Scan des Tatorts und das, was die Software daraus gemacht hatte, zeigten Vanzetti, dass er recht gehabt hatte: Der Schuss war aus der Münstergasse gekommen, von dort, wo der Lieferwagen mit dem Maler-Logo gestanden hatte.

Vanzetti sass ganz vorne im Arbeitsraum an seinem Tisch der Soko Wattenwyl, die Kollegen machten 15 Minuten Pause. Für 11 Uhr hatte er eine weitere Besprechung angesetzt. Vanzetti schaltete den Beamer ein, damit er ihnen die Rekonstruktion des Tatortes vorführen konnte. Mit einem Becher Kaffee in der Hand schlenderte Sandra von Gunten herein und zu ihrem provisorischen Arbeitsplatz am Fenster. Ihr roter Pullover lag eng am Körper, der schwarze Rock endete ein gutes Stück über den Knien, ihre schlanken Beine steckten in schwarzen Strümpfen.

Sandra ertappte ihn beim Glotzen und lächelte leicht spöttisch. «Wann nimmst du mal meine Einladung zu einem Bier an, Alex?» Sie hatte kurzes, knabenhaft geschnittenes Haar, doch sonst war nichts Maskulines an ihr. Sandras Gesicht und Figur brachten jeden Mann zum Stottern. «Oder willst du dein Leben lang bloss schuften und schlafen?»

Ein Bier mit ihr nach Feierabend wäre auf jeden Fall verlockend. Und es wäre Zeit für einen Neuanfang, frauentechnisch. Doch nicht jetzt. «Darauf komme ich … äh … gerne zurück.» Vanzetti schluckte leer. «Sobald wir diesen Fall abgeschlossen haben.»

«Ich nehme dich beim Wort.» Sandra stellte den Becher ab und setzte sich an ihren Computer.

Nach und nach betrat Vanzettis Soko-Team den Raum. Seine Leute setzten sich an die Tische, die in einem langen U vor ihm angeordnet waren. Überall standen leere Kaffeetassen, Brotkrümel und zerknüllte Servietten lagen verstreut über den Akten und am Boden. So konnte kein Mensch arbeiten. Gleich nach der Sitzung würde Vanzetti eine Putzaktion starten.

Saxer kam als Letzter und schloss die Tür.

Vanzetti erhob sich, Ruhe kehrte ein. «Also, die Tatortsimulation hat klar ergeben, dass …»

Es klopfte zwei Mal laut, bevor die Tür schwungvoll geöffnet wurde. BKP-Chefin Oppliger rauschte herein, in ihrem Kielwasser folgte ein Anzugträger um die 40 mit Stirnglatze. «Wir haben Unterstützung für unsere Ermittlungen bekommen, Herrn Armin Jäggi vom Nachrichtendienst des Bundes. Er wird an den Besprechungen der Soko Wattenwyl teilnehmen.»

Vanzetti brauchte doch keinen Aufpasser! Er öffnete den Mund zum Protest, doch Oppliger hob einen Finger. «Herr Jäggi ist auf Anordnung von Bundesrat Marchand hier.» Sie warf Vanzetti einen ihrer berüchtigten Blicke zu: schmale Augen, Stirnrunzeln, spitzer Mund. Das hiess: *Mach keinen Aufstand, Kleiner, sonst schneide ich dir die Eier ab.* Ohne ein weiteres Wort verliess sie den Besprechungsraum.

«Lassen Sie sich von mir nicht stören.» Jäggi wedelte mit einer Hand, als verscheuche er eine Fliege, dann setzte er sich auf einen freien Stuhl an der hinteren Wand.

Vermutlich wäre er gerne mit der weissen Mauer verschmolzen. Doch unter den leger gekleideten BKP-Leuten stach er mit seinem schwarzen Anzug, dem weissen Hemd und der schwarzen Krawatte heraus wie eine Nonne am FKK-Strand. Vanzetti spürte geradezu körperlich, wie sich in seinem Kopf die

Rädchen drehten. Was zur Hölle hatte ein Heini vom Nachrichtendienst hier zu suchen? In welcher Funktion arbeitete Jäggi beim NDB? Und seit wann mischte sich das Verteidigungsdepartement in so einen Fall ein?

Saxer am Pult neben ihm räusperte sich und Vanzetti merkte, dass ihn alle erwartungsvoll anstarrten. «Gut, also, kommen wir zum aktuellen Stand. Wie sieht es mit der Zeugenbefragung beim Münster aus?»

«Wir waren heute nochmals in diesem Coiffeursalon», sagte Wegmüller, dessen minimaler Arbeitseinsatz Vanzetti seit jeher nervte.

«Und?»

«Die Inhaberin bestätigt, was in der Zeitung steht.» Er schob seine rote Brille auf der grossen Nase hoch.

«Wieso muss uns eine Journalistin darüber informieren, woher der Lieferwagen stammen könnte?»

«Wir waren gestern dort, aber diese Coiffeuse rauchte halt draussen gerade eine Zigarette.» Wie immer sprach Schlafmütze Wegmüller betont langsam.

«Ihr habt die Frau dort stehen sehen?» Vanzetti hob die Stimme. «Und sie verdammt noch mal nicht angesprochen?»

«Weisst du, wie viele Wohnungen und Geschäfte es rund um das Münster gibt? Stundenlang haben wir uns die Hacken abgelaufen. Wir waren erledigt.»

Am liebsten hätte Vanzetti den Kollegen gepackt und durchgeschüttelt. Aber Wegmüller würde sich wohl gleich krankschreiben lassen. «Noch so ein Lapsus, und ihr seid beide raus aus der Soko.»

Wegmüller kniff die Lippen zusammen, sein Kumpan Seiler neben ihm starrte auf die Schreibtischplatte vor sich.

«Reto, was hast du über den Transporter erfahren?»

Saxer erhob sich und heftete das Bild eines weissen Lieferwagens an das Whiteboard. «Die gute Nachricht ist, dass wir anhand des Videos das genaue Modell bestimmen konnten. Es ist ein T5, 1,9 Liter, Jahrgang 2006 oder 2007. Die schlechte Nachricht ist, dass es in der Schweiz genau 826 Stück davon gibt. 349 davon sind weiss, fünf tragen das Logo der Malerfirma Gygax. Die Mitarbeiter der Firma habe ich bereits überprüft, die haben alle ein Alibi. Und da keiner der Lieferwagen gestohlen wurde, müssen der oder die Täter das Logo nachgezeichnet haben. Mit einem Computer und einem Plotter ist das ein Kinderspiel. Wir werden die Besitzer aller weissen Lieferwagen abchecken müssen. Später vielleicht noch alle anderen.»

Ein Raunen ging durch die Runde. Diesen Scheissjob würde niemand gerne machen, das wusste Vanzetti. «Seiler und Wegmüller, ihr übernehmt das.» Er wartete auf einen Protest, doch der blieb aus. Schade, sonst hätte er die beiden gleich rauswerfen können. «Nächster Punkt: die Ex-Frau von Luginbühl. Wir haben sie befragt, sie scheint mir nicht ganz koscher. Ich will, dass jemand sie und den Nachtclub Maxim, in dem sie putzt, genauer unter die Lupe nimmt.»

«Das übernehme ich.» Saxer hielt eine Hand hoch.

Ihn wollte Vanzetti nicht mit zu vielen Aufträgen belasten. Andererseits kannte er die Frau bereits. «In Ordnung. Kommen wir zum Mord am Elfenauweg. Sandra, hast du mit den Kollegen von der Kantonspolizei gesprochen?»

Sandra schob ihren Stuhl etwas zurück gegen das Fenster und schlug die Beine übereinander. Die Sonne fiel auf ihre schwarzen Strümpfe. «Beim Opfer handelt es sich um einen Arzt aus dem Inselspital, einen Doktor Galizia. Die Kollegen von der Kantonspolizei sagen, dass sie bis jetzt keinen Zusammenhang zu unserem Fall erkennen können.»

«Im Kanton Bern gab es im letzten Jahr acht Mordfälle. Exakt zwei davon wurden mit Schusswaffen begangen. Jetzt haben wir zwei Tote innerhalb eines Tages mit Schussverletzungen. Und da soll es keinen Zusammenhang geben?»

Abwehrend hob Sandra beide Hände. «Don't kill the messenger.»

Sie würden auf eigene Faust ermitteln müssen. «Hatte Galizia irgendwelche Ämter inne? War er verwandt oder verschwägert mit Politikern?»

«Laut der Kripo nicht. Aber ich werde das noch selber überprüfen.»

«Gut. Und ruf die Kollegen ruhig noch ein paar Mal an, geh denen auf den Wecker. Falls etwas auftaucht, das relevant sein könnte für unseren Fall, will ich es sofort wissen.» Vanzetti checkte die Liste auf seinem Pult, suchte dann nach Anne-Sophie Cattin. Sie sass ganz vorne links mit ihrem kastanienbraunen Dutt. «Die Webseite ‹tod-dem-bundesrat.com›. Bist du einen Schritt weitergekommen, Anne-Sophie?»

Cattin schüttelte den Kopf. «Da laufe ich gegen eine Wand. Die Schweizer Botschaft in Bukarest weiss nicht mal etwas von dieser Webseite. Und der Nachrichtendienst ist nicht gerade hilfreich. Doch auch deren Unterstützung brächte mich kaum weiter. Wenn der Besitzer dieser Webseite nicht total bescheuert ist, hat er das TOR-Netzwerk oder etwas Ähnliches benutzt. Es leitet den Internetverkehr über verschiedene Server weiter und verschleiert die ursprüngliche IP-Adresse.»

«Bleib trotzdem dran. Wer weiss, vielleicht haben die Urheber nicht an alles gedacht.» Vanzetti musterte den Typen hinten im Saal. «Herr Jäggi, kann der Nachrichtendienst der Kollegin helfen in dieser Sache?»

Jäggi nickte Anne-Sophie zu. «Bitte kommen Sie nach der Besprechung zu mir.» Vielleicht war dieser Wachhund doch noch zu etwas nütze. «Danke.

Nächster Punkt: Luginbühls Bankkonten.» Vanzetti wandte sich an Georg Bucher, der am Pult bei der Tür sass, einer von den typischen durchtrainierten Fünfzigjährigen bei der Polizei. «Du kümmerst dich darum. Kontrolliere die Ein- und Ausgänge und schau, ob irgendetwas Auffälliges ...»

«Die Mühe können Sie sich sparen.»

Vanzetti wandte den Kopf. «Wie bitte?»

Jäggi stand vor seinem Stuhl. «Ich war bei der Kantonalbank und habe mir Luginbühls Unterlagen geben lassen. Alle Guthaben, Eingänge und Zahlungen der letzten 20 Jahre. Alles bewegt sich im normalen Bereich.»

Hatte Luginbühl etwa für den NDB gearbeitet? «Auf wessen Anweisung?», fragte Vanzetti.

Jäggi kratzte sich am Kinn, er schien völlig entspannt. «Meine eigene. Ich dachte, dass ich Sie damit entlasten kann. Im Sinn einer guten Zusammenarbeit.»

Blödsinn. «Wo sind diese Unterlagen?»

«In meinem Büro. Ich werde sie morgen mitbringen, wenn Sie das möchten.»

Vanzetti richtete seinen Zeigefinger auf ihn. «Nicht morgen. Sie fahren jetzt augenblicklich in Ihr Büro und holen mir diese Unterlagen. Vollständig. Haben wir uns verstanden?»

Jäggi zuckte mit den Schultern. «Bitte, wie Sie wünschen.» Er ging zur Tür, streckte die Hand nach der Klinke aus.

Die Frage brannte Vanzetti zu sehr auf der Zunge. «Jäggi, sind Sie hier, weil Luginbühl ein Mitarbeiter des NDB war?»

«Nein, nein. Wie kommen Sie denn darauf? Ich weiss auch nicht, wieso man mich hierhergeschickt hat.» Jäggi lächelte vieldeutig, tippte sich mit zwei Fingern an die Stirn und verliess den Raum.

Noch ein paar Sekunden lang starrte Vanzetti auf die geschlossene Tür. Dieser Kerl stank geradezu nach Ärger. Vor dem musste er sich in Acht nehmen.

13

Auf der Münsterplattform tippte Zoe mit flinken Fingern den letzten Satz und setzte einen Punkt dahinter. Fertig. Sie las den kurzen Artikel über den Mord am Elfenauweg nochmals durch. Der Text enthielt die wichtigsten Fakten, doch nicht zu viele Details. Alles wollte sie der Konkurrenz nicht verraten. Noch nicht. Zoe korrigierte ein paar Stellen, las den Artikel erneut durch und klickte dann auf *Senden*.

Der Datenstick übertrug ihren Artikel in die Redaktion an Helen Liniger, die heute Tagesdienst hatte. Sie würde ihn überarbeiten und in wenigen Minuten auf Berner Nachrichten Online veröffentlichen.

Zoe schaltete den Laptop aus und legte ihn auf die Sitzfläche der dunkelgrünen Bank neben sich. Ein paar Tauben und Spatzen hoppelten über den Kies der Plattform und beäugten sie skeptisch. Sie schluckte schwer. Es gab keinen Menschen, vor dem sich Zoe fürchtete. Klar, sie hatte Respekt vor Leuten wie Julianne Moore, Nelson Mandela oder Grosi. Mehr jedoch nicht. Vögel hingegen waren eine andere Sache. Seit ihr mit fünf Jahren eine Möwe in Perpignan ein Schokoladen-Croissant aus der Hand geklaut und sie dabei böse in den Finger gezwickt hatte, misstraute sie diesen Viechern. Lange bevor sie Hitchcocks Film zum ersten Mal gesehen hatte, war Zoe zur Einsicht gelangt: Sollten sich die Vögel dieser Welt jemals zusammenrotten, dann steckte die Menschheit echt im Dreck.

Zwei alte Frauen spazierten über die Kieswege, die Rasenflächen und die übrigen Sitzbänke standen leer. Rotbraunes Laub hing an den Kastanienbäumen, einzelne Blätter segelten herab. Unter der Plattform hörte sie die Aare rauschen.

Zoe zog ihre schwarze Lederjacke enger um den Körper. Sie mochte den Herbst nicht, wenn das Ende nahte, der Tod um die Ecke lauerte. Sie liebte den Sommer, die Hitze, wenn der kleine Park auf der Plattform widerhallte vom Lärm der Menschen.

Sie verstaute den Laptop im Rucksack und kramte einen Papierbeutel heraus. Darin steckte ein Stück trockenes Brot. Sie zerbröselte es und fütterte die Vögel. Das tat sie häufig, es war eine Art Friedensangebot. Zudem wollte sie auf der richtigen Seite stehen, sollte es zur Revolte kommen.

Mit einer Hand holte sie ihr Smartphone aus dem Rucksack und drückte die Schnellwahltaste der Redaktion. Helen Liniger hob nach dem ersten Klingeln ab. «Berner Nachrichten, Lokalredaktion.»

«Zoe hier. Hast du meinen Text bekommen?»

«Ist eingetroffen, danke. Ich werde ihn gleich online stellen. Wie viel Platz brauchst du im Blatt?»

«80 Zeilen, mindestens.»

«Wäre das ein Aufmacher für den Lokalteil?»

«Auf jeden Fall. Ich habe ein paar exklusive Informationen aufgespart.»

«Prima. Allerdings schreibt Walker einen Nachzieher über das Attentat auf Bundesrätin Kölliker. Er sieht den ebenfalls als Aufmacher.»

Aber sicher doch. Alles, was der Starjournalist Walker schrieb, betrachtete der als Topstory. «Mein Artikel wird besser.»

«Hoffentlich. Der Entscheid fällt an der Redaktionssitzung um 17 Uhr. Du wirst doch hier sein?», fragte Helen nachdrücklich.

«Unbedingt.» Zoe würde Werbung machen müssen für ihren Text.

«Ausgezeichnet. Wie sieht es mit Bildern aus?» Helens Tastatur klapperte im Hintergrund.

«Am Elfenauweg habe ich einen Fotografen von Keystone gesehen, aber die Bilder geben wohl nicht viel her. Polizeifahrzeuge und ein Leichenwagen draussen vor einem Haus. Langweilig. Aber ich überprüfe jetzt noch etwas. Eventuell werde ich einen Fotografen herbestellen.»

«Wo bist du denn?»

«In der Stadt. Ich komme bald zurück. Bis dann.» Zoe drückte den Anruf weg, bevor Helen nachfragen konnte. Vorläufig wollte sie nichts erzählen von der geheimnisvollen Textnachricht. Sie verteilte die letzten Krümel Brot unter die Vögel. «Also, Jungs und

Mädels, macht keinen Blödsinn.» Dann warf sie den Rucksack über ihre Schulter.

Zoe verliess die Münsterplattform durch das vergitterte Tor mit den goldenen Speerspitzen. Hoch ragte das Münster über ihr auf, als sie über das Kopfsteinpflaster schritt.

Beim Mosesbrunnen in einer Ecke des Münsterplatzes fing sie an mit der Suche. Vielleicht waren ein paar ihrer Hirnzellen durchgeschmort, doch das Parfüm und die SMS hatten sie auf eine Idee gebracht: Was, wenn der Mord am Elfenauweg die Nummer zwei gewesen war?

Zoe ging um den Brunnen herum, schaute hoch zur Figur mit den Schrifttafeln in den Händen, überprüfte den Rand und das Becken. Dann begab sie sich in die Lauben, guckte ins Schaufenster von Punctum Aureum, einem Goldschmied, kontrollierte Nischen und Spalten, Löcher und einen Abfalleimer. Dasselbe tat sie beim Buchantiquariat Hegnauer und dem Coiffeursalon Blond. Geschäft um Geschäft arbeitete sie sich bis zur Ecke vor, wo die Münstergasse in die Junkerngasse überging. Sie las Kritzeleien auf Mauern und Pfeilern, suchte hinter Werbetafeln und in Luftschächten. Ab und zu warfen ihr Passanten scheele Blicke zu. Sollten die doch glotzen.

Was genau sie hier suchte, wusste Zoe selber nicht. Doch sie würde es schon erkennen, irgendwie. Ihre Anspannung wuchs. Wollte sie überhaupt etwas finden? Dann müsste sie sich der Frage stellen, wer ihr die SMS geschickt hatte. Und weshalb.

Zwischen zwei Lieferwagen hindurch wechselte sie auf die andere Seite der Münstergasse. An die Mauer des Münsters gelehnt sass eine Gruppe Jungs, Teenager, die Kebabs, Pizza und Pommes mampften. Der Duft liess ihren Magen knurren. Es ging auf 13 Uhr zu, sie hatte seit dem Frühstück nichts gegessen. Doch das musste warten.

Ungefähr hier dürfte der weisse Transporter gestanden haben. Mit einem Blick in die Junkerngasse überprüfte Zoe ihren Standort, ging dann zwei Meter nach links, einen Schritt nach rechts und zwei nach vorne. Exakt. Von diesem Punkt aus gesehen bildeten die Lauben in der Junkerngasse einen Tunnel, weiter unten konnte sie das Portal des Von-Wattenwyl-Hauses erkennen. Kein Problem für einen mittelmässig begabten Schützen, dort einen Mann in den Rücken zu treffen.

Zoe drehte sich um die eigene Achse und suchte das Kopfsteinpflaster ab. Dann überprüfte sie die Mauer des Münsters. Sie liess die Hände über die Steinblöcke gleiten, fuhr mit den Fingern in Spalten und Löcher.

Die Jugendlichen beobachteten sie dabei. «Die hat wohl ihren Schlüssel verloren.» – «Bei mir darf die gerne übernachten.» – «Knackarsch.» – «Bei so einer Schnitte landest du nie.»

Zoe drehte ihren Kopf weg und grinste. Danke, Jungs, etwas Aufmunterung konnte sie brauchen. Sie begab sich hinunter in die Junkerngasse und begann wieder von vorne, suchte an Fenstern und auf Garagentoren, hinter Mauervorsprüngen und unter Fallrohren für Regenwasser. Nur die parkierten Fahrzeuge sortierte sie aus.

Sie wechselte von der rechten auf die linke Strassenseite und zurück, arbeitete sich wieder Gebäude für Gebäude vor.

Schliesslich kam Zoe bei Nummer 59 an, dem Von-Wattenwyl-Haus. Die Tür war verrammelt, die Fenster vergittert oder mit Läden verschlossen. Mächtige Pfeiler stützten das Gebäude, Bögen spannten sich über die Laube. Wieder suchte Zoe alles ab nach Beschriftungen oder einem Hinweis.

Nichts.

Vielleicht ging sie das ja völlig falsch an, vielleicht bezog sich die Eins auf eine Hausnummer. Dann müsste sie am anderen Ende der Junkerngasse anfangen.

Sie trat aus den Lauben hinaus in die Gasse und schaute die vier Stockwerke hoch. Das Haus stammte aus dem frühen 18. Jahrhundert, hatte Zoe nachgelesen. Durch eine Schenkung war es 1929 an die Eidgenossenschaft gegangen. Solche Freunde müsste man haben.

Eine zweiflügelige Falltür versperrte den Zugang zum Untergeschoss. Vermutlich waren früher Kohle oder Vorräte über eine Treppe direkt in den Keller geschafft worden. In die Klappe waren zwei kopfgrosse Löcher gesägt, Metallstäbe darin hielten Tiere fern. Zoe kniete sich auf das Holz und guckte ins Innere. Alles dunkel.

Sie stiess sich vom Holz ab und wollte sich bereits der anderen Strassenseite zuwenden. Moment mal. Über einen der Metallstäbe lief ein Faden. Zoe ging nochmals in die Knie und fuhr mit dem Finger über den Stab. Tatsächlich, der schwarze Faden war ans Metall gebunden. Sie zwängte ihre Hand in das Loch. An dem Faden hing etwas.

Mit ihren Fingern holte Zoe den Faden ein, wobei er ihr zweimal aus der Hand rutschte. Beim dritten Mal klappte es. Am Ende des Fadens erfühlte sie den Griff eines Plastiksacks. Mit Fummeln, Quetschen und Ziehen gelang es ihr, den Sack aus dem Loch zu holen. Er war weiss, hatte keine Beschriftung drauf.

Zoe setzte sich auf die Holzklappe und versuchte, von oben einen Blick in den Sack zu erhaschen. Etwas Blaues schimmerte darin. Doch der Faden verschnürte den Griff. Im Sack befand sich etwas Eckiges, so viel konnte Zoe von aussen erkennen. Sie streifte den Rucksack vom Rücken, holte ihr Armee-Sackmesser heraus und klappte es auf.

Stopp, keine Fingerabdrücke drauf machen.

Sie zog den roten Seidenschal vom Hals, wickelte ihn um ihre linke Hand und griff damit nach dem

Sack. Mit der Rechten schnitt sie die Schnur durch. Dann klappte sie das Messer zu, verstaute es in ihrer Jackentasche, wickelte den Schal auch um ihre rechte Hand und öffnete den Beutel. Darin befand sich ein Päckchen von der Grösse eines schmalen Taschenbuchs. Es steckte in dunkelblauem Geschenkpapier und war mit einem goldenen Bändel zugeschnürt.

Zoe schaute sich um. Ein paar Meter entfernt unter den Lauben befand sich eine Sitzbank aus Stein. Sie ging hin, setzte sich und legte Beutel und Rucksack neben sich.

Bestimmt hatte die Polizei hier gestern alles gründlich abgesucht. Diesen Sack konnten die Kriminaltechniker unmöglich übersehen haben. Also hatte jemand das Paket nach ihrem Abzug deponiert. Und Zoe informiert. Wer zur Hölle könnte das gewesen sein? Ein mediengeiler Täter? Ein verrückter Leser? Und was jetzt? Sollte sie die Polizei alarmieren? Zoe griff zum Smartphone.

Halt! Das könnte sie eine Exklusivstory kosten. Sie würde erst mal einen kurzen Blick riskieren. Danach könnte sie die Polizei immer noch anrufen.

Vorsichtig streifte sie den Bändel ab und fummelte am Geschenkpapier herum. Mit den improvisierten Handschuhen musste sie mehrmals ansetzen, bis sie das Klebeband lösen konnte. Dann faltete sie das Papier auseinander.

Zum Vorschein kam eine schwarze DVD-Hülle mit weisser Aufschrift. Auf dem Foto blickten zwei Männer mit ernsten Gesichtern in die Kamera. *Gene Hackman* und *Will Smith* stand darüber. *Der Staatsfeind Nr. 1.* Der Filmtitel liess Zoes Puls rasen wie bei einem Sprint bergauf.

Volltreffer!

Sorgfältig steckte Zoe die DVD, das Papier und den Bändel zurück in den Beutel und dann alles in ihren Rucksack. Den schwang sie auf ihren Rücken, bevor sie im Laufschritt zurück zu ihrem Velo bei der Münsterplattform lief.

Das würde keinen Artikel für den Lokalteil geben, jetzt hatte sie einen Aufmacher für die Frontseite.

14

«Auf keinen Fall gehst du damit zur Polizei.» Mit der linken Hand drückte Lucy das Mobiltelefon gegen ihr Ohr, mit der rechten hielt sie das Lenkrad fest. Im Schritttempo fuhr sie am frühen Nachmittag durch eine Quartierstrasse von Muri, 20 Minuten vom Berner Stadtzentrum entfernt. Wer sich hier ein Landhaus mit Pool und Garten leisten konnte, hatte es geschafft.

«Bist du sicher?», hörte sie Zoe fragen.

«Liebes, die werden nicht bloss die DVD konfiszieren. Die werden dir auch verbieten, darüber zu schreiben. Zur Not mit einer superprovisorischen Verfügung.»

«Das denke ich eigentlich auch. Und ich habe mir die DVD angeschaut, da ist bloss der Film drauf.»

«Also ist es vertretbar, wenn du zuerst deinen Artikel schreibst und die Polizei erst später informierst. Allerdings wird die Polizei bestimmt Stunk machen deswegen. Dann brauchst du Rückendeckung. Also musst du Chefredaktor Nyffeler informieren.»

«Danke, Grosi.» Dann war die Verbindung weg.

Lucy steckte das Telefon in ihre Tasche auf dem Beifahrersitz und kurvte um einen Lexus am Strassenrand. Weshalb bloss waren diese dicken Schlitten bloss alle schwarz? Mochten Bonzen keine Farbe?

Sie freute sich für Zoe. Mit der Exklusivstory über die beiden Morde würde sie sich einen Namen in der Medienszene machen. Das war gut für ihre Karriere – und für Zoe selber. Irgendetwas stimmte nicht mit ihr in den letzten Wochen. Ob Journalismus doch nicht das Richtige für sie war?

An einer Kreuzung setzte Lucy den Blinker und bog nach rechts ab. Irgendwo hier musste doch die Villa ihres temporären Chefs Oliver Schenk stehen.

Ausprobiert hatte Zoe nach der Matura ja einiges, von einem Sportstudium über Germanistik bis hin zur Tauchlehrerin. Zu Lucys Entsetzen war die Kleine sogar freiwillig zum Militär gegangen. Um Himmels willen! Wo Lucy doch Unterschriften für die Abschaffung der Armee gesammelt hatte.

Die perlgrauen Wolken hingen tief, doch nach Regen sahen die nicht aus. Für die Heimfahrt nach Bern würde Lucy das Verdeck öffnen. Dafür hatte sie sich den knallroten Mazda MX-5 schliesslich zur Pensionierung gegönnt. Zwar hatte ihr Cabrio bald 200000 Kilometer auf dem Tacho und die eine oder andere Macke – aber sie selbst ja schliesslich auch.

Da! Die hohe, efeubehangene Mauer kannte sie von ihrem ersten Besuch bei Oli. Lucy bremste ab und schaltete den Motor aus. Sie nahm die Handtasche vom Nebensitz, ihr Blick fiel auf den Nachruf darin. Den hatte sie am Morgen aus der Zeitung geschnitten. *Emil Luginbühl.* So hiess der tote Leibwächter. Der Name sagte ihr zwar nichts, doch das Gesicht auf dem Foto hatte ein paar Zellen in ihrem Hirn ins Rotieren gebracht. Laut Zoe war am Elfenauweg ein Mauro Galizia umgebracht worden, ein Arzt. Dieser Name kam Lucy bekannt vor. Ob sie den mal im Inselspital oder woanders angetroffen hatte?

«Verflixt nochmal.»

Ihr Gedächtnis war immer hervorragend gewesen, Namen und Gesichter hatte sie mühelos speichern und abrufen können. Das hatte ihr über die Jahre einige Türen geöffnet. Doch ihre Fähigkeiten liessen nach. Und die Furcht vor Alzheimer wuchs. Vielleicht würde sie bald Mühe mit den Namen von Freunden und Verwandten bekommen. Und danach nicht mehr zwischen einer Lilie und einer Bratpfanne unterscheiden können.

Im Rückspiegel sah Lucy ein Mädchen, das einen Dalmatiner spazieren führte.

Es war ja nicht so, dass sie mit den Jahren keine Veränderungen an sich festgestellt hätte. Es gab da Haare an ihrem Kinn, die früher garantiert nicht dagewesen waren. Die Haut runzelte an allen möglichen Stellen. Und die Knie erst in der Früh ... Doch auf ihr Gedächtnis hatte sich Lucy immer verlassen können. Bis jetzt.

«Schluss damit», ermahnte sie sich selber.

Sie stieg aus dem Mazda und schloss das Auto ab. Das Mädchen mit dem Hund ging vorbei und grüsste freundlich. Lucy öffnete das hohe schmiedeeiserne Tor in der Efeumauer und schritt auf die Villa zu: breite Fenster, dorische Säulen, kleine Türmchen, Erker und Balkone. Ein wenig schockiert war sie gewesen bei ihrem ersten Besuch. Im Arbeitszimmer hingen Lithografien von Picasso und Chagall an den Wänden, die Bäder hatten goldene Wasserhähne, hinter dem Haus gab es einen riesigen beheizten Pool. *Keine Homestorys,* hatte sie ihrem Kandidaten eingeschärft. Sonst würden sich seine Wahlchancen in Luft auflösen. Auch den schnittigen Jaguar XJ sollte er während des Wahlkampfs in der Garage stehen lassen. Oli hatte auf sie gehört und sich für Fahrten zu Veranstaltungen einen Toyota Prius gemietet.

Lucy ging die Steinstufen hinauf zum Eingangsportal, die zwei Stockwerke hohen Säulen stützten das breite Dach. Neidisch war sie nicht auf diesen Prunk. Bestimmt hatte Olis Schwiegervater dafür schwer schuften müssen. Mit Zündsätzen für Gurtstraffer und Airbags machte die Junker AG heute zwar wieder gutes Geld, doch die Firma hatte laut Oli mehrmals am Abgrund gestanden. Seit er und seine Frau Bettina Junker die Leitung übernommen hatten, war das Unternehmen nochmals deutlich gewachsen.

Noch bevor Lucy die Klingel drücken konnte, schwang die linke Hälfte der drei Meter hohen Eichentür sanft auf. «Ich habe dich kommen sehen.» Oli trug ein weisses Hemd, verwaschene Jeans und weisse Turnschuhe. Er gab ihr einen Kuss auf die Wange. «Danke, dass du so kurzfristig hergefahren bist.»

«Kein Problem.» Sie hatte ja nicht wirklich eine Wahl gehabt, als er sie vor einer halben Stunde angerufen hatte. Zudem hatte er geheimnisvoll getan. Und sie war nun mal sehr neugierig.

Oli führte sie durch die Eingangshalle mit einer freistehenden Treppe, die in einem Kreisbogen bis in den zweiten Stock führte – und direkt aus Vom Winde verweht hätte kommen können. Ein überdimensionaler Orientteppich bedeckte in der Halle fast den gesamten Parkettboden. Gegenüber dem Eingangsportal zweigte ein Flur in den hinteren Teil des Hauses ab.

Lucy ging mit Oli vorbei an einem Esszimmer mit einem Mahagonitisch, an dem bestimmt zwanzig Personen Platz fanden. Dann betraten sie ein weiträumiges Wohnzimmer mit einem weissen Teppich, der so dick war, dass ihre Füsse Abdrücke hinterliessen. Der Raum war auf den gegenüberliegenden Seiten, rechts und links, mit wandhohen, eingebauten Bücherregalen ausstaffiert. Die Rückwand bestand weitgehend aus Glas mit einer Schiebetür in der Mitte. Lucy bewunderte die Aussicht hinter dem Haus über den Pool, eine Wiese, ein paar Bäume und die Aare.

Oli setzte sich auf das schwarze Ledersofa und wartete, bis sich Lucy ihm gegenüber niedergelassen hatte. Er nahm ein weisses Couvert vom Couchtisch, fischte ein paar Fotos im A4-Format heraus und hielt sie ihr hin. «Deswegen habe ich dich angerufen. Ich weiss nicht, was ich davon halten soll.»

Die vielleicht zehn Farbaufnahmen waren etwas grobkörnig und offenbar aus einiger Distanz aufgenommen worden. Eine Frau mit kurzen pinkfarbenen Haaren sass auf einer Bank vor einer Wiese an einem Flussufer. Weitere Bilder mit noch stärkerem Zoom zeigten nach und nach Details. Die Frau hatte ein ausgemergeltes Gesicht, den linken Ärmel ihres Hemdes hochgekrempelt und den Arm abgebunden. Auf einem Foto mit schlechter Auflösung konnte man gerade noch erkennen, dass sie den Inhalt einer Spritze in die linke Armbeuge drückte. Die vier letzten Fotos zeigten die gleiche Frau in einer Quartierstrasse, wo sie im Minirock und mit hohen Stiefeln auf dem Trottoir stand und mit Automobilisten sprach. Auf einem Foto stieg sie ein. So verdiente sie offenbar das Geld für die Drogen. «Kennst du die Frau?», fragte Lucy.

«Das ist Rahel, die Tochter von Eva Bärtschi.»

Den Namen der Ständerätin zu hören, fühlte sich an, als ob Lucy ein langes Haar im letzten Bissen ihres Essens gefunden hätte. Nein, eher einen gelben Zehennagel. Ausgerechnet Bärtschi. Lucy bemühte sich um einen gefassten Gesichtsausdruck. «Bist du sicher?»

«Ja, ich bin ihr schon mal begegnet. Aber damals wusste ich nicht, dass sie … so ein Problem hat.»

«Woher hast du diese Fotos?»

«Sie lagen heute in der Post. Ohne Absender. Was hältst du davon?»

Lucy blies ihre Wangen auf. Ständerätin Eva Bärtschi war eine Konkurrentin von Oli, niemand zweifelte an ihrer Wiederwahl. Bereits in den 1970er-Jahren hatte die linke Politikerin im Nationalrat gesessen. Sie war es gewesen, die den Sitz von Felix geerbt hatte. Nach dessen Selbstmord. In den ihn Eva getrieben hatte. Bilder schossen Lucy durch den Kopf, die sie seit Jahrzehnten tief zu vergraben suchte. Jetzt schnitten ihr die Erinnerungen die Luft ab.

«Lucy? Alles in Ordnung mit dir?»

Rasch legte sie einen Deckel über die Gedanken und schaute in Olis besorgtes Gesicht. «Ich frage mich, wer dir diese Fotos geschickt hat. Und wieso gerade jetzt.»

«Offenbar jemand, der Bärtschi schaden will. Wir könnten sie an die Medien weitergeben. Bestimmt würde sie Stimmen verlieren.»

Lucy stapelte die Fotos und legte sie auf den Tisch. «Das bezweifle ich. Man kann Eva nicht ankreiden, dass ihre Tochter abgestürzt ist. Die ist erwachsen und selbst für ihr Leben verantwortlich.»

«Aber Bärtschi lässt bei jeder Gelegenheit verlauten, wie wichtig ihr die Familie ist. Die Bilder würden sie als Heuchlerin entlarven.»

Eine Heuchlerin war Eva zweifellos. Nur zu gerne würde Lucy dieser Schlange den Kopf abschlagen.

Aber nicht so. «Das geht nicht. Wir würden mit einer Veröffentlichung nur Evas Tochter an den Pranger stellen. Auf diese Weise dürfen wir uns nicht instrumentalisieren lassen. Ausgeschlossen.»

«Gut, ja.» Oli erhob sich und trat mit verschränkten Armen an die Schiebetür, den Rücken ihr zugedreht. Er schien etwas enttäuscht. «Vermutlich hast du recht. Ich hatte einfach gehofft, dass wir …»

Mit einem lauten Knall explodierte die Glastür und Scherben flogen durch das ganze Zimmer. Oli schrie auf und brach zusammen.

Ein Schauer aus Glas regnete auf Lucy herab, Splitter bissen in ihre Wange. Sie liess sich vom Sessel flach auf den Boden fallen und drückte ihren Kopf in den Teppich. Dann wartete sie ab, horchte auf Schritte oder Stimmen.

Doch nichts geschah. Im Garten pfiffen die Vögel.

Lucy drehte den Kopf, sah Oli vor der Schiebetür liegen. «Oli?»

Er gab keine Antwort.

Über die Splitter im Teppich robbte Lucy zu ihm hinüber, packte ihn an der Schulter, drehte seinen Körper auf den Rücken. «Mein Gott!»

Oli hatte die Augen geschlossen, sein Oberkörper war von Blut überströmt.

«Oli, los, wach auf!» Auf der Suche nach einem Puls tastete Lucy hektisch sein Handgelenk ab, seine Brust, seinen Hals. Doch sie spürte nichts.

15

Die klapprigen Holzmöbel, der faserige rote Teppich und die altmodische Kaffeemaschine im kleinen Besprechungsraum der Berner Nachrichten zelebrierten die über 100-jährige Geschichte des Blattes. Die ehemaligen Verleger starrten mitleidig von den Ölgemälden an den weissen Wänden, es müffelte nach Möbelpolitur und Macht. Im vierten Stock der Redaktion an der Effingerstrasse, nur fünf Minuten vom Bundeshaus entfernt, fühlte sich Zoe wie vor einem Tribunal. Oben am Tisch sass Chefredaktor Nyffeler, flankiert von Hausjurist Karadimas und Starschreiber Walker.

«Wir müssen vorsichtig sein.» Mit den Fingern fuhr Georges Karadimas durch sein schwarzes welliges Haar. Der dunkle Teint des Anwalts Ende 40 gab einen Hinweis auf seine griechische Herkunft. «Im Prinzip werden wir den Leserinnen und Lesern ja mitteilen, dass ein Serienmörder in Bern unterwegs ist. Möglicherweise bricht deswegen Panik aus.»

Zoe hätte in die gemaserte Tischplatte beissen können. Um 16 Uhr hatte die Besprechung begonnen, seit einer halben Stunde kamen sie nicht vom Fleck. Ständig brachte der Anwalt des Verlags neue Einwände vor. «Die Leser sind doch nicht blöd. Es ist ja nicht so, dass jeder Beliebige in Gefahr schwebt. Der Täter wählt seine Opfer gezielt aus.»

Ihr gegenüber wippten die buschigen Augenbrauen von Nyffeler auf und ab – ein Zeichen, dass er unter Stress stand. Er schaute Zoe durchdringend an. «Sind Sie ganz sicher, was Sie da in der Hand haben?»

«Die DVD mit der Nummer 1 im Titel war versteckt in der Junkerngasse. In der Wohnung des toten Arztes fand die Polizei ein Parfüm, das Création Nummer 2 heisst. Es braucht keinen Astrophysiker, um den Zusammenhang zu erkennen.»

«Und Sie haben keine Ahnung, wer Ihnen diesen Tipp geschickt hat?», fragte Nyffeler.

«Nein, die Nummer kenne ich nicht. Und die Swisscom gibt mir keine Auskunft über den Besitzer. Wobei das sowieso nichts brächte. Der Absender wäre schön blöd, wenn er sein eigenes Handy verwendet hätte.»

«Ein verflossener Liebhaber vielleicht.» Walker grinste anzüglich.

«Witzig», sagte Zoe bloss.

Karadimas hob einen Finger. «Und woher kennt der Absender Ihre Handynummer?»

«Die steht auf meinem Visitenkärtchen. Und die verteile ich oft.»

Nyffeler nickte. «Das gehört zum Job.» Er tippte die Fingerkuppen aufeinander. «Wie sicher ist Ihre Quelle für dieses Parfüm?»

«Absolut vertrauenswürdig. Es ist ein Polizist, den ich von einer früheren Recherche kenne.»

Andy Walker räusperte sich. «Vielleicht würde es helfen, wenn ich mit dieser Quelle rede. So könnte ich die Aussagen verifizieren.» Sein silberblondes Haar war militärisch kurz geschnitten, er trug einen grauen, teuren Anzug und eine dunkelblaue Krawatte. «Versteh das nicht als Misstrauen dir gegenüber, Zoe. Ich biete bloss meine Hilfe an.»

Na, vielen Dank auch. Zoe verzog keine Miene, doch sie hätte Walker den Finger ins Auge drücken können. Seine Art Hilfe kannte sie mittlerweile. Zunächst inszenierte er eine grosse Show von wegen Zusammenarbeit. Er würde ihr seine Unterlagen, Notizen und Kontakte anbieten – und im Gegenzug natürlich das Gleiche von ihr erwarten. Wenn er dann genug Material geschnorrt hätte, würde er die Geschichte an sich reissen.

Zoe hatte das auf die harte Tour lernen müssen. Während ihres Volontariats hatte Walker als ihr Mentor fungiert. Sie hatte den Tipp bekommen, dass eine Berner Grossrätin beim Umbau ihrer Villa massiv gegen Bauvorschriften verstossen hatte. Zoe hatte recherchiert, Zeugen befragt und die Rohfassung des Artikels geschrieben. Daraufhin hatte Walker den Text komplett überarbeitet und unter seinem Namen veröffentlicht. Netterweise hatte er auch Zoe erwähnt, ganz am Ende, unter *Mitarbeit*.

Der Artikel hatte eingeschlagen wie eine Faust der Klitschkos. Die Grossrätin war zurückgetreten und Walker für den Swiss Press Award nominiert worden. Wenigstens hatte er den Preis nicht bekommen, sonst wäre Zoe aus einem Fenster gesprungen. Nur ein Gutes hatte die ganze Geschichte gehabt: Als Anerkennung für die «gute Unterstützung bei der Recherche» hatte ihr Nyffeler eine feste Stelle bei der Zeitung angeboten.

«Mein Informant hat nur unter der Bedingung mit mir geredet, dass ich seinen Namen geheim halte.»

Walker lehnte sich vor. «Gib mir doch mal seine Telefonnummer. Ich werde ihn anrufen. Ganz unverbindlich.»

Nyffeler nickte, als ob er das eine gute Idee fände.

«Die kenne ich nicht», log Zoe. «Ich habe ihn zufällig am Tatort getroffen.»

«Dann rufe ich bei der Kantonspolizei an und lasse mich verbinden. Wie heisst er denn?»

«Nein, Andy.» Nyffeler schüttelte den Kopf. «Wir wollen nicht riskieren, dass er auffliegt. Wer weiss, ob wir diese Quelle nochmals brauchen im Laufe der Ermittlungen.»

Walker wedelte mit der Hand. «Bitte, wie du meinst. Aber es soll mich niemand verantwortlich machen, wenn das in die Hose geht.»

Unruhig rutschte Karadimas auf seinem Stuhl herum. «Möglicherweise behindern wir die Ermittlungen in einem Mordfall. Das kann uns in Teufels Küche bringen. Wir sollten die Beweise sofort der Polizei übergeben.»

Nyffeler winkte ab. «Dann werden andere Medien davon erfahren. Die haben dort auch ihre Informanten.» Er kratzte sich am Kinn. «Wir könnten sie aber am Abend abliefern, kurz nach Redaktionsschluss. Das wäre zu spät für die Konkurrenz.»

Karadimas spitzte die Lippen. «Ja, das wäre akzeptabel.» Er tippte mit dem Finger auf die Tischplatte. «Die Berichterstattung muss aber zurückhaltend sein. Wir haben keine sicheren Beweise und keine Bestätigung der Polizei.»

«Das versteht sich von selbst, Georges. Wir sind kein Boulevard-Blatt.» Nyffeler wandte sich Zoe zu. «Wie würden Sie Ihren Artikel denn aufbauen, Frau Zwygart?»

«Ganz bestimmt nähme ich keinen Titel im Sinn von *Serienkiller macht Bern unsicher*. Nicht mal das Wort Serienmörder würde ich verwenden. Es genügt, wenn ich den Tatort am Elfenauweg und meinen Fund in der Junkerngasse beschreibe. Den Zusammenhang werden die Leserinnen und Leser ganz alleine herstellen.»

Karadimas rümpfte die Nase. «Ich bin skeptisch. Hat Frau Zwygart die Erfahrung für so einen heiklen Fall?»

Walker lehnte sich vor und hob die Augenbrauen. «Meine Rede.»

Mit Daumen und Zeigefinger strich Nyffeler über seine Mundwinkel. «Diese Geschichte wird Schlagzeilen im ganzen Land machen. Das ist Ihnen hoffentlich klar, Frau Zwygart.»

«Absolut.» Das wollte sie doch hoffen.

«Das dürfen Sie nicht vermasseln.»

«Keine Sorge.» Ein Vibrieren in Zoes Hosentasche signalisierte, dass sie eine SMS bekommen hatte.

«Wie gesagt, ich biete meine Hilfe an», warf Walker ein.

Herrgott, konnte der Kerl nicht einfach die Klappe halten? «Danke, das ist gut zu wissen.»

Durchdringend schaute Nyffeler Zoe für ein paar Sekunden an. «Also gut, dann machen Sie sich an die Arbeit. Frontseite, 120 Zeilen. In einer Stunde will ich den ersten Entwurf auf meinem Tisch haben.» Er erhob sich, Walker und Karadimas folgten seinem Beispiel.

Zoe fischte das Handy aus ihrer Hosentasche und rief die Nachricht ab.

Oli ist angeschossen worden. Bin im Inselspital. Lucy.

Es fühlte sich an, als ob sie einen Faustschlag in die Magengrube bekommen hätte. «Scheisse.»

«Was ist?», fragte Nyffeler.

«Sorry, ich muss los.» Zoe preschte aus dem Sitzungszimmer.

16

Das Zittern ihrer Hände hatte Lucy drei Stunden nach dem Attentat unter Kontrolle bekommen. Doch so richtig auf dem Damm fühlte sie sich noch nicht. Mein Gott, um ein Haar wäre Oli vor ihren Augen gestorben.

Durch einen Spalt in der Schiebetür guckte sie ins Zimmer der Intermediate Care Station im Inselspital. Im grellen Licht der Neonröhren wirkte Olis Gesicht mit den geschlossenen Augen kalkweiss. Das Laken, unter dem er lag, hob sich mit jedem Atemzug, seine bandagierte Schulter ragte daraus hervor. Um ihn herum piepsten Monitore, die Puls, Atmung und andere Vitalfunktionen überwachten. Aus einem Behälter tropfte Infusionslösung in einen Schlauch an seinem Arm.

Olis Ehefrau sass auf einem Stuhl neben dem Bett. Erst als Lucy die Schiebetür aus Milchglas hinter sich schloss, hob Bettina Junker den Kopf. Sie trug ein dunkelblaues Kostüm. Das straff in einem Chignon gebundene dunkelblonde Haar der 43-Jährigen, die hohlen Wangen und die spitze Nase wirkten noch angespannter als sonst. Als ob ein Piekser reichen würde, um die Hülle platzen zu lassen.

«Wie geht es ihm?», fragte Lucy.

Bettina brachte ein schwaches Lächeln zustande. «Einigermassen. Ich warte auf einen Arzt, der mich informiert.» Sie hatte die Beine übergeschlagen, wippte nervös mit dem Fuss. «Danke, dass Sie mich sofort angerufen haben.»

«Keine Ursache.» Nach dem Attentat hatte Lucy den Notruf gewählt und versucht, die Blutung an Olis Schulter zu stillen. Eine gefühlte Ewigkeit später war der Notarzt aufgetaucht, kurz danach hatten Polizisten die Villa in Beschlag genommen. Bevor Lucy ins Inselspital gefahren war, hatte sie Bettina in der Firma angerufen. Sie kannte Olis Frau nicht besonders gut, während des Wahlbrimboriums hatte die sich stets im Hintergrund gehalten.

Eine Ärztin öffnete die Schiebetür. Sie wirkte sehr jugendlich und trug einen kleinen Silberbarren in der linken Augenbraue. Die Ärztin taxierte Lucy, warf sie wohl in die Tonne mit dem Alteisen und ging mit ausgestreckter Hand auf Olis Frau zu. «Frau Junker? Ich bin Doktor Urwyler. Ich habe Ihren Mann operiert.»

«Wird er wieder gesund?»

«Keine Sorge», sagte sie, «es sieht schlimmer aus, als es ist. Die Kugel ist in der Schulter stecken geblieben, ich habe sie vollständig entfernen können. Beim Sturz auf den Boden hat er sich einen Zahn ausgeschlagen, möglicherweise hat er auch eine leichte Hirnerschütterung. Doch Ihr Mann ist in guter körperlicher Verfassung, das wird er verkraften.»

«Wird alles restlos verheilen?» Bettina ballte die Fäuste, ihre Fingerknöchel traten weiss hervor.

«Absolut. Schon in ein paar Tagen wird er wieder auf den Beinen sein. An der Schulter wird eine Narbe übrig bleiben. Dann hat er was zum Angeben.»

Lucy mochte diese junge Ärztin auf einmal doch. «Was war das für eine Kugel?» Zu gerne hätte sie gewusst, ob derselbe Täter wie bei Luginbühl und Galizia zugeschlagen hatte.

«Damit kenne ich mich leider nicht aus. Aber ein Polizist hat sie eingepackt.» Die Ärztin kontrollierte zwei Monitore am Bett. «Alles in Ordnung, wir werden ihn noch heute auf die Bettenstation verlegen. Ich muss jetzt meine Runde machen. Aber Sie können mich jederzeit anpiepsen lassen.» Mit einem Nicken zu Lucy und Bettina verliess sie das Krankenzimmer.

Eine Frage brannte Lucy auf der Zunge: Gab es eine Verbindung zwischen Oli, Luginbühl und Galizia? Doch damit durfte sie Olis Frau jetzt nicht belästigen. «Kann ich noch etwas für Sie tun, Frau Junker? Im Flur wartet ein Polizist auf mich.»

Bettina klammerte sich mit beiden Händen ans Bett. «Nein, ich komme schon klar.»

Lucy zögerte, entschied sich dann aber doch zu gehen. «Okay, bis später.»

Vor der Schiebetür hielt ein uniformierter Polizist Wache – aus Sicherheitsgründen. Sie sah sich nach dessen Kollegen um, dem Mann mit dem Ziegenbärtchen. «Wo ist denn Herr Müller?»

«Auf der Toilette.»

«Sagen Sie ihm bitte, dass ich dort drüben warte.» Sie deutete auf ein paar weisse Schalensitze in der Mitte der blassgelben Wand des Flurs. Ob die Farbe aufgeregte Angehörige beruhigen sollte?

«… Sie mich nicht an, Sie Hornochse! Sonst werden Sie es bereuen.»

Die laute Stimme scholl vom Empfangstresen der Station her. Lucy erkannte ihre Enkelin auf Anhieb. Zoe riss sich weiter vorn im Flur von einem Pfleger los, der sie am Ärmel festhielt. Sie eilte auf die beiden zu, ihre Schuhe quietschten auf dem grauen Linoleum.

«Grosi, Gott sei Dank.» Zoe begutachtete die Pflaster auf Lucys Gesicht und Händen. «Bist du verletzt?»

«Keine Sorge, mir geht es gut. Das sind nur ein paar Schrammen.»

Der Pfleger stellte sich vor Lucy. «Sie kennen diese Frau?»

«Das ist meine Enkelin.»

«Das ist ein Spital, keine Bar. Wir arbeiten hier ruhig und professionell.» Der junge Mann mit Dreitagebart wies auf Zoe. «Beim nächsten Ausraster rufe ich den Sicherheitsdienst.»

Lucy legte ihm eine Hand auf den Arm. «Es wird keine Probleme mehr geben.»

Der Pfleger schaute sie für ein paar Sekunden skeptisch an und stampfte davon.

Lucy schüttelte den Kopf. «Zoe, also wirklich ...»

«Die wollten, dass ich erst ein Formular ausfülle. Birkenstock-Heinis! Dabei habe ich mir solche Sorgen gemacht.» Zoe beäugte Lucy von oben bis unten. «Wie siehst du denn aus?»

«Die Schlabber-Hose und das T-Shirt habe ich von einer Pflegerin bekommen. Meine Kleider sind etwas ... schmutzig.» Vom Blut sollte sie besser nichts erzählen.

«Warst du denn in Muri heute?»

«Ja, wir hatten eine Besprechung. Dann hat irgendjemand auf Oli geschossen.»

«Du warst dabei?» Zoe legte eine Hand auf ihren Mund. «Wie geht es ihm?» Ihr Gesicht wurde ganz weiss.

Lucy nahm Zoe am Arm. «Komm, wir setzen uns erst mal hin.»

Zoe liess sich zu einem weissen Schalenstuhl vor der blassgelben Wand führen und setzte sich. «Ich muss Oli sehen.»

«Seine Frau ist gerade bei ihm.»

«Du verstehst nicht.» Zoe zitterte am ganzen Körper.

«Keine Sorge, Zoe.» Lucy setzte sich neben sie und nahm ihre Hand. «Oli ist nicht ernsthaft verletzt. Er kommt wieder auf die Beine.»

Zoe lehnte sich zurück, legte eine Hand an die Stirn, schloss die Augen und atmete ein paar Mal tief durch. Tränen liefen über ihre Wangen.

Noch selten hatte Lucy sie so aufgewühlt gesehen. Sie legte einen Arm um Zoes Schultern. «Alles kommt wieder in Ordnung.»

«Gar nichts kommt in Ordnung.» Zoe wischte sich die Tränen mit der Hand weg. «Seit Wochen will ich mit dir reden. Aber es gab nie den richtigen Zeitpunkt.»

Ja, das hatte Lucy gemerkt. «Was hast du denn, Liebes?»

Zoe nahm eine Packung Taschentücher aus ihrer Lederjacke, kramte eines heraus und schnäuzte sich. «Im letzten Dezember, als ich meinen Stage bei der Zeitung machte, kündigte Oli seine Kandidatur an. Ein Schauspieler, parteilos. Niemanden interessierte das. Deswegen hat die Redaktion mich hingeschickt.»

«Ich weiss. Du hast ein schönes Porträt geschrieben.»

Zoe nickte. «Am Medientermin waren wir bloss zu dritt, ein Journalist vom Blick, Oli und ich. Der Kollege stellte bloss ein paar Fragen zu Olis Filmen und rauschte gleich wieder ab. Ich hingegen interessierte mich für Olis politische Ziele, hakte nach. Er war sehr charmant, witzig, sogar etwas schüchtern. Ganz anders, als ich ihn mir vorgestellt hatte.»

Oh, nein, Zoe. «Und?»

«Ein paar Tage später hat er mich angerufen, mich zu einem Essen eingeladen. Eines führte zum anderen.»

Lucy musste Tomaten auf den Augen gehabt haben. «Ihr habt eine Affäre.»

«Das tönt so ... geschmacklos. Es ist viel mehr als das. Ich weiss auch nicht, wie das passieren konnte. Irgendwie sind wir einfach reingerutscht.»

«Das ist nicht gut, gar nicht gut. Weiss seine Frau davon?»

«Garantiert nicht. Wir sind sehr vorsichtig, treffen uns vielleicht einmal pro Woche. Und immer weit weg von Bern, in kleinen Hotels oder Pensionen.»

Oli war stets unbekümmert aufgetreten. Wie hatte Lucy nur so blind sein können? «Früher oder später ...»

«Frau Eicher?» Kantonspolizist Müller mit dem Ziegenbart stand vor ihnen. «Kann ich jetzt Ihre Aussage aufnehmen?»

Lucy nahm den Arm von Zoes Schultern. «Meine Enkeltochter macht sich grosse Sorgen um mich.» Sie hielt zwei Finger hoch. «Bitte geben Sie mir zwei Minuten.»

Das gefiel Herrn Müller offensichtlich nicht, doch er schluckte seinen Ärger herunter. «Selbstverständlich. Ich warte dort drüben auf Sie.» Er zeigte auf ein paar freie Stühle am Ende des Flurs.

Sobald er ausser Hörweite war, legte Lucy eine Hand auf Zoes Wange. «Du musst das beenden.»

Zoe zerknüllte das Taschentuch in ihren Händen.

«Ich habe es ja versucht, mehrmals. Doch sobald ich ihn wiedersehe ... Wie er mich anschaut, mit mir redet – ich schmelze einfach dahin. Dabei bin ich doch eigentlich gar nicht so gefühlsduselig.»

Das stimmte. Lucy hatte stets den Eindruck gehabt, dass Zoes Beziehungen rationale Entscheidungen gewesen waren. Und sie wäre glücklich, wenn Zoe sich einmal so richtig verlieben könnte. Doch nicht in einen verheirateten Mann. «Du musst es beenden.»

«Oli will sich aber scheiden lassen.» Ihre Stimme war bloss noch ein Flüstern.

Diesmal zuckte Lucy zusammen. Das konnte er nicht ernst meinen. «Er ist Chef einer grossen Firma und will in die Politik einsteigen. Du bist eine talentierte Journalistin, hast eine schöne Karriere vor dir. Wenn ihr das durchzieht, werdet ihr vieles aufgeben müssen. Olis Firma gehört seiner Frau. Seine Wähler werden eure Beziehung nicht goutieren. Und du hast ein sehr positives Porträt über einen Mann geschrieben, den du liebst. Das würde deinen Namen in der Medienszene noch nachträglich ruinieren.»

Zoe seufzte, dann schnäuzte sie sich. «Ich weiss das alles, Grosi. Nächtelang habe ich darüber gebrütet. Und ich will nicht schuld daran sein, dass er sein ganzes Leben aufgibt. Ich liebe meinen Job. Aber ich hätte doch nie gedacht, dass es so weit kommt.»

«Man macht verrückte Dinge, wenn man sich einsam fühlt. Trotzdem. Du musst dich von ihm trennen. So schnell wie möglich. Auch wenn es euch beiden schwerfällt.»

«Vielleicht ist es sowieso schon aus. Wir hatten gestern einen heftigen Streit.»

Hoppla. «Weshalb?»

«Na ja, eigentlich war es gar kein Streit. Zumindest am Anfang nicht. Ich habe ihn angerufen und bloss gefragt, ob er von dem Anschlag auf die Bundesrätin gehört habe. Und ob er meine, dass sie das Ziel gewesen sei. Oder der Leibwächter, dieser Luginbühl. Oli sagte, dass ich mir darüber keine Gedanken machen solle. Doch ich liess das Thema nicht fallen, es hat mich stark beschäftigt. Das hat ihn geärgert, er hat mich so von oben herab behandelt. Ein Wort führte zum anderen ...»

Eigenartig. «Weisst du, ob er Luginbühl kannte? Oder Galizia?»

«Keine Ahnung. Denkst du, dass er deswegen so komisch reagiert hat? Das wäre eine Erklärung.»

Nachdenklich spitzte Zoe die Lippen. «Die Geschenke! Hat die Polizei eines gefunden in Olis Haus? Oder sonst etwas mit einer Nummer drauf?»

So gefiel ihr Zoe viel besser, dachte Lucy. Vielleicht würde die Kleine diese Beziehung leichter beenden können, wenn sie sich in die Arbeit stürzte. Und Lucy würde sie dabei unterstützen. «Das weiss ich nicht. Aber der Polizist dort drüben will mir Fragen stellen. Mal sehen, ob ich den Spiess umdrehen kann.»

17

Dreimal musste Vanzetti den Schlüssel ansetzen, bis er ihn ins Schloss seines Hauses am Sonnmattweg in Münsingen stecken konnte. Es ging auf 23 Uhr zu und er fühlte sich noch erschöpfter als sonst nach einem langen Arbeitstag. Auf der 15-minütigen Fahrt mit der S1 von Bern war er eingeschlafen, beinahe hätte er seine Station verpasst.

Endlich liess sich der Schlüssel drehen, das Schloss sprang auf.

Drei Attentate in zwei Tagen. Und diese Trottel von der Kantonspolizei weigerten sich immer noch, einen Zusammenhang zu suchen.

Im Flur knipste er das Licht an und hängte seine Jacke an den Haken aus Gusseisen. Sobald er die Meldung aus Muri gehört hatte, war Vanzetti zur Villa von Schenk gefahren. Die Kollegen von der Kapo hatten ihn eine kurze Runde durch das Wohnzimmer und den Garten drehen lassen, ihn dann aber rasch wieder hinauskomplimentiert. Bestimmt steckte Kripo-Chef Pulver hinter der Heimlichtuerei.

Vanzetti streifte die Schuhe ab, stellte sie auf das Gestell, schlüpfte in die Finken, ging ins Wohnzimmer, schaltete die Stehlampe ein, warf sich auf die Couch und legte den Kopf auf die Armlehne. Er sollte zu Bett gehen. Doch so erschöpft der Körper auch war, sein Hirn gab noch keine Ruhe. Vanzetti drehte sich seitlich zum Bücherregal, das fast die ganze Stirnseite des Wohnzimmers füllte.

Von den Biografien links oben bis zu den Reiseführern rechts unten hatte alles seinen Platz. In der verschlossenen Vitrine im Zentrum verwahrte Vanzetti seine Bücherschätze: Alfieri, Manzoni, Pirandello, Leopardi, Ungaretti, Moravia, Calvino. Vom Sofa aus erkannte er jede der 28 Erstausgaben am Buchrücken.

Gelesen hatte Vanzetti keines davon, dafür war sein Italienisch nicht gut genug. Doch im Kopf hörte er die sanfte Stimme seines Nonno, der ihm daraus vorlas und einzelne Passagen übersetzte. Vanzetti sah Nonno im zerschlissenen Sessel in der Dachkammer sitzen, die Pantoffeln an den Füssen und die Pfeife im Mund. Sein geliebter Nonno, ein Literaturprofessor aus Turin, der vor Mussolini in die Schweiz hatte flüchten müssen und bloss Nonna und eine Kiste voller Bücher hatte retten können.

Für einmal brachte ihr Anblick Vanzetti keinen Trost. Den ganzen Tag hatte er recherchiert, telefoniert, er hatte Luginbühls Wohnung besucht und die Bankauszüge durchforstet. In einem Punkt hatte Geheimdienstmann Jäggi recht gehabt: Die Konten zeigten keinerlei Auffälligkeiten, Luginbühl hatte 28 000 Franken auf einem Spar- und 7000 Franken auf dem Lohnkonto. Falls der vermögend gewesen war, musste das Geld anderswo gebunkert sein. Auch die Suche nach dem Lieferwagen und nach den Urhebern der Droh-Webseite hatte bis jetzt nichts gebracht.

Vanzetti hatte Hunger. Es half nichts, er stand auf, ging in die Küche, öffnete den Kühlschrank: ein halbes Stück Tilsiter, eine angebrochene Flasche Milch, zwei Tomaten, ein Apfel. Er hätte noch einkaufen sollen. In den Schränken fand er nichts ausser einer Schachtel Cornflakes. Lust auf Frühstück hatte er jetzt nicht.

Mit einem Bissen Apfel im Mund liess Vanzetti im Badezimmer die Wanne volllaufen, ganz heiss.

Zurück im Wohnzimmer legte er B.B. King in den CD-Player – *Live at the Apollo*. Die Bluesgitarre füllte das stille Haus, als er seine Kleider auf die Couch ablegte, eine Schachtel Zigaretten, Zündhölzer und Lichtjahre vom Beistelltisch nahm.

Im Badezimmer biss er ein weiteres Stück Apfel ab, legte die Zigaretten auf die Kacheln neben die Badewanne und stieg sachte ins Wasser.

Drei Viertel von Lichtjahre hatte er gelesen, er mochte James Salter. Doch als er es beim Buchzeichen aufschlug, wusste er bei der erste Zeile sofort: Heute gings nicht. Vanzetti klappte das Buch zu, legte es auf die Badematte, tauchte tiefer in das Wasser ein, schloss die Augen und fühlte, wie der Dampf über sein Gesicht strich. Schweisstropfen bildeten sich auf seinen Augenbrauen und in den Haaren, doch es fühlte sich gut an, wie eine porentiefe Reinigung von allem, was ihn schmutzig machte.

In drei Wochen würden es zwei Jahre sein. Bald hätte er die beiden schlimmsten Jahre seines Lebens überstanden. Hals über Kopf hatte er sich – er, der stets Analysierende, Berechnende – in die Beziehung mit Tamara gestürzt. Manchmal war er wie ein verliebter Teenager tagsüber aus dem Büro geschlichen, um sich kurz mit ihr zu treffen – zum Händchenhalten, zum Sex oder zum Quatschen.

Er blies über das Wasser, es bildeten sich kleine Wellen.

Klar, auch sie hatten wie alle Paare ein Auf und Ab gehabt. Doch die Tiefen waren nichts im Vergleich zu den Höhen gewesen.

Mit Tamaras Schwangerschaft hatte ihre Beziehung nochmals eine ganz neue Ebene erreicht. Zu Beginn war ihr ständig übel gewesen, Hitzeschübe und Essanfälle hatten sich abgewechselt. Auch Vanzetti hätte sich manchmal übergeben mögen – vor Panik beim Gedanken an die Verantwortung für ein Kind. Zum Glück hatten ihn der Kauf des Häuschens in Münsingen und die anschliessende Renovation stark in Beschlag genommen.

Im Wohnzimmer stiegen die Töne der Gitarre mit Vibrato in die Höhe. *The Thrill is gone, Baby,* sang B.B. Es gehörte zu Vanzettis Lieblingsstücken. Er nahm eine Zigarette aus der Schachtel, zündete sie an. Während Tamaras Schwangerschaft hatte er mit dem Rauchen aufgehört.

In den Tagen vor dem Geburtstermin war Vanzetti ein nervöses Wrack gewesen. Tamara hingegen ... Sie hatte sich nichts anmerken lassen – bestimmt aus Rücksicht auf ihn. An jenem Donnerstagabend hatte er sich eine Erstausgabe von Schellen-Ursli im Internet angeschaut, ein Geschenk für seinen Sohn oder seine Tochter. Da hatte sie ihre Hände von hinten auf seine Schultern gelegt. «Ich glaube, du solltest mich ins Spital bringen.»

Im Gebärzimmer der Lindenhofklinik waren sie alles durchgegangen, was sie im Kurs gelernt hatten: das Atmen, die Entspannung, das Pressen. Tamara hatte grosse Schmerzen gehabt, er hatte ihren Anblick kaum ertragen können. Sie hatte gehechelt und gepresst – bis die Hebamme die Stirn gerunzelt und zum Telefonhörer gegriffen hatte. Kurz darauf war Tamaras Gynäkologin ins Zimmer gestürmt, Doktor Verena Salvisberg, eine mütterliche Frau in den 50ern. Sie hatte Tamara untersucht und Vanzetti gebeten – nein, rundheraus angewiesen –, draussen zu warten.

«Bleib», hatte Tamara ihn angefleht.

«Gehen Sie, bitte. Sofort», hatte die Ärztin gebellt.

Verwirrt hatte Vanzetti Tamaras Hand gedrückt und das Gebärzimmer verlassen. Die nächsten zwei

Stunden hatte er draussen gesessen, krank vor Sorge. Bis die Ärztin plötzlich vor ihm gestanden hatte. Sie hatte ihn an der Hand genommen und zum Gebärzimmer geführt. Für einen kurzen Moment hatte Vanzetti gelächelt und sich gefreut auf eine erschöpfte, aber glückliche Tamara und sein Baby, das mit den kleinen Füssen strampeln würde.

Doch die Ärztin war im Flur abgebogen, hatte Vanzetti in ein Büro geführt und ihn gebeten, Platz zu nehmen. Sie hatte sich hinter den Schreibtisch mit der weissen Tischplatte gesetzt, an der Wand hinter ihr hatte eine altmodische Werbegrafik gehangen: *Davos – Für Sport und Gesundheit*. Links hatte ein Gummibaum mit zwei braunen Blättern gestanden, auf dem Tisch neben dem iPad ein Familienfoto.

Salvisberg hatte geseufzt. «Es tut mir schrecklich leid, Herr Vanzetti. Bei der Geburt gab es Komplikationen, Ihre Frau hat eine Fruchtwasserembolie erlitten.» Mit dem Kugelschreiber hatte sie irgendetwas auf ein Blatt gekritzelt. «Fruchtwasser ist über die Gebärmutter in ihren Kreislauf gelangt. Wir haben alles getan, was wir konnten. Leider haben Ihre Frau und Ihre Tochter die Embolie nicht überlebt.»

Die Übelkeit hatte sich von Vanzettis Magen über die Brust in ihm ausgebreitet. Er erinnerte sich vage daran, dass er nach vorn gekippt war, seinen Kopf in die Armbeuge auf dem Tisch legte. Vielleicht hatte er ein paar Minuten dort gesessen, vielleicht ein paar

Stunden. Sein Ärmel war ganz nass geworden. Nie in seinem Leben hatte er sich so einsam gefühlt. Die Ärztin hatte weitergeredet.

Er blies den Rauch gegen die Decke und wischte sich Tropfen von der Wange.

Er konnte sich noch an das puppenhafte Gesicht von Tamaras Leiche erinnern, an die Strähne auf ihrer Stirn. Und an die Totenstille in seinem Haus, irgendwann danach.

Erinnere dich an die Vergangenheit nur insoweit, als dass du dich ihrer erfreust, hatte Jane Austen in Stolz und Vorurteil geschrieben. Das wünschte sich Vanzetti so sehr. Doch das Schicksal war nun mal ein hinterlistiges Miststück.

Ein schrilles Klingeln übertönte B.B.s Gitarre, Vanzetti schreckte aus dem Wasser hoch. Er fröstelte in der kühlen Badezimmerluft, warf die Zigarette in die Toilette, schnappte sich ein Handtuch und trocknete sich kurz ab.

Auf dem Weg ins Wohnzimmer sah er die Uhr an der Küchenwand, sie stand auf halb eins. Er nahm den Hörer ab.

«Reto hier. Ich bin noch im Büro, ein Kurier hat gerade ein Paket der Berner Nachrichten abgegeben.»

Die Frage schoss Vanzetti durch den Kopf, wieso Saxer jetzt noch im Büro war. «Ja?»

«Halt dich fest. Eine Journalistin hat einen Hinweis in der Junkerngasse gefunden. Er beweist, dass die Morde an Luginbühl und Galizia zusammenhängen. Wir haben einen ...»

«... Serienmörder. Ich komme sofort.»

18

Punkt 7 Uhr am Mittwochmorgen drückte Vanzetti an der Berner Brückenstrasse im Marzili seinen Finger auf die Klingel. *Zoe Zwygart*. Eigentlich hätte er diese Journalistin mitten in der Nacht aus dem Bett holen wollen, doch Saxer hatte ihn davon abgehalten. Jetzt gab es aber kein Pardon mehr. Gut zehn Sekunden liess er seinen Finger auf dem Knopf. Dann machte er eine kurze Pause, bevor er abermals darauf drückte. Vanzetti hoffte, dass er sie aus dem Tiefschlaf riss.

«Wollen Sie zu mir?», fragte eine Stimme hinter ihm.

Er fuhr zusammen und drehte sich um. Vor ihm stand eine junge Frau, die etwas grösser war als er mit seinen 1,78 Metern. Sie trug ein eng anliegendes rotes Tank Top, das kräftige Arme sehen liess, nicht bodybuildermässig dicke, sondern drahtige. Von der linken Schulter zogen sich bunte Tattoos bis in die Mitte des Unterarms: ein Dschungel aus Blüten, Blättern, Vögeln und Schmetterlingen. Die schmalen Hüften und schlanken Beine steckten in kurzen blauen Lycra-Shorts, die Muskeln der Oberschenkel zeichneten sich unter der Haut wie Kabelstränge ab.

«Sind Sie Frau Zoe Zwygart?»

«Kommt darauf an, wer das wissen will.»

Er zog seinen Ausweis und speicherte ihr Gesicht. Zwygart hatte einen breiten Mund, eine etwas zu grosse Nase, hohe Wangenknochen und durchdringende graublaue Augen. Das nachtschwarze Haar hatte sie zu einem Pferdeschwanz gebunden. «Vanzetti, Bundeskriminalpolizei. Sie wissen, warum ich hier bin.»

Sie gab sich ungerührt. «Kommen Sie herein.» Zwygart nahm die Berner Nachrichten aus dem Briefkasten, schloss die Tür auf und ging voran die steinerne Wendeltreppe hoch. «Sie haben Glück, dass ich heute die kleine Runde gemacht habe. Sonst hätten Sie noch lange klingeln können», sagte sie völlig unbekümmert über ihre Schulter hinweg.

«Wie weit sind Sie gelaufen?», fragte Vanzetti anstandshalber. Dabei hatte er die halbe Nacht überlegt, was er ihr alles an den Kopf werfen würde.

«Bis zum Stauwehr.»

Das mussten fast zehn Kilometer sein. Nie in seinem Leben war er so weit am Stück gerannt. Die Journalistin war nicht mal aus der Puste.

Im dritten Stock öffnete sie die Tür, liess sie offen stehen, warf die Zeitung auf einen Beistelltisch und die Laufschuhe in eine Ecke. Dann verschwand sie rechts in einem Zimmer. «Ich geh nur kurz ins Bad.»

«Moment, ich …» Etwas unschlüssig schaute sich Vanzetti in der Diele um. Auf dem Boden verstreut lagen Sport-BHs, Jeans und Steigeisen, am Garderobenständer hingen ein Neoprenanzug, Skistöcke, Funktionsjacken und ein Kletterseil.

Barfuss und mit einem Frottiertuch in der Hand kam Zwygart aus dem Bad, sie wischte den Schweiss vom Gesicht und klaubte das Gummiband aus dem Haar. Es fiel ihr in geraden Strähnen bis auf die Schultern. Mit dem Kinn wies sie auf die Zeitung. «Ich kann verstehen, wenn Sie sauer sind. Aber wir haben uns die Entscheidung …»

Vanzetti stemmte die Hände in die Hüften. «Ist Ihnen klar, dass Sie die Ermittlungen in einem Mordfall massiv behindert haben? Die ganze Nacht habe ich mir Ihretwegen um die Ohren geschlagen.» Tatsächlich hatte er seit dem Anruf von Saxer keine Minute geschlafen. «Sie hätten uns die DVD gleich gestern vorbeibringen müssen. Jetzt haben Sie ein Verfahren am Hals.»

Sie lächelte bloss. «Jetzt komme ich mir vor wie in einem Spaghettiwestern. Sie wissen schon: so einer, wo der Gute dem Bösen den Colt unter die Nase hält, mit der Musik von Morricone im Hintergrund.» Sie fuhr sich mit dem Handtuch durch die Haare. «Sind Sie hier, um mich zu verhaften?»

Offensichtlich war Zwygart eines dieser Mädchen, die immer schneller und gescheiter gewesen waren als die Jungen in der Klasse. Doch Vanzetti hatte mit diesen Mädchen mithalten können. «Sie haben wichtige Beweise in einem Mordfall zurückgehalten.»

«Wem hätte ich die DVD denn bringen sollen? Ihnen? Oder lieber der Kantonspolizei?», fragte sie spöttisch.

«Das spielt juristisch keine Rolle. Bund und Kanton arbeiten Hand in Hand in dieser Sache.»

Sie lachte laut und frei heraus. «Mein Bullshitometer klingelt so laut, dass ich gleich Kopfschmerzen kriege.»

Es klang so schräg, dass Vanzetti ein Grinsen unterdrücken musste. «Dann nehmen Sie eine Tablette. Zu Beginn mag es ein paar Probleme mit der Koordination gegeben haben. Doch die Bundeskriminalpolizei ist jetzt ganz offiziell zuständig für die beiden Morde. Und auch für den Anschlag auf den Politiker in Muri.» Mitten in der Nacht hatte er seine Vorgesetzte Oppliger informiert und den Berner Kripo-Chef Pulver aus dem Bett geholt. In einer Telefonkonferenz hatte die Kantonspolizei dann klein beigeben und die Fälle abtreten müssen.

«Dann geben Sie mir doch Ihre Kontaktdaten, damit ich Sie ...» – mit den Fingern malte Zwygart Anführungszeichen in die Luft – «... demnächst rechtzeitig informieren kann.» Sie nahm ein Visitenkärtchen von der Anrichte und hielt es ihm hin.

Er klaubte eines aus seinem Portemonnaie. «Bitte, für Sie. Ist Ihnen nicht klar, dass Sie wahrscheinlich Beweise vernichtet haben? Auf dem Plastiksack oder dem Geschenk hätten wir Spuren finden können,

Fingerabdrücke, DNA oder Fasern. Sie haben dem Mörder einen Dienst erwiesen.»

Beschwichtigend hob sie eine Hand. «Zu dem Zeitpunkt wusste ich noch nicht, womit ich es zu tun habe.»

Immerhin, das schien ihr zu denken zu geben. «Kennen Sie eine Cornelia Wyder aus Aarberg?»

«Nein. Sollte ich?»

«Wir haben die Nummer überprüft, von der Sie die SMS erhalten haben. Sie gehört Frau Wyder. 25 Jahre alt, kaufmännische Angestellte bei der Post.»

«Sagt mir nichts. Glauben Sie, dass die etwas mit den Morden zu tun hat?»

«Das werden wir heute herausfinden, ein Kollege ist unterwegs zu ihr.» Obwohl das wohl nicht viel brachte. Bestimmt war Wyder das Handy geklaut worden. Vanzetti deutete auf die Berner Nachrichten auf dem Beistelltisch. «Das kommt aber nicht in die Zeitung.»

Leichthin zuckte sie mit den Schultern. «Okay.»

«Sie schreiben da in Ihrem Artikel, dass die Polizei im Garten von Schenk ein Trikot der Young Boys mit der Nummer 3 gefunden hat. Woher wussten Sie das?»

Zwygart hob einen Mundwinkel. «Sie glauben doch nicht ernsthaft, dass ich Ihnen meine Quellen nenne?»

Das Wort im Plural? Es gab also mehr als eine undichte Stelle. Porco dio. «Die Kollegen von der Kantonspolizei sind sehr verärgert.» Doch es nervte vor allem Vanzetti, dass er zentrale Ermittlungsfakten aus der Zeitung hatte erfahren müssen.

«Haben Sie Hunger?», fragte sie unvermittelt.

Das Nein lag Vanzetti auf der Zunge, doch wie auf Kommando knurrte sein Magen beim Gedanken an Kaffee, frisches Brot, an Butter und Konfitüre. «Ein wenig.»

«Kommen Sie.» Zwygart ging voran in die Küche.

Vanzetti erhaschte einen Blick in ein Wohnzimmer, in dem ein weisses Surfbrett an der Wand lehnte, über den Boden und das Sofa verstreut lagen CDs, eine Hantel, Turnschuhe sowie diverse Magazine: Runner's World, Bike, Guns & Ammo. Er schaute ein zweites Mal hin, tatsächlich, ein Waffenmagazin. Keine Bücher.

Die schmale Küche bot gerade mal Platz für zwei Personen. In der Spüle stapelte sich das Geschirr, auf der Ablage entdeckte er verkrustete Tomatensauce, verschimmelte Erdbeeren und ein angebissenes Stück Pizza. Dio santo! Das Frühstück war keine gute Idee gewesen.

Zwygart machte die beiden Stühle frei, indem sie einen Laptop und alte Zeitungen auf den Boden stapelte. «Setzen Sie sich.» Sie öffnete den Kühlschrank und holte Salat aus dem Gemüsefach. Dann nahm sie zwei Bananen aus der Fruchtschale, schälte sie und warf sie in den Mixeraufsatz. «Sind Sie schon lange bei der Polizei?»

«Ein paar Jahre.»

«Gefällt Ihnen der Job?» Sie fügte einen Apfel, eine Karotte, eine Handvoll Salatblätter sowie etwas Wasser hinzu.

«Meistens. Manchmal ist es stressig.»

«Kann ich mir gut vorstellen, vor allem in Zeiten wie diesen. Bestimmt machen Ihnen viele Politiker die Hölle heiss. Die pinkeln sich gerade alle in die Hosen.»

Eher liefen die alle Amok. «Möglicherweise.»

«Kommen Sie denn voran mit den Ermittlungen? Was haben Sie herausgefunden über den Lieferwagen vom Münsterplatz?»

Die hatte Nerven. «Ich bin nicht für ein Interview hergekommen.»

«Schade.» Zwygart schaltete den Mixer ein. Es entstand eine dicke, grüne Brühe, die sie auf zwei hohe Gläser verteilte. Eines davon stellte sie vor Vanzetti hin. Dann öffnete sie eine Schublade, holte zwei Müesliriegel heraus und legte einen neben sein Glas. «En Guete.»

Das musste ein Witz sein. Doch sie lachte nicht. «Haben Sie vielleicht Kaffee?»

«Ich glaube, irgendwo steht noch eine Büchse Incarom.» Sie öffnete einen Schrank.

«Nein, danke, das ist nicht nötig.» Vanzetti nahm einen Schluck der grünen Brühe, sie war ungeniessbar. Instinktiv zog er seine Schachtel Zigaretten aus der Jacke, doch sie warf ihm einen mörderischen Blick zu. Er musste raus hier.

Zwygart deutete auf das Glas. «Da ist alles drin, was Sie brauchen. Aminosäuren, Vitamine, Spurenelemente, Mineralien und Antioxidantien.» Sie nahm ein graues Sweatshirt von der Spüle und zog es über.

Vanzetti stand auf, steckte die Zigaretten in die Jackentasche, schritt in die Diele und öffnete die Wohnungstür. Er brauchte bloss Koffein und Nikotin. «Im Büro wartet viel Arbeit auf mich.» Dann drehte er sich nochmals um, Zwygart stand im Rahmen der Küchentür. «Betrachten Sie das heute als letzten freundschaftlichen Besuch. Sollten Sie Ihre Nase aber weiterhin in meine Untersuchung stecken und vertrauliche Informationen veröffentlichen, dann werden Sie meine unfreundliche Seite kennenlernen.»

Mit Daumen und Zeigefinger formte Zwygart eine Pistole. «Ich höre die Mundharmonika im Hintergrund. Und meine Knie zittern schon.»

Dieses freche Biest. Vanzetti zeigte mit dem Finger auf sie. «Glauben Sie ja nicht, dass ...» *MP Gren* stand mit schwarzer Schrift auf ihrem Sweatshirt. «Sie waren bei der Militärpolizei?»

Sie verschränkte die Arme über der Brust. «Möglicherweise.»

Falls sie tatsächlich bei der MP war, kannte sie sich aus mit Polizeiarbeit, mit Schusswaffen und Selbstverteidigung. Die Ausbildung galt als knallhart, diverse Kollegen bei der Bundeskriminalpolizei prahlten damit.

Maledizione, diese Frau würde ihm noch viel Ärger machen. «Ich warne Sie. Kommen Sie mir nicht in die Quere.»

19

Ruth Blaser mit der dunkelbraunen Dauerwelle hinter der Glasscheibe im Empfang winkte Zoe zu. «Einen spannenden Artikel hast du heute im Blatt. Jetzt traue ich mich kaum mehr aus dem Haus.»

«Keine Sorge.» Zoe lächelte ihr zu. «Auf Normalsterbliche wie uns hat der es nicht abgesehen.» Sie schob ihr Velo durch den Empfangsraum der Redaktion an der Effingerstrasse 1.

«Dein Wort in Gottes Ohr.» Ruth drückte einen Knopf, mit einem Klick öffnete sich die Sicherheitstür.

Zoe trug ihr BMC ins Treppenhaus, wo sie es in der Kammer verstaute, in der das Kopierpapier lagerte – dank ihren guten Beziehungen zu den Leuten vom Empfang durfte sie das 3000-Franken-Rennrad hier vor Dieben geschützt abstellen.

Die Treppe hoch nahm sie immer zwei Stufen auf einmal, dann betrat Zoe die Redaktion im ersten Stock. Der grosse Raum mass etwa 30 mal 15 Meter, seit dem Umbau in einen «Newsroom» sassen die Redaktoren zu viert oder zu sechst in Grüppchen zusammen – Work Stations nannten es die Architekten. Typisch für diese Alles-gross-Schreiber. Ein langes weisses Stehpult im Zentrum war der Control

Desk. Wenigstens wirkte sich der Verzicht auf Stühle positiv auf die Länge der Sitzungen aus.

Mit einem breiten Grinsen kam Chefredaktor Nyffeler quer durch die Redaktion. «Wir haben die Konkurrenz vom Platz gefegt. Die Schweizerische Depeschenagentur hat den Artikel aufgenommen, die Berner Zeitung, NZZ, Blick, Tages-Anzeiger und Le Matin haben bereits auf ihren Webseiten nachgezogen. Und die Radiostationen verweisen ebenfalls auf uns. Seit dem frühen Morgen klingelt das Telefon wie verrückt, alle wollen Hintergrundinformationen. Gute Arbeit, Frau Zwygart.» Er klopfte ihr auf den Oberarm.

Die Kollegen der Wirtschaftsredaktion guckten über die Monitore hinweg zu.

«Merci. Die Polizei ist nicht ganz so erfreut. Ich hatte zu Hause Besuch von der BKP – um 7 Uhr früh.»

«Wirklich? Ich hätte erwartet, dass die zu mir kommen.» Seine Augenbrauen zogen sich zusammen, er schien etwas beleidigt zu sein. «Haben die Ihnen zugesetzt?»

Zoe winkte ab. «Eigentlich war dieser Herr Vanzetti sogar nett. Übrigens habe ich von ihm erfahren, dass die Polizei die beiden Morde und den Anschlag in Muri nun als einen Fall betrachtet. Zuständig ist jetzt der Bund.»

«Ausgezeichnet, das ist schon mal ein Anfang für unsere Berichterstattung von morgen. Aber wir brauchen noch mehr Fleisch am Knochen. Diese Story gehört uns! Wir liegen vorn, dort werden wir bleiben.» Er drehte sich um zu seinem Büro, ein kleines Zimmer, das durch eine Glastür von der Redaktion abgetrennt war. «Mein Telefon klingelt schon wieder. Machen Sie sich keine Sorgen um die Polizei, um die kümmere ich mich. Sie haben meine volle Rückendeckung. Und um 9 Uhr erwarte ich Ihre Vorschläge für die Frontseite von morgen.» Mit grossen Schritten eilte Nyffeler davon.

Es war gut zu wissen, dass Nyffeler ihren Arsch absicherte. Zwischen den Pultreihen hindurch machte sich Zoe auf den Weg zu ihrem Arbeitsplatz.

«Super.» – «Coole Story.» – «Gut gemacht.» – «Voll geil, Zoe.»

Sie erntete Lob, nach oben gerichtete Daumen und anerkennende Blicke von allen Seiten. Okay, ein paar männliche Kollegen glotzten auch bloss auf ihren Hintern.

In der Ecke der Lokalredaktion stand Superstar Walker mit zwei Männern der Inlandredaktion zusammen. Ohne sie aus den Augen zu lassen, murmelte er den Kollegen etwas zu, worauf die Gruppe in lautes Lachen ausbrach – vermutlich ein Witz auf ihre Kosten. Am liebsten hätte Zoe dieser Evolutionsbremse die Frontseite an die Nase gedrückt und auf ihren Namen getippt. Meine Story! Stattdessen blendete Zoe die drei Idioten einfach aus und schaltete den Computer unter ihrem Pult ein. Die Tischplatte war überladen mit Aktenordnern, leeren PET-Flaschen, Notizblöcken, Stiften und Energieriegeln. Zoe setzte sich, kramte die Visitenkarte von Vanzetti aus ihrem Portemonnaie und tippte die Nummern sorgfältig in die Kontaktliste ihres Handys. Diese Daten waren es allemal wert gewesen, dass der sie so früh am Morgen belästigt hatte. Dass direkte Drähte wichtig waren, hatte ihr Grosi eingebläut. Deswegen hortete Zoe Visitenkarten, egal, ob sie von Politikern, Sekretärinnen, Lobbyisten oder Hausmeistern stammten.

Sie wiegte das Kärtchen in ihrer Hand, oben links prangte das weisse Kreuz im roten Wappen, das Siegel der Eidgenossenschaft. Diesen Vanzetti hatte sie sich während der Recherchen ganz anders vorgestellt: schwarze Locken, südländisch, temperamentvoll irgendwie. Getroffen hatte sie einen reservierten Mann mit kurzen hellbraunen Haaren, blauen Augen und einem energischen Kinn. Sie schätzte ihn auf Anfang 40, die Falten hatten sich bereits deutlich in sein Gesicht eingegraben. Doch die standen ihm, das musste sie zugeben. Er war einer der Typen, die mit zunehmendem Alter immer besser aussahen. Nur das Rauchen sollte er sein lassen. Und ein wenig Sport würde ihm auch nicht schaden. Unter dem Hemd hatte sie einen Bauchansatz ausmachen können, Vanzettis Body-Mass-Index dürfte bei 25 liegen. Mit etwas Training und gesunder Ernährung bekäme er das in den Griff.

Bei dem Gedanken musste Zoe grinsen. Wie Vanzetti das Gesicht verzogen hatte nach einem Schluck ihres Gemüse-Frucht-Smoothies. Einfach zum Schiessen. Bestimmt hatte der ein Fraueli zu Hause, das ihm jeden Abend ein warmes Essen auf den Tisch stellte.

Zoe nahm einen PowerBar vom Tisch, riss die Verpackung auf und biss ein Stück ab.

Doch sie durfte ihn nicht unterschätzen. Wie Ameisen waren die Blicke aus seinen intelligenten Augen über ihren Körper gehuscht. Nicht gierig, wie sie das von Schwachköpfen hier in der Redaktion zur Genüge kannte. Eher analytisch. Als würde Vanzetti sie auf einem Seziertisch zerschnippeln. Gut hatte sich das nicht angefühlt.

Der Startbildschirm erschien auf dem Monitor, Zoe klickte auf Outlook.

Unter V steckte sie das Kärtchen in die Kartei, die sie zuhinterst in ihrer untersten Pultschublade wie einen Schatz hütete. Sie blätterte zurück zu S, zog die Visitenkarte von Oli Schenk heraus, drehte sie in ihren Händen. Sie konnte sich genau an den Moment erinnern, als er sie ihr gegeben hatte. Das Interview. Olis schöne Hände. Wie er ihren Körper gestreichelt hatte. Das kleine Hotel am Bodensee. Zwei Tage am Stück waren sie im Zimmer …

Genug! Zoe schüttelte die Gedanken ab. Die Laufrunde in der Früh hatte Ordnung in ihren Kopf gebracht, wie immer. Hatte sie ein Problem, ging sie eine Stunde rennen, biken oder schwimmen. Danach hatte sie eine Lösung. So auch diesmal: Sie würde sich von Oli trennen.

Auf ihrem Monitor tauchten die neuen E-Mails auf, die Liste wurde immer länger, am Ende waren es 56 Nachrichten. Zoe überflog die Liste, viele stammten von Freundinnen oder Kollegen, die ihr zum Artikel gratulierten oder Hintergrundinformationen wünschten. Da ihre Adresse auf der Webseite der Berner Nachrichten zu finden war – laut der Chefredaktion ein Zeichen von Lesernähe –, gab es auch Mails von Leserinnen und Lesern: Lob, Beschimpfungen, obszöne Angebote – das Übliche halt. Den Schrott löschte sie routiniert.

Dann stoppte ihr Finger über der Computermaus. *Galizia* lautete der Betreff. Das Mail enthielt bloss eine Zeile Text:

Ich weiss, wer Mauro Galizia ermordet hat. Rufen Sie mich an.

Darunter stand eine Handynummer.

Zoe griff zum Telefon.

20

Vor dem Haupteingang des Inselspitals rauchten zwei gelangweilte Fotografen, eine Kamerafrau nippte an einem Becher Kaffee. Ein Bild des verwundeten Ständeratskandidaten Schenk musste einiges wert sein.

Gemeinsam mit Saxer ging Vanzetti auf das Vordach aus rotem Metall zu. Er tippte auf sein Handy und trennte die Verbindung zu Anne-Sophie Cattin von der Soko. «Wie wir vermutet hatten. Frau Wyder aus Aarberg vermisst ihr Handy seit Sonntag. Sie dachte, sie habe es verlegt oder verloren. Der Mörder muss es geklaut und Zwygart die SMS geschickt haben.»

Zur Antwort stiess Saxer bloss eine Art Grunzen aus.

Vanzetti wählte eine Nummer aus dem Adressbuch und hielt das Mobiltelefon erneut gegen das Ohr. Nach dem vierten Klingeln nahm Hubert Däpp ab. «Sag mal, Hubi, du warst doch bei den Polizeigrenadieren, oder?»

Die Schiebetüren glitten auf, als Vanzetti mit Saxer an den Journalisten und einer Reihe von Rollstühlen vorbeischritt.

«Bin ich immer noch. Wieso?», fragte der Kollege von der Abteilung Observation in der BKP.

Der Artikel von Zoe Zwygart hatte einen richtigen Medientornado ausgelöst, den ganzen Morgen hatten Journalisten die Bundeskriminalpolizei mit Anfragen überrollt. Vanzetti hatte zwei Mitarbeiter der Soko abgestellt, die den Medien nichtssagende Auskünfte gaben. «Kennst du eine Zoe Zwygart?», fragte er in den Hörer.

«Nicht persönlich. Aber sie ist fast schon eine Legende bei der Militärpolizei.»

Langsam folgte Vanzetti Saxer, der auf den Empfangsschalter zusteuerte und von seinen zwei Metern auf die weiss gekleidete Dame hinter dem Tresen hinuntersprach. Er zeigte ihr seinen Dienstausweis und fragte nach Schenks Zimmer.

«Wie kommt sie zu dem Ruf?», fragte Vanzetti. «Ich habe in einem Fall mit ihr zu tun.»

Däpp liess einen Pfiff hören, der schlecht übers Handy kam. «Na, dann viel Glück. Bei den Rekruten hiess es nur: Leg dich nicht mit Zoe an!» Däpp lachte. «Am Ende der RS haben alle ein T-Shirt mit dem Spruch drauf getragen.»

Saxer drehte sich am Tresen um, wies mit der Hand den Flur hinunter und ging voraus, Vanzetti folgte ihm.

«Hatten die alle Angst vor ihr?», fragte Vanzetti.

«Und ob. Die ist bewaffnet und gefährlich.» Jetzt konnte sich Däpp kaum halten vor Lachen.

Vanzetti verstand nicht, was daran komisch war. «Besitzt sie denn eine Waffe?»

«Vermutlich. Die Polizeigrenadiere bekommen eine Dienstpistole, eine SIG P220. Am Ende der Rekrutenschule können sie die zu einem Spottpreis kaufen. Die meisten tun es.»

«Kann sie damit umgehen?»

«Wenn ich den Kameraden glauben darf, trifft sie mit dem Sturmgewehr auf 300 Meter jeden Mückenarsch. Mit der Pistole soll sie ähnlich gut sein.»

Hinter Saxer betrat Vanzetti den Spitallift. «Ich wusste gar nicht, dass die Polizeigrenadiere Frauen ausbilden.»

«Vor Zwygart wäre das undenkbar gewesen. Als sie der Rekrutenschule zugeteilt wurde, hat sie der Kommandant davon abbringen wollen. Doch Zwygart liess nicht locker. Also hat das Kader zu Beginn der RS versucht, sie mürbe zu machen. Märsche mit viel Material, Kampfbahn, Nachtübungen, solche Sachen. Zwygarts Leutnant hat mir erzählt, dass er seine Rekruten mal 250 Liegestütze machen liess – auf den Fäusten, so ist das üblich in Aarau. Als alle halb tot auf dem Boden lagen, setzte Zwygart noch 50 drauf. Sie hat denen ins Gesicht gegrinst.»

«Beeindruckend.» Den Dickschädel hatte Vanzetti ihr angesehen.

«Sie hat bewiesen, dass sie überall mithalten kann, auch im Nahkampf oder bei Durchhalteübungen.»

Der Lift hielt an, Saxer führte Vanzetti durch lange Korridore und um verschiedene Ecken herum.

«Und es gab keine Probleme mit einer Frau unter … wie viele habt ihr dort … 120 Männern?»

«Na ja, zu Beginn haben ein paar der Jungs offenbar Wetten abgeschlossen, wer Zwygart als Erster ins Bett kriegt. Einige von denen hat sie im Nahkampf verdroschen, irgendwann war das Thema gegessen. Im Lauf der Rekrutenschule wurde Zwygart zu einem festen Teil der Truppe, nicht zuletzt deshalb, weil sie nie eine Sonderbehandlung verlangte. Der Kommandant hat mir erzählt, dass sie eine sehr positive Wirkung auf die Kompanie hatte. Die Jungs hätten weniger gejammert und geflucht als üblich und gleichzeitig in den Leistungstests besser abgeschnitten. Seither hat die MP ihre Haltung gegenüber Frauen gründlich geändert.»

Saxer deutete auf eine Zimmertür am Ende des Flurs.

«Und Zwygart?»

«Der Kommandant schlug sie für die Offizierslaufbahn vor, doch sie lehnte ab. Jetzt macht sie wie alle anderen jedes Jahr ihren Wiederholungskurs. Letztes Jahr wurde sie zum Gefreiten befördert.»

«Okay, Hubi, vielen Dank auch.» Vanzetti trennte die Verbindung und steckte das Telefon in seine Jackentasche.

Im Flur schob eine junge Putzfrau mit rotem Kopftuch einen Wischmopp über das graue Linoleum. Der Geruch von Putzmitteln hing in der Luft.

«Und?», fragte Saxer.

«Däpp bestätigt, was ich vermutet hatte. Zwygart ist ein harter Knochen.»

Saxer blieb vor einem Kantonspolizisten im blauen Overall stehen, der auf einem Stuhl Wache schob. Er klappte ein Automagazin zu. «Sie wünschen?»

Vanzetti hielt dem Polizisten seinen Ausweis hin. «Liegt Oliver Schenk da drin?»

Der junge Polizist behielt das Magazin in der Hand, schoss aber in die Höhe und stand stramm. «Jawohl, Herr Kommissar.»

«Entspannen Sie sich. Wir wollen kurz mit ihm reden. Ist er wach?»

«Jawohl. Aber gleich kommt die Arztvisite hier durch.»

«Wir werden uns beeilen.» Vanzetti öffnete die Tür. Im ziemlich kleinen Einzelzimmer mit Aussicht bis zum Berner Hauptbahnhof standen vor dem Fenster ein Tisch und zwei Stühle, unter der Zimmerdecke hing ein Fernseher. Zweckmässig und bescheiden. Vanzetti hatte die Schilder richtig gelesen, das war nicht die Station für Privatpatienten.

Oliver Schenk drehte den Kopf in ihre Richtung. Er sah nicht sehr mitgenommen aus, war rasiert, die Wangen nicht mal blass. «Sie sehen mir nach Polizei aus.»

War das so offensichtlich? «Vanzetti von der Bundeskriminalpolizei. Das ist mein Kollege Saxer. Dürfen wir Ihnen ein paar Fragen stellen?»

«Gern. Ich langweile mich hier zu Tode.» Die rechte Schulter unter dem weissen Krankenhaushemd war dick eingebunden.

Saxer setzte sich auf einen Stuhl beim Fenster und schlug seinen Notizblock auf, Vanzetti zog den zweiten Stuhl neben das Bett. «Wie geht es Ihnen denn?»

«Klagen kann ich nicht. Dank den Medikamenten halten sich die Schmerzen in Grenzen.»

Laut Saxer war Schenk Schauspieler gewesen und hatte in einigen Fernsehserien wie Traumschiff oder Lüthi und Blanc mitgemacht. In erster Linie hatte er aber Theater gespielt. «Können Sie sich erinnern, was gestern passiert ist?»

«Nicht wirklich, alles ging extrem schnell. Ich stand zu Hause am Fenster und sprach mit meiner Pressechefin. Im nächsten Moment krachte es und die Scheibe zersplitterte. Dann bin ich im Spital aufgewacht.»

«Ist Ihnen draussen etwas aufgefallen, als sie dort am Fenster standen?»

«Nein. Der Garten fällt gegen die Aare hin ab, am Flussufer gibt es Büsche und Bäume. Ich vermute, dass der Schuss von dort unten gekommen ist.»

«Davon gehen wir auch aus. Gab es Drohungen gegen Sie in der letzten Zeit?»

Schenk zuckte mit den Schultern und stöhnte vor Schmerzen. «Seit ich kandidiere, gab es ein paar Pöbeleien im Internet und in Leserbriefen. Aber nichts Extremes oder Aussergewöhnliches. Auf jeden Fall nichts, was mich beunruhigt hätte.»

«Wie Sie wissen, gab es in den letzten beiden Tagen zwei Tote bei Schiessereien in Bern. Kannten Sie eines der Opfer, Emil Luginbühl oder Mauro Galizia?»

Schenk runzelte die Stirn. «Ihre Kollegen von der Kantonspolizei haben mich das auch schon gefragt. Und ich zermartere mir das Hirn deswegen. Ausschliessen kann ich nicht, dass ich einem von ihnen schon mal begegnet bin. Aber ich wüsste beim besten Willen nicht, wann und wo.»

Das klang glaubwürdig. «Bei einer Wahlveranstaltung vielleicht? Oder könnten die Männer in Ihrer Vergangenheit eine Rolle gespielt haben, vielleicht in Ihrer Jugend?»

«In der Steinzeit, meinen Sie.» Er gluckste. «Nein, wenn es mehr als eine oberflächliche Bekanntschaft gewesen wäre, könnte ich mich an sie erinnern. Möglicherweise haben sie mir mal die Hand geschüttelt. Oder sie waren an einer Filmproduktion beteiligt. Doch ich wüsste nicht ...»

Die Tür glitt auf und eine hagere Krankenschwester mit grauen Locken betrat den Raum. «Arztvisite. Ich muss Sie bitten, draussen zu warten. Es dauert bloss zehn Minuten.»

«Nicht nötig, wir sind fertig für heute.» Vanzetti erhob sich, Saxer tat es ihm gleich. «Ach, bevor ich es vergesse: Draussen warten Reporter.»

Schenk lächelte gequält. «Ich weiss. Eine Dame vom Empfang hat sich bereits beschwert darüber, dass die Medien das Haus belagern und ständig anrufen. Hätte ich das bloss früher gewusst …»

Im Türrahmen drehte sich Vanzetti nochmals um. «Ja?»

«Eigentlich muss ich dem Schützen dankbar sein. Die Journalisten schenken mir mehr Aufmerksamkeit, als ich mir hätte träumen lassen.» Schenk grinste breit. «Bestimmt überlegen meine Konkurrenten jetzt, ob sie sich in den Fuss schiessen sollen.»

Ja, einem Politiker würde Vanzetti das durchaus zutrauen.

21

Zoe hätte nicht erwartet, dass die Handynummer in der Mail ausgerechnet einem Schönheitschirurgen an der Jubiläumsstrasse gehören würde. Sie blickte sich um: heller Parkettboden, weisse Ledermöbel, schwarze Tische, dezente Grafiken an den Wänden. Edel. Erwartet von der Praxis hatte sie Vorher-nachher-Fotos von Nasen oder Brüsten, künstliche Körperteile oder Schautafeln. Das Kabinett hier glich eher einer Anwaltskanzlei.

Kurz nach 10 Uhr führte sie eine Arztgehilfin im schicken Kostüm ins Sprechzimmer, auch hier dominierten die Farben Schwarz und Weiss. Doktor Bernhard Weyermann erhob sich und kam um den breiten Schreibtisch herum. Er streckte ihr die Hand entgegen. «Aha, endorphinsüchtig.»

«Wie bitte?» Zoe sah ihn auf ihre Beine starren.

«Endorphine sind Glückshormone, die der Körper bei intensivem Sport ...»

«Ich weiss, was Endorphine sind.» Sie schaute an sich hinab auf die weisse, langärmlige Bluse, die dunkelblaue Dreiviertelhose und die roten Nikes. «Was gucken Sie denn so?»

«Ihre Zwillingswadenmuskeln. So etwas habe ich schon lange nicht mehr gesehen. Auch der Trapezmuskel im Schulterbereich weist auf viele Stunden Training hin. Und die Garmin-Pulsuhr ist ein weiterer Hinweis. Lassen Sie mich raten ...» Er tippte mit dem Zeigefinger auf die Lippen. «Triathlon?»

Tatsächlich hatte Zoe den einen oder anderen Triathlon bestritten. Doch es ärgerte sie, dass der Typ sie so analysierte. «Falsch. Kunstturnerin.»

«Das erklärt die ausgeprägte Muskulatur. Bitte nehmen Sie Platz.»

Zoe setzte sich auf einen der beiden Lederstühle vor dem Tisch. Eine Designerlampe mit silbernem Arm stand darauf, eine grüne Topfpflanze, Stifte in einem gläsernen Gefäss, ein kleiner Wimpel des SC Bern. Kein Computer, keine Papiere. «Am Telefon haben Sie mir gesagt, dass Sie Informationen über den Mordfall Galizia besitzen. Ich bin gespannt.»

Er hielt einen Finger hoch. «Bevor wir darüber sprechen, möchte ich die Rahmenbedingungen klären.»

«Keine Sorge, ich schütze meine Quellen. Wenn es sein muss, auch vor Gericht.»

Er faltete die Hände und lehnte sich vor. «Im Gegenteil. Ich verlange sogar, dass Sie meinen Namen nennen. Und ich will, dass Sie ein Foto von mir bringen. Dreispaltig, farbig, in der oberen Hälfte des Blattes.» Er lächelte wie ein Versicherungsagent, der gerade ein unschlagbares Angebot gemacht hatte.

Eine ungewöhnliche Bitte. Zoe legte den Kopf schief. Sehnte der sich nach seinen 15 Minuten Ruhm?

Weyermann lehnte sich in seinem Sessel zurück. «Meine Konkurrenz auf dem Platz Bern ist in den letzten Jahren stark gewachsen. Deswegen kann etwas Werbung nicht schaden. Doch mit Inseraten erreiche ich niemals so viele Menschen wie mit einem Artikel im redaktionellen Teil.»

Damit hatte er wohl recht. «Ich denke, das wird kein Problem sein.» Zoe schaute sich das Sprechzimmer etwas genauer an. Das Leder des zweiten Sessels war etwas abgewetzt, Kratzer zogen sich über die Tischplatte. Und der Wand täte ein neuer Anstrich gut. «Allerdings nur, wenn Sie wirklich relevante Informationen haben.»

«Oh, die habe ich, keine Sorge. Ich habe sie nämlich gesehen.»

«Wen?»

«Die Mörderin.»

Eine Frau? «Wie können Sie sich da so sicher sein?»

«Weil ich am Montagabend mit Mauro in der Turnhalle an der Speichergasse gewesen bin. Er war ein Freund von mir, wir kannten uns seit dem Studium.» Seine Miene wechselte von Triumph zu Trauer. «Mauro hatte mich eingeladen, weil wir seine Beförderung zum Chefarzt-Stellvertreter der Notfallabteilung feiern wollten.»

Offenbar hatte der Herr Doktor kein Problem damit, Kapital aus dem Tod eines Freundes zu schlagen. «Und?»

«Eine Frau sass an der Bar. Mauro sagte, dass er sie aus dem Inselspital kenne, doch er habe sie noch nie angesprochen. Ich habe ihn ermuntert, und er hat den Schritt gewagt. Ich mache mir immer noch Vorwürfe deswegen.» Er griff nach einem goldenen Kugelschreiber und drehte ihn zwischen den Fingern.

Das Schuldgefühl schien nicht gespielt. «Arbeitet diese Frau im Spital?»

«Das weiss ich nicht. Und bevor Sie fragen: Ihren Namen kenne ich auch nicht.»

Konnte sie ihm trauen? «Wie sah sie denn aus?»

«Vermutlich Ende 20, circa 1,60 gross, 50 bis 55 Kilo schwer, schwarze Haare, die sie zu einem Pferdeschwanz gebunden hatte. Mauro schwärmte von ihren grünen Augen, doch die konnte ich aus der Distanz nicht erkennen. Kaukasischer Typ mit schlanker Taille, schmalen Hüften und kleinem Busen. Sie war ziemlich stark geschminkt, deswegen kann ich nichts über ihren Hauttyp sagen. Ovales Gesicht, schmale Stirn, leicht ausgeprägtes Kinn, eine beinahe klassische Nase. Zusammenfassend würde ich sagen: keine Schönheit, aber hübsch.»

Zoe machte sich Notizen. «Wie ging es an dem Abend mit den beiden weiter?»

«Mauro hat sie angesprochen, kurz danach sind sie zusammen weggegangen. Er hat mir nur zugewinkt. Und am nächsten Morgen war er tot.»

«Sie können also nicht mit Bestimmtheit sagen, dass diese Frau ihn umgebracht hat.»

Weyermann legte die Fingerkuppen beider Hände aneinander. «Nein. Aber es ist doch eigenartig, dass diese Unbekannte wie aus dem Nichts auftauchte und sich so einfach abschleppen liess.»

Eigenartig, aber nicht undenkbar. «Glauben Sie, dass sie es darauf angelegt hatte?»

«Möglich. Auf jeden Fall setzte sie sich erst an die Bar, nachdem Mauro aufgetaucht war. Sonst wäre sie mir aufgefallen.»

«Könnte Herr Galizia in irgendwelche krumen Geschäfte verwickelt gewesen sein?»

Energisch schüttelte der Schönheitschirurg den Kopf. «Für Mauro lege ich meine Hand ins Feuer. Und wagen Sie es nicht, derartige Andeutungen in der Zeitung zu machen.»

«Ich mache gar keine Andeutungen.» Zoe wollte sich zurück auf sicheres Terrain begeben. Fakten. «Was für Kleider trug die Frau?»

«Weisse Bluse, enger weisser Rock, karierter Schal, schwarzer Mantel.»

«Teure oder billige Kleider?»

«Businessklasse, schätze ich. Und sie trug eine Chromachron von Tian Harlan am Handgelenk.»

«Eine was?»

«Eine Armbanduhr. Andere Leute schauen auf Schuhe oder Schmuck, ich auf Uhren.»

Unter seinem Hemdsärmel lugten ein goldenes Armband und eine dicke Uhr hervor, bestimmt eine dieser Edelmarken. Mit ihrer Pulsuhr aus dem Sportgeschäft hatte sie ihn wohl nicht sonderlich beeindruckt. «Ist diese Harlan etwas Spezielles?»

«Tian Harlan ist ein deutscher Designer, der die Farbuhren erfunden hat. Statt Zeiger geben Farben Auskunft über die Uhrzeit. War in den 90er-Jahren ziemlich angesagt, wird heute nicht mehr hergestellt. Die sind ziemlich selten.»

«So selten, dass ich über die Uhr an die Besitzerin kommen könnte?»

«Möglich. Es wäre zumindest einen Versuch wert. Gehandelt werden diese Uhren auf speziellen Plattformen im Internet.»

Das war ein Ansatz für eine Recherche. Zoe stand auf. «Danke. Der Artikel wird voraussichtlich morgen erscheinen. Im Lauf des Tages werde ich Ihnen einen Fotografen vorbeischicken.»

«Ausgezeichnet.» Weyermann rieb sich die Hände und kam um den Tisch herum. «Darf ich Sie noch etwas fragen?»

«Klar.»

«Könnten Sie sich vorstellen, in einem Nachtclub zu tanzen?»

«Wie bitte?»

«Sie sehen gut aus, haben einen durchtrainierten Körper. Bestimmt wären Sie eine tolle Pole-Dancerin.»

Zoe stieg das Blut in den Kopf. «Wollen Sie mich auf den Arm nehmen?»

«Keineswegs. Ich habe eine Abmachung mit dem Besitzer eines Nachtclubs. Er schickt mir Tänzerinnen aus seinem Club. Im Gegenzug halte ich Ausschau nach ...», er studierte ihren Körper wie eine Landkarte, «... wie soll ich sagen – vielversprechenden Talenten. Sie könnten gutes Geld verdienen. Nur Ihre Brüste ...» Er rümpfte die Nase. «Wenn Sie mich die auf C oder D vergrössern liessen, würden sich die Clubs um Sie reissen. Für den Eingriff gäbe ich Ihnen Rabatt.»

Was für ein abgefuckter alter Knacker. «Lassen Sie es mich so ausdrücken: Lieber putze ich den Bärenplatz mit meiner Zunge, als dass ich mich vor besoffenen Deppen in einem Nachtclub ausziehe.»

22

Als Marlies Ryf bei der Station Papiermühle in Ittigen aus dem hintersten Wagen der S7 stieg und auf die Strasse zuging, sah sie ein Paar wunderschöne Augen. Sie gehörten einem Mädchen von vielleicht drei Jahren, das im Fonds eines weissen VW sass. Das rothaarige Kind hielt einen Daumen im Mund, mit der anderen Hand umklammerte es eine Puppe. Die Frau mit den rotbraunen Locken am Steuer des Autos musste seine Mutter sein, die Ähnlichkeit zwischen Mutter und Tochter war nicht zu übersehen.

Der VW fuhr in dem Moment an, als Marlies den Fussgängerstreifen erreichte. Das Kind lächelte und winkte, Marlies ging das Herz auf.

Noch fünf Wochen.

Allein der Gedanke machte Marlies nervös. Hoffentlich würde diesmal alles gut gehen bei ihrer Tochter. Bereits zwei Fehlgeburten hatte Sonja durchlitten, intensive Behandlungen bei Fruchtbarkeitsspezialisten waren gefolgt. Dann war Sonja erneut schwanger geworden, und diesmal sah alles gut aus. Bald würde Marlies selber so einen kleinen Engel im Arm halten.

Sie überquerte die Papiermühlestrasse und ging am Fahrradgeschäft vorbei auf die Bäckerei zu. Die automatische Schiebetür beim Chrigubeck glitt auf.

Die junge Corinne begrüsste sie hinter der Theke mit einem Lächeln. «Guten Morgen, Frau Ryf. Das Übliche?»

«Ja, gerne.» Im Café im hinteren Teil der Bäckerei setzte sich Marlies an einen Holztisch.

Keine Minute später stellte Corinne einen Café Crème und einen Nussgipfel vor sie hin. «Zum Wohl.»

Seit ein paar Monaten legte Marlies eine kurze Pause beim Chrigubeck ein und machte einen Stopp zwischen ihren beiden Leben. Seit vier Monaten und einer Woche, um genau zu sein. Seit Wolfgang pensioniert worden war. 36 gute Jahre waren sie nun verheiratet. Doch seit viereinhalb Monaten spielte Marlies mit dem Gedanken, ihren Mann zu verlassen.

Sie nahm einen Bissen vom Nussgipfel und spülte ihn mit einem Schluck herunter.

Was hatte Wolfi geklagt über seine kurzen Nächte, Sparmassnahmen oder unflätige Rekruten. Wie hatte er sich als Berufsoffizier gefreut auf die Zeit nach der Pensionierung, wenn er seine Modelleisenbahn ausbauen und am Thunersee angeln gehen würde. Und jetzt? Jeden Tag klagte Wolfi über Langeweile oder das miese Fernsehprogramm. Ständig lag er Marlies in den Ohren, dass sie sich vorzeitig pensionieren lassen sollte. Dann würden sie Ausflüge machen, Freunde besuchen oder die Welt bereisen.

Gott behüte, keinen Tag zu früh! Allein der Gedanke jagte Marlies eine Heidenangst ein. Zwar wollte sie durchaus mehr Zeit mit Wolfi verbringen. Im Prinzip. Doch sie liebte nun mal ihren Job im Bundesamt für Umwelt. Über viele Jahre hinweg hatte sie sich als Biologin nach oben gearbeitet und in Fachkreisen einen Namen gemacht als Expertin für Luftqualität. Auf dem Gebiet der PM10, der winzigen Staubteilchen mit weniger als zehn Tausendstelmillimetern, machte ihr keiner etwas vor.

Hinter den gelben Vorhängen auf der Bahnstation hielt eine S7 auf dem Weg nach Bern.

Marlies hatte einiges erreicht. An vorderster Front hatte sie mitgearbeitet an den strengen Abgas-Grenzwerten für neue Personenwagen mit Dieselmotoren, an finanziellen Anreizen für Lastwagen mit geringem Schadstoffausstoss oder an Bussen mit Partikelfiltern. Fachleute der EU und der WHO schätzten ihr Wissen und luden sie regelmässig zu Kongressen ein. Und es gab noch viel zu tun. Der Bundesrat hatte das Ziel vorgegeben, dass die PM10-Emissionen in den kommenden Jahren um 50 Prozent reduziert werden sollten.

Das sollte sie aufgeben für Ausflüge mit Wolfi zum Rheinfall oder in den Europapark? Ausgeschlossen. Vier Jahre blieben Marlies bis zur Pensionierung, und sie würde jeden Tag auskosten.

Immerhin war sie ihm schon entgegengekommen, hatte ihr Arbeitspensum reduziert. An zwei Tagen pro Woche ging sie erst mittags ins Büro, obwohl sich die Arbeit auf ihrem Schreibtisch türmte. Statt die Papierberge abzubauen, hörte sie sich Wolfis Tiraden über den verwilderten Garten der Meyers an, über die stinkende Rostlaube der Kusters auf der anderen Strassenseite und über den «Kotzbrocken von Schwiegersohn», der ihre schwangere Sonja betrogen und verlassen hatte.

Ihre Hoffnung ruhte auf dem Enkel, der bald zur Welt käme. Wolfi hatte schon immer gut umgehen können mit Kindern, er war ein toller Papi gewesen. Und er hatte sich bereits präventiv gemeldet zum Baby-Hütedienst. Marlies seufzte. Hoffentlich würde …

«Entschuldigung, Frau Ryf. Darf ich Sie etwas fragen?» Corinne stand vor ihrem Tisch und zerknüllte ein Wischtuch in ihren Händen.

«Sicher.»

«Ich habe kürzlich einen Artikel in den Berner Nachrichten gelesen über Sie. Sie sind doch Expertin für saubere Luft. Es geht um meine kleine Noemi, im Dezember wird sie vierjährig. Wir wohnen oben an der Wankdorfstrasse. Und seit dem Sommer hustet sie ständig. Es ist ein hartnäckiger Reizhusten, den sie einfach nicht loswird. Könnte das mit den Abgasen zusammenhängen?»

Dass die junge Frau hinter der Theke ein Kind hatte, war Marlies nicht bewusst gewesen. Wer das Kind wohl tagsüber hütete? «Ich bin keine Ärztin, aber denkbar wäre es schon.»

«Ich mache mir grosse Sorgen wegen des Verkehrs und des Drecks in der Stadt. In diesem Artikel habe ich gelesen, dass die kleinen Staubteilchen aus den Autoabgasen stammen. Und ich frage mich, ob ich mit Noemi nicht aufs Land ziehen soll.»

Den Artikel hatte sie wohl leider nicht ganz begriffen. «Es sind nicht bloss die Abgase. Auch der Abrieb von Reifen, Bremsen oder vom Strassenbelag verursacht den Feinstaub. Er kann auch von Holzheizungen und Eisenbahnschienen stammen, wenn ein Zug darüberfährt.»

«Und das macht die Leute krank?»

Marlies nahm einen Schluck Kaffee. «Die Partikel sind so klein, dass sie in die feinsten Verästelungen der Lunge eindringen können. Das kann zu Husten, Atemnot, Bronchitis und Asthmaanfällen führen. Deswegen kann ich nicht ausschliessen, dass Ihre Tochter darunter leidet. Ich würde Ihnen raten, mit ihr zum Arzt zu gehen.»

«Vielen Dank, Frau Ryf.» Mit dem Finger zeigte Corinne auf die Tasse. «Und das geht heute auf mich.»

«Das ist aber nicht nötig.»

«Doch, doch, ich bestehe darauf.»

Marlies nickte zum Dank, leerte die Tasse und schluckte den letzten Bissen vom Nussgipfel. Es war Zeit für ihr anderes Leben.

Die Uhr draussen über dem Perron stand auf 11.10 Uhr. Sie schritt über den Fussgängerstreifen und auf das moderne, vierstöckige Gebäude des Bundesamtes zu. Mit dem Blick fixierte Marlies ein Kunstobjekt aus riesigen verrosteten Blechbüchsen, aus denen Pflanzen wuchsen.

Die Kugel drang mit Überschallgeschwindigkeit in ihr linkes Auge ein. Der Aufprall drückte die hohle Spitze des Projektils platt, auf seinem weiteren Weg riss es Knochenstücke und Hirnmasse mit sich. Marlies Ryf war bereits tot, bevor ihr Hinterkopf auf den Asphalt schlug.

23

Zehn Minuten vom Stadtzentrum entfernt hatte der Bund seinen Verwaltungsmoloch hingebaut. Vanzetti stand auf der Papiermühlestrasse in Ittigen und schaute in die Runde: Die Bundesämter für Umwelt, Verkehr, Raumplanung, Zivilluftfahrt, Energie und Strassen lagen in kurzer Gehdistanz. Etwas weiter die Worblentalstrasse hoch hatten sich Swiss Olympic und diverse Sportverbände eingenistet. Zu Stosszeiten musste die S7 ganz schön vollgepackt sein.

Der Tatort war abgeriegelt und der Bahnverkehr vorübergehend eingestellt worden. In aller Eile hatte die Kantonspolizei Strassensperren errichtet. Doch der Schütze hatte genug Fluchtmöglichkeiten planen können: Bahn, Bus, Strassen oder Radwege. Und bis zur Autobahn waren es gerade mal fünf Minuten.

Vanzetti überquerte die Strasse und gesellte sich zu Saxer, der vor einer Ansammlung riesiger verrosteter Konservendosen stand. Notärzte und Rettungssanitäter kümmerten sich um ein paar Leute aus dem Amt, die einen Schock erlitten hatten. Kriminaltechniker in Schutzanzügen suchten den Boden ab, überall standen Patrouillenfahrzeuge und Krankenwagen.

Für das Opfer jedoch war jede Hilfe zu spät gekommen. «Wissen wir, wie sie heisst?» Vanzetti neigte den Kopf zum Zelt, das zehn Meter entfernt über der Leiche aufgebaut worden war.

«Moment.» Saxer ging hinüber und sprach mit einem Techniker, der im Innern verschwand. Kurze Zeit später tauchte dieser mit einer schwarzen Tasche wieder auf.

«Danke.» Saxer zog Latex-Handschuhe über, öffnete die Tasche und durchsuchte den Inhalt. «Lippenstift, Telefon, Taschentücher … Hier.» Er fischte ein Portemonnaie heraus und klappte es auf. Es enthielt einen Personalausweis des Bundesamtes für Umwelt. «Marlies Ryf», las er laut und betrachtete das Foto.

Vanzetti beugte sich darüber. Eine hübsche Dame lächelte ihn an. «59 Jahre alt, wohnt in Wynigen. Wo liegt das nochmal?»

«Im Emmental bei Burgdorf.»

Vanzetti schüttelte den Kopf. «Warum? Warum tötet unser Serienmörder jetzt eine Bundesangestellte?» Er sah hoch zur geschwungenen weissen Fassade des Amtes, über dem Eingang spannte sich ein breites Holzdach. «Falls es unser Mann war.»

«Er war es.» Saxer zog ein Buch aus der Handtasche und hielt es hoch. Das Cover zeigte einen schwarzen Sternenhimmel, in dessen Zentrum eine Rosette brannte. Der Titel lautete: *Ich bin Nummer 4.*

Der Kerl war dreist. «Als ob er uns seine Visitenkarte dagelassen hätte. Wie zum Teufel ist das in die Tasche reingekommen?»

«Entweder hatte sie es dabei, oder der Täter hat es nach dem Mord reingesteckt», sagte Saxer.

«Damit wäre er ein grosses Risiko eingegangen.»

Saxer betrachtete den Umschlag. «Scheint Science Fiction zu sein. Pittacus Lore. Kennst du den?»

«Noch nie gehört.»

«Eins ist auf jeden Fall klar, der zieht sein verdammt schräges Ding durch. Wenn es ihm nur um die Nummerierung der Taten geht, sind seine Opfer am Ende wahllos ausgewählt.»

Vanzetti blickte sich um. «Von wo aus hat der Kerl geschossen?» Rechts von ihm befand sich das Bundesamt für Umwelt, links die Bahnstation und ein Fahrradgeschäft, etwas die Strasse hoch ein Take-away mit einem Parkplatz davor. In der anderen Richtung standen Wohnhäuser und -blöcke. «Prüf, ob das Bundesamt Überwachungskameras installiert hat.» Sein Telefon klingelte, eine unbekannte Nummer. «Ja?»

«Zwygart von den Berner Nachrichten. Haben Sie kurz Zeit?»

«Nein, ich stehe mitten in einem Einsatz.»

«Ich weiss. Drehen Sie sich mal um.»

Vanzetti suchte die Strasse ab und entdeckte in 50 Meter Entfernung eine Ansammlung von Gaffern, Fotografen und Kameraleuten, die sich hinter einem Absperrband gebildet hatte. In der vordersten Reihe winkte Zwygart. Die hatte ihm gerade noch gefehlt. «Ich habe jetzt keine Zeit für Sie.»

«Wie Sie wünschen. Aber machen Sie mir morgen nicht die Hölle heiss. Denn ich habe neue Informationen über den Mörder. Oder besser: die Mörderin. Sie können die Einzelheiten gerne in der Zeitung lesen.»

Eine Täterin? Ob Zwygart wieder eine SMS gekriegt hatte? «Also gut, kommen Sie her.» Er trennte die Verbindung.

Am Absperrband sprach Zwygart eine uniformierte Polizistin an. Es entwickelte sich ein gestenreiches Gespräch, bis die Polizistin schliesslich in Vanzettis Richtung blickte. Er nickte und hielt den Daumen hoch. Zwygart durfte passieren.

Andere Journalisten protestierten lautstark: «Wieso darf die rein?» – «Offenbar bevorzugt die Polizei gewisse Medien.» – «Das lassen wir uns nicht gefallen.» – «Ein Skandal.»

«Das wird nicht lange dauern», sagte Vanzetti zu Saxer. Er drehte den motzenden Journalisten den Rücken zu und ging über die Strasse zum Wanfu Take-away, vor dessen Schaufenster ein roter Metalltisch mit zwei Stühlen stand. Kaum hatte er Platz genommen, setzte sich Zwygart ihm gegenüber und stellte einen roten Rucksack auf ihre Knie. Vanzetti zeigte zu den Journalisten hinüber. «Ihre Kollegen werden mich lynchen. Das hier muss sich lohnen, oder ich rede das letzte Mal mit Ihnen.» Zwygart strich sich mit der Hand durch das dichte schwarze

Haar. «Sie bevorzugen mich ja gar nicht, im Gegenteil. Ich tue Ihnen einen Gefallen.»

«Das wird sich zeigen. Ich höre.»

Sie hob eine Hand. «Moment, das geht mir zu schnell. Ich will einen Deal. Ich gebe Ihnen etwas, im Gegenzug bekomme ich einen exklusiven Tipp.»

«Wie wäre es mit einem exklusiven Aufenthalt in einer exklusiven Zelle mit exklusivem Essen? Das blüht Ihnen nämlich, wenn Sie Beweismittel zurückhalten.»

Sie grinste frech. «Kommen Sie schon, Vanzetti. Ich bin hergekommen, um Ihnen meinen guten Willen zu zeigen. Haben wir einen Deal?»

«Was wir hier haben, ist ein Ermittler der Bundeskriminalpolizei, der gleich in die Luft geht. Kommen Sie jetzt endlich zur Sache.»

Sie blies die Wangen auf und stiess Luft aus. «Ich habe mit jemandem gesprochen, der die Mörderin gesehen hat.» Sie öffnete den Rucksack, holte zwei Blatt Papier heraus und legte sie vor Vanzetti hin. «Das ist mein Artikel, der morgen in der Zeitung steht. Lesen Sie diesen Abschnitt hier.» Sie tippte mit dem unlackierten Fingernagel auf eine Stelle im Text.

Vanzetti schüttelte den Kopf und fing ganz vorne an, las vom Schönheitschirurgen Bernhard Weyermann, seiner schicken Praxis, der Beförderung Galizias, vom Abend in der Turnhalle und der geheimnisvollen Frau. Mit jedem Satz steigerte sich sein Ärger.

«Und wieso ruft dieser Weyermann die Medien an statt uns?»

Zwygart zuckte mit den Schultern. «Seine Praxis läuft schlecht, er braucht PR.»

«Volltrottel», zischte Vanzetti zwischen den Zähnen hervor. Sie mussten den Kerl sofort vernehmen. Es wäre zwar äusserst ungewöhnlich, wenn eine Frau hinter solch einer Tatserie stecken würde. Aber nicht unmöglich.

Zwygart tippte mit dem Fingernagel auf den Metalltisch. «Jetzt bin ich an der Reihe. Wie heisst das Opfer dort drüben?»

«Das geben wir erst bekannt, wenn die Angehörigen informiert wurden.»

«War es die gleiche Täterin?»

«Das wissen wir noch nicht.»

«Haben Sie irgendwelche Spuren?»

Er kniff die Lippen zusammen. «Ein paar.»

«Zum Beispiel?»

«Kommen Sie nachher mit in mein Büro. Dann gebe ich Ihnen all meine Notizen.» Er schüttelte den Kopf.

«Ich stehe unter grossem Druck, Vanzetti, mein Chef macht mir Feuer unter dem Hintern.»

«Willkommen im Club.»

«Geben Sie mir etwas, irgendetwas.»

Zugegeben, Zwygart hätte ihn ein weiteres Mal blossstellen können in der Zeitung. «Ich gebe Ihnen einen Joker. Sie dürfen mir exakt eine Frage stellen.»

Es war ihr anzusehen, wie die Rädchen in ihrem Hirn drehten. «Glauben Sie, dass es dieselbe Täterin war? Haben Sie ein weiteres Geschenk gefunden?»

«Das sind zwei Fragen.»

«Verdammt, sind Sie immer so ein ...» Zwygart biss sich auf die Unterlippe. «Also gut, gibt es ein Geschenk?»

«Wir haben ein Buch gefunden. Der Titel lautet: *Ich bin Nummer 4.*»

Scharf sog Zwygart Luft ein, ihr blieb der Mund offen stehen. Endlich hielt sie mal die Klappe.

24

Wolfgang Ryf versank tief zwischen den samtbezogenen roten Kissen auf dem blauen Sofa, die Augen tränenverschleiert. Er beugte sich vor und griff mit den Händen in die Haare, als wolle er sich übergeben. «Marlies ist doch nur ins Büro gefahren.» Der Mann war klein und drahtig wie ein Leichtgewichtsboxer.

Im Wohnzimmer des Hauses in Wynigen hatte Vanzetti ihm gegenüber auf einem Holzstuhl Platz genommen, Saxer sass etwas abseits am Eichenholz-Esstisch mit dem aufgeschlagenen Notizblock vor sich. Gut 30 Minuten hatte die Fahrt von Bern in die 2000-Seelen-Gemeinde an der Grenze zwischen dem Emmental und dem Oberaargau gedauert. Durch die Fenster blickte Vanzetti auf eine schmucke Siedlung von Einfamilienhäusern mit Trampolins in den Gärten. Er gab seiner Stimme einen beruhigenden Klang. «So etwas ist kaum zu begreifen.» Vanzetti knetete seine Hände. «Darf ich Ihnen trotzdem ein paar Fragen stellen?»

Mit beiden Handflächen rieb Ryf über die Oberschenkel, rauf und runter. «Warum sollte jemand Marlies umbringen? Warum?»

«Das möchten wir herausfinden.»

«Meinen Sie, dass es der Gleiche war? Der Kerl, der die anderen erschossen hat?»

Vanzetti hatte keinen Zweifel. «Das ist möglich.»

«Wo leben wir denn? In Syrien oder Afghanistan? Sie ist doch bloss ins Büro gefahren.» Ryf nahm die halb leere Flasche Gurten-Bier vom niedrigen Couchtisch, er umfasste sie mit beiden Händen und wischte mechanisch über das braune Glas.

Vanzetti hasste diese Besuche bei Angehörigen von Mordopfern. Beim Anblick von Verzweiflung und Hoffnungslosigkeit fühlte er sich jeweils wie ein Voyeur. «Hatte Ihre Frau Streit mit jemandem? Gab es vielleicht Ärger im Büro? Oder irgendwelche Drohungen am Telefon?»

Ryfs Unterlippe zitterte. «Sie glauben doch wohl nicht im Ernst, dass jemand meine Frau absichtlich umgebracht hat. Marlies! Sie hatte keine Feinde, alle mochten sie. Und im Beruf hat sie sich mit Luft beschäftigt. Mit Luft! Nicht mit der Mafia oder Geldwäscherei.»

«Kann es sein, dass sie Ihnen nichts erzählt hätte von einer Drohung?»

Ryf schüttelte den Kopf. «Ich war Instruktor bei der Armee in Thun, so schnell bringt mich nichts aus der Ruhe. Marlies wusste, dass ich mit so etwas umgehen könnte.» Er stellte die Flasche auf den Tisch neben die Fernbedienung für den monströsen Flachbildschirm vis-à-vis.

Ein Berufsoffizier, das passte zum trainierten Körper. «Können Sie mir etwas über das Umfeld Ihrer Frau erzählen? Leben Sie schon lange in Wynigen?»

«Marlies ist hier aufgewachsen, durch alle Schulen gegangen, elf Jahre sass sie im Gemeinderat. Sie ist überall dabei, im Turnverein, Kirchenchor, Samariterverein. Jeder in Wynigen kennt sie.»

Vanzettis Blick wanderte zu den Fotos an der Wand über dem Sofa: die Eltern mit zwei Kindern beim Skifahren, beim Schwimmen und Radfahren – eine sportliche Familie. Daneben hing ein Wimpel: *Pistolenschützen Wynigen*. Er drehte den Kopf Saxer zu, der nickte. Er hatte den Wimpel ebenfalls entdeckt. Durch die breiten Fenster hinter Saxer sah Vanzetti einen Traktor über eine Wiese fahren.

Er wandte sich wieder an Ryf. Bestimmt hatte dessen Frau wie jeder Mensch das eine oder andere Geheimnis gehabt. «Sie sagen also, dass Sie keine Veränderungen bemerkt haben bei Ihrer Frau? Sie wirkte in den letzten Wochen nicht angespannt oder nervös?»

Abrupt stand Ryf auf und machte eine paar Schritte über den Perserteppich. «Herrgott, das sage ich Ihnen doch die ganze Zeit. Da gab es absolut nichts.» Hinter Saxer blieb er vor dem Fenster stehen und hielt sich mit beiden Händen am Rahmen fest. Als ob er sich selber davon abhalten wollte, durch die Scheibe zu springen. «Wie soll ich bloss …?»

Fürs Erste wollte ihn Vanzetti nicht weiter bedrängen. «Können wir jemanden für Sie anrufen? Jemanden, der Ihnen zur Seite steht?»

Langsam schüttelte Ryf den Kopf. «Meine Tochter lebt in Spiez. Nein, besser nicht, sie ist hochschwanger … Ich muss das selber … Wie sich so etwas anfühlt, weiss man erst, wenn es einem selbst passiert.»

Es fühlte sich an wie der Weltuntergang. «Sobald der Name Ihrer Frau veröffentlicht ist, tauchen möglicherweise Journalisten hier auf. Möchten Sie, dass ich jemanden vor Ihrem Haus postiere?»

«Nein, damit kann ich umgehen.» Ryf drehte sich um, in den wenigen Minuten seit ihrer Ankunft schien er um Jahre gealtert zu sein. «Wir hatten doch noch so viel vor. Seit vier Monaten bin ich pensioniert. Ich hätte es gerne gesehen, wenn Marlies auch in Rente gegangen wäre. Doch sie liebte ihren Job. Wir haben gerade …» Er kniff die Lippen zusammen, Tränen rollten über seine Wangen.

Vanzetti erhob sich, liess ihm ein paar Sekunden Zeit. «Da wäre noch etwas: In der Handtasche Ihrer Frau haben wir ein Buch gefunden, einen Science-Fiction-Roman.»

Saxer stand auf vom Esstisch und zeigte Ryf einen durchsichtigen Plastiksack mit dem Buch darin. «Wissen Sie etwas darüber?», fragte er.

«*Ich bin Nummer 4*. Ja, das lag in unserem Briefkasten.»

«Wann war das?»

«Heute früh. Ich habe es entdeckt, als ich die Zeitung holte. Beim Frühstück hat Marlies es ausgepackt. Es war ein Geschenk.»

«Haben Sie das Papier noch?»

«Das liegt im Abfallkübel.» Ryf verschwand im Flur, ein Rascheln war zu hören. «Wollen Sie auch die Visitenkarte sehen?», rief er aus der Küche.

Vanzetti stockte der Atem. «Ja, bitte.» Er tauschte einen Blick mit Saxer.

Ryf brachte ein grün glitzerndes Papier und ein Kärtchen zurück. «Wir haben uns etwas gewundert darüber. Marlies vermutete, dass es wohl mit einem der Interviews zusammenhing. Journalisten haben sie regelmässig befragt über die Luftverschmutzung, den Smog und so. Die Medien mochten Marlies, weil sie komplizierte Vorgänge anschaulich erklären konnte.»

«Würden Sie beides bitte auf den Tisch legen? Ich möchte nichts anfassen.»

Ryf deponierte das Papier und das Kärtchen auf den Esstisch, Vanzetti und Saxer beugten sich darüber.

Der Name unter dem Logo der Berner Nachrichten liess Vanzettis Puls in die Höhe schnellen: *Zoe Zwygart*.

25

Sollte sie oder sollte sie nicht?

Während der ganzen Fahrt im 10er-Bus brütete Lucy über der Frage. Es hatte Zeiten in ihrem Leben gegeben, in denen sie sich lieber die Zunge abgebissen, als ein Wort mit Bullen gewechselt hätte. Den Gesetzeshütern. *Macht aus dem Staat Gurkensalat!* 1968, nach den Globus-Krawallen, hatte sie zwei Nächte in einer Zelle verbracht. Vati hatte eine Woche lang nicht mir ihr geredet.

Die Jahre hatten Lucy milder den Autoritäten gegenüber gestimmt, auch wenn die Revoluzzerin noch in ihr steckte. Sie verabscheute die Typen, die damals mit ihr durch die Strasse marschiert waren und heute auf Chefsesseln thronten. Gewisse Prinzipien warf man einfach nicht über Bord.

Bei der Station Galgenfeld stieg Lucy aus dem 10er. Es war später Nachmittag und roch intensiv nach Herbst. Sie ging über die Strasse und nahm den Weg entlang der Wohnsiedlung Baumgarten. Ob die Bewohner wussten, dass sie auf einem mittelalterlichen Richtplatz schliefen?

Sie selber fühlte sich wie auf dem Weg zum Schafott. Hoffentlich würde Zoe noch mit ihr reden, wenn sie davon erfuhr. Davon, dass sie die Polizei informiert hatte. Weil bei Lucy endlich der Groschen gefallen war. Weil sie kapiert hatte, dass es einen Zusammenhang zwischen den Opfern gab. Es wäre eine tolle Exklusivstory für Zoe und die Zeitung. Doch hier ging es nicht um einen Artikel, es ging um Menschenleben. Jede vergeudete Stunde konnte jemanden in Gefahr bringen.

Doch! Es war richtig, dass sie zur Polizei ging.

Auf dem Strässchen kam ihr ein Velofahrer entgegen, ein junger Mann mit Schiebermütze und langem Bart. Als er auf ihrer Höhe war, machte er einen Schlenker um einen abgebrochenen Ast und rammte Lucy hart an der Schulter, sodass sie beinahe umgeworfen wurde.

Mit quietschenden Bremsen stoppte er sein Velo. Er warf es herum und rollte heran. «Shit, das tut mir leid. Alles okay bei Ihnen? Ich habe Sie total übersehen.»

Lucy tastete ihre Schulter ab, als Andenken würde sie wohl einen blauen Fleck behalten. «Es geht schon.» Sie spürte einen Stich im Arm und verzog den Mund.

«Sorry. Ich kann mein Auto holen und Sie in den Notfall bringen.»

Ein freundlicher Rüpel, immerhin. «Alles in Ordnung. Machen Sie sich keine Sorgen.»

Er musterte sie eingehend, dann streckte er einen Arm zu einer Häuserzeile aus. «Ich wohne dort hinten in Nummer 52. Sämi Kofmehl. Bitte melden Sie sich, wenn doch noch Probleme auftauchen.» Zögerlich setzte er sich wieder auf das Rad, nickte ihr zu und pedalte davon.

Lucy bog um die Ecke und stand vor sieben roten Türmen, die an riesige Lego-Steine erinnerten. Sie waren im Abstand von 20 bis 30 Metern aufgereiht, flachere Gebäude verbanden sie. Irgendwo darin musste die Bundeskriminalpolizei untergebracht sein.

Sie wanderte von einem Turm zum nächsten und suchte nach einer Beschriftung, fand aber nichts.

Schliesslich entschied sie sich für den Turm mit dem Schild *Eidg. Verwaltungsgebäude.*

Die Schiebetür aus Glas glitt auf und sie betrat einen Empfangsraum, hinter dessen Trennscheibe ein Mann mit engem Kragen und geröteten Wangen sass. Er war klein und pummelig, sie schätzte ihn auf Ende 50. *Boris Mayer* stand auf dem Namensschild an seinem Hemd.

Lucy stellte sich vor die Scheibe und wartete darauf, dass Mayer den Kopf hob. Doch er studierte seinen Monitor und reagierte nicht. Bestimmt eine halbe Minute hielt sie es aus, dann klopfte Lucy an die Trennscheibe.

Mayer fuhr hoch. «Entschuldigung, ich habe Sie nicht gesehen. Wie kann ich Ihnen helfen?»

«Ich möchte zu Herrn Vanzetti.»

«Haben Sie einen Termin?»

«Nein. Aber ich habe wichtige Informationen in einem Mordfall.»

«Herr Vanzetti ...» Er klickte mit der Maus und scrollte offenbar durch eine Namensliste. «Da haben wir ihn ja.» Mayer griff zum Telefon, wählte eine Nummer und sprach mit gedämpfter Stimme hinein. Dann hängte er wieder auf. «Bitte warten Sie einen Moment. Es wird Sie jemand abholen.»

Lucy nickte. Der Empfangsraum bestand aus einem nüchternen Viereck, vielleicht fünf auf fünf Meter gross. Sitzplätze gab es keine, an der Wand stand ein Gestell mit Informationsbroschüren. Eine breite Glasscheibe trennte den Raum von einem Flur, die Verbindung bildeten zwei enge Personenschleusen. Lucy kannte diese Dinger von anderen Bundesämtern. Die Zylinder boten Platz für eine Person, die erste Schiebetür liess sich nur mit einem Badge öffnen. Erst wenn sich diese Tür geschlossen hatte, ging die zweite Tür auf und liess den Gast ins Gebäude.

Sie nahm sich den *Jahresbericht Kriminalitätsbekämpfung* aus dem Ständer und blätterte ihn durch, dann nahm sie sich *Das Bundesamt für Polizei in Kürze* vor. Es vergingen Minuten, ein junger Mann holte am Schalter einen Schlüssel und verschwand wieder nach draussen, eine Frau im Kostüm meldete sich an, wartete kurz, wurde von einer jungen Frau abgeholt und passierte die Schleuse. Nachdem Lucy alle Broschüren im Gestell gelesen hatte und zur BKP-

Expertin mutiert war, massierte sie ihre schmerzende Schulter. Dann inspizierte sie einen blutunterlaufenen Fingernagel. Vor einer Woche hatte sie einen wackeligen Stuhl mit ein paar Hammerschlägen zur Raison bringen wollen und dabei ihren Finger erwischt.

Bestimmt eine halbe Stunde war vergangen, es ging auf 17 Uhr zu. Mayer hinter dem Schalter schenkte ihr so wenig Beachtung wie die drei Besucher, die jetzt vor der Loge anstanden.

Schon eigenartig. Es fühlte sich an, als ob sie gar nicht existierte. «Ich habe Sie nicht gesehen», hatte der Beamte gesagt. Ähnlich hatte sich der Radfahrer geäussert. Oder die beiden Verkäuferinnen im Dessousgeschäft an der Marktgasse und der Rüpel am Briefkasten vor dem Bahnhof. Und heute Morgen hatte eine Frau im Coop Gratismuster eines Shampoos verteilt. Allen ausser Lucy.

Da war noch mehr gewesen in den letzten Monaten. In Restaurants hatte Lucy immer länger auf die Bedienung warten müssen. Immer weniger Männer hatten ihr nachgeschaut oder ihr eine Tür aufgehalten. Und jetzt war sie an einem Punkt angekommen, an dem die Leute sie einfach ignorierten. Die Erkenntnis traf Lucy wie eine Ohrfeige.

Sie war unsichtbar geworden.

Lucy trat vor die Glaswand in der Loge und suchte ihr Spiegelbild. Erleichtert entdeckte sie die Umrisse ihrer Figur und den silbernen Pagenschnitt. Also gut, technisch gesehen war sie noch sichtbar. Und auch Menschen, die ihr etwas bedeuteten, nahmen sie zur Kenntnis. Doch für die Jungen und Schönen, die Wichtigen und Möchtegerns war sie unsichtbar. Oder waren das bloss die Hirngespinste einer verrückten Alten?

Die drei Männer standen noch immer vor dem Schalter Schlange. Kurzentschlossen drängte sich Lucy hinter den Anzugträger an die zweite Stelle vor. Tatsächlich. Niemand protestierte. Der Glatzkopf hinter ihr las weiter in seinem Magazin, der junge Kerl am Ende inspizierte gelassen den Schalterraum.

Interessant. Unsichtbarkeit hatte also auch Vorteile.

Vielleicht könnte sie daraus Kapital schlagen. Gratis ins Kino spazieren oder im Supermarkt klauen, worauf sie gerade Lust hatte. Banken überfallen oder Drogen schmuggeln. Wer würde sie denn aufhalten wollen?

Die Antwort darauf kannte Lucy: sie selber.

Bereits regte sich ihr schlechtes Gewissen, weil sie sich vorgedrängelt hatte. Mit einem Seufzer stellte sich Lucy ans Ende der Schlange. Niemand reagierte darauf.

Ein paar Minuten später stand sie wieder vorne am Schalter, Mayer studierte seinen Monitor und blätterte durch einen Aktenordner. Lucy winkte höflich, räusperte sich.

Keine Reaktion.

Sie musste ihre Taktik ändern. Schliesslich besass sie Informationen für eine Mordermittlung. Lucy öffnete ihre Handtasche und kramte darin herum. Was hatte ihr Zoe in den Ohren gelegen, dass sie sich für Notfälle wappnen müsse. Kurse im Pistolenschiessen und in Selbstverteidigung hatte Zoe vorgeschlagen. Woher die Kleine bloss diesen martialischen Trieb hatte, diese Faszination für Waffen?

Damit Zoe endlich Ruhe gab, hatte sich Lucy schliesslich einen «Personal Alarm» besorgt. Da war er ja. Er sah aus wie ein kleines blaues Ei, in dem ein Stift steckte. Daran befestigt war eine Kette mit einem Ring. *130 dB* stand auf das Plastik gestanzt. Wenn sie sich recht erinnerte, lag die Lautstärke eines Presslufthammers bei etwa 100 Dezibel. Doch, das sollte genügen.

Lucy riss den Stift heraus. Dann brach die Hölle los.

26

«Wir mussten die Cafeteria räumen und das Sprengstoffteam aufbieten. Die halbe Belegschaft ist durch die Notausgänge ins Freie geflüchtet. Und unser Herr Mayer vom Schalter hätte beinahe einen Herzinfarkt erlitten. Mit Ihrem Alarm haben Sie ja einen ganz schönen Wirbel veranstaltet.» Vanzetti setzte in seinem Büro eine ernste Miene auf, doch innerlich musste er grinsen. So ein Donnerschlag ab und zu schadete dieser Schlafmütze Mayer bestimmt nicht.

«Tut mir leid für Herrn Mayer. Doch der hätte mich in der Schalterhalle übernachten lassen.» Sie schien ganz entspannt. «Sie sind also der Herr Vanzetti? Zu Ihnen wollte ich schon vor Stunden.» Die wachen Augen der kleinen alten Dame mit dem dichten weissen Haar musterten ihn, als probierte sie eine neue Brille aus.

«Ich bin gerade erst von einem Einsatz zurückgekommen.» Im ersten Moment hatten sie einen Terroranschlag befürchtet, bis ihnen die alte Dame zugelächelt hatte. Die Kollegen hatten kontrolliert, ob sie mental zurechnungsfähig war. Danach waren die Meinungen auseinandergegangen: Arzt oder Arrest. Schliesslich hatte Vanzetti die Frau am Arm genommen und in sein Büro gelotst. Sie sass vor seinem

Schreibtisch, in ihrem Rücken grinste Saxer an seinem Pult.

«Piacere, Signore Vanzetti. Possiamo volentieri parlare insieme in italiano.»

«Tut mir leid, aber ich spreche kein Italienisch. Mein Vater ist Secondo und war sehr erpicht darauf, Schweizer zu werden. Und meine Mutter ist Bernerin. Zu Hause haben wir ausschliesslich Schweizerdeutsch geredet.» Nur fluchen gelernt hatte er auf Italienisch.

«Was für eine Schande.» Sie spitzte die Lippen. «Es gab da mal ein Lädeli in der Matte, Lorenzo und Aurora Vanzetti, wenn ich mich recht erinnere, ein altes Ehepaar.» Sie bedachte ihn mit einem kleinen Lächeln. «Na ja, die beiden waren wohl in etwa so alt, wie ich jetzt bin. Da wuselte immer ein ganzer Haufen Kinder zwischen den Gestellen herum.»

«Ich war einer von ihnen.» Fast jeden freien Nachmittag hatte er dort verbracht. «Das Geschäft gehörte meinem Nonno. Leider lebt er nicht mehr. Und meine Nonna auch nicht.»

«Das tut mir leid.»

Ihm auch, er vermisste sie sehr. Vor allem Nonno, den Professor, der in der Schweiz Hero Rösti und Knorr Aromat hatte verkaufen müssen. Und sich nie darüber beschwert hatte. «Ich habe es geliebt, dort mit meinen Cousins zu spielen. Meine Grosseltern wohnten gleich über dem Laden. Ich habe mir mal den Fuss gebrochen, als ich Superman spielen wollte und aus den Fenster gesprungen bin. Mit einem roten Badetuch als Umhang.» Hinter der Dame machte Saxer grosse Augen.

«Und Ihre Eltern? Leben die noch?», fragte sie.

«Denen geht es sehr gut.» Nur ging er ihnen aus dem Weg, seit sie «zu Gott gefunden» hatten und mit Bibelsprüchen um sich warfen. «Also, was kann ich für Sie tun, Frau …?»

«Eicher, Lucy Eicher. Mein Taufname ist eigentlich Luzia, aber alle nennen mich Lucy.»

Die elegante Dame musste in jüngeren Jahren eine Schönheit gewesen sein. «Also, Frau Eicher, weshalb wollten Sie zu mir?»

«Weil ich Ihnen helfen will. Es geht um den Fall mit dem Serienmörder. Ich denke, dass ich relevante Informationen habe.»

Maledetto. Noch so eine Verrückte, die sich wichtigmachen wollte. Wie dieser Weyermann, der Schönheitschirurg. Wie ein Kugelfisch hatte der sich aufgeblasen bei der Befragung. Allerdings besassen sie jetzt wenigstens eine Personenbeschreibung. Ob sie die an die Medien weitergeben sollten? «Eine Detektivin sind Sie also.»

«Ach, nein, das ist eher Zufall. Seit Montag krame ich in meinem Gedächtnis nach …»

Bleierne Müdigkeit überfiel Vanzetti, er hätte seinen Kopf auf die Tischplatte legen mögen. Er brauchte Zeit zum Nachdenken. Über diese Journalistin zum Beispiel, diese Zwygart. War es möglich, dass sie hinter den Morden steckte? Sie galt als tolle Schützin und hatte Erfahrung bei der Militärpolizei gesammelt. Und war ihnen immer eine Nasenlänge voraus. Doch, das würde passen. Aber Zwygart müsste schön blöd sein, wenn sie ein Visitenkärtchen ins Geschenk gepackt hätte.

«… und heute in der Früh ist es mir endlich eingefallen.» Erwartungsfroh sah Frau Eicher ihn an.

Er sollte sie einfach aus dem Büro spedieren. *Manieren, Alessandro,* hörte er seine Nonna im Hinterkopf flüstern. «Sie werden verstehen, dass ich im Moment viel zu tun habe. Ich werde Sie an einen Kollegen verweisen, der Ihre Aussage aufnehmen wird.» Er schaute Saxer über die Schulter der Dame an, doch der winkte ab. Vanzetti griff zum Telefon.

Lucy seufzte laut. «Ich verstehe absolut, dass Sie mich für eine verrückte Alte halten. Kommt einfach daher und will Ihren Fall lösen. Doch geben Sie mir bitte eine Minute, Sie werden es nicht bereuen.»

Vanzetti hielt einen Moment inne und legte wieder auf. «Gut, ich höre.»

«Ich war Journalistin, bis ich vor sieben Jahren in Pension gegangen bin. Vielleicht liegt es daran, dass ich so lange nicht auf den Zusammenhang gekommen bin. Ich bin 71, mein Hirn ist etwas eingerostet.»

Sie kramte in ihrer Handtasche und legte ein Papier vor Vanzetti auf den Tisch. «Hier.»

Es war ein Artikel aus den Berner Nachrichten vom 22. März 2003. Vanzetti beugte sich darüber.

Flammeninferno auf dem Bahnhof Wynigen

lue. Fünf Menschen kamen gestern Freitag bei der Entgleisung eines Güterzugs im Bahnhof Wynigen ums Leben, mehrere wurden schwer verletzt. Die Entgleisung brachte zwei mit Benzin gefüllte Zisternenwagen zur Explosion, wodurch drei Wohnhäuser an der Bahnlinie niederbrannten. Im Gebiet rund um den Bahnhof herrschte den ganzen Tag akute Explosionsgefahr. Die Einsatzkräfte von Polizei, Sanität und Feuerwehr waren mit einem Grossaufgebot vor Ort. Bis zum Abend war unklar, was die Katastrophe verursacht hatte.

Vanzetti konnte sich vage an das Unglück erinnern, 2003 war er noch ein Anfänger bei der Berner Kantonspolizei gewesen. Zwar war er damals nicht selber vor Ort gewesen, doch er hatte die Berichte und Analysen gelesen. «Ich verstehe nicht.»

Sie wies mit dem Zeigefinger auf das Papier. «Diesen Artikel habe ich geschrieben, ich war in Wynigen damals.»

«Äh … gratuliere.» Er wusste nicht, wie er reagieren sollte. Die Dame war wohl etwas exzentrisch.

«Ach, hören Sie doch mit diesem Unsinn auf. Es geht nicht um den Artikel. Es geht darum, dass sie dort waren. Alle.»

Vielleicht hatte sie doch einen Dachschaden. «Von wem sprechen Sie?»

Nochmals kramte sie in ihrer Handtasche, und zum Vorschein brachte sie einen Notizblock in der Grösse A5. «Mein Archiv war mir immer Gold wert. Bis heute bewahre ich sämtliche Unterlagen auf. Als Journalistin weiss man nie, ob man nicht plötzlich vor Gericht steht. Das sind meine Notizen aus Wynigen.» Eicher wedelte mit dem Block. «Hier stehen sie alle drin, die Opfer dieses Serienmörders! Als ich heute Nachmittag im Radio von der dritten Toten gehört habe, von Marlies Ryf aus Wynigen, hat es klick gemacht.»

Vanzettis Puls setzte für ein paar Schläge aus.

Eicher blätterte durch den Block. «Hier. Emil Luginbühl, Verkehrspolizist. Er war zuständig für die Abriegelung des Geländes rund um den Bahnhof Wynigen.» Sie blätterte weiter. «Mauro Galizia, Notarzt. Er kümmerte sich um Verletzte. Und hier ist Marlies Ryf, Gemeinderätin von Wynigen und Leiterin des lokalen Krisenstabs.» Eicher sah vom Block auf.

«Sind Sie absolut sicher?»

Sie tippte mit dem Finger auf den Block. «Ich habe es hier schwarz auf weiss.»

Die Luft schien plötzlich wie elektrisch aufgeladen. Auch Saxer musste es gespürt haben, denn er kam um seinen Schreibtisch herum. «Wie haben Sie mit diesen Leuten damals sprechen können? Gab es denn keine Absperrung um den Unglücksort?»

«Natürlich gab es die, uns Journalisten wollte man möglichst weit weg vom Geschehen haben. Doch ich war rasch in Wynigen, zu dem Zeitpunkt herrschte noch das Chaos. So wuselte ich einfach zwischen den Einsatzkräften herum und gelangte überall hin.»

Vanzetti überflog nochmals den Artikel. «Kannten sich Luginbühl, Galizia und Ryf?»

«Das weiss ich nicht. Möglicherweise.»

«Es müssen sehr viele Leute im Einsatz gewesen sein. Vielleicht war das bloss ein Zufall», sagte Saxer.

Solche Zufälle mochte es geben, dachte Vanzetti. Manchmal, aber sehr selten.

Sie nagte an ihrer Unterlippe. «Das ist natürlich möglich.»

Vanzetti versuchte es mit Logik. «Was ist mit Schenk, dem angeschossenen Politiker aus Muri? Wissen Sie, ob der damals auch in Wynigen war?»

«Da gerät meine Theorie ins Wanken. Er sagte mir, dass er nicht dort war.»

«Sie kennen Schenk persönlich?», fragte Saxer.

Eicher schaute zu ihm hoch. «Natürlich, ich bin doch seine PR-Chefin.»

Es dauerte ein paar Sekunden, bis Vanzetti diese Informationen einordnen konnte. «Sind Sie etwa die Zeugin, die beim Attentat in seinem Haus in Muri war?»

Sie nickte traurig. «Leider.»

«Mannomann, Sie sind wirklich eine Nummer, Frau Eicher. Warum haben Sie das nicht gleich unten am Empfang gesagt?» Vanzetti schüttelte den Kopf. «Also gut, fangen wir nochmals ganz von vorne an.» Er holte einen Digitalrecorder aus der Schublade, legte ihn auf den Tisch und drückte die Aufnahmetaste. «Bitte sagen Sie mir Ihren Namen und Ihre Adresse.»

«Lucy Eicher, ich wohne an der Brückenstrasse in Bern.»

Dort war Vanzetti heute in der Früh gewesen. Er stoppte die Aufnahme. «Sie kennen nicht zufälligerweise eine Zoe Zwygart?»

Beim Lächeln zeigten ihre Augen tiefe Fältchen. «Natürlich kenne ich Zoe, sie wohnt gleich über mir. Ich bin schliesslich ihre Grossmutter.»

«Porca vacca.» Um ein Haar wäre Vanzetti vom Stuhl gekippt.

27

Zoe schnaufte und der Schweiss lief ihr über das Gesicht, als sie ihr Rennvelo vor der Turnhalle an ein Metallgeländer kettete. Sie hatte ihre Wut abreagieren müssen, irgendwie.

Als sie die Turnhalle betrat, klingelte ihr Handy. Zoe holte es aus dem Rucksack. Die Ziffern der Uhr zeigten 23.51 Uhr, darunter stand der Name *Nyffeler*. Auf den Chefredaktor hatte sie jetzt keinen Bock. Doch vielleicht gab es Probleme mit ihrem Artikel.

«Ja?»

«Frau Zwygart, wo stecken Sie denn? Ich dachte, Sie warten auf den ersten Abzug.»

«Ich bin schon zu Hause», log Zoe. «War ein langer Tag.»

«Natürlich, das kann ich verstehen. Schade, ich hätte mit Ihnen anstossen wollen. Klasse Arbeit. Die Konkurrenz wird sich in den Hintern beissen. Ihre Beschreibung der Täterin und dieses Buch in Ittigen – hervorragend. Und eben habe ich noch das Interview mit Schenk gelesen. Wie sind Sie bloss an den herangekommen?»

«Das hat Lucy vermittelt, die arbeitet ja für ihn im Wahlkampf.» Die Tische in der Turnhalle waren gut besetzt, Zoe ging die Treppe hoch zur Galerie.

«Lucy, natürlich. Einmal Journalistin, immer Journalistin. Ich muss schon sagen, dieser Schenk macht mir Eindruck. Lässt sich nicht unterkriegen. Andere würden sich in die Hosen machen. Das bringen Sie toll rüber im Interview.»

«Merci.»

«Dann will ich Sie nicht länger stören. Ach, bitte sagen Sie Lucy einen lieben Gruss. Von Ihrer Grossmutter können wir uns alle noch eine dicke Scheibe abschneiden. Erholen Sie sich gut, morgen brauchen wir wieder kreative Ideen.»

Zoe trennte die Verbindung, setzte sich an die Bar und winkte Katja dahinter zur Begrüssung. Zurzeit trug die ihre Haare feuerrot, und das Kleid passte zur Frisur. Cool.

Katja kam herüber und legte eine Hand auf Zoes Arm. «Hi, lange nicht mehr gesehen.»

«Ich schufte auch von früh bis spät. Tolle Farbe.»

«Danke. Diesen Monat stehe ich auf Rot. Was kann ich dir bringen?»

«Einen Tequila Sunrise, bitte.»

«Oje, ist es mal wieder so weit? Das letzte Mal hast du hier nach der Trennung von deinem Ex gebechert.» Katja strich über Zoes zwölf Tattoos und tippte mit dem Finger auf die Lotusblüte auf dem Oberarm. «Dem hier.»

Katja war eine Freundin seit der Primarschule. Deswegen wusste sie, dass sich Zoe für jeden Verflossenen ein Tattoo stechen liess – mal ein grösseres, mal ein kleineres. Zoe zuckte mit den Schultern, darüber sprechen mochte sie jetzt nicht.

«Viel los heute?»

«Die Band ist gut. Der Tequila kommt sofort.» Katja nahm zwei weitere Bestellungen auf, holte mit geschickten Händen Flaschen und Gläser vom Regal und mixte die Drinks.

Zoe beobachtete sie dabei. Es war nicht Lucy gewesen, die ihr das Interview mit Oli Schenk vermittelt hatte. Er hatte sie angerufen und ins Spital eingeladen. Zoe war hingefahren, hatte professionell ihre Fragen gestellt. Und dann hatte sie Olis Hand genommen:

Ich fürchte, dass ich das nicht mehr kann.

Was denn?

Unsere Beziehung. Es kann nicht so weitergehen. Es ist wohl besser, wenn wir uns trennen.

Willst du das wirklich?

Nein, aber es ist besser für uns beide.

Schade, aber ich kann dich verstehen. Ja, es ist wohl besser für uns beide. Ich wünsche dir alles Gute.

Zum Abschied hatte er Zoe aus dem Krankenbett auf die Wange geküsst.

Bitte? Ich wünsche dir alles Gute? Sie hatte ja nicht erwartet, dass er schluchzte oder bettelte. Aber so? Der Mann war doch Schauspieler, verdammt nochmal. Hätte er ihr nicht ein wenig Verlustangst oder Bedauern vorspielen können?

«Hi, Baby, du hast es geschafft.» Ein Mann mit Cowboyhut glitt neben Zoe auf den Barhocker. Verdutzt erkannte sie Raphi, einen alten Freund. Er war ein lieber Kerl, sah rockstarmässig aus, bezahlte seine Hirngebühren jedoch nicht regelmässig. «Bist du mit deiner Band hier?»

Für Raphael hatte Zoe sich einen kleinen Schmetterling auf die Schulter stechen lassen, gut drei Jahre war das jetzt her. Sie hatte ihn nach einem Auftritt kennengelernt und sich gefragt, ob diese Finger mit einem Frauenkörper ebenso geschickt umgehen konnten wie mit einer Gitarre. Von wegen! Im Bett hatte er sich angestellt wie ein Kleinkind mit einer Fernbedienung: *Irgendwo hier muss das doch …*

Mit dem Hemdsärmel wischte Raphi sich den Schweiss von der Stirn. «Hast du unser erstes Set nicht gehört?»

«Bin gerade erst gekommen. Was ist denn mit deinen Haaren passiert?» Statt der schulterlangen Locken guckten Borsten unter dem Hut hervor.

«Die passten nicht zu meinem neuen Image.»

«Du spielst nicht mehr bei den Satanic Angels?»

«Nein, ich habe jetzt eine ganz neue Band. The Rattlesnake Farm.»

Beinahe hätte sie laut gelacht. «Die Angels gibt es nicht mehr?»

«Wir hatten Differenzen, also haben wir uns getrennt.»

«Was war denn los?»

Raphi wedelte mit der Hand. «Ich will nicht darüber reden. Heavy Metal war gestern, jetzt mache ich Country. Das geht voll ab.»

Oje, der arme Junge. «Wer spielt denn mit? Kenne ich jemanden?»

Er begutachtete seine Füsse, den Spiegel über der Bar, die anderen Gäste. Raphi war schon immer ein schlechter Lügner gewesen.

Zoe zupfte am Ärmel seines karierten Hemdes. «Lass mich raten: gleiche Band, neuer Name?»

«Schon, ja. Aber wir haben uns neu erfunden. Total geiler Sound. Hör es dir an.»

Hillbilly-Gedudel? Nein, danke. Sie brauchte jetzt Rammstein oder Slipknot. Doch Raphi glotzte sie an wie ein Robbenbaby. «Klar, mache ich.»

Mit einem breiten Grinsen machte er sich auf den Weg zurück zur Bühne.

Katja stellte den Tequila Sunrise auf den Tresen. «Zum Wohl.»

«Sag mal. Hast du gearbeitet am Montagabend? Kannst du dich an zwei Typen erinnern, zwei Ärzte?»

«Klar kann ich. Die Polizei war heute auch schon hier. Ja, die Typen haben irgendetwas gefeiert. Der eine, so ein geiler Bock, hat mich angestarrt, als ob ich inbegriffen sei im Trinkgeld. Doch es war der andere, dieser tote Arzt, der dann eine Frau abgeschleppt hat.»

«Wie sah die aus?»

Katja zuckte mit den Schultern. «Hier hat sie gesessen, auf dem gleichen Stuhl wie du. Sie trug eine Perücke, da bin ich mir sicher. Und sie hatte das Make-up so dick aufgetragen, als ob ein Gipser mitgeholfen hätte. Irgendwie übertrieben, aber perfekt auf sexy gestylt. Die Frau könnte 20 oder 50 sein.»

«Hast du denn nicht auf ihre Hände geachtet? Oder ihren Hals?»

«Nein, die Hände habe ich nicht gesehen. Und den Hals … Da fällt mir ein: Sie trug einen Schal von PAMB.»

«Was?»

«Klar, kennst du nicht. Du mit deinen Sportklamotten. PAMB, das sind zwei Berner Designerinnen. Sie haben ein Atelier an der Monbijoustrasse. Der Schal war rot-braun kariert und hatte ihr Logo drauf.»

«Ist das ein grosses Ate…?» Plötzlich spürte Zoe einen heissen Atem an ihrem Ohr.

«So sieht man sich wieder», raunte eine männliche Stimme.

Nicht schon wieder ein Ex. Zoe drehte sich um, aber Karate-Instruktor Edi stand breitbeinig vor ihr. Er stemmte eine Hand in die Hüfte, in der anderen hielt er ein Glas Bier. Ein breites braunes Pflaster klebte über seinem Nasenrücken. «Wunderbar, dass du mir mal über den Weg läufst, du Schlampe. Hier gibt es keinen Chef, hinter dem du dich verstecken kannst.» Mit einer ausladenden Bewegung schüttete er ihr das Bier ins Gesicht.

«He, Alter, spinnst du?», rief Katja hinter dem Tresen.

Zoe spürte, wie ihr die Hitze in den Kopf schoss. Dieser Schmalspur-Schwarzenegger kam ihr gerade recht. Die Gespräche in der Bar verstummten, als sie sich mit triefendnassen Haaren vom Barhocker schob.

Edi grölte. «Guck mal in den Spiegel, du Pissnelke.» Er war einen halben Kopf grösser als Zoe, die Muskeln an seinem Hals zuckten.

Zoe wischte sich das Bier vom Gesicht, dann trat sie Edi mit einem Side-Kick ihren linken Fuss in die Rippen.

Edi taumelte, fing sich aber wieder. «Du verfluchte Schlampe.»

«Fällt dir nichts Neues ein?» An Kraft war er ihr überlegen, sie durfte ihn nicht herankommen lassen. Ihr Vorteil war die Geschwindigkeit.

Edi warf das Bierglas nach Zoe. Sie duckte sich, das Glas zersplitterte am Tresen. Im gleichen Augenblick versetzte sie ihm einen wuchtigen Front-Kick gegen das rechte Knie.

Edi schrie auf, konnte sich aber auf den Beinen halten. Sein Bizeps zuckte unter dem hellblauen Hemd.

Zoes nächster Tritt zielte auf das linke Knie, doch sie war zu langsam. Edi packte ihren Fuss, riss ihn in die Höhe, wirbelte Zoe herum und wuchtete sie gegen die Barhocker. Mit dem Kopf knallte sie gegen den Tresen. Bevor sie sich aufrappeln konnte, drehte Edi sie herum und stiess ihr sein Knie in den Magen.

Es fühlte sich an wie 40 Meter unter Wasser mit leerer Tauchflasche. Zoe sank zu Boden, in ihrem Kopf drehte sich ein Riesenrad, sie hörte Stimmen durcheinanderschreien.

«Es reicht jetzt.» – «Lass gut sein, Kumpel.» – «Warum hilft ihr denn niemand?» – «Ruft die Polizei!»

Edi stand breitbeinig über ihr und schaute auf sie herunter. «Wie gefällt dir das?» Er packte sie an den Haaren und riss Zoe hoch. Nur mit den Fussballen berührte sie den Boden, triumphierend grinste ihr Edi ins Gesicht. «Und jetzt bittest du mich um Entschuldigung, Turnhäschen.»

Nie. Im. Leben. Langsam bekam Zoe wieder Luft, sie roch seinen Bieratem, Edis Gesicht verschwamm mit demjenigen von Oli. *Drecksack!* Sie raffte ihre ganze Energie zusammen und stiess ihre beiden Fäuste von beiden Seiten auf Edis Schläfen.

Er jaulte und liess ihre Haare los.

Zoe hatte wieder Boden unter den Füssen. Sie holte aus und rammte ihm eine rechte Gerade auf die Nase.

Edi taumelte rückwärts und bedeckte sein Gesicht mit beiden Händen.

Zoe machte einen Schritt zur Seite und brachte ihren rechten Fuss mit einem Roundhouse-Kick seitlich in sein linkes Knie. Er brüllte, knickte ein und kniete vor ihr, als ob er einen Antrag machen wollte.

Warum nur ...

Ohne zu zögern, trieb Zoe ihm ihr rechtes Knie wuchtig ans Kinn.

... sind alle Männer solche Schweine?

Edi knallte nach hinten auf den Rücken und blieb stöhnend auf dem Boden liegen.

28

Vanzettis Chefin Claudia Oppliger zückte ihren Ausweis und hielt ihn dem Mann vom Sicherheitsdienst unter die Nase. Der winkte sie durch die Schleuse im Parlamentsgebäude. «Sie überlassen das Reden mir. Sie sprechen nur, wenn Sie gefragt werden.»

Vanzetti folgte ihr auf dem Fuss. «Okay.»

Unter den Wappen der Schweizer Kantone im Kuppeldach stiegen sie die Treppe hoch. Für 9 Uhr an diesem Donnerstagmorgen hatte sie Bundesrat Marchand, Vorsteher des Eidgenössischen Justiz- und Polizeidepartements, herbestellt. Oppliger, die zwei Stufen vor Vanzetti ging, hatte sich für ihre Verhältnisse herausgeputzt und die braune Strickjacke gegen eine schwarze getauscht.

Unter den mächtigen Steinfiguren der drei Eidgenossen bog sie nach rechts ab. «Waren Sie schon mal hier?»

«Nur auf der Zuschauertribüne.»

Mit dem Daumen wies Oppliger über ihre linke Schulter. «Dort tagt der Nationalrat, gegenüber der Ständerat.»

Im ersten Stock schritt sie zügig über den hellen Marmor und passierte ein schmiedeeisernes Tor, dann ging es über eine Passerelle, in der die Fenster den Blick zum Bundesplatz freigaben. Nach dem

Übergang ins Bundeshaus West begrüsste sie ein Bankomat mitten auf dem Marmor.

Vanzetti schaute ein zweites Mal hin. Tatsächlich, ein Bankomat stand mitten im breiten Flur. «Ob die hier auch ein Einkaufszentrum haben?»

Oppliger reagierte nicht.

«Dort gehts zum Bundesratszimmer», sagte Oppliger leichthin, als sie an einer Tür vorbeischritt.

Vanzetti spürte ein leichtes Kribbeln im Bauch. Nur wenige Menschen hatten Zutritt zum Allerheiligsten der Schweizer Politik. Am Ende der Halle stand eine schlanke Frau mit dunkelbraunem Chignon und einem Stapel Papieren unter dem Arm. Vanzetti kannte Adeline Jubin, die persönliche Mitarbeiterin von Marchand, bloss von Fachtagungen.

«Hier herein, bitte.»

Jubin geleitete sie in einen grossen Raum mit einem ovalen Eichentisch und zehn lederbezogenen Stühlen. Darüber hing ein mächtiger Lüster, an der Wand ein Teppich mit moderner Kunst. *Le Corbusier* stand rechts unten. «Der Herr Bundesrat wird gleich Zeit für Sie haben.»

Ihr französischer Akzent hätte reizvoll sein können, doch der Ton erinnerte an eine gestrenge Nonne. Jubin verschwand durch eine Tür ins Nebenzimmer, aus dem das Geklirre von Gläsern klang.

«Im Salon du Président findet wohl ein Empfang statt.» Oppliger zog einen schwarzen Sessel unter dem Tisch hervor und liess sich darauf nieder. «Das hier ist das Bureau du Président. Die Bundesräte nutzen es manchmal für Besprechungen.»

Wieso erzählte sie ihm das? Oppliger wollte bestimmt keinen Eindruck schinden. Vermutlich betrachtete sie es als Teil seiner Ausbildung. Vanzetti stellte sich ans Fenster, die Alpen versteckten sich in den Wolken, tief unter ihm floss die dunkelgrüne Aare durch Bern, keine Menschenseele bewegte sich im Marzilibad. Er suchte nach der Brückenstrasse, wo diese verrückten Frauen wohnten, Grossmutter und Enkeltochter. Was für ein Gespann!

«Das Schnauben können Sie sich sparen.»

Vanzetti drehte sich um.

«Ich hätte auch Besseres zu tun.» Opplinger hatte die Beine übergeschlagen und wippte mit einem Fuss.

«Nein, das ist es nicht. Mir gehen bloss zwei Zeuginnen durch den Kopf, die mir den letzten Nerv rauben.»

«Ach ja? So kenne ich Sie gar nicht. Ich dachte immer, Sie hätten Ihre Emotionen völlig im Griff.»

«Im Prinzip schon, doch in diesem …»

Schwungvoll öffnete sich die Tür zum Nebenraum, Vanzetti erhaschte einen Blick auf einen Frauenrücken in einem dunkelblauen Kostüm.

«Madame Oppliger, bonjour.» Der kleine und korpulente Marchand stolzierte über das Parkett, dicht hinter ihm folgte Jubin und schloss die Tür.

Oppliger erhob sich und gab Marchand die Hand.

Der Bundesrat setzte sich, links und rechts von ihm nahmen die Damen Platz. Sie überragten den Bundesrat um einen halben Kopf, von seinem Schädel standen ein paar graue Haare ab. «Alors, madame, tout Berne se fait des soucis. Ständig rufen National- und Ständeräte bei mir an, weil sie Angst haben. Wie weit sind Sie mit Ihren Ermittlungen?»

«Wir machen Fortschritte, Herr Bundesrat. Aber es ist ein sehr komplexer Fall.»

«Für solche sind Sie da. Sie müssen endlich Resultate liefern.» Die Muskeln in seinem linken Augenlid zuckten. «Drei Tote in drei Tagen, dazu ein angeschossener Ständeratskandidat. C'est intolérable.»

«Ich bin absolut Ihrer Meinung. Wir arbeiten rund um die Uhr.»

«Und die Medien erst, incroyable.» Marchand schnippte mit den Fingern, Jubin reichte ihm die aktuelle Ausgabe der Berner Zeitung. «Kennen Sie das Interview mit dem Berner Kripo-Chef Pulver?»

Oppliger nickte, doch Marchand liess sich nicht bremsen. «Lesen Sie es ruhig noch mal.» Jubin kam zum Fenster und reichte Vanzetti eine Kopie.

BZ: Wir haben den Eindruck, dass die Ermittlungen nicht vom Fleck kommen.

Pulver: Kein Kommentar.

BZ: Ist der Leiter der Ermittlungstruppe, Alex Vanzetti, nicht ein ehemaliger Mitarbeiter von Ihnen?

Pulver: Das ist richtig. Er ist ein junger Polizist, der eine steile Karriere gemacht hat.

BZ: Halten Sie ihn für zu unerfahren?

Pulver: Das kommentiere ich nicht.

BZ: Wieso befasst sich nicht die Kantonspolizei mit diesem Fall?

Pulver: Das war nicht meine Entscheidung. Und ich kann nicht sagen, dass ich glücklich darüber bin. Doch letztlich liegt die Verantwortung beim Justizdepartement von Bundesrat Marchand.

BZ: Ist die Bundeskriminalpolizei kompetent genug, um diesen Fall zu lösen?

Pulver: Bei der BKP arbeiten die besten Polizisten der Schweiz (lächelt). So sagt man zumindest. Bestimmt wird sie diesen Fall lösen. Irgendwann.

Marchand warf die Zeitung auf den Tisch, sie schlidderte bis in die Mitte. «Ce salaud. Zusammengefasst heisst das: Der Ermittlungsleiter ist ein Anfänger, die Mitarbeiter der BKP sind inkompetent und Bundesrat Marchand ist ein Trottel.»

Aufmerksam beobachtete Vanzetti den Auftritt von «le petit Napoléon». Der Spitzname des Bundesrats hatte seine Berechtigung – nicht nur optisch. Marchand hatte den Ruf, an so manchen Ränkespielen beteiligt zu sein. Und ja, Pulver hatte ihnen gehörig ans Bein gepinkelt. Oppliger blickte in seine Richtung. «Herr Vanzetti, weshalb geben Sie uns nicht einfach einen Überblick über den Stand der Dinge?»

Marchand hob die Augenbrauen. «Ah, vous êtes le fameux Monsieur Vanzetti. Sie sind wirklich sehr jung.» Er wies auf den Stuhl vis-à-vis. «Asseyez-vous.»

Er setzte sich. «Wir haben eine Sonderkommission eingesetzt, der zurzeit 15 Mitarbeiter angehören. Meine Kollegen gehen zahlreichen Hinweisen nach, einige davon sind vielversprechend ...»

Marchand schnitt mit einer Handkante durch die Luft. «Hören Sie auf mit dem Geschwafel. Haben Sie eine konkrete Spur?»

«Wir gehen davon aus, dass die Morde in Zusammenhang mit einem Zugunglück stehen.»

«Was für ein Unglück?»

«Am 21. März 2003 entgleiste ein Güterzug mit 37 Waggons im Bahnhof von Wynigen. Darunter befanden sich zwei Zisternenwagen mit 160 000 Liter Benzin.»

Marchands Augenbrauen schnellten in die Höhe. «Oui, je m'en rappelle. Es gab eine riesige Explosion. Und was hat das mit den Morden zu tun?»

«Mit einer Ausnahme, die wir noch überprüfen, waren alle Opfer an den Rettungsarbeiten beteiligt.»

«Et alors?»

«Ein Tatmotiv erkennen wir noch nicht. Wir durchleuchten zurzeit das Umfeld der Menschen, die 2003 gestorben sind.»

«Wie viele Opfer gab es?»

«Fünf.»

«Was waren das für Leute?»

Vanzetti zog einen Zettel aus der Innentasche seiner Jacke heraus. «Bruno Haller, 58 Jahre alt, ein Taxifahrer aus Bern. Er war unterwegs mit einem amerikanischen Paar, Charles Lehman, 44, einem Düngemittelverkäufer, und seiner Frau Barbara, 40, einer Lehrerin. Die beiden Touristen kamen aus Williamsburg, Virginia, und suchten im Emmental Spuren ihrer Vorfahren. Beim Bahnhof legten sie einen kurzen Stopp ein. Larissa Feuz, 29, war Juristin und besuchte ihre Mutter in Wynigen. Und schliesslich Regina Pieren, 35. Sie arbeitete im Bahnhofskiosk.»

Marchand stand auf und machte ein paar Schritte. Dann schob er doch tatsächlich seine rechte Hand zwischen die Knöpfe seines Nadelstreifenjacketts. «Und Sie denken, dass der Mörder in ihrem Umfeld zu finden ist?»

Vanzetti musste sich auf die Zunge beissen. «Das ist eine unserer Hypothesen.»

Marchand verwarf die Hände. «Ich will keine Hypothesen, ich brauche Resultate.» Er blieb stehen und zeigte mit dem Finger auf Vanzetti. «Ich gebe Ihnen zwei Tage. Wenn Sie dann nichts Konkreteres vorweisen können, lasse ich Sie ersetzen. Verstanden?»

Merda. «Absolut.»

«Und ich verlange, dass Sie die Kollegen vom Nachrichtendienst über alle Fortschritte ins Bild setzen.»

Also hatte ihm Marchand diesen Jäggi vom NDB auf den Hals gehetzt. «Wieso, wenn ich fragen darf?»

«Dürfen Sie nicht. Ein Bundesrat rechtfertigt seine Entscheide nicht vor einem kleinen Polizisten.» Er sah zu Oppliger hin, wobei seine linke Wange zuckte. «Sonst noch etwas?»

Die schüttelte den Kopf.

Vanzetti hob einen Finger. «Doch, da wäre noch etwas. Wir gehen zurzeit die Unterlagen zum Zugunglück durch, den Unfallbericht, die Aussagen von Zeugen, die Einschätzung von Experten. Da gibt es einen Namen, der immer wieder auftaucht.»

Marchand stemmte sich mit beiden Händen auf den Tisch. «Welcher Name?»

«Ihrer, Herr Bundesrat.»

Claudia Oppliger schnappte laut hörbar nach Luft.

29

«Dann wollen wir doch mal nachsehen.» Bea Wälti, Lucys 75-jährige Freundin, machte einen Schritt zum Schreibtisch, hielt sich daran fest und liess sich schliesslich auf den Stuhl nieder wie in eine heisse Badewanne.

«Ist die Arthrose so schlimm?» Lucy zog einen zweiten Stuhl heran und setzte sich zu ihr.

«Ich komme kaum mehr aus dem Haus. Und besser wird das Knie nicht mehr.» Bea drückte den Startknopf ihres iMac.

«Hast du jemanden, der für dich einkauft?»

«Dafür gibt es doch Online-Shops. Die bringen dir alles an die Tür. Zum Glück funktioniert hier drin noch alles.» Mit den Knöcheln klopfte sie auf den Schädel unter ihrem dünnen weissen Haar.

Lucy tat es in der Seele weh. Es fühlte sich an, als ob es vorige Woche gewesen sei, als ihre ehemalige Kollegin noch kreuz und quer durch die Welt gereist war. An der Wand über dem Monitor hing ein gerahmtes Foto von Fidel Castro im Grossformat, weitere Bilder von Willy Brandt, Pelé und Jimi Hendrix schmückten die Wohnung im ersten Stock an der Wylerstrasse. Alle Fotos waren schwarz-weiss, alle hatte Bea im Auftrag von grossen Agenturen wie Keystone oder Reuters geschossen.

Lucy deutete auf den Computer. «Hast du alle deine Bilder digitalisieren lassen?»

«Nur die, die mir wichtig sind.» Auf dem Monitor erschienen Unmengen von Ordnern vor einem dunkelgrünen Hintergrund. «2003 habe ich bereits digital fotografiert. Die meisten Kollegen haben damals die Nase darüber gerümpft. Doch die Nikon D1X machte schon ganz passable Fotos. Natürlich kein Vergleich zu heute.» Sie klickte auf mehrere Ordner. «Und was erhoffst du dir von den Bildern?»

Lucy zuckte mit den Schultern. «Keine Ahnung. Meine Notizen über Wynigen geben nicht viel her. Aber vielleicht die Bilder …»

«Wann genau geschah das Unglück?»

«Am 21. März 2003.»

Bea setzte ihre rote Lesebrille auf, die sie an einer goldenen Kette um den Hals trug. Mit ruhiger Hand steuerte sie die Maus durch einen Dschungel von Dateien, es mussten Abertausende von Bildern sein. «Weiss eigentlich Zoe, dass die Morde mit dem Unglück zusammenhängen könnten?»

«Noch nicht. Ich möchte ganz sicher sein, bevor ich ihr davon erzähle. Sonst rennt sie dem Hirngespinst einer Verrückten nach.»

Bea lächelte und nickte. Auf dem Monitor gelangte sie zu einem Ordner mit der Beschriftung *210303 Wynigen*. «Da ist er ja.» Der Bildschirm füllte sich mit Reihen von kleinen Bildern, viele zeigten, wie Flammen aus entgleisten Bahnwaggons in die Höhe schossen. «Jetzt erinnere ich mich. Wir hatten einen Helikopter gemietet und sind über der Unfallstelle gekreist. Spektakuläre Fotos. Die haben wir in die ganze Welt verkauft.»

«Gab das keinen Ärger?»

«Und ob. Nicht nur, dass wir beinahe mit der Rettungsflugwacht zusammengestossen wären. Die Feuerwehr hat uns auch in die Pfanne gehauen. Wir hätten die Löscharbeiten behindert, den Rauch niedergedrückt und den Schaumteppich aufgerissen. Na ja, vielleicht hatten die nicht ganz unrecht. Jedenfalls haben sie ein Verfahren beim Bundesamt für Zivilluftfahrt eingeleitet.» Sie schmunzelte. «Doch das Bundesamt hat die Sache unter den Tisch fallen lassen.»

Bea klickte auf einzelne Fotos, sodass sie den Monitor füllten: lodernde Waggons, Autos und Häuser, mit weissem Schaum bedeckte Strassen und Geleise, dicker schwarzer Rauch, Feuerwehrleute mit orangefarbenen Schutzkleidern und Spritzen in den Händen, Fontänen von Löschwasser, die kreuz und quer über das Inferno schossen. «Da war ganz schön was los.»

«Schau dir nur all die Feuerwehrleute an. Die müssen den halben Kanton aufgeboten haben.»

«Hat man je herausgefunden, was passiert ist?»

«Ich habe mir den Untersuchungsbericht beschafft.

Moment.» Lucy ging hinüber zum Esstisch am Fenster und fischte einen kleinen Stapel Papiere aus ihrer Tasche. Den Bericht hatte sie online im Archiv der Schweizerischen Sicherheitsuntersuchungsstelle gefunden, er war ein gutes Jahr nach dem Unglück veröffentlicht worden. Sie setzte sich wieder neben Bea und blätterte zur Zusammenfassung. «Hier steht, dass die hinterste Achse eines Waggons etwa drei Kilometer vor der Unfallstelle das Radsatzlager verloren hatte. Das führte zur Entgleisung der Achse. Durch eine Weiche wurde auch die zweite Achse des Güterwagens aus den Schienen gedrückt. Bei der Einfahrt in den Bahnhof Wynigen rammte der Güterwagen das Perron, entgleiste und riss weitere Waggons mit sich. Ein Zisternenwagen schlug leck, Benzin trat aus. Ein Kurzschluss der Fahrleitung entzündete das Benzin.»

«Wie viele Menschen kamen ums Leben?»

«Fünf.»

Bea hielt ein paar Sekunden inne, dann klickte sie weitere Bilder an. Sie zeigten rauchende Hausruinen aus weiter Entfernung. «Am späteren Nachmittag bin ich mit dem Auto nochmals hingefahren. Doch die liessen mich nicht mal in die Nähe des Unfallortes. Alles war weiterum abgesperrt.»

«Ich kam nur durch, weil ich mich als Samariterhelferin ausgab.»

«Echt?»

Lucy grinste. «Bei solchen Einsätzen trug ich immer eine Armbinde vom Samariterbund bei mir. Ein paar Tricks hatte ich schon drauf damals.»

«Ich habe alle meine Überredungskünste eingesetzt. Doch bei mir blieben die Soldaten stur. In jüngeren Jahren wäre mir das nicht passiert.»

«Welche Soldaten?»

«Na, die an der Absperrung.» Bea klickte verschiedene Bilder an. Soldaten in Kampfuniform und mit Gewehren im Anschlag standen vor Gittern, gepanzerte Fahrzeuge parkierten daneben. «Da waren keine Polizisten, die hatten die Armee aufgeboten. Und die Soldaten liessen nicht mit sich diskutieren, Presseausweis hin oder her. Ich habe es an mehreren Stellen versucht und bin überall wie gegen eine Wand gerannt. So etwas habe ich sonst nie erlebt in der Schweiz.»

Lucy strich sich eine Haarsträhne aus dem Gesicht. «Ich habe bloss Polizisten gesehen. Die Soldaten müssen später aufgetaucht sein. Da war ich wohl schon auf dem Rückweg.»

«Und schau mal die hier.» Bea klickte verschiedene Bilder an, zoomte ein, tippte mit dem Bügel ihrer Brille auf das Glas des Monitors. Hinter der Absperrung stiegen Männer in Anzügen aus schwarzen Limousinen, besprachen sich und marschierten in Richtung Unfallort davon. «Was das wohl für Typen sind?»

«Das möchte ich auch gerne wissen.» Lucy suchte in ihrem Gedächtnis nach Soldaten oder Männern in Anzügen, doch sie wurde nicht fündig. Stattdessen traten andere Szenen vor ihr inneres Auge: blutüberströmte Menschen, hektische Ärzte, Polizisten mit Megafonen. Und Körper unter weissen Tüchern. «Hast du dieses grelle Pfeifen damals auch gehört?», flüsterte Lucy.

«Was für ein Pfeifen?»

«Irre laut war das. Und es kam vom Bahnhof, als es dort noch brannte.»

«Nein, dafür war es zu laut im Helikopter. Aber die Explosionen haben uns ganz schön durchgeschüttelt.»

«Das glaube ich dir gerne. Ich spürte den Boden zittern.» Lucy blätterte durch den Bericht. «Hier steht, dass eine grosse Menge Benzin in die Kanalisation floss. Dort kam es zu weiteren Explosionen, Gullideckel rund um den Bahnhof flogen durch die Luft.»

Bea lehnte sich zurück im Bürostuhl, ein feines Lächeln auf den Lippen. «So leid es mir um die Menschen tut, die damals gestorben sind. Herrgott, war das aufregend.» Sie hob ihren nackten Unterarm. «Schau mal, noch heute bekomme ich Gänsehaut.»

«Solche Einsätze vermisse ich auch. Wassergymnastik im Marzili ist einfach nicht so prickelnd.»

«Das kannst du laut sagen.» Beas Uhr klingelte, sie hielt sie vors Gesicht. «Interessant.»

«Ist es Zeit für deine Pillen?»

Bea gluckste. «Doch nicht die Uhrzeit, Mädchen. Das ist eine Apple Watch. Hier drauf bekomme ich die neusten Nachrichten. Und die hier wird dich interessieren.»

Sie drehte ihren Arm so, dass Lucy das schmale Display der Uhr erkennen konnte. *9.44 Uhr. Bärtschi bleibt im Rennen.* «Ich verstehe nicht.»

«Ja, liest du denn keine Zeitungen mehr?»

Tatsächlich hatte Lucy heute noch keine Nachrichten mitbekommen. «Ich hatte zu viel um die Ohren.»

Mit vor Schmerz verkniffenem Gesicht stand Bea auf, schleppte sich an der Wand entlang zum Esstisch und griff nach dem Bund. «Die Zeitung hat aufgedeckt, dass Ständerätin Eva Bärtschi weite Teile ihrer Dissertation abgeschrieben hat. Auf 88 von 114 Seiten soll sie fremde Texte übernommen haben, zum Teil Wort für Wort. Kenntlich gemacht hat sie dies aber nicht. Die Juristische Fakultät der Uni Bern will jetzt eine Untersuchung einleiten. Möglicherweise verliert sie ihren Doktortitel.»

Lucy drehte sich um auf ihrem Stuhl. «Das überrascht mich nicht.» Erstaunlich war eher, dass sich die raffinierte Schlange beim Betrügen hatte erwischen lassen. «Und?»

Bea tippte auf ihre Uhr und las die ganze Nachricht vor. «Bärtschi hat eine Medienmitteilung veröffentlicht. Beim Verfassen ihrer Dissertation seien ihr möglicherweise Fehler unterlaufen, sie habe aber zu keinem Zeitpunkt absichtlich betrügen wollen. Selbstverständlich werde sie aktiv mithelfen bei der Untersuchung und bla, bla, bla.» Bea sah hoch. «Jedenfalls dürfte sie das einige Stimmen kosten. Weisst du was? Vielleicht ist dein Oli doch nicht ganz chancenlos.»

So langsam glaubte Lucy das auch. Und nach den Fotos, die Oli von Bärtschis drogensüchtiger Tochter erhalten hatte, fand sie noch etwas anderes bemerkenswert: Irgendjemand hatte es auf die Ständerätin abgesehen. Wer mochte dahinterstecken?

Lucy wandte sich wieder dem Monitor zu und suchte auf dem Foto mit den Anzugträgern irgendeinen Hinweis auf deren Herkunft – vergeblich. Wer zum Henker waren diese Kerle?

30

Schick, ging Zoe durch den Kopf. Und feminin. Dunkelblaue Mäntel, enge Röcke und rote Blusen hingen an den Stangen in der Modeboutique PAMB. Ihr gefielen die Kleider ohne Schnickschnack. Sie würde so etwas tragen, wenn sie sich dann mal aufbretzeln wollte. Was sehr selten geschah. Müsste sie sich entscheiden zwischen sexy und bequem, würde sie jederzeit bequem vorziehen. Doch dieser dunkelgrüne Seidencardigan und der kurze Rock dazu stünden ihr bestimmt verdammt gut.

Sexy hätte Oli gefallen. Zwar hatte er nie eine Bemerkung fallen lassen über ihre Jeans, T-Shirts oder Lederstiefel. Doch sie hatte in seinen Augen lesen können. Diese wunderbaren Ozeanaugen, in die sie tief hätte eintauchen wollen bei ihrem ersten Date. Wobei es gar kein Date gewesen war. Eigentlich. Zwei Tage nach ihrem Interview für die Berner Nachrichten hatte er sie zum Mittagessen eingeladen und um Rat für seine Medienarbeit gebeten. Na klar!

Zugesagt hatte Zoe damals nicht sofort. Was Männer anging, so hielt sie sich an klare Regeln: keine Armeekameraden, keine Typen, die abends eine Sonnenbrille trugen, keine Unterlippenbärtchen, keine Goldkettchen. Und keine verheirateten Männer.

Doch Oli hatte sie ja bloss zu einem Businesslunch eingeladen.

Kurz vor Mittag erhellte die Sonne draussen die Monbijoustrasse, das 9er-Tram fuhr am Schaufenster vorbei.

Beim Essen im Schwellenmätteli war Oli dann ausgesucht höflich gewesen, über dem Salat hatte er ihr Gesicht studiert. «Erzählen Sie mir von sich selber», hatte er gesagt. Es schien, als ob ihn das brennend interessierte und er alle Zeit der Welt hätte. Also hatte sich Zoe ein wenig geöffnet – viel mehr, als sie das sonst tat.

Ob sie wollte oder nicht, sie hatte etwas empfunden für diesen Mann. Und für einmal hatte ein Date – denn das war es natürlich gewesen – nicht im Bett geendet. Das entsprach nicht ihren üblichen Verabredungen, die nur zu häufig in Sex gemündet hatten. Diese Beziehungen hatten dann auch so lange gehalten wie Schneeflocken in der Sahara.

Draussen schleppte eine alte Frau im schwarzen Mantel einen überladenen Einkaufstrolley über das Trottoir.

Zwei Wochen später hatte er sie zum Abschied hinter dem Schloss Reichenbach in Zollikofen auf die Wange geküsst – und sie erneut eingeladen. Da hatte Zoe den Vorschlaghammer gezückt: «Sie sind ein verheirateter Mann, Herr Schenk. Was erwarten Sie von mir?» Unter Tränen hatte ihr Oli dann von der schwierigen Beziehung zu seiner Frau Bettina erzählt, von den Streitereien und der Entfernung ihrer Gebärmutter. «Seit vier Jahren leben wir wie Geschwister zusammen, seither haben wir eine offene Beziehung.»

Zoe rieb über ihre Stirn. Das Veilchen und die Schrammen unter dem linken Auge, die Edi ihr verpasst hatte, schmerzten. Sanitäter hatten ihn abtransportiert, dann war die Polizei aufgetaucht und hatte Aussagen aufgenommen. Zum Glück hatten mehrere Gäste der Turnhalle bezeugt, dass Edi mit dem Bier zuerst auf Zoe losgegangen war. Anzeige würde der bestimmt nicht erstatten.

Olis Beschreibung seiner zerrütteten Ehe hallte in Zoes Kopf. Sie hatte sich das alles schön als Freibrief zurechtgelegt. Trotzdem war sie in den folgenden Monaten wie über brüchiges Eis getrippelt. Stets hatte sie gewusst, dass diese Beziehung eine begrenzte Haltbarkeit hatte. Bis sie es versaute und einbrach. So war es immer gewesen. Jetzt musste sie aus dem arschkalten Wasser steigen und sich ein Tattoo stechen lassen. Vielleicht eine Mücke. Oder eine Schmeissfliege.

«Kann ich Ihnen helfen?» Eine junge Frau mit kurzen dunkelbraunen Haaren und silbernen Fischen an den Ohrläppchen stand plötzlich neben ihr an der Stange mit den Abendkleidern.

Wie lange sie wohl hinaus durch das Schaufenster gegafft hatte? Die musste sie für bekloppt halten.

«Schöne Sachen haben Sie hier. Entwerfen Sie die selber?»

Die Frau musterte Zoes Gesicht. «Meine beiden Chefinnen sind die Designerinnen, ja. Falls Ihnen etwas gefällt, können wir das auf Ihre Masse zuschneidern.»

Zoe ahnte, dass sie aussah wie ein Zombie, überdeckte doch eine dicke Schicht Schminke ihre Wunden. Dabei trug Zoe praktisch nie Make-up. «Eigentlich suche ich einen Schal. Eine Bekannte von mir hat so einen. Rot-braun kariert.»

Die Verkäuferin ging zum Gestell mit den Schals, suchte unter einfarbigen Modellen. «Meinen Sie die quadratischen Motive? So etwas hatten wir vor zwei oder drei Jahren mal in unserer Kollektion. Von jedem Accessoire lassen wir aber nur wenige Stücke herstellen. Der Schal ist bestimmt nicht mehr auf Lager.»

«Wissen Sie, ich plane ein Fotoshooting für ein Modeheft. Dieser karierte Schal würde perfekt zu den Modellen passen, die wir präsentieren wollen. Sie wissen nicht zufälligerweise, wer so einen gekauft hat? Die Besitzerin würde ihn vielleicht für das Shooting zur Verfügung stellen.»

Die Verkäuferin schien ihr diese bescheuerte Story nicht abzukaufen. «Tut mir leid, aber ...»

So ging das nicht. Zoe holte ihr Portemonnaie aus der Jacke und zückte den Presseausweis. «Sorry, ich bin eine miese Märchenerzählerin. Ich bin Journalistin bei den Berner Nachrichten und recherchiere im Fall des Serienmörders. Nun verfolge ich eine Spur, bei der dieser PAMB-Schal eine Rolle spielt.»

Die Verkäuferin schluckte schwer. «Sie meinen, der Mörder hatte so einen Schal bei sich?»

«Das sagt zumindest eine Zeugin.»

Die Verkäuferin hielt eine Hand an ihre Kehle. «Echt? Diese Morde verfolgen mich im Schlaf. Und so etwas in unserem gemütlichen Bern.» Sie ging um den Tresen herum und griff nach der Computermaus. «Lassen Sie mich mal nachsehen.»

Zoe schaute ihr zu, wie sie Dateien öffnete und Listen überflog. Wenn das hier zu nichts führte, steckte Zoe in einer Sackgasse. Ihre Recherchen zur Armbanduhr hatten Zoe nicht weitergebracht. Zwar hatte der Schönheitschirurg recht gehabt, diese Chromachron-Uhren mit den bunten Zifferblättern sahen speziell aus. Eine schwarze Scheibe mit einem keilförmigen Ausschnitt bewegte sich über die Farbfelder, daraus liess sich die Zeit ableiten. Doch entgegen Weyermanns Behauptung waren die gar nicht selten. Bei eBay hatte Zoe eine ganze Reihe von Modellen ab 50 Franken gefunden.

«Den Schal haben wir für eine Modeschau anfertigen lassen, er war ein Einzelstück. Und hier habe ich tatsächlich den Namen der Kundin.» Die Verkäuferin sah hoch. «Bestimmt keine Mörderin. Es ist eine entzückende alte Dame, eine Stammkundin.» Sie schüttelte den Kopf. «Nein, diesen Namen kann ich Ihnen nicht geben.»

Ob sich ihre Freundin Katja in der Turnhalle getäuscht hatte? «Wie wäre es so: Sie rufen die Dame an, erklären die Sache und fragen, ob sie mit mir sprechen würde. So könnte sie selbst entscheiden und mich anrufen.»

Mit Daumen und Zeigefinger rieb die Verkäuferin am Fisch in ihrem linken Ohr. «Ich denke, das ginge.» Sie griff zum Telefon auf dem Tresen, tippte eine Nummer ein und wartete ein paar Sekunden. «Guten Tag, Stucki hier von der Modeboutique PAMB.»

Dann erklärte Frau Stucki der Dame am anderen Ende der Leitung, worum es ging und wer vor ihrem Tresen stand.

Schliesslich streckte sie Zoe den Hörer hin. «Die Dame möchte mit Ihnen sprechen.»

Zoe hielt den Hörer an ihr Ohr. «Zwygart?»

«Was ist denn das für eine komische Geschichte, Zoe? Wieso suchst du meinen Schal?», fragte Grosi Lucy am anderen Ende.

Der Hörer rutschte Zoe aus der Hand.

31

bls stand mit weissen Buchstaben auf der dunkelblauen Seitenwand der Lokomotive. Im Führerstand sass eine Puppe mit orangefarbener Weste, auf den angehängten Wagen hatten jeweils drei Kinder Platz genommen – und ein paar Eltern. «Bin gleich zurück, dann können wir reden», sagte Lokführer Konrad Geiger.

Er setzte sich in den kleinen Waggon, der an die Lok angehängt war, kontrollierte die Instrumente und schob einen Hebel nach vorne. Zwei Kinder kreischten vor Freude, als sich die Miniatureisenbahn auf dem Gurten in Bewegung setzte.

Vanzetti schaute dem Zug nach, als er um die Kurve verschwand. Als Knirps hatte er selber ab und zu damit fahren dürfen. Hier oben auf dem Berner Hausberg hatten er und seine Cousins Versteckis gespielt in den kleinen Häusern der Spielstadt, dann waren sie mit den Tret-Go-Karts herumgekurvt. Die Häuser und die Go-Karts gab es nicht mehr, doch der Zug drehte immer noch seine Runden. Schön.

Auf einer Bank vor dem hölzernen Kassenhäuschen sass Saxer und hielt sein Gesicht der Sonne zugewandt. Kurz nach 14 Uhr war es angenehm warm. Ein Zettel an der Scheibe über seiner Schulter informierte über den Fahrplan und die Preise: *Kinder 2 Franken, Erwachsene 3 Franken.*

Vanzetti steckte eine Zigarette an und blies den Rauch gegen den blauen Himmel. Er wünschte, er könnte sich ebenso entspannen wie sein Kollege. Doch Bundesrat Marchand sass ihnen im Nacken. Zwei Tage. Möglicherweise blieben Vanzetti nicht mal die. Denn der kleine Napoleon hatte den Hinweis auf seinen Namen in den Unterlagen gar nicht goutiert. Was sich «le petit flic» erlaube, hatte er gedonnert, ob das eine Anschuldigung sein solle. Schliesslich sei er, Marchand, damals Nationalrat und Mitglied der Verkehrskommission gewesen. Da sei es nur natürlich, dass er sich eingehend mit dem Unglück befasst habe.

Vanzetti hatte das Gewitter über sich ergehen lassen. Und sich gefragt, warum sich der Herr Bundesrat so aufregte. Und weshalb Marchand als einziges Mitglied der Kommission seine Nase so tief in die Untersuchungen gesteckt hatte.

Der Miniaturzug fuhr beim Bahnhof vorbei, Kinder winkten und lachten. Dort drauf könnte jetzt auch seine Tochter sitzen.

Saxer erhob sich von der Bank. «Diesen Ryf, den Ehemann des dritten Opfers, müssen wir genauer unter die Lupe nehmen. Ich habe bei einem Kollegen in der Kaserne Thun nachgefragt. Ryf war kein einfacher Instruktor, der war Scharfschütze. Er hat Lehrgänge im In- und Ausland geleitet und diverse Wettkämpfe gewonnen.»

«Interessant. Zum Profil unseres Täters würde das passen. Aber ich sehe kein Motiv. Was nicht heisst, dass es keines gibt. Setz bitte jemanden auf Nachbarn und ehemalige Vorgesetzte an. Und da ist noch die Frau, mit der Galizia laut Aussagen dieses Schönheitschirurgen losgezogen ist. Vielleicht ist es eine Geliebte von Ryf. Das sollten wir abchecken.»

«Den Auftrag habe ich schon am Morgen rausgegeben, als du bei Marchand warst.»

Auf Saxer war Verlass. «Ausgezeichnet, danke.» Vanzetti drückte die Zigarette in einem Aschenbecher aus.

Der Zug fuhr in den Bahnhof ein, die Kinder stiegen mit strahlenden Gesichtern aus. Lokführer Geiger tippte kurz auf die Instrumententafel seiner Lok und kam dann auf sie zu. «Eigentlich steht alles über den Unfall in Wynigen in den Berichten. Was wollen Sie denn noch von mir?» Er hatte einen mächtigen Schnauzbart wie dieser Privatdetektiv aus der alten Fernsehserie Magnum. Ob er zu Hause Hawaiihemden trug?

«Nicht alles steht in den Berichten. Mich interessiert zum Beispiel, wann Sie realisiert haben, dass etwas schieflief.»

«Bei der Einfahrt in den Bahnhof. Kurz nach Burgdorf fiel der Bremsdruck ab, aber das passiert ab und zu. Was wirklich los war, habe ich erst in Wynigen entdeckt. Ich streckte den Kopf aus dem Seitenfenster und sah, dass ein Waggon neben dem Gleis lief. Zwar habe ich sofort eine Schnellbremsung eingeleitet, doch ...» Er schüttelte den Kopf.

«Wurden Sie eigentlich verletzt bei dem Unglück?», fragte Vanzetti.

«Die Kupplung nach dem zweiten Wagen hinter der Lok riss. Ich blieb erst etwa 100 Meter hinter dem Bahnhof stehen, stieg aus und musste zusehen, wie 160 000 Liter Benzin in die Luft gingen und Häuser abbrannten. Nicht einen Kratzer habe ich abbekommen.» Sein Blick starrte ins Leere.

«Sie haben einen verdammt guten Schutzengel gehabt.»

Saxers Handy klingelte. Er wandte sich ab und nahm den Anruf entgegen.

Geiger klemmte die Hände unter die Achselhöhlen. «Finden Sie? Seit 2003 bin ich in keiner Lok mehr gesessen. Ausser der hier.» Mit einem Ellenbogen wies er auf die Eisenbahn. «Posttraumatische Belastungsstörung, sagt die Psychologin. Ich kann nicht schlafen, meine Frau hat mich verlassen, ich lebe mehr schlecht als recht von der Invalidenversicherung. Jedes Mal, wenn ich Feuer knistern höre oder Rauch sehe, bekomme ich Schweissausbrüche und beginne zu zittern. Und ständig habe ich dieses Pfeifen in meinen Ohren.»

«Ein Pfeifen?»

«Wegen der Hitze baute sich in einem Kesselwagen grosser Druck auf. Der wurde über das Sicherheitsventil abgebaut, es pfiff wie verrückt. Die ganze Zeit über. Ich höre den Ton immer noch, er treibt mich in den Wahnsinn.» Geiger drückte die Handballen an seine Schläfen. «Manchmal wünschte ich, mein Schutzengel hätte gepennt an diesem Tag.» Er drehte sich um zur Miniatureisenbahn, viele Kinder hatten auf den Sitzen Platz genommen. «Die warten auf mich, das hier ist der Höhepunkt meiner Woche.» Er sagte es ohne jeden Sarkasmus in der Stimme. «Ist sonst noch etwas?»

«Ist Ihnen etwas Besonderes aufgefallen in Wynigen? Etwas, das aus dem Rahmen fiel?»

«Ausser, dass ich mich mitten in der Hölle befand? Dass die Flammen 100 Meter hoch stiegen und dicker schwarzer Rauch die Sonne verdunkelte? Dass es aussah wie im Krieg und Menschen schrien vor Schmerzen oder Panik? Nein, sonst war da nichts Besonderes.»

Er schüttelte den Kopf zum Abschied und setzte sich wieder auf den Zug.

Saxer kam hinter dem Kassenhäuschen hervor und steckte das Handy in seine Brusttasche. «Das war Sandra aus der Soko. Die hat uns ganz schön angeschmiert.»

«Sandra?»

«Nein, Frau Luginbühl, die Ex-Frau des Sicherheitsmannes. Spielt uns die Putzfrau im Nachtclub vor. Dabei ist sie Teilhaberin.»

«Tatsächlich?» Vanzetti schnaubte. «Nun, gelogen hat sie eigentlich nicht. Wir Trottel hatten einfach angenommen, dass sie Putzfrau sei.»

«Richtig. Doch sie hat über Geldsorgen geklagt. Erinnerst du dich, wo sie wohnt? Das Mehrfamilienhaus an der Daxelhoferstrasse? Drei Stockwerke hoch?»

«Sag jetzt nicht …»

«Doch, gehört ihr ebenfalls.»

Vanzetti stiess einen Pfiff aus. «Nicht schlecht. Also, entweder hat Frau Luginbühl als Tänzerin im Nachtclub ein Vermögen verdient. Oder sie hat im Lotto gewonnen. Oder ihr Ex-Mann war doch nicht so anständig, wie uns alle glauben machen wollen. Vielleicht ist Luginbühl irgendwie zu Geld gekommen und hat es bei ihr parkiert. Sie blieben ja auch nach der Scheidung gute Freunde, hat sie gesagt.»

Saxer stopfte beide Hände in die Taschen seiner Jacke. «Wir müssen sie danach fragen.»

Mit einem schnellen Schritt überquerte Vanzetti die schmalen Schienen. «Und zwar gleich.»

32

Vesna Luginbühl liess einen Nespresso aus der Maschine in die Tasse laufen und schüttete einen halben Löffel Zucker dazu. Im Wohnzimmer kuschelte sie sich auf dem Sofa vor dem Fernseher in eine Wolldecke. Auf ZDF liefen noch die Nachrichten, in fünf Minuten würde Die Küchenschlacht beginnen. Selten liess sich Vesna die Show entgehen, in der Hobbyköche gegeneinander antraten.

«Die Schweizer Bundespolizei hat keine neuen Spuren im Fall des Serienmörders, der seit Montag drei Menschen in der Hauptstadt Bern erschossen hat. Wie ein Sprecher der Behörden ...»

Mein Gott, sogar die deutschen Medien berichteten darüber. Vesna nippte an ihrem Kaffee und blickte zum Fenster hinaus. Sie verstand nicht, weshalb diese Menschen gerade jetzt ermordet worden waren. Na ja, zumindest nicht ganz. Aber sie hatte eine Vermutung. Doch letztlich war es egal. Emil war tot, daran liess sich nichts mehr ändern. Ihr gutherziger, einfältiger Emil. Ob er zu gierig geworden war?

Vesna lächelte in sich hinein beim Gedanken an diesen niedlichen Polizisten, diesen Vanzetti. Gerne hätte sie ihm auf die Sprünge geholfen. Sie wollte nicht, dass noch mehr Menschen starben. Doch leider hatte er nicht die richtigen Fragen gestellt. Zum Beispiel, was Emil so erlebt hatte in seinen Jahren bei der Polizei. Und was er mit seinem Wissen angefangen hatte.

Nein, sie musste ehrlich zu sich selber sein. Selbst wenn Vanzetti diese Fragen gestellt hätte, eine Antwort hätte sie ihm nicht gegeben. Zumindest keine ehrliche. Zwar hatte sie tatsächlich zur Polizei gehen wollen, gleich am Montag, als sie von Emils Tod erfahren hatte. Doch dann hatte sie eine Nacht darüber geschlafen. Und am nächsten Morgen ihre Meinung geändert. Wenn sie die ganze Geschichte vom Eisenbahnunglück auf den Tisch legen würde, brächte sie sich selber in kolossale Schwierigkeiten. Sie liefe Gefahr, alles zu verlieren. Alles, wofür sie die vielen Jahre geschuftet hatte. So blöd war sie nun wirklich nicht.

Dann war in ihr eine andere Idee gekeimt: dass sie diese Sache doch für ihre Zwecke nutzen könnte, dass etwas herausspringen könnte. Schliesslich brachte der Nachtclub nicht mehr viel ein. Und die Wärmedämmung der Hausfassade kostete ein kleines Vermögen.

Vesna nahm einen Schluck. Endlich, Aretha Franklin sang das Titellied der Sendung. *Respect*. Vesna liebte diesen Song, er passte zu ihr. Sie liess sich nicht mehr für dumm verkaufen wie damals, als sie sich noch auf der Bühne hatte abrackern müssen. Als

Grosskotze sie ausgenutzt und wie Dreck behandelt hatten. Jetzt war sie an der Reihe. Also hatte sie einen Brief geschrieben, anonym natürlich. Darin hatte sie ihr Wissen geschildert, 10 000 Franken verlangt und den Zahlungsmodus festgesetzt: Noten in einem Couvert, verschickt an ein Postfach unter falschem Namen. Die würden nie erfahren, wer sie erpresste. Falls sie überhaupt hinter den Morden steckten. Das Geld war ein Test, bestimmt konnten die 10 000 Franken verschmerzen. Falls sie zahlten, bekäme sie die Bestätigung. Und damit würde sich eine neue Geldquelle erschliessen. Vesna war bescheiden, ein kleiner Zustupf reichte. Mal 5000 Franken hier oder 10 000 Franken da, damit gäbe sie sich zufrieden.

«Hallihallo, liebe Leute ...» Der lustige Horst Lichter mit dem spitzen Schnauz und der goldenen Brille moderierte diese Woche, den mochte sie besonders. Gerade mal 30 Minuten für einen Hauptgang und ein Dessert hatten die Hobbyköche Zeit, das würde sie nie schaffen.

Rumms.

Vesna blickte zur Decke. Der Schlag war dumpf, als ob im oberen Stock ein Sandsack auf den Boden gefallen war. Aber niemand sonst befand sich in ihrer Attikawohnung. Ausser Tiger vielleicht. Wahrscheinlich hatte ihre Katze mal wieder die Zimmerpalme umgeworfen. «Tigerli?»

Kein Miauen. Die Katze hörte oft nicht.

Trotzdem hatte Vesna Gänsehaut. Sie stellte die Tasse auf den Tisch, schälte sich aus der Wolldecke und hievte sich aus dem Sofa. Dann schlich sie zur Treppe und horchte nach oben.

Kein Geräusch.

Sie wusste, dass niemand im Haus sein konnte, die Fenster waren alle zu. Ausser vielleicht … Hatte sie es im Badezimmer geschlossen? Nach dem Duschen? Für die Fassadenrenovation nächste Woche hatten die Handwerker draussen ein Gerüst aufgestellt. Darüber konnte man durchaus in den dritten Stock … Diebesbanden waren zurzeit unterwegs in Bern.

Sie brauchte etwas, eine Waffe. Auf Zehenspitzen trippelte sie in Emils Zimmer im Erdgeschoss. Sie hatte ihm erlaubt, sich hier breitzumachen, wo er doch regelmässig mitten in der Nacht auftauchte. Aufgetaucht war. Ein paar Fotos an den Wänden zeugten davon, dass Emil im Vorstand der Cardinals gesessen hatte. Baseball! In der Schweiz! Oft hatte sie sich darüber lustig gemacht. Doch nun war Vesna froh, denn in der Ecke stand ein Schläger aus Aluminium.

Bewaffnet schlich sie zurück zur Treppe. Sie schaltete das Licht im ersten Stock ein und ging vorsichtig die Stufen hoch. Zunächst ein Blick ins Badezimmer. Das Fenster stand tatsächlich offen. Dumme Kuh! Sie schloss es schnell.

Danach machte sie eine Runde durch das Obergeschoss. Obwohl es draussen hell war, schaltete sie in jedem Zimmer das Licht ein, warf einen Blick hinter die Türen und kontrollierte die Fenster. Das Schlafzimmer, das Büro waren okay, im Gästezimmer lag die Palme tatsächlich umgekippt auf dem Boden. Erde hatte sich über den Teppich verteilt. Und Tigerli war natürlich nicht in Sicht. Bestimmt hatte sie reissaus genommen durch das Fenster. Na warte!

Vesna richtete die Pflanze im Topf auf, putzen würde sie später, nach der Sendung. Erleichtert löschte sie alle Lampen und ging die Treppe hinunter.

Die Köche im Fernsehen rührten in den Töpfen, Horst Lichter machte seine Sprüche. Sie eilte in Emils Zimmer, um den Schläger zurückzustellen.

Als sie durch die Tür kam, legte sich ein Arm um ihren Hals und riss ihren Kopf zurück. Vesna spürte einen stechenden Schmerz im Nacken. Eine Hand drückte einen harten Gegenstand an ihre Schläfe. Eine Pistole, ging ihr durch den Kopf. Wollte der sie umbringen?

«Fallen lassen.»

Vesna versuchte es erst gar nicht und liess den Baseballschläger los. Er schepperte auf dem Parkett.

Der Arm hielt sie umklammert wie ein Schraubstock und zwang Vesna auf den einzigen Stuhl im Zimmer. Brutal zerrte der Einbrecher ihren Kopf so weit zurück, dass ihre ganze Wirbelsäule in Flammen stand. Sie wollte schreien, doch der Arm quetschte ihre Stimmbänder zusammen.

Dann lockerte sich der Griff ein wenig. Doch bevor sie sich umschauen konnte, stülpte ihr der Einbrecher einen Plastiksack über den Kopf. Sie fühlte, wie erst ihre Arme mit Klebeband an den Lehnen des Stuhls fixiert wurden, dann die Beine.

Vesna schwitzte aus allen Poren. «Wer bist du? Was willst du? Bitte, du kannst alles haben. Oben in der Kommode im Schlafzimmer hat es Geld.»

Ein Schlag traf sie am Kopf.

«Maul halten. Ich stelle die Fragen, du antwortest. Ist das klar?»

Welche Fragen? Vesna nickte eifrig. Sie kannte die Stimme nicht. Egal, sie würde antworten. Dann hätte sie diesen Albtraum bald überstanden.

33

Vanzetti stopfte das Mobiltelefon so heftig in seine Jackentasche, dass der Saum anriss.

«Wer war das?» Mit langen Schritten marschierte Saxer neben ihm die Daxelhoferstrasse im Engeriedquartier hoch.

«Jäggi vom Nachrichtendienst. Hat sich darüber beschwert, dass wir ihn ungenügend informieren. Und droht, dass er mich bei Bundesrat Marchand verpetzt. Was für ein Kindergarten.»

«Typischer Nachrichtendienst-Arsch.»

«Du sagst es.» Vanzetti öffnete das schmiedeeiserne Gartentor und liess Saxer den Vortritt. Seit ihrem ersten Besuch am Dienstag hatten die Handwerker das Gerüst um die Fassade fertig hochgezogen.

Saxer ging die drei Stufen hoch zur Haustür und klingelte bei Luginbühl. Als von drinnen keine Reaktion erfolgte, drückte er nochmals auf die Klingel, diesmal länger.

Das Fenster neben der Tür glitt auf, wie vor zwei Tagen steckte Frau Zbinden vom Erdgeschoss den Kopf heraus. «Sie muss zu Hause sein, um diese Zeit schaut sie immer Die Küchenschlacht.» *Maya ist eine Tratschtante,* hatte Frau Luginbühl über ihre

Nachbarin gesagt. Offensichtlich. «Arbeitet sie heute nicht?»

«Donnerstags nie.»

Nochmals drückte Saxer auf die Klingel, ein Kieselstein landete hinter ihm auf der Treppe.

Vanzetti ging rückwärts und blickte hoch. Ganz oben bogen sich die Bretter etwas durch, darauf entdeckte er ein Stück Jeans und eine schwarze Jacke. Sie verschwanden um die Hausecke. «He, Sie da!»

«Komisch, die Handwerker sollten erst nächste Woche wieder kommen», sagte Zbinden im Parterrefenster.

«Hier stimmt etwas nicht, Reto. Geh rein und schau nach Frau Luginbühl. Und ich finde heraus, wer da herumklettert.» Vanzetti eilte um die Hausecke und starrte nach oben. Das Gerüst zog sich um das ganze Haus bis unter das Dach, auf der Höhe jedes Stockwerks waren rundherum Laufbretter ausgelegt. Vanzetti blieb stehen. Hinter dem Gebäude lag ein kleines Stück Rasen, das eine Gartenhütte aus hellem Holz abgrenzte. Vanzetti machte zwei Schritte zurück und stierte hoch. Wenn der dort oben auf dem Bauch läge …

Ein Klappern hinter dem Haus liess Vanzetti herumfahren, er rannte in den Garten. Der Typ stand vor der Hütte und wandte ihm den Rücken zu: eher klein, stämmig. Kurz drehte er den Kopf, er hatte eine Roger-Staub-Mütze über das Gesicht gezogen. Ein Einbrecher. Ganz schön dreist, mitten am Tag.

Der Kerl zögerte keine Sekunde. Er setzte einen Fuss in den Rahmen des Fensters neben der Tür, zog sich mit beiden Händen hoch und stand unvermittelt auf dem flachen Dach. Dann sprang er über den Eisenzaun, der den Garten von der Quartierstrasse trennte. Mit einem Ächzen landete er auf dem Asphalt, kam wieder hoch und rannte los.

Der würde ihm nicht so einfach entwischen. Mit schnellen Schritten war Vanzetti bei der Hütte und kletterte wie der Einbrecher auf das Dach. Unsicher blickte er nach unten. Die Spitzen des Eisenzauns schauten verflucht scharf aus. Vanzetti setzte einen Fuss an den Rand des Daches, der unter seinem Gewicht bedrohlich knirschte. Dann stiess er sich ab.

Zwar schaffte er den Sprung über den Eisenzaun, prallte aber schwer auf den Teer und zerschrammte sich Ellenbogen und Knie. Seine Handflächen brannten, der linke Fuss schmerzte. Vanzetti blickte sich um. Keine Spur vom Einbrecher. Vanzetti rappelte sich auf, belastete vorsichtig den Fuss. Es ging einigermassen. Er kämpfte gegen den Schmerz an und lief die Strasse entlang, bis zur nächsten Kreuzung. Dort, vielleicht dreissig Meter voraus, rannte der Kerl. Für einmal bereute Vanzetti, dass er nie eine Waffe auf sich trug.

Der Einbrecher verschwand rechts um eine Häuserecke, Vanzetti spurtete hinter ihm her, schon nach wenigen Metern hörte er sich keuchen. Als er die

Kreuzung erreichte, blieb er stehen. Der Kerl war verschwunden.

Langsam bewegte sich Vanzetti vorwärts, suchte links und rechts mit konzentriertem Blick nach dem Verdächtigen. In der Quartierstrasse wimmelte es nur so von Bäumen, Mauern und Gärten mit Büschen oder Garagen – allesamt gute Verstecke. Jeder zuckende Zweig und jedes raschelnde Blatt schreckte ihn auf.

Reifen quietschten auf der Engestrasse, ein Auto hupte. Fünfzig Meter weiter vorne bei der Einmündung stand der Kerl mitten auf der Strasse frontal vor einem roten Golf und stützte beide Hände auf der Motorhaube ab. Er drehte den Kopf in der Maske kurz zu Vanzetti, dann rannte er weiter.

Vor dem Golf hastete Vanzetti über die Kreuzung.

«Noch so ein blöder Penner», schrie der Fahrer durch das Seitenfenster seines Autos.

Auf der anderen Strassenseite stand Vanzetti vor einem grasbewachsenen Abhang mit einzelnen Bäumen. Tief unter ihm floss die Aare, Häuser und Strassen waren weiter unten in den Hang gebaut. Der Kerl rannte über einen geteerten Weg im Zickzack talwärts.

Vanzetti wählte die direkte Linie und spurtete hinterher. Auf dem Hang machte er riesige Schritte über das Gras, rutschte weg und konnte sich gerade noch auffangen. Abgeknickte Äste lagen im Weg, er machte einen Satz darüber. Vanzetti japste nach Luft, Schweiss rann ihm über das Gesicht.

Doch er holte auf.

Unten vor der Tiefenaustrasse verschwand der Einbrecher zwischen Büschen. Vanzetti hetzte hinterher und preschte durch eine Wand aus Ästen und Blättern. Unvermittelt stand er auf einem Veloweg. Er sah die Tiefenaustrasse hoch und runter, der Mann war weg.

Aus der Unterführung links von ihm entfernte sich der Hall schneller Schritte. Vanzetti sprintete ihnen nach, lief durch die enge, weiss gestrichene Betonröhre. Auf der anderen Seite fiel ein geteertes Strässchen zwischen Einfamilienhäusern steil ab.

Vanzetti folgte dem Weg, kam zu einer Treppe und entdeckte den Einbrecher etwa 20 Meter weiter unten zwischen den Häusern.

Dem Kerl schienen auch die Kräfte auszugehen. Auf der Engehaldenstrasse blieb er stehen, drehte den Kopf wie ein gehetztes Tier, erblickte Vanzetti und kletterte über das Geländer auf der anderen Strassenseite.

Vanzetti rannte, kam Meter für Meter näher.

Der Kerl wollte runter zum Spazierweg an der Aare. Doch er zögerte, hielt sich mit ausgestreckten Armen am Metallgeländer fest.

Beinahe hätte Vanzetti die schwarze Jacke des Einbrechers zu fassen bekommen. Doch der liess sich fallen, landete zwei Meter weiter unten auf dem steilen Bord und knickte mit dem Fuss ein.

Zwischen Bäumen und Sträuchern auf dem Abhang sah Vanzetti den Fluss, keine 50 Meter entfernt. Er zögerte nicht, stieg über die Metallstangen, schätzte die Entfernung zum Rücken des Einbrechers ab und sprang hinterher. Er würde den Kerl umreissen, sodass die Schwerkraft den Rest erledigte.

Doch Vanzetti erwischte den Flüchtenden nur an der Schulter, hatte zu viel Schwung, überschlug sich und stürzte den Abhang hinunter. Er suchte Halt mit den Händen, griff ins Nichts, bremste mit den Füssen. Schliesslich knallte er hart auf einem querliegenden Baumstamm auf.

Vanzetti brauchte ein paar Sekunden, bis er sich orientieren konnte. Ein paar Meter weiter oben lag der Kerl auf dem Rücken im Laub und bewegte sich nicht.

Er hatte ihn doch geschnappt!

Vanzetti rappelte sich auf, seine Rippen und der linke Fuss schmerzten böse. Er kletterte den Hang hoch zum Einbrecher und kniete sich neben ihn. Der Schlitz in der Mütze liess geschlossene Augen sehen, der Stoff über dem Mund hob sich bei jedem Atemzug. Er war bewusstlos.

Vanzetti beugte sich hinab und griff nach der Mütze.

Zu spät registrierte er das Aufzucken. Der Einbrecher rammte seinen Ellenbogen in Vanzettis Gesicht. Der Schlag schleuderte ihn rückwärts, er fühlte noch einen Tritt an der Hüfte, dann rutschte er mit dem Kopf voran den Hang hinunter, Äste schrammten über seine Wange, die Schultern schmierten über Blätter und Erde, ein Stein traf ihn am Hinterkopf.

Alles drehte sich.

Er wusste nicht, wie lange er so liegen blieb. Doch als Vanzetti seinen Kopf hob, war der Kerl weg.

Vanzetti setzte sich auf, sein Schädel brummte, alles tat ihm weh. Vielleicht erwischten sie den Kerl noch mit einer Fahndung. Er suchte nach seinem Handy in der Jacke, hatte Glück, es war noch da. Vanzetti aktivierte es.

Eine Textnachricht von Saxer erschien auf dem Display: *Vesna Luginbühl ist tot.*

Maledetto! Vanzetti hatte den Mörder entwischen lassen.

34

«Zu wem möchten Sie?», fragte die junge Rezeptionistin im Bundeshaus Ost hinter der dicken Glasscheibe. Ihre Stimme quäkte über den Lautsprecher.

«Zum Pressechef des VBS, Manfred Scheidegger. Sagen Sie ihm, dass Lucy Eicher hier ist.»

Der Rotschopf tippte etwas in die Tastatur, sprach leise über ihr Headset und sagte dann: «Herr Scheidegger lässt ausrichten, dass Sie keinen Termin haben. Er ist heute sehr beschäftigt und fragt, ob Sie ein anderes Mal kommen könnten.»

Leider hatten sie Lucy den Personal Alarm abgenommen bei der Polizei. «Kann er mich nicht einschieben? Ich brauche bloss fünf Minuten.»

«Einen Moment.» Sie sprach wieder in das Headset, lauschte angestrengt und nickte. «Er wird Sie kurz zwischen zwei Meetings empfangen. Jemand wird Sie abholen.» Durch eine Klappe in der Glasscheibe reichte sie Lucy einen Besucherausweis für das Departement für Verteidigung, Bevölkerungsschutz und Sport. «Bitte tragen Sie den die ganze Zeit.»

Ein langer, hagerer Bursche erschien wenig später in der Loge. Sein grauer Anzug hing herab wie eine Flagge bei Windstille, auf seiner Stirn stand: *Ich bin*

Praktikant. Er lächelte ihr zu, während er sie durch weitläufige Gänge und über Treppen nach oben führte. Ganz am Ende eines Flurs verabschiedete er sich an einer offenen Tür.

Scheidegger beugte seinen Kopf tief über einen runden Besuchertisch, der mit unzähligen Puzzleteilen belegt war. Der sah wirklich sehr beschäftigt aus. Sie machte zwei Schritte ins Büro, in dem ein grosses Fenster Ausblick auf die Alpen bot. An der Wand rechts hinter dem mächtigen Schreibtisch hingen gerahmte Fotos von Scheidegger mit Bundesräten und diversen ausländischen Politikern – ausschliesslich Männern. «Störe ich?»

«Setzen Sie sich», sagte er, ohne den Kopf zu heben. Mit einem Puzzleteil in der Hand wies er auf den Stuhl gegenüber. «Ich bin gleich so weit.»

Das Puzzle war zur Hälfte fertig und zeigte die Aare und das Marzilibad im Vordergrund. Das Bundeshaus dahinter fehlte noch. «Wie viele Teile sind das?»

«3000.»

«Gehen Sie nach einer bestimmten Strategie vor?»

«Natürlich. Zuerst kommt der Rand, dann arbeite ich mich von den Ecken her in die Mitte vor, bis das Puzzle fertig ist.»

«Das hat etwas von Meditation.» Ob Scheidegger unter dem Boreout-Syndrom litt?

Zum ersten Mal hob er den Kopf. Scheidegger trug eine blaue Designerbrille, die nicht so richtig zu seinen geschätzten 60 Jahren passte. Auch der Diamantstecker im linken Ohr wirkte nicht hip, sondern eher verzweifelt. Doch Lucy liess sich nicht täuschen. Der Mann gehörte zu den Machern in Bern.

«Sie sagen es. Es ist einfach grossartig, sich durch dieses Chaos zu arbeiten. Am Anfang denkt man, dass es unmöglich ist. Doch ein Ding führt zum nächsten. So gesehen ist das Puzzle nichts anderes als eine Metapher für das Leben.» Er setzte das Teil an der richtigen Stelle ein. «Und ganz am Ende bleibt noch das unschätzbare Vergnügen, dass man Bern und das Bundeshaus beim Auseinandernehmen zerschmettern kann.»

«Ich verstehe, dass das befriedigend sein kann.» Doch sie wollte nicht über Puzzles reden, sie brauchte Informationen.

Er lehnte sich zurück. «Sie machen doch jetzt Wahlkampf für diesen Schenk. Reine Zeitverschwendung, wenn Sie mich fragen.»

«Wer weiss? Vielleicht gibt es eine Überraschung.»

«Und was wollen Sie von mir? Eine Spende?» Scheidegger zeigte seine gebleichten Zähne.

«Ich ziehe ein paar Erkundigungen ein im Zusammenhang mit dem Anschlag auf Herrn Schenk», sagte sie leichthin.

«Und weshalb kommen Sie zu mir?»

«2003 gab es in Wynigen ein Zugunglück, bei dem fünf Menschen ums Leben kamen.» Lucy zog einen

Ausdruck des Fotos von der Absperrung aus ihrer Tasche und legte ihn vorsichtig auf die Puzzleteile. «Das hat eine Kollegin damals gemacht. Erstaunlicherweise stehen hier Soldaten an der ...»

Scheidegger atmete tief ein und formte einen stillen Fluch mit seinen Lippen.

«Was haben Sie?», fragte Lucy.

Scheidegger nahm den Ausdruck in die Hand, starrte ihn an und liess ihn dann über den Tisch segeln. «Was zur Hölle ist bloss los mit euch Journalisten?»

Lucys Puls beschleunigte sich angesichts der Herablassung in seinem Ton. «Ich kann Ihnen nicht ganz folgen.»

«Ihr Linken lasst doch keine Gelegenheit aus, um auf die Armee loszugehen. Immer nur schlechtmachen, das ist alles, was ihr könnt.»

Mit offenem Mund schüttelte Lucy den Kopf.

«Sie hören diesen Schwachsinn bei Radio Bern 1 und denken sich: Hei, endlich können wir denen wieder mal auf die Fresse geben. Bessern Sie so Ihre Rente auf?»

«Was hat Radio Bern 1 damit zu tun?»

«Na, was denken Sie? Wynigen natürlich. Ich höre auch Nachrichten. Deswegen sind Sie doch hier.»

Das Radio hatte darüber berichtet? Sie musste mit Vanzetti reden. Und mit Zoe. «Ich versichere Ihnen, dass ich nicht wegen einer Radiomeldung hier bin.

Auf dieses Foto bin ich selber gestossen. Und mich interessiert bloss, weshalb die Armee damals aufgeboten wurde. Ist so etwas üblich?»

Abrupt stand Scheidegger auf, er trug verwaschene Jeans und ein Tweed-Jackett mit Wildlederaufnähern an den Ellbogen. Er machte ein paar Schritte in Richtung Fenster und drehte sich ihr dann zu. «Und das soll ich Ihnen abkaufen? Aber gut, spielen wir also dieses Spielchen.» Er zeigte auf den Ausdruck. «Das Foto zeigt Rekruten einer Panzerkompanie aus Thun. Als der Kommandant vom Unglück in Wynigen erfuhr, gab er den Befehl zum Einsatz. Klar, hat er den Dienstweg nicht eingehalten. Und klar, vielleicht ist dabei auch etwas schiefgegangen. Aber die Soldaten haben sehr gute Hilfe geleistet.» Er richtete den Zeigefinger auf Lucy. «Aber dass Sie heute der Armee daraus einen Strick drehen wollen, finde ich zum Kotzen.»

«Was ist damals schiefgegangen?»

Scheidegger verstummte und starrte für ein paar Sekunden zum Fenster hinaus. «Sehen Sie? Genau das meine ich. Immer schön im Dreck wühlen, was anderes könnt ihr nicht, ihr Schreiberlinge.»

«Das ist keine Antwort auf meine Frage.»

Scheidegger verwarf die Arme. «Ein Zug fliegt in die Luft, fünf Menschen sterben. Da ist es doch selbstverständlich, dass die Truppe zu helfen versucht. Warum geht das nicht in Ihren Kopf?»

Er wich aus. Und sie war nicht hergekommen, um sich belehren zu lassen. «Welche Kompanie war das? Wie hiess der Kommandant?»

Er schüttelte den Kopf. «Das weiss ich doch nicht. Das müsste man in den Akten nachschlagen. Die sind irgendwo im Archiv vergraben.»

Das kaufte sie ihm nicht ab. Wenn das Radio darüber berichtet hatte, lagen die bestimmt schon auf seinem Schreibtisch. «Können Sie die Akten holen lassen?»

Er setzte sich demonstrativ hinter sein breites Pult und klappte einen Ordner zu. «Und weshalb? Damit Sie den Kommandanten schlechtmachen können? Damit verschwenden Sie bloss Ihre Zeit. Und meine.»

«Ich kann mich auf das Öffentlichkeitsprinzip berufen. Dann werden Sie die Unterlagen rausrücken müssen.»

«Aber sicher doch, tun Sie das. Wir werden die Unterlagen rechtzeitig als vertraulich einstufen. Dann können Sie ein Verfahren einleiten, am Ende bekommen Sie vielleicht sogar recht. In ein paar Jahren.» Er verschränkte die Arme. «Wenn Sie diesen Anschlägen auf den Grund gehen wollen, sollten Sie vielleicht erst mal den Müll im eigenen Haus durchsuchen.»

«Was meinen Sie damit?»

«Na, Ihren Kandidaten, den tollen Herrn Schenk. Viele gehörnte Männer hätten gute Gründe, den abzuknallen. Ganz Bern weiss doch, dass der hinter jedem Rockzipfel herjagt.»

Hatte Oli noch weitere Affären am Laufen, nicht bloss Zoe?

Scheidegger blickte auf die Uhr und blätterte dann ungeduldig in Akten. «Ihre fünf Minuten sind abgelaufen. Es gibt Leute, die ihre Zeit nicht mit lächerlichen Theorien verplempern können.»

Dieser eingebildete Affe. Lucy hätte ihm seine gerahmten Promi-Schnappschüsse um die Ohren hauen wollen. Doch eine Lady hielt ihre Gefühle im Zaum. «Danke, dass Sie sich die Zeit genommen haben.» Sie stand auf und beugte sich nochmals über das Puzzle. «Und viel Glück damit.»

Auf dem Weg zurück zur Loge summte Lucy eine Melodie: *Ein Stück vom Himmel* von Herbert Grönemeyer. Sie entdeckte einen Abfalleimer im Flur, hielt darauf zu und öffnete im Vorbeigehen ihre Hand darüber. Ein kleines blaues Puzzleteil fiel hinein.

Da hatte Scheidegger seine *Metapher für das Leben*. Manchmal konnte es ganz schön fies sein.

35

Mit verschränkten Armen stand Zoe am Fenster der Redaktion, kaute auf ihrer Unterlippe und starrte hinunter in die Effingerstrasse. Der vollgepackte 17er-Bus fuhr vorbei, auf den Trottoirs machten sich die Angestellten auf ihren abendlichen Heimweg.

Und sie hatte den ganzen Tag nichts Vernünftiges zustande gebracht.

Das Modelabel PAMB hatte sich als Sackgasse erwiesen. Irgendjemand hatte ihrer Grossmutter den Schal vor ein paar Wochen bei einer Wahlveranstaltung geklaut. Wohl kaum ein Zufall. Aber wieso wollte die Mörderin so etwas inszenieren?

«Was läuft denn so, Zoe?»

Sie drehte sich um. An ihrem Pult stand Grossmaul Walker und blätterte durch die Unterlagen und Notizen, die sie darauf ausgebreitet hatte. Hatte der sie noch alle? «Finger weg.»

«Brauchst du eine neue Garderobe?» Er hielt einen Prospekt von PAMB in die Höhe, sein abschätziger Blick glitt von oben nach unten über Zoe. «Könnte nicht schaden.»

Dieser verfluchte Schnüffler. Mit schnellen Schritten war Zoe bei ihrem Schreibtisch, riss ihm die Broschüre aus der Hand. «Lass mich in Ruhe.»

Walker deutete auf ihr Gesicht, sein weissblondes Haar glänzte unter dem Licht der Neonröhren. «Was ist denn mit dir passiert?»

Die Wunden mussten zu sehen sein. «Ich habe mir den Kopf angeschlagen.»

Er zog eine Augenbraue hoch. «Ach, nennt man das jetzt so? Ich habe schon gehört, dass du auf harte Sachen stehst.»

Bei Walker bekam alles eine Zweideutigkeit, die an Belästigung grenzte. Wenn er von einem Interview mit einer attraktiven Politikerin berichtete, klang es immer so, als hätte es im Bett stattgefunden. «Hast du nichts zu tun? Geh doch ein bisschen spielen auf der Autobahn.»

Walker deutete auf die Unterlagen, wobei seine goldenen Manschettenknöpfe aufblitzten. «Hoffentlich hast du noch mehr zu bieten für morgen. Das sieht mir nicht gerade nach einem Knüller aus. Die Konkurrenz schläft nicht.»

«Lass das mal meine Sorge sein.» Sie musste liefern. Aber was?

Walker zuckte mit den Schultern. «Meine Hilfe wolltest du ja nicht. Jetzt musst du selber sehen, wie du klarkommst.»

Mit langen Schritten kam Chefredaktor Nyffeler durch den Newsroom auf sie zu. «Frau Zwygart, haben Sie etwas über Wynigen?»

Zoe runzelte die Stirn. «Sagt mir nichts.»

«Sie wissen nichts davon? Radio Bern 1 hat gemeldet, dass die Morde mit einem Zugunglück in Wynigen in Verbindung stehen sollen.»

Verflucht nochmal. Zoe schüttelte den Kopf.

Nyffeler durchbohrte sie mit seinen Augen. «Haben Sie denn wenigstens eine Exklusivgeschichte für morgen?»

Sie senkte den Blick. «Ich arbeite dran ...»

«Das reicht jetzt nicht mehr, Frau Zwygart.» Er schaute auf seine Uhr. «Vielleicht habe ich Sie doch etwas überfordert mit dieser Sache. Noch können wir das ausbügeln. Andy, kommst du bitte in mein Büro?» Er eilte davon.

«Wer hätte das gedacht?», sagte Walker mit Unschuldsmiene. «Wie eine Rakete ging dein Stern auf. Und dann – puff – war das doch nur eine Sternschnuppe.» Er gab ihr einen Klaps auf den Oberarm. «Lass den Kopf nicht hängen. Die werden dich nicht gleich feuern. Bestimmt darfst du über die Hundeschau in Meikirch oder den Trachtenumzug in Rubigen berichten. Unsereins würde man nach so einem Flop rauswerfen. Aber wir haben ja auch keine Grossmütter mit Beziehungen in die Chefetage.» Er wandte sich zum Gehen. «See you.»

Der war so blöd wie zehn Meter Feldweg. «Ach, Andy?» Er schaute über seine Schulter zurück. «Ja?»

«Du hast hoffentlich den Verhaltenskodex am Anschlagbrett gelesen. Dort steht, dass Porno-Gucken am Arbeitsplatz verboten ist. An deiner Stelle würde ich all die Clips auf deinem Laptop löschen. Du weisst schon, die Teenies mit den Riesentitten. Bist du nicht etwas zu alt dafür?»

Andys blödes Grinsen war wie weggewischt. Sein Kopf lief rot an wie ein Radieschen, er zeigte ihr den Stinkefinger und stakste davon.

Kollegin Helen Liniger am Nebentisch hielt den Daumen hoch. Zoe lächelte ihr zu. Wenigstens hatte sie den Angriff parieren können. Für ein K.o. reichte es aber noch lange nicht.

Sie setzte sich an ihr Pult und starrte auf den Monitor. Zoe brauchte eine Idee, einen Informanten, irgendetwas. Ob sie bei Vanzetti nachfragen sollte, wo sie doch seine direkte Nummer hatte? Zoe griff zum Handy und entdeckte, dass Grosi sie hatte anrufen wollen.

«Ein Brief für dich.»

Zoe erschrak. Ruth Blaser vom Empfang stand vor ihrem Pult. Sie wedelte mit einem weissen Couvert vom Format C5 neben ihrer braunen Dauerwelle.

Auf dem Umschlag stand Zoes Name in Maschinenschrift, keine Marke, keine Adresse. Sie nahm das Couvert entgegen, drehte es um. Der Absender fehlte. «Woher kommt der?»

«Keine Ahnung.» Ruth zuckte mit den Schultern. «Ich habe mir einen Kaffee geholt. Als ich zurückkam, lag er auf dem Tresen in der Loge. Das war vor …», sie blickte auf ihre Uhr, «... etwa zehn Minuten. Entschuldige, ich muss wieder runter.» Sie winkte und verschwand aus dem Newsroom.

Zoe befühlte den Umschlag, darin war etwas, dünn und biegsam. Sie riss die Lasche auf und leerte den Inhalt auf ihren Schreibtisch. Heraus rutschte ein Kärtchen aus Plastik. Sie nahm es in die Hand, es handelte sich um einen Führerausweis. Zoes Puls beschleunigte sich, als sie das Foto betrachtete. Der tote Arzt. Der Name rechts davon gab ihr Gewissheit: *Mauro Galizia*.

Wer zur Hölle schickte ihr diesen Ausweis? Zoe guckte in das Couvert, es enthielt ein gefaltetes Blatt Papier und einen Karton. Sie zog beides heraus und faltete das Blatt vorsichtig auseinander. Die Schrift erkannte sie als Arial, 11 oder 12 Punkt.

liebe frau zwygart

ich möchte mich hertzlich für ihre unterstützung bedanken. ohne sie hätten es die inteligenzbestien von der polizei nie geschnallt. jetz kennt mich die ganze schweiz. bald gibt es noch mehr, denn ich bin nicht fertig. wer wird der nächste sein? sie werden es erfaren.

Zoes Mund fühlte sich ganz trocken an, als sie nach dem Karton griff und ihn umdrehte. Auf dem Foto lächelten sie drei Damen und fünf Herren an: die sieben Bundesräte und der Bundeskanzler auf dem offiziellen Foto. Und über jeden Kopf war ein Fadenkreuz gezeichnet.

«Himmel und Hölle!» Zoe liess alles auf die Tischplatte fallen und stiess sich mit den Füssen ab, sodass ihr Bürostuhl zwei Meter rückwärts rollte.

«Was hast du denn gekriegt? Du bist ja ganz bleich», sagte Helen.

«Ich habe meine Exklusivstory für morgen.» Zoe blies die Wangen auf und stiess Luft aus. «Und offenbar eine Mörderin als Freundin.»

36

Vanzetti sass mit Zwygart ganz hinten im Café Wartsaal an der Lorrainestrasse vor einem Regal mit Büchern. An anderen Tagen hätte er jetzt geschmökert in So fängt das Schlimme an von Javier Marias oder in Unschuld von Jonathan Franzen. Laut Zwygart erneuerte die Quartierbuchhandlung Sinwel das Angebot laufend. Eine schöne Idee, fand Vanzetti. Doch er war nicht zum Entspannen hier.

Er wandte sich wieder den Unterlagen auf dem Tisch zu. «Und den Führerausweis hat man Ihnen heute zugespielt?»

«Ja, vor einer guten Stunde.» Zwygart tippte mit dem Finger auf den Brief, den sie wie das Couvert, das Foto und den Führerausweis in Klarsichtmäppchen gesteckt hatte. «Kündigt Morde an und kann nicht mal ein paar Wörter im Duden nachschlagen. Ist das Absicht?»

«Bestimmt. Wer verwendet schon Wörter wie Intelligenzbestie?»

«Die macht sich lustig über uns.»

«Das sehe ich auch so. Oder der, wenn es ein Mann ist.» Hinunter zur Aare hatte er zweifellos einen Mann verfolgt. Möglicherweise hatte die Frau, die Galizia in der Turnhalle abgeschleppt hatte, gar nichts mit den Morden zu tun. Vanzetti nahm das Mäppchen in die Hand. «Wer hat diese Sachen angefasst?»

«Nur ich. Und Frau Blaser, die hat mir das Couvert gebracht. Das ist unsere Empfangsdame.»

«Wir werden Ihre Fingerabdrücke brauchen. Und die von Frau Blaser.»

Sie nickte. «Okay.»

Nach dem Anruf von Zwygart hatte Vanzetti alles stehen und liegen lassen. Nun sass er ihr gegenüber im schmalen Lokal, in dem es zwischen einer lang gestreckten Bar und wandhohen Fenstern keine freien Plätze gab. Dieser Fall wurde immer verzwickter, nun war auch Luginbühls Ex-Frau tot. Und viel zu oft tauchte Zwygarts Name auf. Entweder hatte der Täter sie aus irgendeinem Grund aufs Korn genommen. Oder sie inszenierte dieses Schmierenstück, um an Exklusivgeschichten zu kommen. Sie wäre nicht die erste Journalistin, die das tat. Vanzetti fischte das Visitenkärtchen aus der Innentasche seiner Jacke und legte es vor ihr auf den Tisch.

Sie schmunzelte. «Nett, dass Sie mein Kärtchen aufbewahren. Soll ich mich geehrt fühlen?»

«Dieses Exemplar habe ich nicht von Ihnen bekommen. Das fanden wir zu Hause bei Frau Ryf, die vor dem Bundesamt erschossen wurde. Es lag dem Buch bei, das sie vor ihrem Tod bekommen hat.»

Zwygarts Mund formte ein stummes O.

Vanzetti beobachtete sie genau. «Und nun fragen wir uns, wie es dorthin gekommen ist.»

«Denken Sie, dass ich etwas mit den Morden zu tun habe? Dann sollten Sie sich Betonschuhe kaufen und baden gehen.» Verwirrung zeichnete Falten in ihr Gesicht. «Meine Visitenkärtchen verschenke ich häufig, das gehört zum Job. Keine Ahnung, wie das zu Ryf gekommen ist. Vielleicht will mich jemand fertigmachen.»

Der Tonfall stimmte, ihr Blick blieb fest. «Gibt es Menschen in Ihrer Vergangenheit, die Ihnen etwas nachtragen? Ehemalige Freundinnen oder Freunde zum Beispiel. Gab es Auseinandersetzungen, Drohungen oder Gewalt?»

Sie kratzte einen unsichtbaren Fleck vom Tisch. «Kann sein.»

«Viele?»

Sie vollführte etwas, das zwischen Achselzucken und Kopfnicken lag. «Es kommt vor, dass ich etwas tue, bevor ich nachdenke.»

Er glaubte ihr aufs Wort. «Erklärt das auch Ihr blaues Auge?»

Sie zögerte. «Das kommt vom Kampfsport ... und hat mit den Morden bestimmt nichts zu tun.» Zwygart hob einen Mundwinkel. «Ausserdem, schauen Sie mal in den Spiegel. Wer hat Sie denn vermöbelt?»

Er wusste, dass sein Gesicht übel aussah. Und die Rippen schmerzten bei jedem Atemzug von der Verfolgung im Engeriedquartier. «Ich brauche eine Liste von Ihnen. Männer und Frauen, mit denen Sie in der Vergangenheit aneinandergeraten sind.» Sie wollte etwas erwidern, doch er liess sie nicht zu Wort kommen. «Ausserdem dürfen Sie nichts über diesen Brief in der Zeitung schreiben.»

Sie schnitt die Luft mit ihrer Hand entzwei. «Ist ihr Clownskostüm in der Reinigung?» Er tippte mit dem Zeigefinger auf den Tisch. «Mit der Ankündigung weiterer Morde werden Sie ganz Bern in Panik versetzen. Und darüber hinaus behindern Sie unsere Ermittlungen.»

«Das ist eine Topstory, Vanzetti. Und der Beweis, dass wir es mit einem Serienmörder zu tun haben. Die Leserinnen und Leser haben ein Recht, das zu erfahren.»

«Ihnen geht es doch bloss um Auflage. Mit der Veröffentlichung verschaffen Sie dem Mörder Anerkennung. Offenbar braucht er die. Das wird seinen Wunsch nach Aufmerksamkeit noch verstärken. Das könnte zu weiteren Morden führen. Wollen Sie dafür verantwortlich sein?»

Sie schüttelte den Kopf. «Es ist auch ein anderes Szenario denkbar: Wenn ich das veröffentliche, kann ich Menschen warnen. Möglicherweise rettet das Leben.»

«Aber Sie gefährden die Ermittlungen in einem heiklen Fall.»

«Kommen Sie mir nicht mit diesem Bullshit. In den vergangenen Tagen habe ich Ihnen immer wieder auf die Sprünge geholfen. Jetzt wissen Sie sogar vor meinem Chef von diesem Brief. Und das, obwohl Sie mich angeschmiert haben.»

«Unsinn.»

«Doch. Meine Grossmutter hat mir den Besuch bei Ihnen gebeichtet. Von ihr wissen Sie von der Verbindung zu Wynigen. Sie hatten Stillschweigen vereinbart. Und dann rennen Sie mit der Geschichte gleich zu Radio Bern 1. Das ist eine verdammte Sauerei.»

Da gab Vanzetti ihr recht. «Das ist eine Sauerei, aber dafür bin ich nicht verantwortlich. Ich vermute, dass es bei Marchand durchgesickert ist.»

«Bundesrat Marchand?»

«Ja. Ich habe ihn heute Morgen auf den neusten Stand gebracht. Vermutlich ist es über sein Generalsekretariat an die Medien gelangt.»

«Ist es üblich, dass sich ein Bundesrat selbst um so etwas kümmert?»

«Nein, aber Marchand steht unter grossem Druck.»

Zwygart machte ein unflätiges Geräusch mit den Lippen. «Und ich? Ich habe den Lead in dieser Sache, die Redaktion erwartet Exklusivgeschichten von mir. Und Sie legen mir bloss Steine in den Weg.»

Er sass eine Weile still da, debattierte mit sich selbst. «Wie wäre es mit einem Deal? Ich gebe Ihnen etwas anderes, dafür halten Sie diese Story zurück.»

Sie zog die Nase kraus. «Das muss aber verdammt gut sein.»

Der Deal konnte ihn den Job kosten. «Es gab einen weiteren Mord.»

Ihr Körper schoss nach vorne. «Was?»

«Nicht so laut. Die Leute drehen sich schon um.»

Ihre Blicke bohrten sich in Vanzetti. «Wieso weiss niemand etwas davon?»

«Weil wir die Meldung zurückhalten. Wir brauchen Zeit und Ruhe für die Ermittlungen.»

«Opfer Nummer fünf?»

«Vermutlich. Doch diesmal haben wir kein Geschenk gefunden.»

«Woher wissen Sie dann, dass es einen Zusammenhang gibt?»

«Haben wir einen Deal?» Seine Chefin Oppliger würde ihm den Hals umdrehen.

Zwygart liess sich ein paar Sekunden Zeit. «Wenn die Pressemitteilung nicht vor morgen rausgeht, dann ja.»

«Einverstanden.»

Sie beugte sich hinunter und holte einen Block und einen Kugelschreiber aus ihrem Rucksack.

Vanzetti wartete, bis sie ihm zunickte. «Beim Opfer handelt es sich um Vesna Luginbühl, die Frau von Opfer Nummer eins. Sie wurde heute Nachmittag umgebracht.»

«Wie? Wo? Wann?»

«Immer der Reihe nach. Sie wurde mit einem Plastiksack erstickt.»

Er wartete auf weitere Fragen, doch Zwygart schien ihm gar nicht zuzuhören. Stattdessen starrte sie durch die Scheiben auf die dunkle Strasse. Abrupt stemmte sie sich von der Tischplatte hoch und eilte mit raschen Schritten quer durch das Lokal und durch die Tür hinaus.

Diese Frau hatte wirklich eine Schraube locker. Vanzetti folgte ihr hinaus auf die Lorrainestrasse, «Alles in Ordnung mit Ihnen?»

Sie schaute das Trottoir hoch und runter. «Ich weiss nicht. Ich denke schon.»

«Was ist denn los?»

Zwygart rieb sich mit einer Hand über die Stirn. «Ich dachte, ich hätte jemanden gesehen. Einen Geist aus meiner Vergangenheit.»

37

Auch freitags wich Lucy nicht von ihrer Morgenroutine ab. Sie zog den Bademantelgürtel fest und ging Punkt 7 Uhr für die Zeitung hinunter zum Briefkasten. Als sie aus der Tür trat, wäre sie auf der Schwelle beinahe auf die Blumen getreten. Gelbe Rosen. Im Dämmerlicht sah sie einen Mann, der auf dem Trottoir in Richtung Marzilibähnli davonschritt. «Halt, warten Sie!» Lucy hob die Blumen vom Boden und lief ihm hinterher.

Er blieb stehen und drehte sich um. Eine braune Lederjacke schmiegte sich an einen kräftigen Körper. Das Gesicht war glatt rasiert und hatte eine gesunde Farbe, graue Locken umrahmten es. Er musste in ihrem Alter sein. Wie der Auslieferer eines Blumengeschäfts sah er nicht gerade aus, dazu war er zu gut angezogen: salopp, aber elegant.

Sie hielt die Blumen hoch. «Haben Sie mir die hingelegt?»

Er schmunzelte. «Ja.»

«Dann bedanke ich mich beim Absender – wer auch immer das ist.»

«Ich werde es ausrichten.» Er sprach Berndeutsch mit einem auffällig weichen R.

«Kenne ich ihn?»

«Es ist ein geheimer Bewunderer.» Er zog den Mund über dem markanten Kinn breit.

Ein Typ wie Kirk Douglas. Doch nicht deswegen kam ihr der Mann bekannt vor. «Eine Frau in meinem Alter hat nicht viele Bewunderer. Wie komme ich zu der Ehre?»

Er holte ein Stück Papier aus der Innentasche seiner Jacke und faltete es auseinander. Das Licht der Strassenlampen fiel auf einen Artikel aus der Berner Zeitung, Lucy hatte ihn vor einer Woche gelesen und archiviert. Er beschrieb eine Standaktion in Thun. Auf dem Foto lächelte Lucy neben Oli in die Kamera, ihr Name stand darunter. «Das Foto wird dir nicht gerecht, Lucy. In Wirklichkeit siehst du viel besser aus.»

Mein Gott, ein Stalker. Und der duzte sie auch schon. Sie richtete den Zeigefinger auf ihn. «Die Blumen sind von Ihnen.»

«Stimmt.»

«Vielleicht sollte ich mich geehrt fühlen, doch so etwas ist mir unangenehm. Bitte hören Sie auf damit.»

Er hob beide Hände. «Ich verfolge dich doch gar nicht, Lucy. Wir kennen uns ja.»

«Ach, wirklich?»

«Es ist lange her. Wir haben zusammen studiert.»

Das konnte jeder behaupten. «Sie waren an der Uni Freiburg?»

«Na, dein Gedächtnis scheint aber nachzulassen. Früher habe ich dich immer bewundert deswegen. Ich jedenfalls war mit dir an der Uni Bern», sagte er mit leicht englischem Akzent.

Den Test hatte er bestanden. «Welche Fächer haben Sie belegt?»

«Germanistik und Geschichte.»

Ebenfalls korrekt. Lucy machte einen Schritt auf den Mann zu, untersuchte sein Gesicht, hoffte, dass ein Lämpchen aufleuchtete. Doch das tat es nicht. «Und Sie waren in meinem Jahrgang?»

Er beobachtete sie aus schönen braunen Augen, offenbar amüsiert. «Nein, ein paar Semester über dir. Für uns alte Hasen warst du ein Backfisch.»

Und plötzlich, wie aus dem Nichts, tauchten Bilder auf. Der Geruch von frisch gemähtem Gras, die Abendsonne über der Aare, Feuer und Bratwürste, hitzige Diskussionen über Frieden und Freiheit, laute Musik der Black Birds und von Bob Dylan mitten in der Nacht. «Robert», flüsterte Lucy. «Robert Sigg.»

Er strahlte. «Gott sei Dank, dein Gedächtnis funktioniert also noch. Für einen Moment habe ich mir Sorgen gemacht.»

«Mein Gott, Robi. Es ist lange her.»

«1967.»

Als ob es gestern gewesen wäre. Robi war ein Studienfreund von Felix gewesen. Bei einer Diskussionsveranstaltung über Vietnam hatte Lucy die beiden kennengelernt. Zu dritt hatten sie Konzerte besucht, Joints geraucht und die Weltrevolution geplant. Beide hatten Lucy den Hof gemacht, sie hatte mit beiden geflirtet, gezögert und schliesslich Felix den Vorzug gegeben. Ein paar Monate später war Robi aufgebrochen zu einer Weltreise und verschwunden geblieben. Sie schlug ihm mit der Faust auf die Brust. «Verflucht, Robi, wo bist du gewesen all die Jahre? Wieso hast du dich nie gemeldet? Wir haben uns solche Sorgen gemacht.»

Er zuckte mit den Schultern. «Sorry. Telefonieren konnte ich mir nicht leisten. Und schreiben war nie mein Ding.»

Sie schüttelte den Kopf. «Robi Sigg, taucht einfach auf wie ein Schneesturm im Oktober. Ich kann es nicht glauben.» Sie packte seinen Ärmel. «Jetzt läufst du aber nicht gleich wieder weg. Zeit für einen Kaffee wirst du doch haben?»

«Ich habe alle Zeit der Welt, Lucy.»

Sie führte Robi hoch zu ihrer Wohnung und setzte ihn auf die Bank im Entrée. Als sie in der Küche hantierte, ging ihr die Melodie von *Lucy in the Sky with Diamonds* durch den Kopf, der Song der Beatles aus dem Jahr 1967. Robi hatte sie das Lied damals immer wieder summen hören, und so war Luzia zu Lucy geworden. Sie stellte Teller, Besteck, Brot, Himbeerkonfitüre, Butter und zwei Tassen Kaffee auf den

Tisch. «Und jetzt erzähl. Wie ist es dir ergangen all die Jahre?»

«Nach meiner Abreise war ich etwa 18 Monate unterwegs, immer in Richtung Osten. Schliesslich landete ich in den USA, ich wollte mir ein eigenes Bild machen von den Kriegstreibern. Und ausgerechnet dort habe ich mich verliebt, bin hängengeblieben, habe geheiratet. Mein Schwiegervater hatte ein Geschäft für Alarmsysteme in Minneapolis, ich bin ins Business eingestiegen, habe es später übernommen und vergrössert. Heute haben wir 90 Angestellte, ich bin in Rente und meine beiden Söhne führen das Geschäft.» Er bestrich ein Stück Brot dick mit Konfitüre.

Lucy wartete auf die Fortsetzung, doch die kam nicht. «Waren das jetzt fünf Sätze für 50 Jahre? Du warst schon früher so geizig mit Worten wie andere Leute mit Geld. Bist du jetzt als Tourist zurück in der Schweiz? Mit deiner Frau?»

«Sue ist vor zwei Jahren gestorben. Brustkrebs. Meine Söhne haben ihre eigenen Familien, das Geschäft läuft prima ohne mich. Da habe ich mir gedacht, dass ich mich mal in der alten Heimat umschauen könnte. Es gibt ein paar Leute hier, die ich wiedersehen wollte.» Er strahlte sie auf eine linkische Art an.

Es erinnerte Lucy an früher und berührte sie auf eine Weise, wie sie es lange nicht mehr gespürt hatte.

«Mein Beileid zum Tod deiner Frau. Du siehst aus, als ob du ein schönes Leben geführt hast.» Sie nippte an ihrem Kaffee.

Er schluckte einen Bissen herunter. «Wir hatten eine wunderbare Ehe, ich vermisse Sue sehr.» Er legte das Brot auf den Teller und faltete die Hände. «I am really sorry about Felix. Ich wäre damals von überall hergereist für seine Beerdigung, das schwöre ich dir. Doch ich habe erst Wochen danach davon erfahren.»

Sie wäre froh gewesen um ein paar zusätzliche Freunde an der Beerdigung. «Wie denn?»

«Meine Mutter hat Artikel aus Zeitungen geschnitten, die mich interessieren könnten. Alle paar Wochen hat sie mir ein Paket geschickt.» Er senkte den Blick auf die Tischplatte. «Die Todesanzeige hat mir fast das Herz gebrochen. Es tut mir noch immer sehr leid, dass ich nie mehr mit Felix habe sprechen können.» Robi sah hoch. «Wie ist es dir ergangen?»

«Es war schwer damals. Mit den Jahren wurde es etwas leichter. Aber gewisse Wunden heilen nie.»

«Ich weiss. Ich schäme mich bis heute, dass ich mich nie gemeldet habe.»

«Hast du mir deswegen die gelben Rosen gebracht?»

Er nickte. «Wie hat das bloss passieren können 1976? Der Felix, den ich 1967 kannte, hätte sich niemals das Leben genommen.» Lucy schluckte. Sie musste sorgsam geschlossene Schubladen in ihrem

Gedächtnis öffnen, doch Robi hatte das Recht auf eine Antwort. «Ihm wurde es einfach zu viel nach dem Skandal um die veruntreuten Parteigelder. Die Anschuldigungen in der Presse, der Druck im Parlament. Das Schlimmste für ihn war, als sich Parteifreunde abwandten.»

«Ich kann mir nicht vorstellen, dass er Geld abgezweigt hat.»

Lucy seufzte leise. «Felix war der aufrichtigste Mensch, der mir je begegnet ist. Aber es gab da eine Parteikollegin, Eva Bärtschi. Die sitzt heute für die SP im Ständerat. Felix war überzeugt davon, dass sie das Geld eingesteckt hatte. Er hat sie zur Rede gestellt, doch sie hat alles abgestritten. Ein paar Tage später erschienen Artikel in den Medien. Es wurde behauptet, dass Felix seine Stimme im Parlament verkauft habe. Später kamen weitere Vorwürfe dazu. Es gab nie Beweise, immer bloss anonyme Quellen, Andeutungen und Gerüchte. Die konservativen Medien stürzten sich wie Geier auf ihn, weil er Kommunist war. Die Geschichte kam ihnen sehr gelegen.» Jahrelang hatte es Lucy geschafft, das alles zu verdrängen. Nun brach alles wieder auf. Ihre Augen füllten sich mit Tränen.

Robi legte seine Hand auf ihre. «Das muss schwer für dich gewesen sein.»

«Oh, ja.»

«Hast du Felix je vergeben können?»

Die Frage überrumpelte Lucy. «Du meinst, weil er sich umgebracht hat?»

Robi nickte.

«Ich habe es versucht. Ehrlich.» Sie wischte sich die Tränen von der Wange. «Aber ich war so wütend auf ihn. Bis heute verstehe ich nicht, weshalb er einfach aufgegeben hat. Ich hätte ihn doch unterstützt, gemeinsam hätten wir Eva fertiggemacht. Denn ich bin sicher, dass sie es war, die die Gerüchte über Felix gestreut hat. Doch er hoffte bloss darauf, dass die Wahrheit ganz von selber ans Licht käme.» Sie nahm das Taschentuch, das ihr Robi hinhielt, und schnäuzte sich.

«Einigen Menschen fehlt der Killerinstinkt, Felix war so jemand. Du hingegen bist eine Kämpferin, Lucy. Das hat er immer so bewundert an dir.»

«Wirklich?» Von Robi hörte sie das zum ersten Mal.

«Absolut.»

«Felix ging Konfrontationen aus dem Weg, er wollte die Welt mit Liebe und Vernunft retten.» Sie hörte sich bitter lachen. «Seine Wahl ins Parlament war, als ob man ein Kalb zum Schlachter führt. Das habe ich viel später erkennen müssen.»

«Ich habe viele Artikel von dir gelesen. Clinton, Kohl, Gorbatschow. Du hast dich toll geschlagen, Lucy.»

Das Lob hörte sie gerne. «Danke. Doch noch immer brodelt es in mir. Nicht wegen Felix, sondern wegen

Eva. Stell dir vor, ausgerechnet sie hat seinen Sitz im Nationalrat geerbt.» Sie ballte die linke Faust. «Irgendwann werde ich es ihr heimzahlen, das habe ich mir geschworen.»

«Und wie willst du das anstellen?»

«So genau weiss ich das immer noch nicht.» Sie blickte durch das Fenster hinauf zum Parlamentsgebäude. «Aber der Wahlkampf für Oli Schenk ist ein erster Schritt. Ich werde alles dafür tun, damit Eva aus dem Ständerat fliegt.»

38

Im Medienzentrum an der Bundesgasse waren sämtliche Plätze besetzt, ein paar Journalisten standen an der Glaswand zum Foyer, einige Kameramänner und Fotografinnen duckten sich zwischen den Bankreihen und schossen Bilder, andere hatten sich mit ihren Stativen hinten im Saal postiert – alles in allem waren es bestimmt 60 Personen. Zoe sass in der zweithintersten Reihe auf einem orangefarbenen Plastikstuhl und beobachtete den Auftritt des Bundesanwalts aus leicht erhöhter Position.

Um Punkt 10 Uhr rückte der hagere Beat Marti seinen Krawattenknoten zurecht und tippte mit dem Zeigefinger auf das Mikrofon. Der Lärm im grossen Saal verebbte. «Meine Damen und Herren, ich darf Sie herzlich begrüssen zu unserer Medienorientierung. Bitte entschuldigen Sie die kurzfristige Einladung. Doch im Licht der neusten Entwicklungen sahen wir uns dazu gezwungen.»

Zoe hatte aus der Redaktionssitzung rennen müssen. Das war es hoffentlich wert gewesen.

«Ich möchte Ihnen die Referenten vorstellen. Zu meiner Linken sitzt Frau Claudia Oppliger, die Leiterin der Bundeskriminalpolizei, zu meiner Rechten Herr Alex Vanzetti, der Chefermittler im Fall Wattenwyl.»

Dem war es sichtlich unwohl dort unten am breiten hellbraunen Podium mit den sieben Mikrofonen, links und rechts flankiert von Schweizer Flaggen.

Marti räusperte sich. «Lassen Sie mich zunächst festhalten, dass die letzten Tage eine ausserordentliche Belastung darstellten für die Bevölkerung der Stadt Bern sowie für die Angehörigen des Polizeikorps. Wie Sie unserer Medienmitteilung von heute haben entnehmen können, gehen wir mittlerweile von vier Morden aus, die miteinander in einem Zusammenhang stehen. Eine weitere Person wurde verletzt. Im Namen der Landesregierung spreche ich den Angehörigen mein Beileid aus.» Er machte eine Pause, die durch das Klicken der Kameras gestört wurde.

Rund um Zoe sass die gesamte Berner Journalistenprominenz. Ob die Polizei ihnen den Täter präsentieren konnte?

Marti nahm auf dem Podium einen Schluck Wasser. «Unsere Behörden setzen alles daran, weitere Verbrechen zu verhindern und den Täter so rasch wie möglich zu fassen. Wir sind zuversichtlich, dass uns beides gelingen wird. Trotzdem rufe ich die Bevölkerung dazu auf, ihren gesunden Menschenverstand einzusetzen. Achten Sie auf ungewöhnliche Ereignisse im Alltag, meiden Sie einsame Gegenden in der Nacht. Gleichzeitig betone ich, dass Bern nach wie vor eine sehr sichere Stadt ist. Es besteht kein Grund zur Panik.»

Das Beamtenblabla ging Zoe auf den Wecker. Wie klänge es wohl, wenn Marti Klartext spräche? *Leute, wir stecken tief in der Scheisse. Am besten kauft ihr euch einen Pitbull und nagelt Fenster und Türen zu. Mit viel Glück und Kommissar Zufall erwischen wir den Kerl.*

Marti schob auf dem Podium seine schmale Metallbrille die Nase hoch. «Die besten Ermittler des Bundes bearbeiten den Fall rund um die Uhr. Sie werden unterstützt von Einsatzkräften aus Kantonen und Gemeinden. Die Berner Kantonspolizei hat ein Ferienverbot verhängt und lässt zusätzliche Polizisten in der Stadt patrouillieren, Politikerinnen und Politiker werden speziell geschützt. Zudem hat der Bundesrat gestern beschlossen, eine Belohnung von 100 000 Franken auszusetzen für Hinweise, die zur Verhaftung des Täters führen.»

Ein Raunen ging durch den Saal, das war eine schöne Stange Geld.

Zoe übersetzte: *Weder Marti noch sonst jemand seiner verschnarchten Truppe hat den Hauch einer Ahnung, wer hinter den Morden steckt. Die Polizei schiebt eine Tonne Überstunden, was eine Unsumme kosten wird. Die Politiker haben Schiss. Bundesrat Marchand ist verzweifelt und kämpft um sein politisches Überleben. Er wirft mit Geld um sich und hofft, dass jemand den Mörder verpfeift.*

Marti nickte in den Saal. «Wir stehen Ihnen jetzt für Fragen zur Verfügung.»

In den Sitzreihen schossen Arme in die Höhe. «Haben Sie Verdächtige?» – «Woher kommt das Geld?» – «Wie viele Polizisten stehen im Einsatz?» – «Wie werden die Politiker geschützt?»

Marti hielt beide Hände hoch. «Ruhe, bitte, einer nach dem anderen. Bitte nennen Sie Ihren Namen und Ihr Medium.» Er wies auf eine Frau im blauen Kostüm.

Eine typische Fernsehtussi mit geföhntem Haar stand auf. «Flurina Weibel, 10vor10. Haben Sie konkrete Spuren? Gibt es Verdächtige?»

Marti drehte Vanzetti den Kopf zu, der beugte sich vor zum Mikrofon. «Wir haben eine ganze Reihe von Spuren, die wir zurzeit auswerten. Wir ermitteln in viele Richtungen. Und ja, es gibt mehrere Verdächtige.»

Zoe musste grinsen. Vanzetti blickte drein, als ob er auf einer Insel sässe mit nichts als der Musik von Justin Bieber auf dem iPod.

Marti nickte einem Jüngling mit Dreitagebart zu, der trug eine braune Lederjacke und Jeans. Zoe tippte auf Blick am Abend.

«Steinmann, Tages-Anzeiger. Können Sie konkreter werden? Was sind das für Spuren?»

Vanzetti verzog das Gesicht. «Dazu kann ich aus ermittlungstaktischen Gründen keine Angaben machen.»

Der Tagi-Mann mit dem knackigen Hintern liess nicht locker. «Gehen Sie denn davon aus, dass die gleiche Person alle Morde verübt hat?»

«Das ist eine unserer Hypothesen. Doch wir behalten auch andere Optionen im Auge.»

«Was ist denn mit diesem Zugunglück in Wynigen damals? Ist etwas dran, dass es einen Zusammenhang zu den Morden gibt?»

«Das untersuchen wir zurzeit.»

Toll, Vanzetti. Zoe verdrehte die Augen. Der war eine echte Schatztruhe gefüllt mit wertvollen Informationen.

Ein Mittfünfziger im Anzug stand auf. «Zumstein, NZZ. Meine Frage geht an Frau Oppliger. Der Chef der Berner Kantonspolizei zweifelt an der Kompetenz Ihres Chefermittlers. Bisher hören wir nur ausweichende Plattitüden. Mit Verlaub, aber Herr Vanzetti scheint mir sehr jung zu sein. Wer ist verantwortlich für seine Einsetzung?»

Oppliger, die Biederkeit in Person, zog ihre Augen zu Schlitzen zusammen. «Ich. Herr Vanzetti gehört zu unseren besten Ermittlern, er hat meine volle Rückendeckung. Und, mit Verlaub, dem Chef der Berner Kantonspolizei steht es nicht zu, unsere Ermittler oder Methoden infrage zu stellen. Zudem rate ich allen anwesenden Journalisten, nicht jeden Blödsinn abzudrucken.»

Zoe musste grinsen. Die Frau hatte Mumm.

Zumstein wollte etwas erwidern, doch Marti rief bereits die nächste Journalistin auf. «Andrea Moser, Berner Zeitung. Was Sie in Ihrer Medienmitteilung von heute früh schreiben, steht bereits in den Berner Nachrichten. Auch in den vergangenen Tagen hat die Zeitung verschiedene Exklusivgeschichten gebracht. Ich finde es empörend, dass die Bundeskriminalpolizei einem Medium offensichtlich gezielt Informationen zuspielt.»

Zoe spürte Hitze in sich aufsteigen. Recherche, du Tussi!

Vanzettis Kopf schoss nach vorne. «Wir haben dieser Zeitung keine Informationen zugespielt.»

«Ach, ja?» Moser fuchtelte mit einer Hand in Richtung Podium, ihre silbernen Armreifen blitzten auf. «Und wie haben die Berner Nachrichten dann vom Mord an Frau Luginbühl erfahren?»

Vanzetti öffnete den Mund, doch Marti fuhr mit der Handkante energisch durch die Luft. «Ich möchte mich an dieser Stelle bei den Berner Nachrichten bedanken. Eine Journalistin der Zeitung hat relevantes Material erhalten und den richtigen Weg gewählt. Nämlich zu uns. Statt die Unterlagen auf unverantwortliche Weise zu veröffentlichen, hat sie die Bundeskriminalpolizei informiert.» Er sah zu Zoe her.

Verschiedene Journalisten drehten sich zu ihr um, Kameraleute richteten ihre Linsen auf Zoe. Verdammt, wieso stellte sie dieser Vollpfosten bloss? Bis jetzt wusste nicht einmal Chefredaktor Nyffeler etwas über den Brief. Das würde Ärger geben. Und der Blödhammel Vanzetti starrte dort unten Löcher in die Luft.

Marti räusperte sich. «In dem Zusammenhang möchte ich alle Medienschaffenden hier und im ganzen Land zur Zusammenarbeit aufrufen. Sollte irgendjemand Kontakt mit Ihnen aufnehmen und sich als Täter ausgeben, dann melden Sie sich umgehend bei den Ermittlungsbehörden. Das ist absolut zwingend, damit wir diesen Fall möglichst schnell zu einem Abschluss bringen können. Eine Untersuchung mit mehreren Opfern über einen längeren Zeitraum ist sehr komplex. Wenn Medien die Ermittlungen behindern, kann dies die Aufklärung eines Falles verzögern oder gar verunmöglichen. Ich muss Sie hoffentlich nicht daran erinnern, dass die Unterschlagung von Beweismitteln einen Straftatbestand darstellt.»

Die Kollegen riefen durch den Saal. «Wollen Sie uns drohen?» – «Mit der Polizei zusammenarbeiten? Niemals.» – «Was glauben Sie eigentlich, wen Sie hier vor sich haben?» – «Bis vors Bundesgericht werden wir uns wehren.»

Ungerührt raffte Marti auf dem Podium seine Papiere zusammen und erhob sich, Vanzetti und Oppliger folgten seinem Beispiel. Zoe wollte sich aus dem Staub machen, doch die Journalisten neben ihr sprangen auf und versperrten ihr den Weg durch die Stuhlreihen. Fotografen nahmen sie aufs Korn, Radioleute hielten ihr Mikrofone vors Gesicht. Die Fragen prasselten aus allen Richtungen auf sie ein.

«Wieso arbeiten Sie mit denen zusammen?» – «Welches Material?» – «Hat Sie der Mörder kontaktiert?»

Einer schrie: «Verräterin!»

Zoe zeigte diesem Intelligenzallergiker den Mittelfinger. Mit Fäusten und Ellenbogen bahnte sie sich eine Gasse, quetschte sich zwischen den Journalisten durch, befreite ihre Arme und Schultern von grapschenden Händen.

Sie würde Vanzetti aber so was von zusammenstauchen. Oder nein, am besten drehte sie ihm gleich den Hals um.

39

Vanzetti drückte den Anruf weg und rieb sich das Ohr. «Porca vacca.»

«Die ist ganz schön sauer, was? Sogar ich habe sie über dein Telefon schreien gehört.» Saxers Stimme klang dumpf in der Gondel.

Mit ihnen fuhr nur der Angestellte der Stockhornbahn nach oben. Am Bedienpanel starrte er ungerührt nach draussen in den dichten Nebel.

Vanzetti senkte die Stimme. «Zwygart hat ja recht. Das war unnötig von Marti. Und jetzt gehen ihr die netten Kollegen an die Gurgel.»

«Hast du etwa Mitleid mit einer Journalistin? Das kenne ich gar nicht von dir.» Saxer hob eine Augenbraue. Rasch stieg die Gondel in die Höhe. Vanzetti wollte sich lieber nicht ausmalen, wie es unter dem dünnen Bodenblech aussah. «Bisher hat sie uns unterstützt. Jetzt können wir das vergessen. Über den Brief wird sie morgen in der Zeitung schreiben.»

«Vielleicht kannst du sie noch überreden. Ihren Schimpfwörtern nach zu urteilen, schienst du ja einen sehr persönlichen Draht zu der Frau zu haben.» Saxer lächelte spöttisch.

«Diese Kratzbürste.» Doch Vanzetti musste sich eingestehen, dass er Zwygart irgendwie mochte. Sie war so schön ungehobelt. Die Gondel ratterte über einen Stützmast und schwankte, er klammerte sich an eine Haltestange. «Wie lange dauert das denn noch?» 50 Minuten hatte die Fahrt von Bern ins Simmental gedauert, das Auto hatten sie bei der Talstation in Erlenbach parkiert. Das Warten dort unten und das Umsteigen in der Mittelstation hatten sie weitere 30 Minuten gekostet. Den ganzen Morgen hatten sie vergeudet, zunächst mit einer Sitzung, an der sie Jäggi vom Nachrichtendienst auf den neusten Stand hatten bringen müssen. Und dann mit dieser Pressekonferenz, die Marti durchgezwängt hatte. «Es ist kurz nach eins und wir sind noch keinen Schritt weiter als gestern. Perbacco. Was war das eigentlich für ein dickes Dossier, das Jäggi am Morgen dagelassen hat?»

Mit dem Daumen deutete Saxer auf den Angestellten und schüttelte den Kopf.

Endlich tauchten schemenhaft die Umrisse der Bergstation auf. Die Gondel verlangsamte ihr Tempo, bis sie mit einem Ruck zum Stillstand kam. Der Seilbahnmitarbeiter öffnete ihnen die Schiebetür mit einem Schlüssel. «Ich wünsche einen schönen Aufenthalt.»

Vanzetti ging voraus. Die Bergstation und das Restaurant bildeten einen Gebäudekomplex, eine Terrasse war vorgelagert, ein Metallgeländer führte darum herum. Neben einem Aschenbecher bei der Schiebetür zum Restaurant blieb er stehen und zündete sich eine Zigarette an. «Nun? Was ist mit den Akten?»

Saxer stopfte die Hände in die Taschen seines Wollmantels. «Es ist eine dicke Fiche über Frau Eicher, die nette alte Dame. Stell dir vor, der Staatsschutz hat die tatsächlich jahrelang observiert.»

«Wieso denn das?»

«Sie war aktive Kommunistin in den 60er- und 70er-Jahren. Damals hat das gereicht für eine Überwachung. Mich hätten die damals bestimmt auch aufs Korn genommen.»

Da hatte er vermutlich recht. Als Homosexueller hätte Saxer keine Chance auf einen Job bei der Bundespolizei gehabt. «Steht etwas Interessantes über Frau Eicher drin?»

«Lauter belangloses Zeugs, wenn du mich fragst. Mit wem sie sich wann und wo getroffen hat. Dazu Unterlagen über ihren Ehemann, Nationalrat Felix Eicher. Der hat sich 1976 das Leben genommen. Er soll korrupt gewesen sein, Beweise gab es aber keine. Die Fiche ist jährlich aktualisiert worden mit Fotos und Berichten. Ich finde das echt zum Kotzen. Nur weil diese Frau Überzeugungen hatte, die nach Ansicht eines Bürohengstes die Schweiz gefährden könnten.»

Vanzetti blies den Rauch aus. Interessant, eine Kommunistin also. Ob sie auch zu den Träumerinnen gehörte, welche die Armee abschaffen und die Polizei kastrieren wollten? «Bis wann wurde sie überwacht?»

«Bis 1990, bis zum Fichenskandal. In der Akte steht, dass sich Eicher nach dem Tod ihres Mannes aus der Politik zurückgezogen hat. Stattdessen hat sie sich voll auf ihren Beruf als Journalistin konzentriert. Zunächst bei Vorwärts, einem Parteiblatt, später bei den Berner Nachrichten. Der Fiche liegen ein paar beeindruckende Artikel bei, die Frau hat sprachlich und analytisch einiges auf dem Kasten.»

Diesen Eindruck hatte Vanzetti ebenfalls. «Und die bewahren diese Fiche bis heute auf? Die dürfen das doch gar nicht.»

«Ich hatte auch gemeint, die seien alle im Bundesarchiv. Doch es ist ja nicht das erste Mal, dass sich der Nachrichtendienst um Gesetze foutiert.»

Vanzetti drückte seine Zigarette im Aschenbecher aus. Vor dem Eingang pries ein Schild Vermicelles an. Die Schiebetür glitt auf, sämtliche Plätze im Restaurant waren leer. Kein Wunder, bei dem Wetter. Einen Teil des breiten Tresens bevölkerte eine Herde kleiner bunter Holzkühe. Zu kaufen gab es auch Sackmesser, T-Shirts und Weinflaschen.

Eine schlanke Frau um die 60 mit gebräuntem Gesicht und angegrauten Locken kam mit ausgestreckter Hand auf sie zu. «Ich bin Theres Haller.» Sie trug einen roten Faserpelzpulli mit gesticktem Edelweiss drauf, offenbar dem Stockhorn-Logo.

«Sie habe ich grad in der Tagesschau am Mittag gesehen.»

Vanzetti hatte befürchtet, dass das Fernsehen seine Visage zeigen würde. Und die Zeitungen morgen bestimmt auch. «Danke, dass Sie sich Zeit für uns nehmen. Können wir uns irgendwo hinsetzen?»

«Wie Sie sehen, sind noch ein paar Plätze frei.» Ihr erfrischendes Lachen klang wie tief aus ihrem Innern. «Möchten Sie etwas trinken?»

«Einen Espresso für mich.»

«Ein Mineralwasser, bitte», sagte Saxer.

Während Frau Haller hinter dem Tresen verschwand und an der Kaffeemaschine hantierte, setzte sich Vanzetti mit Saxer an einen Vierertisch am wandhohen Panoramafenster. Ein Poster zeigte die prächtige Aussicht vom Stockhorn über den Thunersee bis hin zum Eiger. Tatsächlich starrten sie durchs Fenster in eine trübe Suppe.

«So, bitte schön.» Frau Haller stellte die Getränke hin und setzte sich ihnen gegenüber. «Ich habe davon gehört, dass es einen Zusammenhang geben soll zwischen diesen Morden in Bern und dem Unglück von Wynigen. Aber es fällt mir schwer, das zu glauben.»

«Wieso?», fragte Vanzetti, während Saxer seinen Notizblock zückte.

«Wer sollte sich denn heute noch rächen wollen? Ich meine, 2003 hätte ich es ja noch verstanden. Aber so lange danach?»

«Gab es denn damals Grund zum Ärger?» Vanzetti rührte einen Löffel Zucker in seinem Espresso um.

«Oh, ja. Mit 20 000 Franken haben die uns damals abgespeist. Ist ein Menschenleben bloss 20 000 Franken wert? So viel kostet ein VW Polo. Mein Mann Bruno war Taxifahrer, der hätte sich fürchterlich aufgeregt darüber. Mindestens einen Mercedes hätte der verlangt für sich, E-Klasse.» Sie schmunzelte. An der Wand hinter ihr hing eine Schiefertafel: Hausgemachter Früchtekuchen sechs Franken, mit Rahm sieben Franken.

Vanzettis Magen knurrte. «Haben Sie sich nicht juristisch gewehrt?»

«Wie denn? Einen Anwalt konnte ich mir nicht leisten. Und dann war da dieser Herr von der Bahn, so ein geschniegelter Kerl mit grüner Krawatte. Der hat mir mit netten Worten klargemacht, dass ich auch ganz leer ausgehen könne. Also habe ich unterschrieben und das Geld genommen.» Sie ordnete die Menü- und Dessertkarten in der Halterung auf dem Tisch.

«Und das war alles?», fragte Saxer.

«Eine Hinterbliebenenrente bekomme ich auch. Und dann gab es Spenden und Zuwendungen einer Stiftung. Zum Leben reicht das aber nicht. Also arbeite ich hier.» Mit einer zaghaften Geste deutete sie auf die Gaststube.

An einem Tag wie heute musste das ganz schön öde sein. «Ging es allen Angehörigen so?»

«Ich habe davon gehört, dass der Vater eines Opfers vor Gericht gehen wollte. Der war selber Anwalt. Doch dann hat er sich geeinigt mit der Bahn. Keine Ahnung, was der bekommen hat. Vermutlich mehr als ich.» Haller schob die Ärmel ihres Pullis nach hinten und entblösste Unterarme voller Sommersprossen.

«Bereuen Sie, dass Sie damals unterschrieben haben?»

«Darüber mache ich mir keine Gedanken. Es hat seine Zeit gebraucht, bis ich über Brunos Tod hinweggekommen bin. Aber er hätte nicht gewollt, dass ich nur heulend herumsitze. Bruno war ein lustiger Mensch, so behalte ich ihn in Erinnerung. Wenn man es zulässt, heilen alle Wunden irgendwann.»

Jemanden verlieren, den man liebt … Ob Vanzetti selber jemals darüber hinwegkommen würde? «Kannten Sie eine der Personen, die in den letzten Tagen ermordet wurden?»

«Ich? Nicht, dass ich wüsste.»

«Wie sieht es mit den Familien der anderen Opfer von Wynigen aus. Hatten Sie Kontakt untereinander? War jemand speziell wütend damals?»

«Direkten Kontakt gab es sehr wenig.» Sie nestelte am Armband ihrer Uhr herum, die ein auffällig buntes Zifferblatt hatte – und keine Zeiger. «Einmal habe ich einen Anruf gekriegt. Jemand wollte eine Pressekonferenz organisieren, er wollte es den Dreckserlen zeigen. *Dreckskerle,* ja, so hat er sie genannt. Mir war das alles zu viel, ich wollte nicht. Da ist er wütend auf mich geworden, nannte mich feige. Er hat mich sogar angebrüllt. Da habe ich einfach aufgelegt.»

«Wissen Sie noch, wer das war?»

«Das ist zu lange her. Aber wenn Sie mir die Namen der Opfer sagen …»

Die kannte Vanzetti auswendig. «Larissa Feuz, Regina Pieren und ein Ehepaar aus den USA, Charles und Barbara Lehman.»

«Pieren, genau, so hiess der. Hat gesagt, er sei der Ehemann.»

Den würden sie als Nächstes befragen. «Okay, Frau Haller. Vielen Dank.» Sein Magen knurrte wieder laut hörbar.

Saxer grinste und fragte für sie beide: «Sagen Sie, können Sie den Früchtekuchen empfehlen?»

40

Im U2 des Inselparkings stellte Lucy ihren Mazda auf einen der Frauenparkplätze – gleich vor der Unterführung zum Spital.

Sie stieg aus und schloss ab.

Es stank nach Abgasen und Benzin, sie musste für ein paar Tage raus aus der Stadt. Lucy liebte den Herbst. Nächste Woche, nach dem ganzen Wahlzirkus, würde sie zum Wandern in die Berge fahren. Es sei denn, Robi bliebe noch für ein paar Tage in Bern. Beim Abendessen mit ihm würde Lucy vielleicht mehr über seine Pläne erfahren. Das Wiedersehen hatte Erinnerungen an einen lauen Abend im Herbst 1967 geweckt, an einen Spaziergang mit Robi und einen Kuss auf der Kleinen Schanze. Felix hatte nie etwas davon erfahren. Erst als sie ein paar Schritte weitergegangen war, kam ihr etwas komisch vor. Ein weisser Jaguar? Lucy blieb stehen und drehte sich um. Tatsächlich, gleich neben ihrem Mazda. Und durch die Heckscheibe sah sie jemanden am Steuer sitzen.

Lucy ging zur Fahrertür und guckte hinein. Olis Ehefrau Bettina Junker starrte an die weisse Wand und rührte sich nicht. Lucy klopfte ans Seitenfenster.

Langsam drehte Bettina den Kopf und schaute wie durch eine unscharfe Brille. Mit fahrigen Bewegungen tastete sie über den Türgriff, dann liess sie die Scheibe heruntergleiten.

Lucy sog den Geruch von Alkohol ein. Selten hatte sie Bettina ein Glas Wein trinken sehen. «Alles in Ordnung mit Ihnen?»

Die Frau zog eine Vuitton-Tasche vom Nebensitz. «Natürlich, ich komme.» Umständlich löste sie den Sicherheitsgurt.

Die hatte mehr als nur ein Gläschen intus. Lucy machte einen Schritt zur Seite, liess sie die Tür öffnen. Bestimmt würden die Journalisten bald drüben im Spital auftauchen. Das Wahlkampfteam hatte Olis Entlassung auf 14 Uhr gelegt und die Medien informiert. Das würde für die Abendnachrichten in Radio und TV reichen. Und natürlich für die Zeitungen morgen früh. Eine solche Gelegenheit für Gratiswerbung durfte man sich kurz vor dem Wahlsonntag nicht entgehen lassen. Nur ... eine betrunkene Ehefrau passte schlecht zum Bild des tapferen Kandidaten. «Geht es Ihnen wirklich gut?»

Bettina zog sich am Fensterrahmen hoch, wankte ein wenig. «Bereit für die Aufnahme, nächste Szene: Der schwer verwundete Soldat macht sich auf den Heimweg, die besorgte Ehefrau steht ihm zur Seite.» Haarsträhnen hingen ihr ins Gesicht, den Lippenstift hatte sie nachlässig aufgetragen.

Lucy nahm sie am Arm. «Frau Junker … Bettina … Sie sehen nicht gut aus. Ich denke, wir sollten es gut sein lassen für heute.»

«Nein, nein, ich schaffe das. So wie immer.» Bettina schloss die Fahrertür, deren Scheibe immer noch offen stand.

Lucy griff fester zu. «Es tut mir leid, aber das kann ich nicht zulassen, dass Sie sich in dem Zustand präsentieren. Beim Spital drüben warten Journalisten und Fotografen. Sie haben getrunken.»

Bettina schaute auf Lucy herab. «Was erlauben Sie sich? Von Ihnen lasse ich mich doch nicht herumkommandieren. Schliesslich zahle ich Ihren Lohn. Und nicht zu knapp, wie ich bemerken möchte.»

Gerne hätte Lucy sie einfach stehen lassen. Doch es ging hier nicht um Bettina oder um sie. «Wenn Sie in Ihrem Zustand vor die Medien treten, könnte das Oli die Wahl kosten. Wollen Sie das?»

«Oh, was für ein Drama, wenn der Herr Schenk für einmal nicht seinen Willen bekäme», lallte sie. «Aber er wird es überleben. Und jetzt lassen Sie mich los.» Sie wollte ihren Arm befreien.

Doch Lucy liess nicht los. Wünschte Bettina ihrem Mann etwa eine Niederlage? «Vor dem Spital gibt es einen Taxistand. Ich werde Sie jetzt dorthin bringen, dann fahren Sie nach Hause.»

«Lassen Sie mich los.» Sie wand sich kraftlos im Haltegriff.

Ein schwarzer BMW rollte im Schritttempo neben sie und hielt an, Wahlkampfleiter Markus Rüfenacht stieg aus. «Gibt es ein Problem?»

Bettina zeigte mit dem Finger der freien Hand auf Lucy. «Unerhört, diese Frau. Hält mich gegen meinen Willen hier fest. Ich will, dass du sie auf der Stelle entlässt.»

Lucy verdrehte die Augen ob so viel Dummheit und liess Bettina los. «Es wäre besser, wenn du sie nach Hause bringst.» Sie machte zwei Schritte auf Markus zu und senkte die Stimme. «Sie ist sturzbetrunken.»

Markus strich sich über die Stirnglatze, reckte den Hals und sah sich um, ob sich sonst noch jemand in der Tiefgarage befand. «Äh, ja ...»

«Ich könnte Frau Junker nach Hause fahren», sagte Nora Rüfenacht vom Beifahrersitz aus. Sie stieg aus und drückte Lucys Unterarm zur Begrüssung, das hellblonde Haar fiel ihr wie Zuckerwatte über die Schultern.

Eine vernünftige Idee, Lucy lächelte ihr zu. «Ja, das fände ich prima.»

Nora streckte beide Hände aus. «Kommen Sie, Frau Junker.»

Von oben guckte Bettina auf die zierliche Nora hinab. «Noch so ein Groupie von Oli. Da können wir ja bald einen Club aufmachen.»

Nora lächelte gequält. «Ich helfe Ihnen ins Auto.» Sie fasste Bettina am Unterarm.

«Nimm deine Finger weg, du kleine …» Bettina wankte, legte eine Hand auf das Dach des Jaguars und wurde noch bleicher im Gesicht. «Ich glaube, mir wird schlecht.» Dann beugte sie sich vornüber und erbrach sich auf den Asphalt.

Nora und Lucy sprangen zur Seite, damit sie keine Spritzer abbekamen. Bettinas Körper schüttelte es mehrmals durch, bis es vorüber war. Ein Rinnsal floss unter den Jaguar, gegessen hatte die Frau heute offenbar noch nichts.

Am ganzen Körper zitternd richtete sie sich auf. Dunkle Flecken verschmierten ihre weisse Bluse und den blauen Rock.

Lucy reichte ihr ein Taschentuch.

Bettina wischte sich den Mund ab und liess das Taschentuch dann einfach fallen. «Ich will nach Hause.»

Nora hob das Taschentuch mit zwei Fingern vom Boden auf und steckte es in die Jacke. «Hilfst du mir, Lucy?»

«Klar.» Lucy nahm Bettina links am Arm, Nora rechts. Gemeinsam führten sie Olis Frau zum BMW, sie liess sich widerstandslos in den Fonds spedieren.

Markus wippte auf seinen Fussballen. «Dann wäre das ja geklärt.» Er gab Nora den Parkschein, nachdem sie auf dem Fahrersitz Platz genommen hatte. «Aber komm gleich wieder her. Wir brauchen dich an der Medienkonferenz.»

Nora schob den Sitz vor und passte den Rückspiegel an. «Mach ich.» Sie schloss die Tür, startete den Motor und steuerte den BMW behutsam in Richtung Ausfahrt.

Mit besorgter Miene schaute Markus seinem Auto nach.

«Keine Sorge, Nora schafft das», sagte Lucy.

«Das weiss ich. Ich habe bloss Angst, dass Bettina auf meine Ledersitze kotzt.»

Das würde er überleben. «Komm, wir müssen noch Stühle aufstellen und Medienmappen füllen.»

Lucy ging voraus durch den hell erleuchteten Tunnel unter der Murtenstrasse. «Hat Bettina ein Alkoholproblem?», fragte sie, als Markus zu ihr aufgeschlossen hatte.

«Nicht, dass ich wüsste. Normalerweise hat sie immer alles total unter Kontrolle.»

Am Ende des Tunnels stiegen sie nebeneinander die Treppe hoch, vor einem orangeroten Mehrfamilienhaus an der Freiburgstrasse kamen sie ans Tageslicht. Ob Oli mehrere Affären hatte? Scheidegger im Verteidigungsdepartement hatte so etwas angedeutet. Und Bettinas heftige Reaktion auf Nora ... «Könnte sie einen Grund dafür haben?»

Der rundliche Markus schnaufte nach dem Treppensteigen. «Wie meinst du das?»

Sie bogen rechts ab, vor ihnen tauchten die roten Metallstreben des Haupteingangs auf. «Komm schon, du bist ein alter Freund von Oli. Ich habe gehört, dass es Frauengeschichten geben soll.»

Sein Kopf schnellte herum. «Wer sagt das?»

«Das spielt keine Rolle.» Lucy blieb stehen und hielt Markus am Jackettärmel fest. «Stimmt es?»

Er begutachtete lieber seine Schuhe, als ihr offen in die Augen zu schauen. «Oli ist ein gut aussehender Mann. Und er hat Geld. Klar, dass sich Frauen für so jemanden interessieren. Verstehst du, was ich meine? Bestimmt kommt er in Situationen, in denen die Versuchung gross ist. Aber ich weiss nichts Konkretes. Und es ist mir auch egal.»

«Könnte der Schuss auf Oli damit zu tun haben? Vielleicht war es ein eifersüchtiger Ehemann.»

«Wieso? Ich dachte, das sei der gleiche Kerl wie bei den anderen.»

«Ja, so sieht es aus.» Zumindest auf den ersten Blick. Doch das Attentat auf Oli passte einfach nicht ins Bild. Vielleicht gab es ja zwei Schützen, und der Anschlag auf Oli hatte nichts mit den Morden zu tun. Oder es gab doch irgendeine Verbindung zwischen Oli und dem Unglück von Wynigen. Möglicherweise wusste er aber gar nichts davon.

So oder so, die Antwort musste in der Vergangenheit liegen. Dort würde Lucy ansetzen.

41

Am späten Nachmittag steuerte Saxer den Skoda durch das Dorfzentrum von Lützelflüh im Emmental, knapp 30 Kilometer von Bern entfernt.

In einem Vorgarten entdeckte Vanzetti auf einem Stück Rasen drei Jungs, die Fussball spielten. Mit einem strammen Schuss versenkte einer von ihnen den Ball zwischen zwei Pullovern, die als Tor dienten. Er machte Jubelposen nach, die er wohl aus dem Fernsehen kannte.

Vanzetti lehnte seinen Kopf zurück und schloss die Augen. Der Film vom ruhmreichen Moment in seiner kurzen und missratenen Fussballerkarriere lief an. 1999, bei den E-Junioren des FC Bern, hatte er im Spiel gegen Münsingen die letzten zehn Minuten aufs Feld gehen dürfen. Mittelstürmer Marc Gribi war mit dem Fuss umgeknickt. Es stand 2:2 und der Trainer wies ihn an, nicht in die Nähe des eigenen Tors zu gehen. Der weite Auskick von Goalie Max Trachsel … Mike Nunez übernahm an der Mittellinie, spielte steil auf den linken Flügel zu Ivo Horvath. Der lief bis zum gegnerischen Strafraum und flankte in die Mitte. Der Ball sprang einmal vom Boden ab, zwei Verteidiger verfehlten ihn und prallten ineinander. Und dahinter, auf dem Elfmeterpunkt, stand Vanzetti selbst. Ohne nachzudenken drosch er einfach auf den Ball ein, der wuchtig unter die Latte flog. Weder zuvor noch danach hatte er je wieder so getroffen. 3:2 für den FC Bern, Jubel, Umarmungen, Schulterklopfen. Für eine Woche gehörte Vanzetti dazu, war einer von den richtigen Kerlen und nicht mehr «Wanze», der komische Kauz, der ständig Bücher mit sich herumschleppte. In mancher Hinsicht waren es die schönsten Tage seines Lebens gewesen.

Saxer bremste das Auto ab, Vanzetti öffnete die Augen. Sie hielten vor einem zweistöckigen Haus, an dem dunkelgrüne Farbe von den Wänden abblätterte und zwei Fensterläden schief in den Angeln hingen. Eine mächtige Eiche schien die linke Flanke des Gebäudes zu bewachen, auf der anderen Seite stand etwas zurückversetzt eine Scheune aus verwittertem Holz. Deren Scheiben waren mit Holzbrettern vernagelt. Das Gras rund um das Haus und um die Scheune war seit einiger Zeit nicht mehr gemäht worden. An die Wiese hinter dem Anwesen grenzte ein Wald. Irgendwo bellte ein Hund.

«Hoffentlich ist der angekettet», sagte Saxer.

Als sie ausstiegen, kam ein Mann um die Hausecke. «Ich habe Sie kommen hören», rief Nils Pieren.

Er war zwischen 40 und 50, trug einen etwas ungepflegten Bart und eine schwarze Brille. Seine raue Haut schien mit Schmirgelpapier bearbeitet. Vor der Haustür gab ihnen Pieren die Hand, dann winkte er sie in den Flur, der auf Vanzetti überraschend aufgeräumt wirkte. Die weissen Wände schienen frisch gestrichen, helle Holzmöbel dienten als Schuhständer und Kleiderdepots.

Durch die offene Tür zum Wohnzimmer bemerkte Vanzetti ein Kind, das auf der blauen Couch schlief. Eine Decke war über ihm ausgebreitet, sodass er nur eine Wange und einen Schopf brauner Haare zu sehen bekam. Vor dem Sofa stand ein Nierentisch, an der Wand links ein Büchergestell mit einem Plattenspieler.

«Sie hat Grippe», erklärte Pieren mit gedämpfter Stimme. Er schaute sich um, unsicher, wo er seine Besucher hinbringen sollte. Schliesslich führte Pieren sie in ein Schlafzimmer und schob die Tür bis auf einen kleinen Spalt zu. «Das Telefon hat den ganzen Tag geklingelt. Journalisten, verflucht. Ich habe es jetzt ausgestöpselt.»

«Das tut mir leid», sagte Vanzetti. «Von uns haben die Medien nichts erfahren, das versichere ich Ihnen.» Sie standen nahe beieinander in der Mitte des Zimmers vor dem Bett und sprachen leise wie Verschwörer.

«Aber von wem dann? Ich kapiere bis jetzt nicht, weshalb das Unglück von Wynigen wieder hochkommt.» Pieren liess sich auf einen kleinen Stuhl neben dem Nachttisch fallen.

Vanzetti und Saxer blieb bloss das gemachte Doppelbett, wo sie sich nebeneinander auf den Matratzenrand setzten. Das ganze Zimmer wirkte wie aus einem IKEA-Katalog, sogar Poster mit roten Häuschen an einsamen Seen zierten die Wände.

Vanzetti lehnte sich vor. «Ich leite die Untersuchungen in der Berner Mordserie, von der Sie bestimmt gehört haben. Es könnte gewisse Verbindungen zum Unglück von Wynigen geben. Deswegen müssen wir uns das nochmals anschauen.»

«Was müssen Sie sich anschauen?» Pieren bohrte die Hände tief in die Taschen seiner Jeansjacke.

«Das wissen wir nicht. Alles.» Vanzetti schob die Bettdecke ein Stück zurück und setzte sich bequemer hin. «Ihre Frau Regina arbeitete damals im Bahnhofskiosk, ist das korrekt?»

«Das wissen Sie doch. Sonst wären Sie ja nicht hier.»

«Wie lange waren Sie verheiratet?»

«Drei Jahre.»

«Wohnten Sie damals schon hier?»

«Ja. Das heisst, ich wohnte hier. Regina war zur Zeit des Unglücks ausgezogen.» Er schlug die Beine übereinander und wippte nervös mit dem Fuss.

«Weshalb?»

«Weil sie das brauchte. Sie legte grossen Wert auf ihre Unabhängigkeit ... Ich verstehe das nicht», änderte sich sein Ton. «Es ist so lange her. Was wollen Sie von mir nach all den Jahren?»

Die Tür schwang auf und auf der Schwelle stand eine junge Frau mit nassen kupferroten Haaren – ganz nackt. Erschrocken drückte sie das Badetuch vor ihre Brüste, liess das schwarze Schamhaar aber unbedeckt.

«Das sind die Herren von der Polizei», sagte Pieren ungerührt.

«Ach so.»

Sie bedachte Vanzetti und Saxer mit einem schnellen Lächeln, machte kehrt und verschwand ohne Eile im Flur.

«Ihre Frau?», fragte Saxer.

«Meine Partnerin.»

«Ist das ihr Kind im Wohnzimmer?»

«Unseres.»

Also hatte Pieren einen neuen Anfang gewagt. «Sie sagten, dass Ihre Frau ausgezogen war. Wollte sie sich scheiden lassen?»

«Nein, wir waren immer noch zusammen. Regina lebte damals bei einem Typen in Burgdorf. Aber das hat nie lange gehalten, sie ist immer zu mir zurückgekommen.» Er blickte auf seinen Schoss.

«War das schon früher vorgekommen? Dass ihre Frau mit anderen Männern zusammen war?»

«Ja, einmal.»

«Hat Ihnen das etwas ausgemacht?»

«Was hätte ich denn machen sollen?», hob er die Stimme, bevor er sie sogleich wieder senkte. «Ich habe Regina geliebt und versucht, ihre Gefühle zu verstehen. Und ich war sicher, dass wir bald wieder zusammen sind.»

«Was war das für ein Mann, mit dem sie in Burgdorf zusammenlebte?»

«Ach, irgendso ein Kerl mit viel Kohle.»

«Können Sie sich an den Namen erinnern?»

Er kratzte sich übertrieben am Hinterkopf. «Keine Ahnung. Es ist zu lange her.»

Das nahm Vanzetti ihm nicht ab. «Haben Sie denn nicht nachgeforscht damals?»

Pieren antwortete mit blossem Schulterzucken.

Er nahm es als Zustimmung. «Was haben Sie herausgefunden?»

«Der Kerl arbeitete in der Bundesverwaltung. Mehr weiss ich nicht. Und ich will nicht darüber reden. Die Zeit mit Regina ist für mich abgeschlossen. Für immer.»

Das konnte Vanzetti sogar nachvollziehen. Wollte man überleben, musste man irgendwann einen Schlussstrich ziehen. Er liess ein paar Sekunden verstreichen. «Was arbeiten Sie eigentlich?»

«Ich verkaufe Sicherheitssoftware. Für Computer.»

«Sie sind Informatiker?»

«Nein, Händler. Die Hersteller verkaufen mir Lizenzschlüssel für ihre Produkte. Kaspersky, McAfee, G Data. Diese Schlüssel verkaufe ich dann weiter bei eBay und Ricardo.»

«Und davon können Sie leben?» Saxer sah von den Notizen hoch.

«Es reicht.»

Durch das Fenster sah Vanzetti Baumkronen, die sich im Wind wogen, im Haus surrte ein Fön. «Wir haben gehört, dass die Angehörigen der Opfer nach dem Unglück schlecht behandelt worden seien. Offenbar waren auch Sie ziemlich verärgert.»

Pieren riss die Arme hoch. «Überrascht Sie das? Die haben mit ein paar Geldscheinen gewedelt und gedacht, dass wir die Klappe halten. Aber nicht mit mir. Ich habe denen gesagt, dass sie sich das Geld in den Arsch schieben können. Keinen Rappen wollte ich.»

«Sie haben kein Geld genommen? Auch keine Spenden?»

«Ich bekomme eine kleine Hinterbliebenenrente, die fliesst auf ein Sperrkonto für die Kleine. Und es gab Spenden, ja. Etwas Geld davon habe ich angenommen.» Im Wohnzimmer hörten sie auf einmal das Kind weinen, Pieren stand sofort auf. «War es das jetzt?»

Vanzetti erhob sich ebenfalls. «Ich denke, das genügt für den Moment.»

Als sie zu dritt in den Flur gingen, stand ein Mädchen von vielleicht fünf Jahren mit dem Daumen im Mund auf der Schwelle zum Wohnzimmer. Pieren hob es hoch, das Kind vergrub den Kopf an seinem Schlüsselbein.

Saxer öffnete die Haustür, Vanzetti nickte zum Abschied. «Wie heisst die Kleine denn?»

«Regina.»

42

Zoe kaute auf ihren Fingernägeln. Im Fernseher stiess sich Giulia Steingruber mit beiden Händen vom Sprungtisch ab und landete nach einem gestreckten Vorwärtssalto mit anderthalb Schrauben sicher auf beiden Beinen. «Yes!» Zoe kreischte und riss eine Faust in die Höhe. Steingruber hatte den Tschussowitina perfekt gestanden.

Ein paar Sekunden später leuchtete das Resultat auf: 15,600 Punkte, eine Traumnote. Steingruber übernahm den zweiten Platz im Mehrkampf an den Weltmeisterschaften der Kunstturnerinnen. Zum ersten Mal überhaupt würde eine Schweizerin eine WM-Medaille im Mehrkampf gewinnen können. Doch es standen noch drei Geräte aus.

Zoe hatte sich ins Zeug gelegt im Büro, damit sie die Liveübertragung um 20 Uhr verfolgen konnte. Die Sendung schnitt vom Stufenbarren zum Schwebebalken, zum Boden und zurück zum Sprung. Als Teenager hätte Zoe alles dafür gegeben, einmal bei so einem Wettkampf dabei zu sein. Doch ein Blick auf die Frauen – oder Mädchen – genügte: Keine von denen mass über 1,60 Meter. Was hatte Zoe Tränen vergossen wegen ihrer Statur, die Doppelsaltos und Dreifachschrauben praktisch unmöglich machte.

Sie nahm einen Schluck ihres Apfel-Mango-Smoothies.

Dafür hatte sie einen anderen Wettkampf für sich entdeckt: Sie mass sich mit den besten Journalistinnen und Journalisten der Schweiz. Auch hier ging es darum, eine Jury – die Leserinnen und Leser – immer wieder neu zu beeindrucken und die Konkurrenten zu übertrumpfen. Bisher lag Zoe gut im Rennen. Trotzdem hatte es nach der Pressekonferenz Zoff gegeben in der Redaktion, stinkwütend war Chefredaktor Nyffeler gewesen. Nicht unbedingt deshalb, weil sie die Story mit dem Brief zurückgehalten hatte, sondern weil er nichts davon gewusst hatte.

Mit einem Tsukahara beendete die Amerikanerin Simone Biles eine fantastische Bodenübung.

Zum Glück hatte Vanzetti nicht noch eine weitere Medienmitteilung verschickt. So würde in der Samstagsausgabe wieder eine Exklusivgeschichte von Zoe erscheinen können, diesmal über die Post des Mörders. Dafür hatte sie den Kriminalpsychologen Thomas Meierhans und den Fallanalytiker Luis Guyer befragt, die einschätzten, dass es sich beim Absender um einen narzistischen Einzelgänger handelte. Und dass seine Drohung mit den weiteren Morden ernst zu nehmen sei.

Auf dem Bildschirm machte sich Steingruber bereit für ihre Übung auf dem Schwebebalken. Von allen Geräten hatte Zoe den am wenigsten gemocht, zu oft war sie abgestürzt. Sie nahm ein Kissen von der Couch und umklammerte es vor ihrer Brust. Mit einem Spagat sprang Steingruber auf den Balken, wirkte sicher, wankte nicht. Sie brachte den Grossteil der Übung problemlos hinter sich, dann kam die Kombination Flickflack/Rückwärtssalto gestreckt. Steingruber landete nicht ganz zentral auf dem zehn Zentimeter schmalen Balken, suchte das Gleichgewicht, machte eine Vierteldrehung und fiel rückwärts herunter.

«Neeein!», schrie Zoe.

Steingruber rappelte sich neben dem Gerät auf. Sie stieg wieder auf den Balken, turnte die Übung ohne Fehler zu Ende und schloss sie mit einem Auerbach-Salto mit ganzer Drehung ab.

Zoe warf das Kissen in eine Ecke ihres Wohnzimmers, aus der Traum von einer Medaille. So schnell konnte es gehen, das wusste sie aus eigener Erfahrung. Sie musste aufpassen, dass es ihr nicht ebenso erging im Büro. Walker, dieser Schleimer, wartete nur auf einen Fehltritt von ihr.

Über die kalten Fliesen ging sie barfuss in die Küche und holte ein Fertiggericht aus dem Kühlschrank, indisches Gemüse-Dal mit Reis. Das schob sie in die Mikrowelle, stellte diese auf zwei Minuten ein und drückte den Startknopf. Aus dem Küchenfenster schaute Zoe über die Dächer hoch zum Bundeshaus. Wie meist spätabends brannte dort oben

Licht, immer im vierten Fenster im dritten Stock. Wer dort wohl sein Büro hatte?

Unten in der Brückenstrasse beleuchteten die Strassenlampen einen einsamen Spaziergänger, der ... Nein, der Typ spazierte ja gar nicht, er stand einfach da. Und starrte herauf. Genau zu ihrem Fenster! War das etwa ... Verflucht nochmal, das durfte doch nicht wahr sein.

Zoe hastete in die Diele und schlüpfte in Flipflops.

Sie rannte die Treppe hinunter, durch die Haustür bis auf die andere Strassenseite. Tom, tatsächlich, seit bald zwei Jahren hatte sie ihn nicht mehr gesehen. Er hatte noch mehr Muskeln zugelegt.

Er lächelte sie an. «Hallo, Zoe.»

Die Stimme katapultierte sie zurück in die Rekrutenschule. Dort hatte sie Thomas Münch kennengelernt, wo er ein guter Kamerad und ausgezeichneter Sportler gewesen war. Erst später, bei einem Treffen von Ehemaligen, hatte sie sich auf eine Liebelei mit ihm eingelassen. Nichts Ernsthaftes, kein Grund für ein Tattoo. Blöde Kuh, sie hätte es besser wissen müssen. Denn Tom hatte das ganz anders wahrgenommen. «Was tust du hier?»

Sein Körper glich mittlerweile dem Michelin-Männchen. «Es ist schön, dich wiederzusehen. Es ist lange her.»

Bodybuilding hatte Tom betrieben, an Wettkämpfen teilgenommen und Preise gewonnen. Dem Muskelwachstum, so hatte Zoe bald herausgefunden, hatte er mit anabolen Steroiden und Testosteron nachgeholfen. Die Folge davon waren Akne und Probleme im Bett gewesen. Doch vor allem hatten die Mittel Depressionen und Wutanfälle ausgelöst. «Ich habe dir doch gesagt, dass du mich nicht mehr besuchen sollst.»

«Bitte, hör mir zu. Nur kurz. Dann gehe ich gleich wieder.» Er trug bloss eine dünne Baumwolljacke über dem schwarzen T-Shirt.

Sie verschränkte die Arme. «Was willst du?»

Tom hatte das braune Haar ultrakurz geschnitten. Wegen seines mächtigen Bizeps standen die Oberarme seitlich ab wie bei einem Revolverhelden. «Ich weiss, vielleicht ist das nicht der beste Zeitpunkt.»

«Es gibt keinen guten Zeitpunkt. Ich habe dir klar und deutlich gesagt, dass es vorbei ist.» Nach ein paar Wochen hatte Zoe die Beziehung beendet, was Tom lange Zeit nicht hatte wahrhaben wollen.

«Ich weiss. Aber hör mir nur kurz zu, bitte.» Die Akne auf seinen Wangen war noch schlimmer geworden.

«Du sollst aus meinem Leben verschwinden, Tom. Bleib in Basel, komm nicht mehr her.»

Er setzte ein vollklimatisiertes Lächeln auf. «Ich wohne jetzt in Bern, habe hier eine neue Stelle gefunden.»

Das hatte ihr gerade noch gefehlt. «Schön für dich. Bist du mit deiner Frau hergezogen?» Er hatte ihr eine Hochzeitsanzeige geschickt.

«Es hat nicht funktioniert. Denn mir ist klargeworden, dass es nur eine Frau für mich geben kann.»

«Spar dir diesen Scheiss. Und hör auf, mich zu belästigen. Schreib mir nicht, ruf mich nicht an, sende mir keine Mails oder SMS. Und tauche nie mehr vor meinem Haus auf. Verstanden?»

«Aber wir hatten doch eine schöne Zeit zusammen. Oder nicht?»

«Die beschränkte sich auf ein paar wenige Stunden. Die meiste Zeit warst du eingeschnappt oder hast herumgebrüllt.»

Er nickte eifrig. «Das ist genau der Punkt. Ich bin nicht mehr derselbe. Ich habe die Anabolika abgesetzt, bin jetzt clean. Und ich begreife, wie falsch ich mich verhalten habe. Ich bin ein anderer Mensch, Zoe.»

Das nahm sie ihm nicht ab. Zoe richtete ihren Zeigefinger auf Tom. «Du hörst mir nicht zu. Es ist aus zwischen uns.»

Er lächelte es einfach weg. «Ich habe deine Artikel über diese Mordserie in der Zeitung gelesen. Du bist eine tolle Journalistin, Zoe. Und berühmt. Das ändert alles.»

Sie schüttelte den Kopf. «Das ändert gar nichts. Es hat keinen Zweck, ich gehe jetzt.» Sie machte kehrt und marschierte auf ihr Haus zu.

«Und du hast keinen Freund. Nur mich.»

Mitten auf der Strasse blieb Zoe stehen.

Sie drehte sich um. «Woher willst du das wissen? Verfolgst du mich?»

«Nein, Zoe. Ich passe auf dich auf. Dieser Mörder ist gefährlich. Ich will nicht, dass dir etwas passiert.»

Also war es wirklich Tom gewesen, den sie am Vorabend draussen vor dem Wartsaal gesehen hatte. Sie ballte die Hände zu Fäusten. «Das hört jetzt sofort auf, verstanden? Sonst trete ich dir so fest in die Eier, dass sie aus deiner Nase fliegen.»

«Du bist die einzige Frau, die mir je etwas bedeuten wird. Das weiss ich seit der Rekrutenschule.»

«Ich werde meine Meinung nicht ändern. Also lass mich in Ruhe.»

Seine Finger zitterten leicht, als er über sein Kinn strich. «Das werde ich nicht akzeptieren.»

«Willst du mir etwa drohen?» Sie ging langsam auf ihn zu.

Kapitulierend hob er beide Hände. «Nicht doch, Zoe.» Er steckte eine Hand in die Jackentasche. Als er sie herauszog, hielt er darin ein Kärtchen. «Ich wohne an der Waldheimstrasse. Hier, meine Adresse und meine Nummer. Du kannst jederzeit vorbeikommen oder anrufen.»

Sie griff danach, damit er endlich Ruhe gab. «Und jetzt verschwinde. Und komm nie wieder her.» Sie liess ihn stehen und marschierte über die Strasse.

«Du wirst zu mir zurückkommen. Ich weiss, dass du mich liebst. Du wirst erkennen, dass wir ...»

Er schrie immer noch, als sie die Haustür mit einem lauten Knall hinter sich ins Schloss warf.

Mit dem Rücken lehnte sich Zoe gegen die Wand im Treppenhaus, sie zerquetschte das Visitenkärtchen in ihrer Faust. Wieso, verdammt nochmal, tauchte Tom jetzt wieder auf?

43

Die Sonne am Samstagmorgen liess die bunten Blätter leuchten. Kurz nach 9 Uhr trabte Zoe locker über einen Waldweg in der Nähe von Lützelflüh. Grosis Mazda hatte sie im Dorf stehen lassen, dann war sie losgelaufen – immer auf das Haus von Nils Pieren zu. Wie alle anderen Angehörigen der Opfer von Wynigen hatte auch der nicht mit ihr am Telefon reden wollen. Kein Wunder, wo die ganze Medienmeute sich auf die Angehörigen der Opfer gestürzt hatte. Also musste Zoe sich die Informationen auf andere Weise beschaffen. Und weil keiner am Telefon so gepöbelt hatte wie Pieren, hatte sie ihn ganz oben auf ihre To-do-Liste gesetzt.

In ihren Ohrhörern erklang *Gimme All Your Lovin'*, ein guter Song zum Laufen. Zwar mochte Zoe lieber härtere Sachen als ZZ Top, doch nur schon des Namens wegen fühlte sie sich den Texanern verpflichtet.

Mächtige Buchen überdachten die Mergelstrasse vor ihr. Sie erhöhte das Tempo und spürte ihren Puls fester schlagen.

Sie würde Tom überprüfen müssen. Klar, es konnte Zufall sein, dass der sie gerade jetzt wieder belästigte. Doch die SMS und der Brief, den sie bekommen hatte, dazu noch Grosis verschwundener Schal ... Tom kannte sich aus mit Polizeiarbeit. Das machte ihn zwar nicht gleich zum Mörder. Doch wer wusste schon, in wieweit sich die Anabolika in sein Hirn gefressen hatten.

Wie ein Tannenzapfen plumpste ein Vogel von einem Baum zu Boden, keine zehn Meter von Zoe entfernt. Sie stoppte ihren Lauf ab und ging langsam auf die Amsel zu. Sie lag am Wegrand, ihr Bauch hob und senkte sich. Zoe zog die Ohrhörer heraus, bevor sie sich hinkauerte.

Ein Gebüsch raschelte, zwei Teenager tauchten auf. Mit wippenden Schritten kamen die beiden näher, beide gross gewachsen, vielleicht 14 oder 15 Jahre alt. Die Jeans hingen unter ihren Hüftknochen.

«Volltreffer, Mann.» Der eine Junge trug eine rote Hip-Hop-Kappe auf dem Kopf und eine Steinschleuder aus Kunststoff in der Hand.

«Pah, hast bloss Glück gehabt», sagte der andere, der mit einem Softair-Gewehr bewaffnet war, eines dieser Spielzeuge, das Plastikkugeln verschoss.

Zoe drückte sich aus dem Knien hoch. «Wart ihr das, ihr Deppen?»

Sie blieben ein paar Meter vor ihr stehen. «Was geht dich das an?», fragte Hip-Hop-Kappe.

«Das ist ein öffentlicher Wald.»

Softair machte auf cool und fuhr mit den Fingern durch seine Gelhaare.

«Euch hat man nach der Geburt wohl dreimal hochgeworfen, aber nur zweimal aufgefangen.» Sie ging auf die Jungs zu und blieb knapp vor ihnen stehen.

Hip-Hop-Kappe grinste. «Hoho, eine Schnecke mit grosser Klappe. Das ...»

Blitzartig riss ihm Zoe die Steinschleuder aus der Hand und brach sie in zwei Teile.

«He, spinnst du?» Hip-Hop-Kappe sah sich nach Unterstützung bei Softair um.

Der pumpte seinen Brustkorb auf. «Du willst wohl eins auf die Fresse. Glaubst du, dass wir uns nicht trauen bei einer Braut?»

Ein paar Meter neben ihnen stand ein abgestorbener Baum, dessen kahle Äste in den Himmel ragten. Zoe nahm Anlauf und stiess ihre Ferse mit voller Wucht gegen den beindicken Stamm. Er zersplitterte krachend, die Baumkrone fiel zu Boden.

Softair liess das Gewehr fallen, Hip-Hop-Kappe sprangen fast die Augen aus den Höhlen.

Sie wichen zurück, als Zoe mit grimmiger Miene auf sie zuging. «Und jetzt verpisst euch, ihr kleinen Scheisser.»

«Glaub ja nicht ...» Hip-Hop-Kappe gab den zaghaften Versuch auf und spurtete los.

Softair bückte sich und griff nach dem Gewehr, er liess sie dabei nicht aus den Augen.

«Stopp. Da liegt noch etwas.» Sie deutete auf die Teile der Steinschleuder. «Die wirfst du zu Hause weg.»

Er raffte sie zusammen, bevor er seinem Kumpel hinterherrannte.

Zoe beobachtete die beiden, bis sie zwischen den Bäumen verschwunden waren. Als sie sich wieder zur Amsel umdrehte, hüpfte die munter über den Waldweg und flog dann auf einen Ast.

Zoe sah hoch. «Merk dir mein Gesicht, Kleine. Vielleicht musst du mal ein gutes Wort für mich einlegen.»

Sie stopfte die Ohrhörer in die Tasche ihrer Tights und trabte wieder los. Hoffentlich lernten die beiden Schwimmbadpinkler etwas daraus. Als Teenager hatte Zoe zwar auch einen Haufen Blödsinn angestellt. Aber beim Quälen von Vögeln hörte der Spass auf.

Auf dem Handy kontrollierte Zoe mit Google Maps mehrmals die Laufrichtung. Sie bog bei einer Kreuzung ab und schlug sich schliesslich in die Büsche.

Nach 100 Metern näherte sie sich einer Lichtung, auf der sie ein Haus und eine Scheune entdeckte. Zoe stand still, lauschte. Sie hörte bloss ihren eigenen Atem. Im Haus brannte kein Licht, davor stand kein Auto. Mit dem Ärmel wischte sie den Schweiss vom Gesicht.

Also los.

Zoe stapfte aus dem Wald durch hohes Gras auf das Haus zu. «Hallo? Ist da jemand?» Sie machte stimmlich beim Rufen auf beunruhigt. Einer verirrten Joggerin half doch jeder gerne.

Nichts rührte sich im Haus. Aus der Scheune abseits drang ein leises, mechanisches Surren.

In dem Moment kam ein grosses schwarz-braunes Etwas um die Ecke der Scheune geschossen, direkt auf Zoe zu. Sie mochte Schiss vor Vögeln haben, doch mit Hunden war sie immer klargekommen. Zoe ging einfach in die Knie, und schaute wie unbeteiligt in die Runde. Aus dem Augenwinkel registrierte sie, wie der Hund heranpreschte. Er hechelte, die Zunge hing aus seinem Maul. Der Appenzeller Sennenhund umrundete Zoe ohne Knurren und Gebell, schnupperte bloss, bevor er sich neben sie zu Boden warf.

«Na, du bist aber ein toller Wachhund.» Zoe lachte und kraulte den Kopf des Rüden, dann drückte sie sich aus der Hocke wieder hoch. «Zeigst du mir dein Zuhause?»

Der Sennenhund wedelte freudig mit dem Schwanz über den unerwarteten Besuch.

Wieder hörte Zoe das Surren drüben aus der Scheune. Sie ging darauf zu, auf Kopfhöhe befanden sich zwar Fenster, die waren jedoch mit Brettern zugenagelt. Beim ersten spähte Zoe durch einen Spalt, nichts. Die Scheiben dahinter waren schwarz bemalt! Sie ging die Wand entlang und versuchte es überall, der Hund wich nicht von ihrer Seite. Das Surren im Innern wurde lauter. «Kannst du mir sagen, was das ist?»

Der Hund hechelte bloss.

Vielleicht konnte sie durch den Eingang spähen. Sie ging zur Vorderseite der Scheune, doch statt einer maroden Holztür versperrte ihr ein Metalltor mit dickem Schloss den Weg.

Zoe ging hinüber zum Haus, der Hund folgte ihr auf dem Fuss. «Hallo?» Sie folgte einem Pfad durch das hohe Gras, spähte in die Fenster. Mit bunten Wänden und hellen Möbeln sah das Innere gemütlich aus. Zimmerpflanzen standen auf Fensterbrettern, Bilder von Landschaften hingen an den Wänden, Spielzeug lag ordentlich gestapelt in bunten Plastikboxen. Spiessig.

Zoe kraulte den Kopf des Hundes. «Wie nennen sie dich denn? Bello oder Rocky?» Sie sah dem armen Kerl an, dass sie nicht weit daneben lag.

Nachdem sie das Haus umrundet hatte, gelangte Zoe über die Einfahrt zurück zur Scheune. Sie blieb davor stehen, begutachtete den verwitterten Anstrich, der mal blutrot gewesen war. Wie diese Schwedenhäuser. Ein flüchtiger Geruch stieg ihr in die Nase, würzig-süss. Sie liess sich von der Nase leiten und entdeckte an der linken Scheunenwand zwischen den Brettern und dem Fensterrahmen einen Spalt. Sie zwängte ihre Hand hindurch und spürte Wärme. Mit den Fingerspitzen stiess Zoe das Fenster ein Stück auf und drückte ihre Stirn gegen die Bretter. Das Lattenholz begrenzte ihre Sicht, trotzdem erkannte sie lange Reihen von Hanfpflanzen. Das Surren stammte von den starken Lampen, welche die Pflanzen mit Licht versorgten.

Zoe richtete sich auf und stiess einen Pfiff aus. Der Hund hatte sich hingesetzt und beobachtete sie mit gespitzten Ohren. «Eine hübsche Plantage, damit macht dein Herrchen bestimmt gutes Geld.» Sie kauerte sich zum Hund, tätschelte seine Flanke.

Vielleicht beschränkte sich Pieren nicht auf Haschisch. Wenn der auch mit härteren Drogen dealen würde …

Über sich hörte Zoe ein wildes Flattern, sie duckte sich weg. Doch es folgte kein Angriff. Sie sah hoch und entdeckte eine Amsel auf einem Balken unter dem Dach. Doch es war nicht der Vogel, der ihr einen Schrecken einjagte. Dort oben hing eine Überwachungskamera, deren Linse direkt auf Zoe zielte.

44

Zum Rasenmähen war es eigentlich zu spät im Jahr, im Oktober wuchs das Gras kaum noch. Trotzdem schritt Vanzetti kurz nach 10 Uhr über die Steinplatten hinter dem Haus zum Holzschopf. Der verwilderte Garten war ein wichtiger Grund dafür gewesen, weshalb er das baufällige Häuschen am Sonnmattweg in Münsingen auf Anhieb gemocht hatte. Vanzetti wühlte gerne mit den Händen in der Erde. In den ersten Monaten hatte er ein rechteckiges Rasenstück angelegt, Sträucher und Blumen darum herum gepflanzt und so Ordnung ins Chaos gebracht.

Er kontrollierte den Pegelstand im Tank, bevor er die Leine zog. Mit einem Rattern startete der Motor. Vanzetti teilte den Rasen gedanklich immer in Segmente ein, die er dann Bahn für Bahn abschritt. Dann ging er los.

Zum ersten Mal seit ein paar Tagen hatte er wieder vernünftig schlafen können. Und er gönnte sich einen freien Morgen, nicht nur für den Garten. Aus Erfahrung wusste Vanzetti, dass Stress und Übermüdung eine Mordermittlung gefährden konnten. Wie bei Don Quijote: *Vom wenigen Schlafen und vom vielen Lesen trocknete ihm das Hirn so aus, dass er zuletzt den*

Verstand verlor. Erschöpfte Polizisten machten Fehler und zogen falsche Schlüsse.

Bestimmt kein Irrtum war allerdings, dass sie es mit einem sehr cleveren Täter zu tun hatten – oder einer Täterin. Die Kriminaltechnik hatte die Post an Zwygart genau untersucht und keinerlei verwertbare Spuren gefunden.

An allen Fronten steckten er und sein Team in einer Sackgasse. Die Überprüfung der VW-Lieferwagen hatte bis jetzt keine neuen Erkenntnisse gebracht, ebenso kamen die Ermittlungen in Rumänien zu www.tod-dem-bundesrat.com nicht vom Fleck. Auch die Suche nach der «Zeugin», die das Mordopfer Galizia in der Turnhalle aufgegabelt hatte, war trotz einem Aufruf in den Medien bisher erfolglos geblieben.

Mittlerweile wussten sie, wie gründlich der Mörder oder die Mörderin recherchiert haben musste. Alle Geschenke hatten einen eindeutigen Bezug zu den Opfern: Leibwächter Luginbühl war ein Fan des Schauspielers Will Smith gewesen. Der Arzt Galizia hatte eine Sammlung von Parfüms besessen, die Bundesangestellte Ryf in jeder freien Minute in Büchern geschmökert. Und der Politiker Schenk besuchte alle Heimspiele der Berner Young Boys. Nur bei Luginbühls Ex-Frau war bis jetzt kein Geschenk aufgetaucht. Vielleicht hatte dem Täter die Zeit dafür gefehlt. Vanzetti steuerte den Rasenmäher am Rosenbeet vorbei. Das würde er vor dem Winter noch mit Laub abdecken.

Mitglieder der Soko hatte Vanzetti in zwei Rechercheteams eingeteilt: Das eine klopfte das Umfeld der vier Mordopfer ab, also Luginbühl und seine Ex-Frau, Galizia und Ryf. Dazu kam Schenk, der knapp überlebt hatte. Besonderes Interesse widmeten sie Armeeinstruktor Wolfgang Ryf, der durch seinen beruflichen Hintergrund das Wissen und Können für die Taten besass und Zugang zu Waffen hatte. Ein Motiv hatte die Soko bis jetzt jedoch nicht entdecken können. Wenn man Nachbarn und Bekannten glauben konnte, war die Ehe intakt gewesen.

Vanzetti bückte sich und riss einen Löwenzahn mit den Wurzeln aus der Erde.

Was Luginbühl und seine Ex betraf, so hatten sie noch keine plausible Erklärung für das stattliche Vermögen gefunden. Irgendwo musste das Geld für das Haus und die Beteiligung am Nachtclub ja hergekommen sein. Der Verdacht lag nahe, dass es aus krummen Geschäften stammte. Aber welche Art von Geschäften?

Das zweite Team konzentrierte sich auf die Unfallopfer von Wynigen. Bei ihnen musste in irgendeiner Weise der wahre Grund für die Mordserie liegen. *Des Pudels Kern.*

Unverdächtig fand Vanzetti die Ehefrau von Taxifahrer Haller, die er auf dem Stockhorn befragt hatte. Beim Mann der Kioskverkäuferin Regina Pieren hingegen beschlich ihn ein ungutes Gefühl. Diesen

Nils Pieren nahmen die Kollegen zurzeit genau unter die Lupe. Den Tod seiner Frau hatte der offensichtlich nicht so gut überwunden, wie er hatte glauben machen wollen.

Der Rasenmäher erfasste einen Stein. Vanzetti hob ihn auf und steckte ihn in die Hosentasche.

Blieben noch diese Touristen, Charles und Barbara Lehman. Die beiden hatten in Williamsburg, Virginia, gewohnt, was die Nachforschungen schwierig machte. Von seinem Lehrgang beim FBI in Quantico wusste Vanzetti, dass Camp Peary in der Nähe von Williamsburg lag und ein Trainingsgelände der CIA war. Was, wenn das Ehepaar dem amerikanischen Geheimdienst angehört hatte? Vielleicht hatte es gar nicht die Spuren ihrer Vorfahren gesucht, sondern etwas ganz anderes. Und der Schweizer Nachrichtendienst wusste darüber Bescheid, weshalb NDB-Mann Jäggi ihm derart im Nacken sass.

Vanzetti blieb stehen, holte die Zigaretten aus seiner Gesässtasche und steckte eine an.

Die Schweizer Botschaft in Washington hatte Erkundigungen über die Lehmans eingezogen. Nichts deutete darauf hin, dass sie etwas anderes als Mittelklasse-Amerikaner gewesen waren. Natürlich wäre es ein Leichtes für die CIA, genau diesen Eindruck zu vermitteln ... Nein, er durfte sich nicht verrückt machen.

Die beiden Forsythien und die Thujahecke würde er noch schneiden müssen vor dem ersten Schnee.

Auf seiner imaginären Liste blieb noch das fünfte Opfer von Wynigen übrig, die Juristin Larissa Feuz. Ihren vielbeschäftigten Vater Claude Feuz, ebenfalls Jurist, würde Vanzetti erst am Samstagnachmittag befragen können. Der Herr hatte offenbar einen randvollen Terminkalender.

Er nahm einen langen Zug und blies den Rauch gegen den blauen Himmel.

Und dann war da noch die Journalistin Zoe Zwygart, die immer so gut im Bild war. Die eine SMS und Post vom Mörder bekommen hatte. Die eine Exklusivgeschichte nach der anderen produzierte. Wie gewünscht hatte sie ihm eine Liste mit neun Namen gemailt, von sieben Männern und zwei Frauen. Mit allen war Zwygart in den vergangenen Jahren aneinandergeraten. Es handelte sich um Ex-Freunde, ehemalige Arbeitskolleginnen oder Bekannte. Die Frau hatte wirklich ein Talent, sich Feinde zu machen. Kein Wunder bei dem Mundwerk. Zurzeit überprüfte seine Soko die Lebensläufe und Alibis.

Aus dem Augenwinkel nahm Vanzetti eine Bewegung auf dem Gartensitzplatz wahr, er erschrak richtig. Dort stand Daniel Pulver, Kripo-Chef der Berner Kantonspolizei.

Vanzetti stellte den Motor des Rasenmähers ab. «Was tust du denn hier?»

Pulver setzte sich auf einen Gartenstuhl, streckte die Beine aus und faltete die Hände hinter dem kahl rasierten Schädel. «Erstaunt mich nicht, dass deine Ermittlungen im Dreck stecken. Ich wünschte, ich könnte mich auch mal zu Hause entspannen.»

Vanzetti durfte sich aber nicht provozieren lassen. «Bist du gekommen, um mir gute Ratschläge zu geben?» Er drückte die Zigarette im Rasen aus und steckte die Kippe ein.

«Damit würdest du diesen Fall auch nicht lösen.» Pulver schlug die Beine übereinander. «Dies ist ein Freundschaftsbesuch. Ich wollte nicht, dass du es aus den Medien erfährst. Bundesanwalt Marti hat eingesehen, dass die Kantonspolizei bessere Ressourcen hat als die BKP. Deswegen übernehmen wir.»

Es fühlte sich an, als hätte ihm Pulver gerade die Faust in die Magengrube gerammt. Also hatte Bundesrat Marchand seine Drohung wahrgemacht. Doch halt, stimmte das? «Wenn der Bund einen Fall einfach an den Kanton abträte, käme das einer Bankrotterklärung gleich.»

«Kluger Mann. Deswegen gibt es eine offizielle und eine inoffizielle Version. Offiziell bittet der Bund uns um Unterstützung, die Leitung bleibt bei der BKP. Inoffiziell haben wir das Sagen. Das habe ich mir von Marti schriftlich bestätigen lassen. Unter deinem Kommando würden meine Leute keinen Finger rühren.»

Ja, dafür würde Pulver notfalls sorgen. «Wann beginnt diese Farce?»

«Wir übernehmen um Mitternacht, aber so lange werden wir natürlich nicht warten. Um 12 Uhr findet die erste Besprechung meiner Soko statt, danach legen wir los. Du darfst gerne dabei sein und uns unterstützen.» Pulvers Miene schwankte zwischen einem Lächeln und einem höhnischen Grinsen. «Solange du dich an meine Anweisungen hältst.»

Darauf konnte der lange warten. «Vergiss es.»

Pulver stand auf, schob den Metallstuhl quietschend über die Steinplatten unter den Gartentisch. «Wie du willst. Lass im Lauf des Nachmittags alle Akten in unsere Zentrale bringen. Du weisst bestimmt noch, wo die liegt.»

Natürlich kostete der den Moment so richtig aus. Vanzetti biss sich auf die Zunge.

Pulver steckte die Hände in die Manteltaschen, schaute sich um und rümpfte die Nase. «Der Garten ist ja ganz nett, aber das Haus ist ziemlich armselig. Und dafür ...» Er schnaubte verächtlich.

... hat dich Tamara verlassen, ergänzte Vanzetti den Satz. Soweit er wusste, lebte Pulver seit der Trennung alleine. Es musste ihn damals schwer getroffen haben. «Du hattest bloss deine Karriere im Kopf, Dani. Deswegen ist sie gegangen.»

«Und hat hier das Paradies gefunden, bei einem Blindgänger wie dir?», knurrte Pulver. Er richtete seinen Zeigefinger auf Vanzetti. «Du hast Tamara ins Unglück gestossen. Allein du bist schuld an ihrem Tod.»

Porca puttana! Vanzetti spürte die Hitze in seinen Kopf steigen. «Verschwinde! Sofort!»

«Vergiss die Akten nicht.» Pulver wedelte mit einer Hand in der Luft und verschwand über die Gartenplatten um die Hausecke.

Nicht im Traum dachte er daran, diesem Drecksack seine Unterlagen zu liefern. Sollte er sie doch holen kommen. Vanzetti hatte anderes zu tun, er musste einen Mörder schnappen. Dafür blieben ihm 14 Stunden Zeit.

Er liess den Rasenmäher stehen und eilte ins Haus.

45

Männer in Uniform kamen Lucy vor der Kaserne Thun entgegen, sie lachten ausgelassen. Wie jung die alle waren. Kurz vor Mittag verabschiedeten sich die Rekruten voneinander ins Wochenende. Manche gingen alleine, andere strebten in Gruppen in Richtung Bahnhof. Einige Soldaten stoppten kurz beim Wachposten, wo sie wohl irgendeinen Spruch machten, bevor sie durch das offene Tor schritten.

In perfekter Symmetrie erstreckte sich dahinter die Kaserne über mehr als 100 Meter. Der grün-weisse Bau glich einer Burg, in deren Zentrum eine Schweizer Fahne wehte. Ein Zaun aus Maschen- und Stacheldraht umgab das ganze Gelände, der einzige Durchgang führte am Wachposten vorbei. Von ihrer Recherche im Internet wusste Lucy, dass hier die Panzertruppen ausgebildet wurden und das Areal zahlreiche Gebäude und Trainingspisten umfasste.

Was sollte sie dem Wachposten sagen, wenn der sie stoppte? Vielleicht käme sie als verwirrte Grossmutter rein, die ihren Enkel abholen wollte.

Doch Lucy hätte sich die Sorgen gar nicht machen müssen. Der Wachsoldat mit dem Babygesicht und einem Gewehr in den Händen plauderte mit Kollegen und ignorierte sie komplett, als sie einfach gegen den

Strom der Soldaten schwamm und durch das Tor spazierte. Sie hielt auf eine Informationstafel zu. Darauf stand, dass die Burg eine Mannschaftskaserne war. Dahinter gab es eine Armeesporthalle, ein Kommando Küchencheflehrgang, ein Panzermuseum und gar einen Raum der Stille. Wie passend für eine Panzertruppe! Ein Rechteck links der Mannschaftskaserne war das Kommando Panzerschulen 21 und 22.

Sie ging in diese Richtung weiter.

Für das Abendessen würde sie noch einkaufen müssen. Gestern hatte Lucy einen schönen Abend mit Robi verbracht. Im Mille Sens an der Spitalgasse hatten sie ein Viergangmenü genossen. Sie hatten Erlebnisse aus 50 Jahren ausgetauscht, und es hatte sich sehr gut angefühlt, vertraut. Danach hatte Robi sie nach Hause begleitet und zum Abschied auf die Wange geküsst – ganz der Gentleman. Für Samstagabend hatte Lucy ihn zu sich eingeladen und die Warnung hinzugefügt, dass sich ihre Kochkünste in all den Jahren nicht verbessert hätten. Sie war etwas aufgeregt, spürte ein breites Grinsen im Gesicht. Mein Gott, sie benahm sich wie ein Teenager.

Sie bog um die Ecke der Mannschaftskaserne, vor ihr tauchte ein weiterer lang gestreckter grün-weisser Klotz auf. Auf einem Hinweisschild an einem Lichtmast stand *Kommando Panzerschulen*.

Dort verliess ein Offizier im Tarnanzug das Gebäude, erblickte sie und blieb stehen. «Was tun Sie denn hier?» Er musste um die 60 sein. Sein silbernes Haar blitzte unter dem schwarzen Beret hervor.

«Ich … mein Enkel macht hier seine RS. Ich will ihn abholen.»

Der Offizier kam herüber, baute sich vor ihr auf. «Das geht so nicht. Angehörige haben in der Kaserne nichts zu suchen. Sie müssen draussen vor dem Tor warten. Ich bringe Sie hin.» Er streckte den rechten Arm in Richtung Eingang aus.

Lucy griff sich an die Stirn, stöhnte und torkelte leicht von einem Fuss auf den anderen. «Mir ist gar nicht gut.» Dann liess sie sich auf den Hosenboden fallen, etwas zu heftig, ihr Hintern tat ganz schön weh.

Der Offizier kniete sich neben sie, legte einen Arm um ihre Schulter und stützte sie im Sitzen. «Ich helfe Ihnen auf. Alles in Ordnung mit Ihnen?» Er griff ihr unter den Arm, zog sie hoch.

«Vielen Dank, das ist sehr nett», heuchelte Lucy. Ob sie einen Oscar für den Auftritt bekäme?

Der Offizier hielt sie am Arm fest und brachte sie ins Gebäude. «Sie sollten sich ein paar Minuten ausruhen.»

Drinnen führte er sie durch diverse Gänge. «Wie heisst Ihr Enkel denn? Ich werde ihn aufbieten.»

«Müller … David.» Den gab es doch bestimmt.

«Welche Einheit?»

«Das weiss ich grad nicht.» Sie gab ihrer Stimme einen weinerlichen Klang.

Er tätschelte ihren Rücken. «Nur keine Sorge, wir finden Ihren David schon.»

Der Offizier blieb schliesslich vor einer offenen Bürotür stehen. «Korporal Leuenberger, die Dame hatte einen Schwächeanfall.» Es klang wie ein Befehl.

Mit besorgtem Gesicht erhob sich eine pummelige junge Frau hinter einem Schreibtisch. Sie kam aus dem Büro in den Gang und übernahm Lucy, die sich herumgeschoben fühlte wie eine Rinderhälfte in der Metzgerei.

«Soll ich den Truppenarzt holen?», fragte die Soldatin.

«Das wird nicht nötig sein», sagte Lucy mit schwacher Stimme. «Wenn ich mich nur kurz hinsetzen kann.»

«Die Dame sucht ihren Enkel, Rekrut David Müller. Sie kümmern sich darum.» Der Offizier nickte knapp und verzog sich so schnell, als sei ein Schwarm Hornissen hinter ihm her.

«Kommen Sie herein.» Die Soldatin hatte dunkelblonde Haare, *Kpl S. Leuenberger* stand auf dem Namensschild über ihrem grossen Busen. Auch sie trug einen dieser grün-braunen Tarnanzüge, darunter lugte ein graues T-Shirt hervor. Leuenberger geleitete Lucy zu einem Stuhl neben dem Schreibtisch. «Möchten Sie etwas trinken? Einen Kaffee? Draussen steht auch ein Automat mit Cola oder Rivella.»

«Ein Glas Wasser wäre schön», sagte Lucy mit brüchiger Stimme.

Aus einer PET-Flasche goss die Soldatin Mineralwasser in ein Glas. «Bitte schön. Ist Ihnen schwindlig? Möchten Sie sich hinlegen?» Sorgenfalten bildeten sich wieder zwischen ihren hellblauen Augen. Sie mochte Mitte 20 sein.

«Nein, danke, mir geht es schon viel besser.» Lucy nahm einen Schluck und richtete sich auf. Strahlende Sonne erhellte die kleine Kammer, die mit Regalen und Aktenordnern vollgestopft war. «Wo bin ich hier eigentlich gelandet?»

Frau Leuenberger betrachtete Lucy aufmerksam und schenkte ihr ein warmes Lächeln. «Im Sekretariat der Panzerschule 21. Das war Oberst Hänni, der Sie hergebracht hat. Er leitet diese Schule.»

Das Glück meinte es heute gut mit ihr. Nun musste Lucy nur diese junge Soldatin einseifen. «Dann können Sie mir vielleicht weiterhelfen. Ich suche nicht nur meinen Enkel, sondern auch jemanden, der hier 2003 seine Rekrutenschule gemacht hat. Bewahren Sie solche Informationen auf?» Sie machte auf hilfloses Grossmütterchen.

Am Ansatz waren die Haare von Korporal Leuenberger schwarz. «Natürlich. Aber Namen und Adressen dürfen wir nicht herausgeben. Sie wissen schon, Datenschutz.» Lucy atmete schwer. «Natürlich, das verstehe ich. Aber es ist so. Mein ältester Enkel Manuel hatte damals einen schlimmen Autounfall. Er liegt im Paraplegikerzentrum in Nottwil.» Sie senkte den Blick auf ihren Schoss. «Er wird den Rest seines Lebens im Rollstuhl verbringen müssen. Das nimmt ihn schwer mit. Deswegen suche ich alte Freunde und Kameraden von Manuel. Die könnten ihn vielleicht aufmuntern.»

«Und ihre Adressen hat er nicht mehr?», fragte sie mitfühlend.

«Sein Adressbuch hatte er mit dabei in seinem Auto. Ist alles verbrannt.» Ob sie jetzt zu dick auftrug? Lucy beugte sich vor, tätschelte den Arm der Soldatin und setzte ihr grossmütterliches Lächeln auf. «Es würde Manuel wirklich viel bedeuten. Sie haben doch so ein Dings da.» Sie deutete auf den Computer. «Damit kenne ich mich leider gar nicht aus. Könnten Sie dort nicht mal nachschauen?»

Erst bebten nur die Schultern der Soldatin, dann konnte sie sich nicht mehr halten und prustete los. «Dieses Dings da.» Sie kicherte wie ein kleines Mädchen. «Frau Eicher, das ist einfach zu viel.»

Lucy war perplex. «Sie kennen mich?»

«Aber natürlich. Ich habe Medienwissenschaften studiert an der Uni Bern. Im fünften Semester hatten wir ein Seminar über internationale Politik bei Professor Blunschi. Da haben Sie uns besucht und über Ihre Arbeit als Journalistin erzählt. Ich war sehr beeindruckt.»

Seit ein paar Jahren war Lucy Gast im Seminar ihres alten Kollegen. «Weshalb haben Sie mich denn nicht verpetzt bei Ihrem Vorgesetzten?»

«Ach, der Hänni hätte gleich einen Aufstand gemacht. Bestimmt sind Sie aus einem guten Grund hier. Und ich wollte mal einem Profi bei der Arbeit zusehen. Sie recherchieren doch für einen Artikel, oder?»

«Ob ein Artikel daraus wird, weiss ich noch nicht.» Geräuschvoll stiess Lucy den Atem aus. «Da haben Sie mich aber ganz schön angeschmiert, Frau Leuenberger.»

«Ich bin Sarah. Ihre Nummer mit der senilen Grossmutter ist wirklich gut. Dafür könnten Sie Eintritt verlangen.» Sie kicherte. «Wie sind Sie eigentlich in die Kaserne reingekommen?»

«Ganz einfach. Ich bin am Wachposten vorbeispaziert. Der hat mich überhaupt nicht beachtet.»

«Echt? Bei manchen dieser Rekruten denke ich wirklich, dass sie auf dem Klo waren, als Gott die Intelligenz verteilte.»

Und bestimmt hatte diese Sarah in der ersten Reihe gestanden. Lucy hätte sich ohrfeigen können. Sie schämte sich für ihr vorschnelles Urteil über die junge Frau, bloss weil sie blondiert und etwas übergewichtig war. «Was tun Sie denn im zivilen Leben?»

«Ich arbeite bei gfs in Bern. Wir machen Politikforschung und Marktanalysen.» Ihre wachen Augen leuchteten.

«Das Unternehmen kenne ich.» Lucy war beeindruckt. «Wird es Ihnen denn nicht langweilig hier?»

«Manchmal schon, aber der WK dauert ja bloss drei Wochen. Deswegen bin ich froh um jede Abwechslung. Weshalb sind Sie denn nun wirklich hier?»

Lucy erzählte Sarah in groben Zügen vom Serienmörder, dem Unfall in Wynigen und den Soldaten am Unfallort.

«Und nun suche ich den Kommandanten dieser Kompanie. Vielleicht weiss der etwas, das mir weiterhilft.»

Sarah presste die Lippen aufeinander. «So einfach ist das nicht. Wir haben hier nämlich zwei Panzerschulen mit jeweils vier Kompanien. Das wären also acht potenzielle Kommandanten.»

«Das wusste ich nicht.» Lucy hätte tiefer graben müssen im Internet.

«Zudem könnte es mich in Schwierigkeiten bringen, wenn ich Ihnen einfach die Namen gäbe.» Sarah kratzte sich am Kinn. «Aber vielleicht …» Sie stand auf, stellte sich vor eine Wand mit Aktenordnern mit beschrifteten Rücken. «Hier, 2003.» Sie zog einen Ordner heraus, legte ihn aufs Pult und klappte den Deckel auf. «Jede Rekrutenschule gibt Newsletter heraus. Der enthält Informationen über Einsätze, Verschiebungen, Besuchstage. Der geht an Ehemalige und Angehörige, jeder kann ihn abonnieren. Die

Informationen sind also öffentlich.» Sie blätterte durch die Seiten. «Es würde mich erstaunen, wenn die einen so speziellen Einsatz nicht erwähnt hätten.»

Lucy stellte sich neben Sarah. Die Newsletter hatten Format A4, waren dreispaltig, und schwarz-weiss bebildert. «Die sehen ziemlich handgestrickt aus.»

«Ja, die Rekruten basteln sie auch selber.» Bei einer Seite, auf der ein brennender Zugwaggon abgebildet war, hörte sie auf zu blättern. «Hier haben wir ihn ja. Ist Mai 2003 erschienen.»

Pz Gren im Katastropheneinsatz lautete der Titel des zweispaltigen Artikels. Lucy überflog den Text, der das kurzfristige Aufgebot der Rekruten beschrieb, ihre Verschiebung nach Wynigen und die Verteilung auf verschiedene Wachposten. Auf den letzten Zeilen bedankte sich der Kommandant für den tollen Einsatz seiner Truppe. Darunter stand sein Name: *Hptm Jörg Isenschmid.*

«Na bitte», sagte Sarah.

Lucy lächelte ihr zu und tippte mit dem Finger auf den Namen. «Jetzt muss ich ihn nur noch finden.»

46

In Zoes Telefonhörer ertönte das Rufzeichen zwei Mal, bevor jemand am anderen Ende abhob.

«Ludi», meldete sich eine kräftige Stimme.

«Guten Tag, Frau Ludi. Ich heisse Zoe Zwygart und bin eine frühere Freundin Ihres Ex-Mannes Tom Münch. Ich würde gerne …»

«Woher haben Sie diese Nummer?» Ihre Stimme hätte Glas schneiden können.

«Von einem Kollegen aus dem Militär, Pascal Jenni.» Zoe hatte bei ein paar Kameraden anrufen müssen, bis ihr einer hatte weiterhelfen können.

«Pascal war Trauzeuge bei unserer Hochzeit.» Es blieb für ein paar Sekunden still in der Leitung. «Sind Sie die Zoe, von der Tom immer gesprochen hat?»

«Vermutlich.» Zoe streckte die Beine auf ihrer Couch aus.

«Falls Sie ein gutes Wort für ihn einlegen wollen, dann vergessen Sie es. Ich will nichts mehr mit ihm zu tun haben», sagte Ludi mit hörbarem Ärger in der Stimme.

Oha, die hatte wohl auch üble Erfahrungen gemacht. «Das verstehe ich sehr gut. Es ist sogar so, dass ich Ihren Rat möchte. Darf ich Ihnen ein paar Fragen stellen zu Tom?»

«Und wieso sollte ich mit Ihnen reden?»

«Ich brauche Hilfe. Es ist wirklich wichtig.»

«Ich weiss nicht, ob ich Ihnen das abkaufen soll.» Sie atmete in den Hörer. «Aber stellen Sie mal Ihre Fragen. Ob ich sie beantworte, werde ich dann entscheiden.» Ihre Stimme klang jetzt weicher, sogar sympathisch – wie jemand, der gerne lachte.

«Können Sie mir sagen, weshalb Ihre Ehe zerbrochen ist?»

«Weshalb wollen Sie das wissen?»

«Weil ich verstehen möchte, was mit Tom los ist. Gestern stand er plötzlich vor meiner Haustür, obwohl ich mir das mehrfach verbeten hatte.»

«Das kenne ich.» Ludi schwieg für eine Weile. Schliesslich seufzte sie. «Es gibt nicht einen Grund für unsere Trennung, es gibt ganz viele. Letztlich hing alles mit diesen Scheiss-Medis zusammen.»

«Sie meinen die Anabolika?»

«Ich habe das ja nicht verurteilt. Zu Beginn wenigstens. Wir haben uns im Fitnesscenter kennengelernt. Ich kenne die Szene, weil ich auch schon Wettkämpfe bestritten habe. Wer es als Bodybuilder an die Spitze schaffen will, muss ein wenig nachhelfen. Doch Tom hat sämtliche Grenzen überschritten. Nandrolon, Stanozolol, Clenbuterol oder Wachstumshormone – alles hat er gespritzt oder eingeworfen. Deswegen wurden seine Stimmungsschwankungen immer grösser, immer öfter ist er ausgerastet. Das habe ich nicht mehr ertragen. Vor allem während der Schwangerschaft.»

Hoppla. «Sie haben ein Kind?»

«Nein, ich hatte eine Fehlgeburt. Im fünften Monat.»

«Das tut mir leid.»

«Ja ... Wir hatten uns auf das Kind gefreut. Oder nein, ich hatte mich gefreut. Tom änderte seine Meinung von Tag zu Tag. Vielleicht wäre ein Kind eine Chance für unsere Beziehung gewesen.» Sie atmete hörbar ein. «Als ich aus dem Spital nach Hause kam, hatte Tom eine sehr schlechte Phase. Er tat so, als sei die Fehlgeburt meine Schuld gewesen. Richtig ausgerastet ist er.»

Zoe setzte sich auf ihrer Couch auf. «Hat er Sie geschlagen?»

«Nein. Aber bei einem seiner Anfälle hat er mich weggestossen, sodass ich gegen eine Wand geknallt bin.» Sie seufzte. «Danach habe ich alle möglichen Entschuldigungen gesucht, habe mir eingeredet, dass dies der Stress durch die Fehlgeburt sei. Also habe ich ihm verziehen. Ein paar Wochen später habe ich von meiner Ärztin erfahren, dass ich vielleicht nie ein Kind zur Welt bringen kann.»

Zoe liess ihr ein paar Sekunden Zeit. «Wie ging Tom damit um?»

«Mal hat er gemeint, dass das doch kein Problem sei, dass wir ein Kind adoptieren könnten. Dann hat er tagelang nicht mit mir geredet. Auf dem Tiefpunkt hat er mich wieder beschuldigt, hat mich gepackt und gegen die Schlafzimmertür geworfen. An dem Abend habe ich meine Sachen zusammengerafft und bin zu meiner Schwester gezogen.»

Zoe stand von der Couch auf und ging ein paar Schritte im Wohnzimmer auf und ab. «Wie hat Tom das aufgenommen?»

«Wieder hatte er diese Ups und Downs. Tagelang hörte ich nichts von ihm, dann ist er plötzlich aufgetaucht. Hat verlangt, dass ich zu ihm zurückkomme, hat sich entschuldigt, hat geheult, hat mich bedroht.»

«Aber Sie blieben hart.»

«Ja. Bei meinem Auszug war ich mir noch nicht sicher. Doch meine Schwester hat mir die Augen geöffnet. Tom wird sich nicht ändern. Also habe ich ihm klargemacht, dass es vorbei ist.»

«Wie hat er darauf reagiert?» Am Balkonfenster schaute Zoe über die Aarstrasse und das Marzilibad.

«Lange Zeit hat Tom nichts von sich hören lassen. Ich dachte schon, es sei vorüber. Doch als er die Scheidungspapiere bekam, muss das einen Schalter umgelegt haben. Ich war im Coop, da stand er plötzlich vor meinem Einkaufswagen. Er hat mich beschimpft und bedroht. Er wisse, wie er es mir heimzahlen könne. Ich würde es noch bereuen. Das hat mir grosse Angst gemacht.»

«Haben Sie die Polizei gerufen?»

«Damals nicht. Das war erst zwei Wochen später. Es war spät am Abend, er hat alle geweckt im Haus meiner Schwester. Zunächst hat er wieder seine Mitleidstour abgezogen. Als das nichts nützte, kamen die Beschuldigungen und Drohungen. Meine Schwester und ihr Mann sind mir zu Hilfe geeilt, da ist Tom abgezogen. Am nächsten Tag habe ich ihn bei der Polizei angezeigt. Ein Gericht hat dann ein Kontaktverbot verhängt.»

Zwei Jogger liefen in flottem Tempo die Marzilistrasse hoch. «Hat er sich daran gehalten?»

«Bis vor etwa zwei Wochen. Da hat er mich angerufen.»

«Hat er Sie wieder bedroht?»

«Nein, er schien eine seiner guten Phasen zu haben. Tom hat gesagt, dass er jetzt die Wahrheit erkannt habe, dass ich nie die Richtige für ihn gewesen sei. Es gebe bloss eine Frau, die für ihn bestimmt sei.»

Mist, verfluchter. «Mich?»

«Sie seien füreinander bestimmt, sagte Tom. Das habe er eigentlich schon immer gespürt. Doch nun wisse er, dass es Ihnen ebenso gehe. Er werde Ihnen seine Liebe beweisen, danach werde alles gut. Sie würden zusammen glücklich sein. Es war ziemlich sonderbar.»

Zoe stöhnte innerlich. Sie musste das stoppen, augenblicklich. «Wie kommt er bloss auf solche Ideen?»

«Hören Sie, ich mache Ihnen keine Vorwürfe. Ich bin froh, dass er mich jetzt in Ruhe lässt. Offenbar kennen Sie Tom schon eine Weile. Sie wissen also, auf was Sie sich da einlassen.»

«Ich will nichts mit Tom zu tun haben. Das habe ich ihm glasklargemacht.» Offensichtlich hatte er das nicht kapiert. «Haben Sie eine Ahnung, wieso er wieder bei mir aufgetaucht ist?»

«Das weiss ich nicht.» Ludi schwieg einen Moment. «Er wird nicht lockerlassen.»

«Hat er Ihnen gesagt, wie er mir seine Liebe beweisen will?»

«Nein.»

Tom war durchgeknallt. Hatte er all diese Menschen umgebracht, um ihre Karriere zu fördern? «Besitzt er immer noch Waffen?»

Ludi lachte auf. «Ein ganzes Arsenal. Und er kann sehr gut damit umgehen. Manchmal hatte ich den Eindruck, dass er die mehr liebte als mich.»

«Wissen Sie, ob er etwas mit einem Zugunglück in Wynigen zu tun hat? Das war 2003. Ist vielleicht einer seiner Angehörigen damals umgekommen?»

«Das war lange vor meiner Zeit ... Moment, warten Sie. Denken Sie, dass Tom etwas mit diesen Morden in Bern zu tun hat?»

«Wäre er zu so etwas fähig?»

Ludi liess sich Zeit mit der Antwort. «In guten Phasen ist Tom ein lieber Kerl. Wenn er aber Anabolika nimmt, dann verwandelt er sich in einen anderen Menschen ... Tom hat eine gewalttätige Seite in sich ... Also ja, ich denke, dass er Menschen verletzen könnte. Sie sollten sich in Acht nehmen.»

«Danke für die Warnung. Und auch für das Gespräch.» Zoe trennte die Verbindung.

Für ein paar Minuten blieb Zoe mitten im Wohnzimmer stehen und überlegte. Dann öffnete sie die Anrichte und tippte die Nummernkombination in die Tastatur des kleinen Tresors ein, den sie dort eingebaut hatte. Mit einem Klicken öffnete sich die Stahltür. Zoe griff nach der SIG P220, die sie darin aufbewahrte. Die Pistole war gut im Schuss, Zoe pflegte sie regelmässig. Sie nahm die angebrochene Schachtel Neun-Millimeter-Para-Munition aus dem Tresor, liess das Magazin aus der Pistole gleiten und drückte Patronen hinein.

Sie musste Tom zur Rede stellen.

47

«Wahrscheinlich wird das gleich meine letzte Befragung im Rahmen dieser Ermittlung sein», sagte Vanzetti zu Saxer am Geländer des Bärenparks. Um sie herum guckten Touristen den Hang hinab und versuchten, ein Selfie mit Bär zu schiessen. Doch keines der drei Tiere liess sich blicken. Nach kostspieligen Umbauten konnten sich die Braunbären jetzt in einem grossen Gehege über der Aare verstecken.

Vanzetti legte den Kopf in den Nacken und genoss die Sonne im Gesicht. Es war Viertel vor drei, in 15 Minuten hatten sie einen Termin beim offenbar viel beschäftigten Juristen Claude Feuz. Der Vater des Unfallopfers Larissa Feuz hatte sein Büro an der Gerechtigkeitsgasse, fünf Minuten entfernt. Doch ihnen lief die Zeit davon, in neun Stunden war Mitternacht.

«Du kannst am Fall dranbleiben, wenn du mit der Kantonspolizei kooperierst.»

«Pulver und ich, das funktioniert nicht. Ich habe ihm die Frau ausgespannt.»

«Aber es wird deiner Karriere schaden.»

Vanzetti winkte ab. «Das interessiert mich nicht.»

«Ich weiss. Aber trotzdem …» Sie verfielen in angenehmes Schweigen. «Hier am Bärenpark habe ich dich und Tamara mal gesehen.» Saxer räusperte sich. «Ziemlich genau zwei Jahre ist das her. Ihr seid von der Aare unten raufspaziert. Es war kurz vor der Geburt, Tamara war ... na ja ... sehr schwanger. Vielleicht wolltet ihr etwas essen gehen, es war Sonntagmittag. Plötzlich ist Tamara stehen geblieben und hat dich an der Hand zurückgehalten. Sie hat ihre Arme um dich gelegt und dich geküsst, lange, mitten in all den Leuten. Danach habt ihr euch einfach angeschaut. Es war so ein intimer Moment. Ich wollte nicht stören, deswegen habe ich nicht Hallo gesagt.» Er lehnte sich vor und stützte die Ellenbogen auf das Metallgeländer. «Ich weiss nicht, weshalb ich dir das jetzt erzähle. Bitte entschuldige.»

Saxer steckte doch voller Überraschungen. Es machte Vanzetti traurig, dass er sich nicht an den Spaziergang und den Kuss erinnern konnte. Die letzten Wochen von Tamaras Schwangerschaft waren wie gelöscht von seiner Festplatte. Er betrachtete seinen Kollegen von der Seite, selten sprachen sie über derart persönliche Dinge. Vanzetti legte eine Hand auf dessen Schulter und drückte sanft. «Danke, dass du es mir erzählt hast.»

Saxer nickte.

Über dessen Rücken hinweg sah Vanzetti ein Stück entfernt einen Mann, der ihm einen Blick zuwarf. Nur kurz, dann drehte er das Gesicht weg. Etwas zu hastig. Es war ein Déjà-vu. Vanzetti guckte den Hang hinab. «Den Kerl 20 Meter rechts von dir habe ich heute schon einmal gesehen.»

«Genauer, bitte», sagte Saxer leise. Er war Profi genug, um nicht gleich hinzusehen.

«Hagerer Typ mit Baseballcap, Sonnenbrille, schwarzer Lederjacke und blauen Jeans.»

«Wo hast du ihn gesehen?»

Vanzetti ging seinen Vormittag im Kopf durch, sah sich beim Rasenmähen, im Zug, im Bahnhof, im 10er, im Büro … Stopp. «Die Baseballmütze!» Sie war schwarz und hatte ein rotes B darauf gestickt. «Der Typ hat ein paar Reihen vor mir im Bus zum Galgenfeld gesessen.» Bereits dort war ihm die Mütze der Boston Red Sox aufgefallen. Er hatte sie gleich erkannt, weil Kollegen ihn während des Seminars im amerikanischen Quantico zu einem Baseballspiel der Baltimore Orioles gegen die Red Sox mitgenommen hatten. «Der beschattet uns.»

«Was tun wir?»

«Ich gehe um den Bärengraben herum und komme von der anderen Seite zurück. Dann schnappen wir ihn.»

«In Ordnung.» Saxer hob die Hand, als ob er ihn verabschiede.

Vanzetti schlenderte davon und umrundete die beiden Gruben, in denen die Bären früher ein tristes Dasein gefristet hatten. Gemütlich spazierte er am Restaurant Altes Tramdepot vorbei und kehrte schliesslich aus der anderen Richtung zurück. Der Kerl mit der Red-Sox-Mütze stand immer noch da. Er lehnte mit seinem Hintern am Geländer.

Saxer hatte sich nicht wegbewegt, er hob den Kopf, Vanzetti nickte. Von beiden Seiten gingen sie gemächlich auf den Beschatter zu.

Dann machte Vanzetti drei schnelle Schritte. Und bevor der Schnüffler reagieren konnte, hatten sie ihn zwischen sich eingeklemmt wie den Schinken in einem Sandwich.

«He, was soll das?» Der Typ wollte sich aus der Umklammerung lösen. Er schien um die 40 zu sein und hatte Stoppeln auf dem Kinn.

Vanzetti zückte seinen Ausweis und hielt ihn dem Mann unter die Nase. «Bundeskriminalpolizei. Wir möchten gerne Ihre ID oder Ihren Pass sehen.»

«Wieso denn das? Ich habe nichts Unrechtes getan.»

«Bitte zeigen Sie uns Ihren Ausweis», sagte Saxer streng.

«Habe ich nicht dabei. Und überhaupt, Sie dürfen mich nicht einfach kontrollieren. Ich kenne meine Rechte.»

Saxer hielt ihm einen Finger vors Gesicht. «Dann wissen Sie bestimmt auch, dass wir zur Aufklärung oder Verhinderung einer Straftat jeden kontrollieren dürfen.»

Der Kerl wollte protestieren, doch Vanzetti liess ihn nicht zu Wort kommen. «Wir können das gerne in der Zentrale klären.» Er wandte sich an Saxer. «Komm, nehmen wir ihn mit.» Von links und rechts packten sie den Mann fest an den Armen.

«Immer mit der Ruhe, Jungs. Ich bin einer von den Guten.» Er wollte seine Arme befreien. «Lasst mich los, dann zeige ich euch meinen Ausweis.»

Vanzetti und Saxer gaben ihm ein wenig Freiraum, blieben aber dicht neben ihm stehen.

«Wieso seid ihr so nervös?» Der Kerl langte mit der Rechten in die Innentasche seiner Jacke. Mit zwei Fingern fischte er ein Plastikkärtchen heraus. Das hielt er Vanzetti hin.

Nachrichtendienst des Bundes
Marco Spillmann

Der Ausweis war echt. «Porco merda.» Vanzetti fühlte sich, als hätte man ihn geohrfeigt. «Warum beschattest du uns?»

«Nicht euch. Bloss dich.»

«Weshalb?»

Spillmann zuckte mit den Schultern. «Keine Ahnung. Ich befolge bloss Befehle.»

«Und von wem bekommst du die?», knurrte Saxer. «Von Jäggi?»

Spillmann gab keine Antwort. Doch sein Blick zeigte, dass Saxer ins Schwarze getroffen hatte.

«Seit wann bist du hinter mir her?», fragte Vanzetti.

«Donnerstag», murmelte Spillmann.

«Bist du alleine oder hast du Kollegen mit dabei?»

Spillmann zuckte bloss mit den Schultern, doch Vanzetti kannte die Antwort bereits. Es musste ein Team sein, sonst wäre der ihm schon längst aufgefallen. Er gab Spillmann den Ausweis zurück.

«Du sammelst jetzt deine Kollegen ein, dann verschwindet ihr. Wenn ich einen von euch nochmal in meiner Nähe sehe, werde ich ihn einbuchten. Verstanden?»

«Schon gut, schon gut. Der Einsatz ist sowieso vorbei. Heute werden wir abgezogen.» Er tippte mit zwei Fingern an die Stirn. «Und nichts für ungut. Ich tue hier bloss ...»

«... deinen Job, na klar.» Saxer gab ihm einen leichten Stoss in den Rücken. «Verzieh dich.»

Spillmann zog ab, überquerte die Strasse und verschwand auf der Treppe zum Klösterlistutz.

Vanzetti schüttelte den Kopf. «Ich glaube, ich spinne. Der Nachrichtendienst traut mir nicht. Sind denn alle verrückt geworden?»

«Wir müssen trotzdem los zu Feuz.» Saxer tippte auf die Uhr. Es war fünf vor drei.

Vanzetti nickte. Sie gingen los in Richtung Nydeggbrücke.

«Wer, glaubst du, steckt dahinter?», fragte Saxer.

«Das stinkt nach Bundesrat Marchand.»

«Wieso?»

«Am Donnerstag habe ich ihm ein paar Fragen zu Wynigen gestellt. Dass ihm die nicht geschmeckt haben, war offensichtlich. Und am gleichen Tag beginnt der NDB mit der Überwachung. Und wenn die heute abbrechen, wissen sie auch Bescheid über meine Entmachtung.» Tief unter ihnen floss träge die Aare.

«Aber wieso beschatten die dich überhaupt?»

«Wahrscheinlich sind wir näher dran, als wir ahnen. Marchand muss irgendwie Dreck am Stecken haben. Vielleicht hat er damals als Nationalrat etwas verbockt. Oder er deckt jemanden. Wir müssen mit Leuten reden, die mit Marchand in dieser Kommission für Verkehr und Fernmeldewesen sassen.» Vanzettis Handy klingelte, auf dem Display stand *Zoe Zwygart*. Die hatte ihm gerade noch gefehlt. Er drückte auf die grüne Taste. «Was wollen Sie?»

«Ich habe einen Verdacht, wer hinter den Morden stecken könnte. Ein Bekannter von mir.» Zwygarts Stimme klang angespannt.

Vanzetti stoppte auf dem Trottoir der Brücke. «Wer?»

«Tom Münch. Der Name steht auf der Liste, die ich Ihnen gegeben habe.»

Ob die Soko den schon überprüft hatte? «Wie kommen Sie darauf?»

«Das ist eine lange Geschichte, die ich nicht am Telefon erzählen will. Kurz und knapp: Er ist verrückt und stalkt mich.»

«Wo sind Sie gerade?»

«Ich stehe vor Münchs Haus an der Waldheimstrasse. Und da gehe ich jetzt rein.» Es klickte, die Leitung war tot.

«Verfluchtes Weib!» Er wandte sich Saxer zu. «Zwygart ist wieder auf einem verrückten Trip. Du musst Feuz alleine befragen.»

Dann rannte Vanzetti los.

48

Fast zehn Minuten wartete Zoe vor dem Eingang des Wohnblocks im Länggassquartier. Sie stand unter Bäumen auf einem Stück Rasen zwischen den Häuserreihen und checkte das siebenstöckige, kastenförmige Gebäude ab. Die Aussenwände waren mit grauen Betonplatten verschalt.

Endlich. Im Innern hüpfte ein Teenager mit Coldplay-T-Shirt die letzten Treppenstufen hinab, kam durch die Glastür heraus und verschwand über den kurzen Fussweg zur Waldheimstrasse.

Bevor die Tür einschnappen konnte, stellte Zoe ihren Fuss in den Spalt. Dem Klingelbrett hatte sie entnommen, dass Tom im Erdgeschoss wohnte. Sie nahm die paar wenigen Treppenstufen zur Wohnung im Parterre und drückte wie schon unten auf die Klingel. Sie wartete, wieder passierte nichts. Mit einem Ohr an der Tür lauschte Zoe, doch drinnen war nichts zu hören. Zoe klopfte, es regte sich nichts. Offenbar war Tom wirklich nicht zu Hause. Sie drückte die Türklinke, leider abgeschlossen. Schade.

Aber vielleicht käme sie von der anderen Seite rein.

Sie verliess das Treppenhaus und joggte über den Fussweg zwischen einer Hecke und Mülltonnen zurück auf die Waldheimstrasse.

Mit quietschenden Reifen stoppte ein schwarzer Skoda etwa 50 Meter entfernt, fuhr wieder an und bremste neben Zoe ab. Vanzetti riss die Fahrertür auf. «Sind Sie verrückt geworden?»

Kacke. Zoe hatte ihn zwar für alle Fälle informieren wollen. Doch dabeihaben wollte sie den Paragrafenreiter nicht. «Chillen Sie, Vanzetti. Es ist nichts passiert.»

Er kam um das Auto herum und hielt ihr den Zeigefinger unter die Nase. «Einsperren sollte ich Sie. Und den Schlüssel vergraben. Sie sind eine Gefahr für sich und Ihre Mitmenschen.»

«Regen Sie sich ab. Münch ist ja nicht mal zu Hause.»

«Ihr Glück.» Er schnaufte ein paar Takte durch. «Wieso denken Sie, dass er der Täter sein könnte?»

Zoe setzte ihn ins Bild über Toms Ausbildung und Charakter, sein Stalking und die Warnung der Ex-Frau.

Das brachte Vanzetti ins Grübeln. «Wenn das alles stimmt, dann wäre er tatsächlich ein guter Kandidat. Deswegen machen wir das jetzt professionell. Ich werde unsere Tigris-Truppe aufbieten, die ist ausgerüstet für solche Einsätze. Die Spezialisten werden die Zufahrten überwachen. Sobald Münch auftaucht, werden wir ihn abfangen und befragen.»

Was diese Superbullen konnten, schaffte Zoe auch alleine. Zudem wollte sie nicht länger warten. «Lassen Sie mich kurz noch etwas abchecken. Vielleicht ist an meinem Verdacht ja gar nichts dran. Wie blöd stehe ich denn da, wenn ich völlig falsch liege?»

Vanzetti legte eine Hand auf ihren Arm. «Wir dürfen kein Risiko eingehen.»

«Das tun wir auch nicht. Sind Sie bewaffnet?»

«Nein, nie. Das ist ein Grund mehr, weshalb wir das Einsatzteam aufbieten müssen.»

Zoe befreite ihren Arm und tippte mit der Hand auf die SIG in ihrem Schulterholster unter der Jacke. «Keine Sorge, ich bin vorbereitet.»

«Haben Sie dafür einen Waffentragschein?», knurrte Vanzetti.

«Na klar», log Zoe. Vielleicht konnte sie ja anderswo einsteigen. «Ich gucke nur kurz um die Ecke.»

Bevor er etwas erwidern konnte, joggte Zoe um den Wohnblock. In einem Einschnitt links unter ihr verlief die SBB-Linie in die Westschweiz, ebenerdig dahinter lagen die Murtenstrasse und der Bremgartenfriedhof. Das Haus hatte auf dieser Seite Balkone, auf diversen Stockwerken hingen an den Gittern Satellitenschüsseln. Manch einer hatte die ausgebleichten roten Jalousien zum Schutz vor der Sonne heruntergezogen. Zoe stoppte auf dem Trottoir zehn Meter vor dem Balkon, hinter dem sich Toms Wohnung befinden musste. Das Balkongeländer aus Beton befand sich auf Kopfhöhe – ein Kinderspiel.

Vanzetti war ihr gefolgt. «Sie wollen doch nicht etwa einbrechen?» Er stellte sich in ihren Weg.

«Es könnte sich aber lohnen.» Mit einem Haken wich sie Vanzettis Armen aus, dann spurtete sie über die Strasse und machte einen Sprung über die Hecke. Auf dem schmalen Rasenstück unter dem Balkon packte Zoe ohne zu zögern das Geländer fest mit beiden Händen, dann zog sie sich hoch und schwang ein Bein über die Brüstung.

«Kommen Sie sofort runter», befahl Vanzetti von der Strasse.

Zoe beschirmte am Fenster die Augen mit beiden Händen und schaute in eine Küche. Die Möblierung bestand aus einem kleinen runden Marmortisch und einem Bistrostuhl. Sie drückte eine Hand gegen das Glas, doch das Fenster war eingerastet.

«Das ist Einbruch, das dürfen Sie nicht.» Vanzetti stand jetzt direkt unter dem Balkon.

«Nein, *Sie* dürfen das nicht, schliesslich sind Sie ein Gesetzeshüter. Wir Journalisten sehen das nicht so eng.» Sie bewegte die Klinke der Balkontür. Bingo!

«Stopp. Und wenn Sie nun ein Nachbar sieht und die Polizei ruft?»

«Das regeln Sie schon. Sie können denen ja sagen, wir hätten jemanden um Hilfe schreien hören.» Zoe stiess sie die Balkontür auf und spürte sich grinsen. «Tom war schon früher ziemlich fahrlässig. Ich bleibe nicht lange.»

«Frau Zwygart, Sie gehen da jetzt nicht ...»

«Halten Sie schön die Augen offen.» Bevor er den Satz beenden konnte, schlüpfte Zoe in die Küche und schloss die Tür hinter sich.

Alles war aufgeräumt, auf der Spüle lagen eine umgedrehte Pfanne und ein Topf. Zoe stand völlig still und atmete möglichst leise. Die Wanduhr tickte, der Kühlschrank brummte. Sonst hörte sie nichts. Auf dem kleinen Regal über dem Tisch reihten sich bunte Büchsen aneinander: *Kre-Alkalyn, i-Rush 475, Agmatine Sulfate* und weiteres Zeug für Kraftsportler.

Sie ging in den Flur und orientierte sich. Offenbar war das eine Dreizimmerwohnung. Geradeaus lag das Wohnzimmer. Dort ragte ein Deckenfluter hinter einem roten Ledersofa auf, gegenüber an der Wand stand ein grosser Flachbildschirm. Die andere Hälfte des Wohnzimmers füllte eine Multi-Kraftmaschine von Cybex aus, ein Gerät für Profis. Nicht schlecht, so etwas hätte Zoe auch gern zu Hause.

Sie hörte Schritte, schnellte herum, aber Vanzetti fluchte schon im Flur. «Porca miseria! Weshalb können Sie nicht zuhören? Sie bringen mich in Teufels Küche.»

Respekt, den Einbruch hätte sie ihm nicht zugetraut. «Ich habe doch gesagt, dass Sie draussen warten sollen.»

«Ich bin verantwortlich, wenn Ihnen etwas zustösst.» Er trat hinter sie und schaute sich um.

«Zwei Minuten. Und fassen Sie ja nichts an!» Vanzetti deutete auf die Kraftmaschine. «Der sollte einen Innendekorateur engagieren.»

Zoe ging um Vanzetti herum und stiess mit dem Ellenbogen die erste Tür im Flur auf: Im Schlafzimmer stand ein Einzelbett an der Wand, das ordentlich gemacht war. Auf dem gerahmten Aktfoto darüber posierte eine Bodybuilderin. Offenbar kannte Tom das Model, sie hatte das Bild auf ihrem muskulösen Hintern signiert. Auf dem Nachttisch lagen Magazine für Krafttraining und Waffen, auf dem Boden waren zwei Umzugskartons mit Kleidern vollgepackt. «Weshalb hat er die nicht in den Schrank verstaut?»

Zoe zog den Ärmel des Sweatshirts über die Finger und öffnete die Schranktür. Auf Regalen und Ständern verteilt ruhten darin Pistolen und Gewehre. Zoe stiess einen Pfiff aus.

«Eine Glock 19 und eine Beretta 92», sagte Vanzetti, der über ihre Schulter guckte.

«Und dieser Idiot lässt die Waffen einfach so ungeschützt herumliegen. Jedes Kind könnte hier einbrechen und sich bedienen. Machen Sie ein paar Fotos mit Ihrem Handy. Ich werfe einen Blick in die anderen Zimmer.»

Zoe untersuchte die Langwaffen, die Tom in einem Ständer neben den Pistolen aufbewahrte. Darunter befanden sich ein Sturmgewehr 90 sowie ein Scharfschützengewehr von Heckler & Koch, ein PSG1. Sie holte ihr Handy aus der Jacke und machte zunächst Bilder der Pistolen.

«Frau Zwygart, kommen Sie mal her», hörte sie Vanzetti rufen.

Wollte der jetzt keine Fotos mehr? Sie hörte es rascheln und folgte dem Geräusch, vom Flur aus erhaschte sie einen Blick ins blank geputzte Badezimmer. Vanzetti musste im letzten Zimmer sein, die Tür war angelehnt. Zoe stiess sie auf.

Er stand mitten in Toms Arbeitszimmer vor einem kleinen weissen Schreibtisch am Fenster mit Laptop, Schriftstücken, Stiften und Fotos. Er wühlte durch die Papiere mit Latex-Handschuhen. Wo hatte er die plötzlich her?

Er hob den Kopf und deutete auf die seitliche Wand. «Schauen Sie sich das mal an.»

Zoe folgte seinem Blick und wäre beinahe umgekippt. «Ach du heilige Scheisse.» Von unten bis oben war die Wand bedeckt mit Fotos, die sie selbst zeigten: Zoe beim Einkaufen am Obstregal, beim Joggen an der Aare, beim Schwimmen im Marzili, beim Betreten der Redaktion oder durch ein Fenster zu Hause im Pyjama.

«Die Auflösung ist ziemlich grobkörnig. Vermutlich sind sie mit einem Teleobjektiv aus grosser Distanz aufgenommen worden», sagte Vanzetti.

Zoe spürte Wut in sich aufsteigen. «Dieser Affenarsch.» Sie fühlte sich entblösst und betrogen.

«Hier liegen auch alle Artikel über die Serienmorde, die Sie in den vergangenen Wochen geschrieben haben.» Vanzetti hielt ein paar Ausdrucke hoch. «Und das ist noch nicht alles. Schauen Sie mal.»

Zoe trat zum Schreibtisch. Darauf lagen Landkarten und Fahrpläne, weitere Fotos zeigten Strassen und Gebäude. Mit dem Ärmel schob sie die Bilder auseinander. «Das ist das Mehrfamilienhaus am Elfenauweg, in dem Galizia gewohnt hat. Und hier ist Olis Villa in Muri.»

Vanzetti griff nach seinem Telefon und drückte eine Schnellwahltaste. «Ich brauche ein Tigris-Einsatzteam an der Waldheimstrasse in Bern. Sofort.»

Während Vanzetti weitere Instruktionen gab, versuchte Zoe alles zu verarbeiten. Erst dann dämmerte ihr, was es bedeutete.

Shit, Tom. Was hast du bloss getan?

49

Lucy stand vor einem Hartplatz an der Lindenstrasse in Grenchen, rund 50 Kilometer nördlich von Bern.

Flankiert von einer Turnhalle und einem Schulhaus trainierten vier Basketballer in der tief stehenden Sonne. Mit rotem Kopf lief Jörg Isenschmid auf Lucy zu. Er war um die 50, trug einen kurz geschnittenen grauen Bart und ein rotes Trikot mit der Nummer 23. Er schien gut in Form. Der Schweiss rann über sein Gesicht.

«Ich habe nicht viel Zeit. Die brauchen mich.» Mit dem Daumen wies er über die Schulter zum Feld, wo drei Männer in grell-bunten Trägerleibchen um einen Ball rangelten.

Nach dem Anruf von Zoe hatte Lucy sich überlegt, ob sie dieses Gespräch absagen sollte. Schliesslich kannten sie den Mörder jetzt: Tom Münch. Doch die Hintergründe waren nach wie vor unklar. Gab es doch einen Zusammenhang zwischen Münch und dem Unglück von Wynigen? Vielleicht konnte Kompaniekommandant Isenschmid weiterhelfen. «Danke, dass Sie so kurzfristig Zeit für mich haben.»

Er machte eine Kein-Problem-Geste. «Bevor ich mit Ihnen rede, will ich wissen, woher Sie meine Handynummer haben.»

«Vom Kommandanten der Panzerschule 22 in Thun», schwindelte Lucy. Sie wollte Korporal Sarah Leuenberger in der Kaserne nicht in Schwierigkeiten bringen.

«Ach, die Saftwurzel Hänni ist also immer noch nicht in Pension.» Er schnappte sich einen herumliegenden Ball und prallte ihn auf den orangeroten Kunststoffboden. «Und Sie zitieren mich in einem Artikel?»

«Vielleicht. Bestimmt haben Sie gelesen, dass das Unglück von Wynigen zurzeit Schlagzeilen macht. Deswegen möchte ich von Zeitzeugen wissen, was sie damals erlebt haben.»

«Okay.»

«Hatten Sie damals keine Bedenken, mit Ihren Rekruten nach Wynigen zu fahren?»

«Nein, wieso? Wir konnten helfen, das fand ich sinnvoll.» Er liess den Ball ein paar Mal auf dem Boden aufspringen und warf ihn dann zu einem Korb über ihnen. Dort prallte er am Brett ab, kreiste auf dem Rand und fiel nach einer Umrundung auf der falschen Seite herunter.

«Wie viele Leute hatte Ihre Kompanie?»

«118 Mann.» Er holte sich den Ball zurück.

«Und was taten Sie und Ihre Soldaten in Wynigen?»

«Wir mussten den Zugang zum Unfallort sichern. Offenbar gelangten Schaulustige auf verschiedenen

Wegen zum Bahnhof. Die sollten wir stoppen. Und das ist uns auch gut gelungen. Soldaten mit Sturmgewehren wirken ziemlich einschüchternd.» Isenschmid warf den Basketball seitlich über den Kopf, verfehlte den Korb aber deutlich. Sofort schnappte er ihn sich wieder.

Mein Gott, konnte der Mann nicht eine Minute stillstehen? Er verhielt sich wie ein 16-Jähriger, der ein Mädchen beeindrucken wollte. «Und Ihre Vorgesetzten wussten nichts davon, dass Sie mit den Rekruten losgezogen sind?»

Isenschmid hielt inne und drückte den Ball gegen die Hüfte. «Wie kommen Sie denn darauf?»

«Das hat Pressesprecher Scheidegger im Militärdepartement behauptet.»

Isenschmid blies die Wangen auf. «Will dieser Idiot mir etwas anhängen?» Er liess den Ball über Hände und Arme rollen, vielleicht half ihm das beim Nachdenken. «Natürlich bin ich nicht einfach so hingefahren. Ich hatte klare Befehle.»

«Von wem?»

«Vom Schulkommandanten in Thun, wem sonst? Und in Wynigen stiessen wir auf mehrere hohe Offiziere, darunter befanden sich ein Brigadier und mehrere Oberste. Die hatten das Kommando.»

«Wussten Sie vorher, dass die vor Ort waren?»

«Nein, und damals habe ich mir auch keine Gedanken darüber gemacht.» Isenschmid warf den Ball von seiner linken in die rechte Hand und zurück. «Erst später habe ich mir überlegt, dass das doch etwas eigenartig war. Offiziere aus dem Generalstab trifft man als Hauptmann nicht allzu oft. Dort hatte es aber eine ganze Horde davon.»

«Haben Sie eine Erklärung dafür?»

«Nein.» Er liess den Ball auf einem Finger kreiseln.

Mit einer raschen Bewegung schnappte sich Lucy den Ball.

«Bitte fassen Sie es nicht falsch auf, aber Sie sind einer der zappeligsten Menschen, die mir je begegnet sind.»

Er grinste linkisch. «Das hat schon meine Lehrerin in der Primarschule gesagt. Allerdings bevorzuge ich die Bezeichnung dynamisch.»

«Könnten Sie dann vielleicht etwas weniger dynamisch sein? Bloss für eine Minute.» Sie gab ihm den Ball zurück und wartete, bis er ihn unter den Arm klemmte.

Lucy kramte ein Foto aus ihrer Tasche, das ihre Freundin Bea Wälti in Wynigen geschossen hatte. Es zeigte die geheimnisvollen Männer in Anzügen. «Wissen Sie, wer diese Leute sind?»

Er studierte es eingehend. «Nein, kenne ich nicht. Alles war chaotisch, viele Leute waren im Einsatz.» In hohem Bogen warf er den Ball wieder in Richtung Korb. Diesmal segelte er durchs Netz, ohne den Metallring zu berühren. «Yes!»

«Scheidegger hat gesagt, dass damals einiges schiefgegangen sei.»

«Der sollte besser sein dummes Maul halten.»

«Wieso?»

«Weil der keine Ahnung hat. Es stimmt nämlich nicht, was im Untersuchungsbericht steht.»

Welcher Untersuchungsbericht? «Wie sehen Sie das denn?»

«Der verletzte Rekrut hat sich nicht zu nahe an die Waggons herangewagt. Alle meine Leute haben sich an die Instruktionen gehalten.»

Lucy wartete ab. Viele Menschen hielten die Stille nicht aus und redeten einfach weiter. Leider schien Isenschmid nicht zu ihnen zu gehören. Im Kopf ging sie verschiedene Möglichkeiten durch. Es war etwas mit einem Rekruten passiert, der vielleicht zu nahe am Bahnhof gewesen war. «Warum ist er verletzt worden?»

«Das steht doch alles im Bericht.»

«Scheidegger hat mir bloss eine zensierte Fassung gezeigt. Viele Stellen waren eingeschwärzt.» Das Schwindeln beherrschte sie immer noch ganz gut.

Isenschmid begann wieder zu dribbeln. «Ein schweres Stück Metall hat ihn am Kopf erwischt. Er hatte eine Hirnblutung, die zu einem Schlaganfall führte. Davon hat er sich nie mehr richtig erholt.»

«Und die Armee ist zum Schluss gekommen, dass er selber schuld war?»

Er hielt den Ball mit beiden Händen fest. «Die haben im Zweifel gegen den Angeklagten entschieden. Denn der Unfall liess sich nicht mehr genau rekonstruieren. Ich fand das eine Sauerei. Immerhin muss man der Armee zugutehalten, dass sie dem Mann eine grosszügige Rente bezahlt hat. Was doch eigentlich gegen das offizielle Selbstverschulden spricht.»

Das alles hörte Lucy zum ersten Mal. «Wieso haben die Medien nicht darüber berichtet?»

«Die Armee hatte natürlich kein Interesse daran. Und die Medien haben sich vor allem für die Toten interessiert, nicht für Verletzte. Obwohl es auch über sie einiges zu schreiben gegeben hätte.»

Das machte Lucy betroffen. Auch sie hatte Tote in ihren Artikeln porträtiert, die Verletzten waren darin aber bloss eine Zahl gewesen. «Sie denken also, dass der Rekrut dem Unglücksort nicht zu nahe gekommen war?»

«Das denke ich, ja. Die Wucht dieser Explosionen war einfach … extrem.»

Irgendetwas in seiner Stimme liess Lucy aufhorchen. «Wie meinen Sie das?»

Er hielt eine Sekunde inne, dann warf er erneut in Richtung Korb. Diesmal prallte der Ball vom Ring ab. «Genau so, wie ich es sage.»

«Helfen Sie mir, von Explosionen verstehe ich nichts.»

Er spielte den Ball zwischen seinen Beinen durch, dann warf er ihn wieder in Richtung Korb, wo er glatt durchs Netz fiel. «Als Panzeroffizier sammelt man viel Erfahrung damit. Je nach Sprengkörper oder Material klingen die ganz unterschiedlich.»

«Und?»

Er klemmte den Ball unter den Arm und kraulte seinen Bart. «Für mich klang es in Wynigen so, als ob da auch Granaten in die Luft gegangen sind.»

«Sie meinen Munition?»

«Ja. Mit dem Leopard verschiessen wir Sprenggranaten.»

«Hatten die damals etwa Munition in dem kleinen Bahnhof gelagert?» Das war unwahrscheinlich. «Oder etwa im Zug transportiert?»

«Das wüsste ich auch gerne.» Er schaute hinüber zu seinen Kollegen, die sich auf den Sportplatz gesetzt hatten und quatschten. «He, ihr Schlaffis. Es gibt keine Pause.» Er wandte sich an Lucy. «War es das jetzt? Ich muss denen Beine machen.»

«Noch eine Frage: Wo finde ich den Rekruten, der damals verletzt wurde?»

Isenschmid runzelte die Stirn und liess sich Zeit. «Wo soll dieser Artikel nochmal erscheinen?»

«Das weiss ich noch nicht, ich bin freie Journalistin. Ich würde ihn einer Sonntagszeitung anbieten.»

«Persönliche Daten sind mir zu heikel.» Er schüttelte den Kopf. «Wenn Sie wirklich darüber schreiben, wird das bestimmt Ärger geben. Ich habe über 1000 Diensttage auf dem Buckel und werde nächstes Jahr aus der Armee entlassen. Wenden Sie sich dafür ans Militärdepartement, die sollen das entscheiden.»

Die würden ihr niemals helfen. «Wie finde ich den Mann? Geben Sie mir einen Tipp.»

«Tut mir leid.» Isenschmid winkte ab. «Alles Gute.» Mit dem Ball unter dem Arm schlenderte er über den Platz.

Lucy machte sich auf den Weg zurück zum Parkplatz des Schulhauses und fischte ihr Handy aus der Hosentasche. Sie musste Zoe vom verletzten Rekruten erzählen. Vielleicht gab es ja eine Verbindung zu Münch.

Sie selber interessierte brennend, was für eine Ladung damals mit den Waggons in die Luft geflogen war. Irgendwo musste es doch Frachtpapiere geben. Ob sie die irgendwie auftreiben konnte?

50

Durch das Nachtsichtgerät sah das abgelegene Chalet in Meiringen im Berner Oberland still und friedlich aus. Wobei das Wort Chalet in Vanzettis Ohren etwas grossspurig klang für die einstöckige Hütte am Hang. Die Fensterläden hingen schief und auf dem Dach fehlten einige Ziegel. Drinnen brannte kein Licht, und der Motor des Subaru Forester in der Einfahrt strahlte keine Wärme ab, wie die Infrarotkamera vorhin gezeigt hatte. Also musste Münch schon eine Weile hier sein. Entweder lag er im Bett oder er wartete hinter einem der Fenster mit der Waffe im Anschlag.

Die Fotos in der Wohnung bewiesen, dass Münch der Mörder war. Die Bundeskriminalpolizei hatte eine Grossfahndung nach ihm und seinem Subaru eingeleitet. Die Polizeikorps sämtlicher Kantone hatten sich daran beteiligt. Den entscheidenden Hinweis hatte jedoch Zoe Zwygart geliefert – einmal mehr. Die hatte nämlich früher einmal ein Wochenende mit Münch in der Hütte verbracht, die dessen Eltern gehörte.

Es ging auf Mitternacht zu und Vanzetti schüttelte den Kopf. Hatte diese Zwygart ihn doch tatsächlich zur Eile gedrängt, weil um halb eins Redaktionsschluss sei. Unglaublich. Nun wartete sie in einem Einsatzwagen unten im Dorf. Und Saxer sorgte dafür, dass sie auch dort drin sitzen blieb – wenn nötig mit Gewalt.

«Keine Bewegung im Haus», murmelte Einsatzleiter Sommer neben Vanzetti. Der bullige Chef der Spezialtruppe Tigris trug eine schwarze Kampfmontur mit Helm und ein Maschinengewehr mit kurzem Lauf an einem Riemen um die Schulter.

«Was ist mit den Nachbarn?» Hangabwärts, etwa 100 Meter entfernt, lag ein weiteres Chalet, dessen Bewohner in Sicherheit gebracht werden mussten.

«Wir sind gleich so weit.» Sommer drückte die Sprechtaste seines Funkgeräts. «Alle in Position? Antworten.» Seine Stimme war nicht viel mehr als ein konzentriertes Flüstern.

Vier Teams mit jeweils zwei Männern lagen rund um die Hütte auf der Lauer und warteten auf den Einsatzbefehl. Eines nach dem anderen quittierte Sommers Anfrage.

Die kugelsichere Weste zwickte Vanzetti, er rückte sie zurecht. In Anbetracht von Münchs Rücksichtslosigkeit und seiner Ausbildung beim Militär hatten sie sich für einen direkten Zugriff ohne Vorwarnung entschieden. Sie wollten den Kerl überraschen, festnageln und abführen.

Das Funkgerät knackte. «Nachbarn sind in Sicherheit. Antworten.»

«Verstanden.» Sommer drehte seinen Kopf zu Vanzetti. «Es wäre besser, wenn du hier warten würdest.»

Vanzetti vertraute ihm zwar, da er über viel Erfahrung bei derartigen Einsätzen verfügte. Das eine oder andere Mitglied der Einsatztruppe schien aber so aufgeputscht, dass es Vanzetti bange wurde. «Keine Chance, ich komme mit.» Er musste sicherstellen, dass Münch überlebte.

«Also gut.» Mit beiden Händen prüfte Sommer den Sitz von Vanzettis Weste. «Aber du solltest wirklich eine Waffe tragen.»

Vanzetti schnitt eine Grimasse. «Es ist sicherer für alle, wenn ich das nicht tue. Glaub mir.»

Das entlockte Sommer ein Grinsen. «Bleib die ganze Zeit hinter mir.» Er drückte den Sprechknopf des Funkgerätes. «Zugriff in drei Minuten.» Er nickte Vanzetti zu.

Sommer rannte geduckt die Zufahrt hoch und kauerte sich hinter einen Baum, keine 30 Meter vom Haus entfernt. Vanzetti folgte ihm auf dem Fuss.

Keuchend sah er, wie eines der Teams aus dem Wald links auftauchte und sich zur Hüttenwand bewegte. Die zwei Männer schlichen an der Wand entlang, krochen unter dem Fenster auf allen Vieren und bezogen links und rechts der Eingangstür Stellung. Sie schleppten einen Rammbock mit sich, den sie an jeweils zwei Griffen auf beiden Seiten festhielten. Ein zweites Team kam um die rechte Hausecke gerannt und stellte sich unmittelbar hinter den Kollegen auf.

Sommer kontrollierte seine Uhr und nahm einen tiefen Atemzug. «Zugriff!»

Die beiden ersten Männer holten mit dem Rammbock aus und stiessen dessen Eisenspitze gegen die Tür. Mit einem Krachen zersplitterte das Holz. Ihre Kollegen warfen über deren Rücken Blendgranaten in den Flur. Mit grellen Blitzen und lautem Getöse explodierten sie. Sommers Leute traten die Reste der Tür ein und rannten ins Innere. «Hände hoch, Polizei, Hände hoch!», hörte Vanzetti ihre Rufe.

Sommer wartete ein paar Sekunden, dann preschte auch er zum Eingang voraus.

Über seine Schulter hinweg sah Vanzetti, wie das Licht der Scheinwerfer an den Helmen und Gewehren der Männer in alle Richtungen glitt und einen rauchgefüllten Flur erhellte.

Stiefel polterten über Holzböden, Schreie gellten durch das Haus. «Polizei, Hände hoch!»

Vanzetti folgte Sommer in den Flur und erkannte im Licht von dessen Taschenlampe links einen Abstellraum mit Ski an den Wänden, rechts eine kleine, aufgeräumte Küche, dann ein Bad. Der Duschvorhang war zurückgezogen, der Toilettensitz hochgeklappt.

Das Schreien verebbte, die Schritte klangen nicht mehr so laut. «Alle Räume gesichert, er ist nicht hier», rapportierte einer der Männer.

Jemand schaltete die Deckenlichter ein, und Vanzetti nahm die weiteren Räume der Hütte in Augenschein: ein kleines Wohnzimmer mit blauem Sofa und Grossmutter-Esstisch sowie ein Schlafzimmer mit unbezogenem Doppelbett und Wandschrank. Es sah nicht danach aus, als ob hier kürzlich jemand gewohnt hätte.

«In Ordnung, danke.» Sommer liess seine Maschinenpistole sinken und machte nochmals eine Runde durch alle Zimmer.

Vanzetti lehnte seinen Rücken gegen die Wand im Flur. Wieso stand Münchs Auto vor dem Haus? Wusste er, dass die Polizei nach ihm suchte? Sie mussten die Grossfahndung ausweiten.

Draussen hörte Vanzetti weitere Einsatzfahrzeuge vorfahren, Autotüren schlugen zu, Männer und Frauen besprachen sich.

«Wer hat den Wandschrank kontrolliert?» Sommer streckte seinen Kopf aus dem Schlafzimmer.

Seine vier Tigris-Männer schauten sich an, schüttelten ihre Köpfe.

«Verdammt.» Augenblicklich nahm Sommer die Waffe wieder in den Anschlag, seine Leute stürmten ins Schlafzimmer.

Vanzetti stiess sich von der Wand ab und folgte ihnen.

Den Kleiderschrank neben dem Fenster hatte ein Schreiner vor 100 oder mehr Jahren mit seinen Händen gefertigt. Intarsien schmückten die Front. Sämtliche Gewehrläufe richteten sich auf die zweiflügelige Tür aus dunkelbraunem Holz.

Sommer hielt einen Finger hoch, stellte sich neben den Schrank und zog am Schlüssel. Beide Türen schwangen auf.

Im Scheinwerferlicht hockte Thomas Münch regungslos auf dem Schrankboden. Sein muskulöser Oberkörper steckte in einem grauen T-Shirt mit der Aufschrift *MP Gren*. Der Rücken lehnte gegen die Seitenwand, die Beine in Jeans hatte er ausgestreckt. Die braunen Haare sowie ein Teil des Gesichts waren blutverschmiert, ebenso das Schrankholz hinter seinem Kopf. Leere Augen starrten ins Nirgendwo. Münchs linke Hand ruhte auf dem Oberschenkel, die Rechte rutschte eben aus der offenen Schranktür. Eine Pistole fiel polternd auf das Parkett.

Sommer beugte sich zur Leiche vor. «Kopfschuss. Er muss gewusst haben, dass es vorbei ist.»

Vanzetti unterdrückte einen Fluch. «Der Feigling hat sich davongeschlichen.»

51

Ein Auto hupte am Sonntagmorgen unten vor Lucys Haus, irgendwo bellte ein Hund. Ihre dunkelblauen Vorhänge filterten das Sonnenlicht, durch einen Spalt fiel ein Streifen über Teppich und Bett. Wie spät es wohl war? Ach, es spielte keine Rolle. Lucy schloss ihre Augen wieder. Wichtig war bloss der Männerkörper, den sie an ihrem Rücken spürte. Er passte perfekt zu ihrem eigenen. So, wie sie sich das schon vor 50 Jahren heimlich ausgemalt hatte. Nichts ging über das Gefühl von Haut auf Haut.

Seit dem Tod von Felix hatte Lucy immer wieder Liebhaber gehabt, manche Beziehungen hatten sogar Monate gehalten. Über einen Mangel an Sex hatte sie sich nie beklagen müssen. Und doch spürte sie bei Robi etwas, das ihr gefehlt hatte: eine tiefe Vertrautheit. Sie hatte das Gefühl zunächst gar nicht erkannt. Es war eigenartig und schön zugleich.

Nach dem gemeinsamen Abendessen hatten sie noch ein wenig auf dem Sofa geplaudert, irgendwann hatte Robi sie sanft geküsst. Oder sie ihn, so genau wusste sie das nicht mehr. Und im nächsten Moment hatten sie sich auf dem Teppich gewälzt und leidenschaftlich geliebt. Als ob sich über die Jahre einiges in ihnen aufgestaut hätte.

Mit dem Daumen streichelte sie über Robis Unterarm, den er um sie gelegt hatte. Kurze Härchen sprossen daraus.

Das Alter hatte den Vorteil, dass jeder seine Vorlieben kannte – und sich beide nicht gescheut hatten, den anderen darauf hinzuweisen. Und amüsant war es gewesen, das Erkunden der zahlreichen Runzeln und Narben.

Robis Atem veränderte sich. Lucy drückte ihren Rücken gegen seinen Bauch.

«Guten Morgen», flüsterte seine raue Stimme in ihrem Nacken.

«Heute ist Sonntag, oder?»

Er legte eine Hand um ihre rechte Brust und kuschelte sich noch dichter an sie. «Richtig. Wir können den ganzen Tag im Bett liegen bleiben.»

Lucy drehte sich auf den Rücken, lächelte in Robis Gesicht. «Good morning, stranger.»

«Du guckst zu viele amerikanische Filme.»

«Und das sagt einer, der die halbe Nacht ‹wonderful› und ‹oh, baby› sagt.»

«Sorry. Aber wenn ich den Kopf verliere, rede ich nun mal Englisch.»

«I liked it.» Lucy legte eine Hand auf seine Wange und schaute in sein Gesicht.

«Woran denkst du?»

«Dass es sich gut anfühlt, wir zwei zusammen im Bett.»

«Sehr gut sogar.» Mit einem Finger streichelte er ihre Brüste. «Ich bin froh, dass wir einander endlich gefunden haben. Ich habe mir immer gewünscht, dass das mal passiert.»

«Du warst schon früher ein Optimist.»

«Erinnerst du dich an den Kuss auf der Kleinen Schanze?»

«Natürlich.»

«Der hat mich in vielen kalten Nächten gewärmt.» Robi stützte seinen Oberkörper auf den Unterarm, schaute auf sie herab. «Ich habe meine Frau Sue wirklich geliebt. Doch manchmal habe ich mir vorgestellt, wie mein Leben hätte aussehen können. Ich meine, wenn wir damals ein Paar geworden wären. Wären wir noch zusammen? Hätten wir Kinder?»

Mit einem Fingernagel tippte sie auf seine behaarte Brust. «Du vergisst, mein Lieber, wie wir vor 50 Jahren gewesen sind. Beide waren wir doch so überzeugt von uns selbst und davon, immer im Recht zu sein. Felix war weniger selbstbewusst und gab mir um des Friedens willen immer wieder nach. Und doch haben sogar wir uns manchmal gestritten. Wie war das bei dir und deiner Frau?»

Kurz wandte er den Blick ab. «Ebenso.»

«Siehst du. Und jetzt stell dir mal uns als Paar vor, damals. Wir sind uns so ähnlich, wir hätten uns in Stücke gerissen.»

«Wahrscheinlich.» Robi lachte auf. «Aber der Versöhnungssex wäre toll gewesen.» Er streichelte ihre Brustwarze, seine Hand fuhr über ihren Bauch und zu ihren Schamhaaren.

«Ganz bestimmt.» Lucy spürte, wie sich die Wärme in ihrem Unterkörper ausbreitete. «Mein Gott, du bist wirklich unersättlich.»

«Ich habe auch lange warten müssen.»

Sie schielte auf die Uhr, zehn nach neun …

Lucy schoss mit dem Oberkörper in die Höhe. «Mensch, heute ist ja Wahltag.» Sie drehte sich weg und setzte sich auf den Bettrand. «Tut mir leid, das müssen wir verschieben. Es gibt noch tausend Dinge zu erledigen für die Wahlkampffeier.»

Robi liess sich auf den Rücken fallen. «Seid ihr so überzeugt, dass Schenk gewinnt?»

«Ganz und gar nicht.» Lucy stand auf und holte Unterwäsche aus der Kommode. «Aber wir feiern so oder so. Das haben sich all die freiwilligen Helfer verdient.»

«Wie sehen deine Pläne für die nächsten Tage aus? Kannst du ein paar Stunden für mich einschieben in deinen Terminkalender?»

Sie beugte sich über das Bett und gab ihm einen Kuss. «Wenn der Wahltag vorüber ist, habe ich jede Menge Zeit für dich. Bloss dieser Explosion in Wynigen will ich noch auf den Grund gehen. Aber das eilt nicht mehr, nachdem der Mörder tot ist.»

«Das war deine Enkelin an der Tür letzte Nacht, nicht? Ich habe euch reden gehört.»

«Ja, sie war noch ganz aufgeregt. Der Täter, dieser Münch, hat Zoe verfolgt und sich gestern das Leben genommen. Sie hat darüber geschrieben und den Redaktionsschluss gerade noch geschafft. Entschuldige, dass wir dich geweckt haben.»

«Wieso? Das war es doch wert.» Er schmunzelte schelmisch.

«Ja, das war es.» Nachdem Zoe hoch in ihre Wohnung gegangen war, hatte sich Lucy im Bett wieder an Robi gekuschelt. Da hatten sie sich zum zweiten Mal geliebt. Es war zärtlicher gewesen, rücksichtsvoller, geduldiger.

«Und was willst du jetzt noch herausfinden über Wynigen?»

Lucy stieg in ihren Slip und hakte den BH zu. Sie spürte, wie Robis Blicke über ihren Körper glitten. Der Kauf der roten Spitzenunterwäsche hatte sich also doch gelohnt. «Es muss eine Verbindung zwischen dem Unglück und Münch geben, sonst wären nicht all diese Menschen gestorben. Zudem frage ich mich, was für ein Zeug damals wirklich in die Luft gegangen ist.» Sie hatte Robi von ihrem Gespräch mit Isenschmid erzählt.

«Stört es dich, wenn ich noch eine Weile liegen bleibe?» Lucy schlüpfte in ihre Jeans. «Überhaupt nicht. Ich gebe dir einen Schlüssel. Dann kannst du gehen, wann du willst.»

«Great, thanks.» Robi liess seinen Kopf auf das Kissen sinken. «Wann war das eigentlich, dieses Unglück?»

«2003.»

«Wann genau?»

«Am 21. März.» Sie streifte eine weisse Bluse über und knöpfte sie zu. «Wieso fragst du?»

Robi hatte sich aufgesetzt. «Vielleicht ist es ja bloss Zufall, vielleicht aber auch nicht.»

«Wovon redest du?»

«Erinnerst du dich nicht? Am 19. März 2003 lief das Ultimatum der amerikanischen Regierung gegen Saddam Hussein ab. In der folgenden Nacht haben die Bombardierungen angefangen. Dieser verfluchte Krieg, in dem 5000 amerikanische Soldaten und über 100 000 Zivilisten ums Leben gekommen sind.»

Lucy erstarrte. Wie hatte sie das bloss übersehen können? «Der Irak.»

«Natürlich.»

In Lucys Kopf drehten plötzlich alle Rädchen. Vielleicht war ja der Krieg der Schlüssel zu der ganzen Tragödie. Das würde ganz neue Fragen aufwerfen. Und mehr denn je war Lucy gewillt, die Antworten zu finden.

«Wenn ich dich nicht hätte.» Sie gab Robi einen schnellen Kuss. «Ich muss los.»

52

Zoe hielt sich im Windschatten des Vordermannes und schonte ihre Kräfte. Am Fuss des Aargauerstaldens warf sie einen raschen Blick über ihre Schulter, Sam Knuchel radelte ein paar Plätze weiter hinten und schien vom Feld eingekeilt. Das war ihre Chance. Sie ging aus dem Sattel und trat kräftig in die Pedale. Zoe scherte aus, kämpfte sich eine Radlänge vor und übernahm die Spitze des Pelotons. *Zwygart greift an!*, schrie der imaginäre Sportreporter in ihrem Kopf.

Zoe spürte, wie das Handy in ihrer Rückentasche vibrierte. Unablässig hatte sie während der Velotour Textnachrichten und Mails aus der Redaktion erhalten. Ihr Artikel über Münch und dessen Selbstmord bewegte das ganze Land. Aus Zeitmangel hatte Zoe im Sonntagsblatt bloss die wichtigsten Fakten zusammenfassen können, heute würde sie den Rest der Geschichte schreiben. Doch das musste jetzt warten. Zwischen parkierten Autos rechts und einer Baumreihe links stieg die Strasse steil an. Zoe mobilisierte ihre Kräfte für den Endspurt.

Eigentlich war es ja bloss eine Gruppe Hobbysportler, mit der Zoe jeden Sonntagmorgen einen Ausflug machte. Bei wunderbarem Wetter hatten sich heute in der Früh elf Gümmeler beim Treffpunkt Guisanplatz eingefunden. Nach einer Tour durch das Seeland hatte Zoe jetzt 93,42 Kilometer auf dem Tacho. Sie näherte sich dem Zielstrich, der gedachten Linie zwischen den Ampeln vor der Laubeggstrasse. Dort lieferten sich Zoe und ihr Kumpel Sam, Banker und Vater von vier Kindern, jeweils ein kleines Privatrennen. Der Sieger im Sprint durfte das imaginäre Gelbe Trikot tragen, der Verlierer zahlte ein Bier.

Zoe spürte, wie ihre Beine sich rhythmisch auf und ab bewegten. Schnell fuhr sie ein paar Meter Vorsprung heraus. Doch ihre Waden brannten höllisch. Ob sie zu früh angegriffen hatte? Die Ziellinie hinter der Rechtskurve an der Laubeggstrasse lag noch 300 Meter entfernt. Sie blickte sich um und sah, wie sich Sam aus dem Feld löste und die Verfolgung aufnahm. Das gab Zoe neuen Schub. Sie schaltete einen Gang hoch und blieb im Wiegetritt. Ihr Herz hämmerte, die Lungen brannten, doch sie beschleunigte. *Zwygart ist heute unschlagbar!,* schrie der Reporter.

Tatsächlich, sie vergrösserte den Abstand. Dann tauchte oben der Hauptsitz der Post auf, sie bog um die Rechtskurve und geradeaus leuchteten die roten Lichter der Ampel. Zoe flog der Laubeggstrasse entgegen und riss einen Arm in die Höhe. Gewonnen!

Sie steuerte quer über die Strasse, liess das Velo ausrollen und bremste auf dem breiten Trottoir hinter dem Fussgängerstreifen ab. Dann löste sie die Schuhe aus den Klickpedalen und stieg vom Rad.

Bereits kam Sam um die Kurve und legte die letzten Meter mit einem gequälten Lächeln zurück. Keuchend hielt er neben Zoe an. «Spar dir deine Sprüche. Bin halt nicht so gut drauf heute.»

«Schon klar, Sam. In deinem Alter ist das normal.» Er war vor einem Monat 30 geworden.

Die restlichen Radfahrer rollten heran. «Schöner Endspurt, Zoe.» – «Du hast uns alle deponiert.» – «Bei der Migros gibt es grad Rabatt auf Elektrovelos, Sam.»

Zoe lachte, holte das Handy aus ihrer Rückentasche und las die letzte SMS von Chefredaktor Nyffeler. *Redaktionssitzung um 13 Uhr. Wir brauchen Ideen für morgen!* Es blieb ihr eine knappe Stunde zum Duschen und Essen.

«Kommst du noch mit auf ein Bier?», fragte Sam. «Ich zahle.»

Zoe hielt das Handy hoch. «Sorry, ich muss ins Büro. Sonst laufen die Amok.» Sie wendete ihr Rad. «Tschüss, Leute, bis nächste Woche.»

Dann liess sie das Velo den Aargauerstalden hinunter rollen, pedalte über die Untertorbrücke und bog dann nach links in die Mattenenge ab. Sie würde nochmals mit der Ex-Frau von Münch reden und ein paar ehemalige Militärkameraden befragen. Zudem brauchte sie einen Sportarzt, der Bescheid wusste über die Nebenwirkungen von Anabolika. Und Vanzetti würde sie auf den aktuellen Stand der Ermittlungen bringen müssen. Damit würde sie locker eine Seite füllen, mindestens.

In der Gerberngasse fuhr sie an Olis Wahlkampfzentrale vorbei. Ob Grosi dort oben sass? Oder noch im Bett lag? Zoe spürte sich grinsen. Wenn sie sich nicht täuschte, hatte Grosi letzte Nacht Besuch von diesem geheimnisvollen Robi gehabt. Schön für sie. Wenn doch ihr eigenes Liebesleben nur halb so aufregend wäre.

Sie radelte gemütlich aus der Matte, die Strasse verlief zwischen der Aare links und Reihenhäusern rechts, vor ihr spannte sich die Kirchenfeldbrücke über das Flusstal. Wie immer nach einer langen Radtour fühlte sie sich grossartig. Dank ihrem Hintergrundwissen würde sie nochmals eine schöne Exklusivstory schreiben können.

Zoe holte den Bidon aus der Halterung und bog beim Kreisel vor der Dalmazibrücke nach rechts in die Brückenstrasse ab.

Sie liess das Velo auf den letzten Metern vor ihrer Wohnung ausrollen, trank noch ein paar Schlucke Gatorade.

Unvermittelt blieb sie mit dem rechten Arm hängen. Ihr Lenker wurde herumgerissen, das Vorderrad kippte weg. Zoe liess den Bidon fallen und brachte beide Hände gerade noch vor die Brust, bevor ihr Oberkörper und die linke Hüfte hart auf dem Asphalt prallten. Sie schlitterte ein Stück über den Teer, bevor sie knapp vor dem Reifen eines parkierten Autos liegen blieb.

«Himmel und Arsch!»

Zoe befreite die eingerasteten Schuhe aus den Klickpedalen und begutachtete ihr teures Rennvelo. Der linke Bremshebel hatte sich verschoben, der Rahmen schien in Ordnung. Dann sah sie an sich herab und entdeckte ein paar Schürfungen am linken Knie und Oberschenkel. Zum Glück trug sie einen Helm und Radhandschuhe. Ihre Sonnenbrille und der Bidon lagen am Strassenrand. Und daneben auf dem Trottoir stand ein alter Knacker. Hatte der sie soeben umgerissen?

Der Typ plusterte sich vor ihr auf. «Misch dich nicht in meine Angelegenheiten, Schlampe. Sonst kommst du das nächste Mal nicht mit ein paar Kratzern davon.»

Zoe rappelte sich auf. «Spinnst du, du Hohlbirne?» Sie machte drei Schritte auf den Kerl zu und gab ihm mit dem Handballen einen Stoss auf die Brust, so schnell und heftig, dass er das Gleichgewicht verlor und rückwärts gegen einen Abfallcontainer auf dem Trottoir prallte.

«He.» Er versuchte noch, seine Fäuste hochzunehmen.

Doch Zoe war schneller. «Hast du schon mal einen Liter Blut durch die Nase spenden wollen?» Sie trieb ihre Faust auf das Kinn des Idioten. «Heute ist dein Glückstag.»

Der Kerl schützte sein Gesicht mit beiden Unterarmen, Zoe gab ihm eine rechte Gerade in den Magen.

«Uff», stiess der Kerl die Luft laut aus. Er klappte vornüber, fiel mit dem Hintern gegen den Container und rutschte auf die Strasse. «Hör auf ... bitte», stöhnte er.

Zoe stand über ihm und bemühte sich um Kontrolle. «Was willst du von mir?»

Das Weichei wimmerte bloss. Er musste um die 50 sein und trug einen Bart, die schwarze Brille hing schief in seinem Gesicht.

Zoe packte ihn am Kragen seiner Jacke, zog ihn hoch und das Gesicht zu sich her. «Wer bist du?»

«Nils Pieren. Ich habe dich gesehen, auf meinem Überwachungsvideo. Du hast bei mir in der Scheune herumgeschnüffelt.»

Der Hanfbauer mit dem netten Hund. «Und deswegen reisst du mich vom Velo?»

«Ich wollte dich einschüchtern.» Er kam hoch, lehnte sich gegen den Container und rieb sich den Bauch.

Sie liess seinen Jackenkragen los. «Woher kennst du mich überhaupt?»

«Dein Bild ist in allen Zeitungen.»

«Und wie hast du mich gefunden?»

«Hab dich am Morgen losfahren sehen. Ich wollte dir folgen, doch bis ich mein Auto gewendet hatte, warst du weg. Deswegen habe ich hier gewartet.» Pieren massierte sein lädiertes Kinn.

«Es ist mir völlig schnuppe, was du auf deinem Hof treibst. Ich suchte nach einem Mörder, und du schienst mir ein guter Kandidat.» Zoe sammelte ihren Bidon und ihre Brille vom Boden, dann hob sie ihr Velo von der Strasse.

«Wieso ich? Neben mir gibt es noch vier weitere Opferfamilien mit vielen wütenden Angehörigen.»

Zoe steckte den Bidon in die Halterung. «Nach dem Unglück hast du grossen Stunk gemacht und Drohungen ausgestossen. Und du hast mich angepöbelt am Telefon.»

«Deswegen bringe ich noch lange niemanden um.»

«Ich weiss. Die Sache hat sich erledigt.» Sie schob den Bremshebel zurück in die richtige Position.

«Was?»

«Liest du keine Zeitungen? Der Mörder hat sich gestern das Leben genommen.»

Pieren stand der Mund offen. «In dem Fall …» Er zuckte mit den Schultern, bevor er auf Zoes Velo deutete. «Sorry.»

«Lass dich hier nicht wieder blicken.»

«Keine Sorge.» Er drehte ihr den Rücken zu und ging das Trottoir hoch.

Zoe steckte die Brille in ihre Rückentasche und begutachtete nochmals ihr Velo – da klickte irgendwas in ihrem Kopf. Sie rechnete nach: das amerikanische Paar, Pierens Frau, der Taxifahrer und die Juristin – das machte total vier betroffene Familien.

Am Ende der Brückenstrasse stieg Pieren gerade in einen roten Pickup.

Zoe schwang sich auf ihr Rad und fuhr ihm hinterher.

Er startete den Motor und manövrierte den grossen Wagen aus der Parkbucht.

Zoe überholte und stellte ihr Rad quer vor den Pickup. «Stopp!»

Er liess die Scheibe auf der Fahrerseite heruntergleiten. «Was?»

Zoe kam um die Motorhaube herum und bückte sich zum Fenster. «Vom Unglück in Wynigen sind vier Familien betroffen. Wieso redest du von fünf?»

Pieren lehnte sich zum Fenster. «Es gab damals nicht nur Tote, sondern auch Schwerverletzte. Einer von ihnen ist letztes Jahr gestorben.»

«Woher weisst du das?»

«Ich engagiere mich in einer Stiftung für Hinterbliebene.» Hinter ihnen hupte ein nervöser Automobilist.

«Wer ist gestorben? Und woran?»

«Das ist eine längere Geschichte.»

«Stell dein Auto nochmals ab und komm mit zu mir. Sie deutete auf das verschrammte Knie. «Du bist mir was schuldig.»

Pieren nickte knapp. «Okay.»

53

Kurz nach 13 Uhr dampften Spaghetti alle vongole auf dem Teller vor Vanzetti. Er drehte sie auf seine Gabel, tunkte sie in die Sauce und schob sich die Nudeln in den Mund.

Saxer ihm gegenüber beendete sein Telefongespräch und verstaute das Handy in der Jacke an der Stuhllehne. «Das war Urs Trümpy aus der Kriminaltechnik. Die Waffe passt. Die Kugeln, die Ryf getötet und Schenk verletzt haben, sind eindeutig mit dem HK PSG1 abgefeuert worden.»

Vanzetti schluckte den Bissen herunter. «Das Scharfschützengewehr aus Münchs Wohnung?»

«Exakt.»

«Und Leibwächter Luginbühl? Hat er ihn auch damit erschossen?»

«Da will sich Trümpy nicht festlegen. Das Projektil aus Luginbühls Körper ist zu beschädigt.»

Mit der Gabel deutete Vanzetti auf Saxers Teller. «Iss, bevor es kalt wird.»

Saxer schnitt ein Stück Kalbsschnitzel ab. «Das wäre wirklich ein Jammer, wo du doch für einmal die Rechnung zahlst.»

«Das tue ich sogar gerne.» Vanzetti hatte seinen Kollegen zum Mittagessen ins Restaurant Rosengarten hoch über Bern eingeladen, schliesslich hatten sie etwas zu feiern. «Und das Gewehr gehört Münch?»

«Ordentlich registriert mit Waffenschein.»

«Und die Waffe, mit der sich Münch umgebracht hat?»

«Die Kugel aus seinem Kopf stammt aus der SIG P220, die er in der Hand hatte. Kaliber neun Millimeter. Die Pistole gehörte Münch, darauf befanden sich bloss seine Fingerabdrücke.» Saxer spiesste ein paar Bohnen auf die Gabel. «Hast du etwas von der Gerichtsmedizinerin gehört?»

«Todesursache war der Kopfschuss, zudem hat die Ärztin frische Einstichstellen in seinem Unterarm gefunden. Wir wissen ja, dass Münch sich diverses Zeugs gespritzt hat. Was genau er im Körper hat, wird die Blutanalyse zeigen.»

Saxer wedelte mit den Bohnen in der Luft. «Der Kerl muss auf einem ganz schönen Trip gewesen sein. Ermordet Menschen, um Zwygart seine Liebe zu beweisen. Was hat der sich dabei gedacht? Dass die ihm aus Dankbarkeit um den Hals fällt, nur weil sie dann tolle Artikel schreiben kann?»

«Du legst den Finger in die Wunde.» Vanzetti blickte zum Fenster hinaus über die Dächer der Altstadt, hoch ragte das Münster daraus empor. «Eigentlich sollte ich bester Stimmung sein. Bundesrat Marchand, Bundesanwalt Marti, BKP-Chefin Oppliger – alle haben gratuliert. Und dass wir Kripo-Chef Pulver eine lange Nase haben drehen können, ist ein schöner Bonus.» Er nahm einen Schluck Merlot. «Und doch stört mich, dass wir Münch nicht mehr nach seinen Motiven fragen können.» Vanzetti schaute zurück zu Saxer, der gerade kaute. «Oder es ist sehr praktisch.»

«Du machst dich unnötig verrückt.» Saxer schaufelte sich Risotto in den Mund.

«Vielleicht. Aber dieser ganze Fall … Du und ich, wir haben doch einige Mordermittlungen zu Ende gebracht. Noch nie stand ich so im Schilf wie diesmal. Obwohl wir nach Lehrbuch vorgegangen sind, Spuren verfolgt und Verdächtige befragt haben. Es fühlte sich an, als ob uns jemand ein riesiges Fadenknäuel in die Hand gedrückt und gesagt hätte: ‹Drösel das mal auf. Aber ohne Hände.› Und dann meldet sich der Täter plötzlich selber und erspart sich und uns auch gleich noch die Gerichtsverhandlung.» Vanzetti stiess einen Seufzer aus. «Vielleicht verliere ich mein Gespür. Darauf habe ich mich früher immer verlassen können.»

Saxer wedelte mit dem Messer. «Wir haben alles beisammen. Münchs Unberechenbarkeit, sein Motiv und dazu all die physischen Beweise. Jedes Gericht der Welt würde ihn verurteilen.»

«Du hast ja recht.» Vanzetti stocherte in seinen Spaghetti herum. «Aber wer ist die Frau, die Doktor Galizia in der Turnhalle abgeschleppt hat? Eine Komplizin von Münch? Oder eine Unbeteiligte? Und weshalb interessiert sich der Nachrichtendienst so sehr für unsere Ermittlungen?»

Saxer spülte das Stück Fleisch, auf dem er kaute, mit Merlot hinunter. «Es gibt ein paar Knoten, die wir noch lösen müssen. Darum werden wir uns nächste Woche kümmern. Für heute solltest du einfach abschalten. Wir könnten einen draufmachen, wenn du willst. Grund genug hätten wir.»

Beim Tresen drehte eine Kellnerin ein Radio lauter. *«... zeichnet sich eine grosse Überraschung im Kanton Bern ab. Laut den neusten Hochrechnungen schafft der unabhängige Kandidat Oliver Schenk den Sprung in den Ständerat im ersten Wahlgang. Wir schalten live ins Bundeshaus ...»*

Gemurmel erhob sich im Saal, bevor einzelne Gäste klatschten.

Saxer schwenkte sein Glas. «Darauf stosse ich an, schliesslich habe ich Schenk gewählt. Hättest du das erwartet?»

Vanzetti stiess mit Saxer an, obwohl er Schenk nicht auf seinen Wahlzettel geschrieben hatte. Der stand ihm zu weit links. «Dass er gut abschneidet, habe ich vermutet. Er hatte ja viel Gratiswerbung in den letzten Tagen. Aber gleich im ersten Wahlgang ... Nein.» Er nahm einen Schluck Wein, als sein Handy klingelte. *Zoe Zwygart* stand auf dem Display. Zum ersten Mal empfand Vanzetti keinen

Ärger dabei. «Sonnen Sie sich in Ihrem Ruhm, Frau Zwygart?»

«Schön wärs.» Ihre Stimme klang angespannt. «Wo sind Sie? Wir müssen reden.»

54

Grosser Jubel brach aus in der Mahogany Hall am Klösterlistutz, als die neuste Hochrechnung des Schweizer Fernsehens über die Bildschirme flimmerte. Über 100 Fans von Oli drängten sich am frühen Nachmittag im engen Lokal um 20 Bistrotische – und mit jeder Minute wurden es mehr. Die Temperatur erreichte tropische Werte.

Sie hätten einen grösseren Saal mieten sollen, dachte Lucy, die sich abseits in einer Ecke hielt. Sie passte auf, dass der Nachschub an Getränken und Snacks nicht abbrach. Oli hatte sich nicht lumpen lassen und das Geld für einen Catering-Service spendiert. So offerierten dessen Mitarbeiterinnen an verschiedenen Essständen kalte und warme Häppchen sowie eine Vielzahl an Drinks und Desserts.

Lucy schielte quer durch den Saal zum Eingang. Sie hoffte, dass ihr alter Kollege André Hofer früher oder später auftauchen würde.

«Wir haben es geschafft.» Der rundliche Wahlkampfleiter Markus Rüfenacht kam mit ausgebreiteten Armen auf Lucy zu und hob sie an, sodass sie sich auf die Fussspitzen strecken musste.

Sie fühlte, dass sein weisses Hemd am Rücken schweissnass war. «Sieht ganz so aus.» Jede neue

Hochrechnung bestätigte den Trend, dass Oli den Sitz im ersten Wahlgang gewannt. «Wo ist er denn? Will Oli nicht mit uns feiern?» Sie befreite sich aus der Umarmung und holte Luft.

«Er kommt gleich. Er ist noch in der Garderobe und lässt sich schminken für den grossen Auftritt.» Markus verdrehte die Augen, kleine Tropfen bildeten sich auf seiner Stirnglatze.

Neben Markus strahlte dessen Tochter Nora bis über beide Ohren. Sie legte ihm eine Hand auf die Schulter. «Das verstehst du nicht, Paps. Hast du denn nicht die Fotografen vor der Bühne gesehen?» Sie hatte das weissblonde Haar zu einem Zopf geflochten, trug ein ärmelloses schwarzes Kleid und schwarze Ballerinas. Das Ensemble unterstrich ihre sehr helle Haut.

Lucy nahm Noras schmalen Körper in die Arme und drückte ihn. «Tolle Arbeit, Nora. Nicht nur hier und heute. Den ganzen Wahlkampf über.»

«Danke, Lucy», raunte Nora in ihr Ohr. «Ohne dich hätte das Paps nie geschafft.» Sie kontrollierte mit einem Seitenblick, ob ihr Vater das auch nicht mitbekam.

Lucy mochte die Kleine wirklich. Sie gab ihr einen Kuss auf die Wange, die sich trotz der Hitze kühl anfühlte.

Eine Klarinette erklang auf der schmalen Bühne am Ende des Saals, dann setzten die übrigen Instrumente ein. Markus hatte eine Dixieland-Band engagiert, die zwischen den Nachrichten aus dem Bundeshaus aufspielte.

«Da kommt das Schweizer Fernsehen», rief Markus über die Musik hinweg. «Sie wollen eine Liveschaltung machen.»

Tatsächlich drängte sich ein Mann mit einer wuchtigen Kamera auf der Schulter vom Eingang her durch die Menge. Ihm auf dem Fuss folgte Flurina Weibel von 10vor10. TeleBärn und die Radiojournalisten, die bereits auf Interviews mit Oli warteten, würden keine Freude daran haben. Das landesweite Fernsehen hatte natürlich Vorrang.

Freude und Genugtuung erfüllten Lucy – nicht nur über den Sieg von Oli. Fast ebenso schön war, dass der konservative Ständerat Viktor Heiniger auf dem zweiten Platz lag. Eva Bärtschi hingegen, ihre Erzfeindin seit dem Selbstmord von Felix, war weit abgeschlagen. Wenn die Schlange überhaupt zum zweiten Wahlgang anträte, hätte sie keine Chance.

«Oli! Oli! Oli!», rief die Menge, Applaus brandete auf.

Aus dem Untergeschoss tauchte Oli über eine Wendeltreppe auf, die Menschen bildeten eine Gasse, durch die Oli auf die Bühne zuflanierte. Er klatschte hier einen jungen Fan ab und umarmte dort eine Dame mit violetten Haaren. Die Band spielte einen Tusch, Oli hüpfte auf die 50 Zentimeter hohe Bühne, reckte eine Hand in die Höhe und spreizte zwei Finger zu einem V.

Staatsmännisch sah er aus dort vorne im dunkelblauen Anzug. Die bordeauxfarbene Krawatte hatte Lucy ausgesucht. Er strahlte in die Kameras, die Hitze schien an ihm abzuperlen. Mit einer Hand zog er seine Frau Bettina zu sich hoch, dann legte er einen Arm um sie. Sie machte ebenfalls eine gute Figur im engen roten Kostüm. Zum Glück schien sie heute nüchtern zu sein, offenbar war die Eskapade auf dem Parkplatz beim Inselspital bloss ein Ausrutscher gewesen. Die beiden bildeten ein sehr fotogenes Paar. Das Publikum jubelte, Kameraleute kämpften um die besten Plätze.

Lucys Kehle war ausgetrocknet, vom Tablett eines vorbeieilenden Kellners schnappte sie sich ein Glas Orangensaft.

Oli hob beide Arme, bis sich seine Anhänger beruhigten. Er stellte sich ans Mikrofon. «Liebe Freunde. Ich verstehe nicht, weshalb ihr jubelt. Das letzte Wahlbarometer sagt, dass wir keine Chance haben.»

Gelächter erhob sich im Saal.

«Du hast es allen gezeigt, Oli», rief Nora neben Lucy. Ihre Augen leuchteten.

Er reckte einen Daumen in ihre Richtung. «Dass wir es trotzdem geschafft haben, verdanke ich einzig und allein ...», Oli streckte beide Arme aus wie ein Prediger, «... euch allen.»

Die Fans im Saal johlten, Markus pfiff durch zwei Finger.

Oli wartete, bis der Lärm verebbte. «Uns stehen grosse Aufgaben und wichtige Entscheidungen bevor. Darüber werden wir uns Gedanken machen. Doch nicht hier und nicht heute. Dieser Tag gehört euch, liebe Freundinnen und Freunde. Lasst uns gemeinsam feiern», rief Oli ins Mikrofon.

Lucy jubelte wie der ganze Saal. Gut gemacht, Oli. Er wusste, wie man die Leute für sich gewann. Sie nahm einen Schluck Orangensaft.

Mehrere weibliche Fans drängelten sich zur Bühne vor und streckten Oli bunte Blumensträusse hin. Er nahm sie entgegen winkte damit in die Menge, wobei die Blumen gegen die Saaldecke stiessen und einige Stiele knickten. Oli gab die Sträusse an Bettina weiter, dann stieg er von der Bühne und stellte sich vor die Kamera des Schweizer Fernsehens.

Lucy schielte wieder zum Eingang. Dort stand er endlich, André Hofer, Militärhistoriker und ehemaliger Bundeshausredaktor der NZZ. Ende der 1980er-Jahre hatten sie zu einem Journalistentross gehört, der mit einem Bundesrat nach China gereist war – und dabei eine kurze Affäre gehabt. Seit etwa 15 Jahren war André nun pensioniert, doch bei politischen Anlässen liess er sich immer wieder blicken.

Lucy nahm noch einen Schluck, stellte das Glas auf einen Bistrotisch und zwängte sich durch die Menge.

Sie gab André einen Kuss auf die Wange. «Schön, dass du gekommen bist.»

Wie immer trug André Jacke, Weste, Krawatte und Hose mit Bügelfalte. «Ich wollte mir doch ansehen, wie Geschichte geschrieben wird. Gratuliere.» Mit der goldenen Brille, den weissen Augenbrauen und dem Bart sah er aus wie ein Samichlaus auf Diät.

«Danke. Wie geht es dir denn?» Sie standen dicht beieinander.

«Ich will nicht jammern. Leider lässt mein Kurzzeitgedächtnis nach. An die wichtigen Sachen erinnere ich mich aber noch sehr gut.» Er lächelte schelmisch.

Sie konnte sich denken, was er im Kopf hatte. «Dann darf ich dein Gedächtnis bestimmt kurz anzapfen. Aber lieber draussen, wo uns niemand zuhört.»

André guckte verwundert und nickte.

Lucy führte ihn am Arm aus dem Saal, durch die Garderobe und dann durch die Hintertür hinaus. Sie ging langsam und hielt ihn gut fest, denn seit einem Schlaganfall stand André unsicher auf den Beinen. Stufe um Stufe stiegen sie die Treppe in den kleinen Garten hinab. Links über ihnen spannten sich die Bögen der Nydeggbrücke bis in die Altstadt, zehn Meter unter ihnen floss die Aare. «Kannst du dich gut an den Irakkrieg erinnern?»

André tippte sich an die Schläfe. «Das will ich doch hoffen.»

«Ist es denkbar, dass die Amerikaner damals Kriegswaffen mit dem Zug durch die Schweiz transportiert haben?»

André machte grosse Augen. «Hast du Hinweise darauf?»

«In Wynigen verunglückte 2003 ein Zug. Ein Offizier, der dort war, will eigenartige Explosionen gehört haben. Er könnte schwören, dass es Granaten waren.»

André stiess einen kurzen Pfiff aus. «Das wäre ein dickes Ding. Aber völlig undenkbar ist es nicht. Im Frühjahr 2003 bekräftigte der Bundesrat zwar die Neutralität, amerikanische Truppen durften kein Kriegsmaterial durch die Schweiz transportieren. Humanitäre Transporte blieben hingegen erlaubt. Aber wer wollte das denn kontrollieren?»

«Hätten die Amerikaner Interesse an solchen Transporten gehabt?»

«Bestimmt. Denk nur an die amerikanischen Stützpunkte in Italien und Deutschland. In Camp Darby bei Pisa zum Beispiel befindet sich ein riesiges Depot der US-Army. Und der Luftwaffenstützpunkt Ramstein bei Kaiserslautern bildete eine zentrale Drehscheibe für Flüge in den Irak.»

«Und die Schweiz hätte das einfach so hingenommen?»

Im Garten des angrenzenden Wohnhauses stand eine rote Bank. André setzte sich darauf. «Wie gesagt, wenn die Amerikaner Waffen geschmuggelt hätten, wäre das schwer zu entdecken gewesen. Doch ich könnte mir auch ein stillschweigendes Einverständnis vorstellen. Wir können es uns eigentlich nicht leisten, die Amerikaner zu verärgern.»

«Wieso denn das?» Lucy setzte sich neben André.

«Dafür gibt es viele Gründe. Nimm zum Beispiel die GPS-Navigation. Die militärische Version ist viel präziser als das, was du im Auto hast. Die Schweizer Armee darf sie verwenden, doch die Amerikaner könnten den Hahn jederzeit zudrehen. Für die Luftwaffe wäre das verheerend, Raketen könnten ihr Ziel verfehlen. Ausserdem braucht die Schweiz Software-Updates für die F/A-18 oder die Amraam-Lenkraketen. Und nur die Amerikaner können die liefern. Theoretisch könnten sie unser Militär jederzeit lahmlegen.»

Ob die geheimnisvollen Anzugträger auf den Fotos von Bea Wälti aus den USA gekommen waren? «Was ist mit den Schweizer Waffenproduzenten? Könnten die den Amerikanern etwas geliefert haben?»

«Das wäre verdammt dreist. Der Bundesrat verbot explizit die Ausfuhr von Rüstungsgütern an die Konfliktparteien. Andererseits …» Er kraulte seinen weissen Bart. «Es geht um viel Geld. Die Schweiz exportiert Kriegsmaterial für eine halbe Milliarde Franken pro Jahr. Der eine oder andere Produzent hätte vielleicht nicht widerstehen können.»

«Wer käme denn dafür infrage?»

«Es gibt vier grosse Unternehmen im Land. Die Mowag stellt unter anderem Schützenpanzer her, Pilatus Flugzeuge. Dann gibt es die Rheinmetall mit ihren Flugabwehrkanonen und schliesslich noch die Ruag, die für ihre Munition bekannt ist.»

«Kannst du dir vorstellen, dass einer dieser Betriebe das Verbot umgangen hat?»

André drehte eine Hand hin und her. «So grosse Betriebe könnten das kaum geheim halten. Also eher nein. Aber es gibt da noch ein paar kleine Unternehmen, die ums Überleben kämpfen. Bei denen gibt es immer mal wieder Gerüchte über krumme Geschäfte.»

«Meinst du jemand Bestimmtes?»

André legte eine Hand voller Leberflecken auf ihren Unterarm. «Eigenartig, dass gerade du mich danach fragst. Wo du doch früher immer so sorgfältig recherchiert hast.»

Lucy verstand kein Wort.

55

Erschöpft starrte Zoe durch die Frontscheibe in die schwarze Nacht. Draussen unter dem Neonlicht der Agrola-Tankstelle surrte die Zapfsäule, und Vanzetti füllte den Tank des Skodas hinten rechts mit Benzin. Er hatte den Schlauch von der Tanksäule links am Heck vorbei ausziehen müssen. Sie befanden sich irgendwo im Emmental vor der verlassenen Lagerhalle einer Landi mit herabhängenden grün-gelben Flaggen. Tierfutter und Dünger in Säcken stapelten sich an den Wänden, auf Gestellen standen Plastiktöpfe mit Setzlingen.

Zoe lehnte ihren Kopf zurück und schloss die Augen. Nach ihrem Anruf war Vanzetti in ihre Wohnung gekommen, gemeinsam hatten sie die neuen Informationen analysiert und einen Plan zurechtgelegt. Dann waren sie zu einer Tour durch die halbe Schweiz aufgebrochen – so fühlte es sich zumindest an. Sie hatten Zoes Kollegin Katja in der Turnhalle besucht, im Berner Inselspital mit Ärzten geredet und Doktor Galizias Freund, den Schönheitschirurgen Weyermann, befragt.

Auf der Fahrt nach Wynigen hatte Zoe am Telefon mit der Ex-Frau von Tom Münch, mit dessen Trauzeugen Pascal Jenni sowie einem Offizier in der Kaserne

Thun gesprochen. Sie waren bei Armeeinstruktor Wolfgang Ryf in Wynigen und bei Hanfbauer Nils Pieren in Lützelflüh gewesen. Und dazwischen hatte Zoe einen Anruf von Grosi erhalten, der noch mehr Licht in den Fall gebracht hatte. Nach neun Stunden Recherche, kurz vor 20 Uhr, hatten sie fast alle Fakten beisammen.

Während der ganzen Fahrt hatte Vanzetti regelmässig Pausen einlegen und Sargnägel anstecken müssen. Widerlich. Und dann hatte er auch noch fortlaufend schwermütige Bluesmusik von Muddy Waters und John Lee Hooker laufen lassen. Kein Wunder, war der so schlecht drauf. Doch Zoe hatte sich zusammengerissen und die Klappe gehalten, schliesslich hatte sie in der wiederaufgenommenen Ermittlung überall dabei sein dürfen. Und jetzt fügten sich die vielen Teile zusammen zu einem Bild. Es glich dem *Schrei* dieses norwegischen Malers, wie hiess der noch gleich?

Zoe löste den Sicherheitsgurt, stieg aus und ging ein paar Schritte über die geteerte Zufahrt zur Tankstelle. Munch, genau, so hiess der Maler. Ihr Handy klingelte, sie erkannte die Nummer von Chefredaktor Nyffeler. Den ganzen Nachmittag über hatte sie ihn beschwichtigen müssen, ihm eine Riesenstory versprochen. Jetzt ging seine Geduld vermutlich zu Ende. Für eine Diskussion fühlte sich Zoe zu müde, sie drückte den Anruf weg.

Auf der Landstrasse etwa 50 Meter hinter ihnen hielt ein Auto und wartete darauf, dass sie ihm Platz an der Zapfsäule machten.

Vanzetti liess den Tankschlauch einrollen und hängte den Stutzen ein. Dann setzte er sich in den Skoda und schnallte sich an. «Kommen Sie?», fragte er durch die offene Beifahrertür.

«Sie haben etwas vergessen.» Zoe deutete auf den Tankdeckel, der auf einer Ablagefläche neben der Säule lag.

«Perpacco ...»

In dem Moment blendete der Fahrer hinter ihnen seine Scheinwerfer auf, der Motor röhrte und die Reifen quietschten. Im Licht der Tankstelle fuhr ein weisser Lieferwagen mit einer Art Kuhfänger am Kühler direkt auf Zoe zu. Noch lag eine sichere Entfernung zwischen ihnen, bestimmt würde er gleich abdrehen.

Doch das tat er nicht.

Zoes Ärger schlug in Entsetzen um. Der wollte sie umfahren!

Mit einem Sprung ins Innere des Skodas brachte sie sich in Sicherheit. Den Bruchteil einer Sekunde später streifte der Lieferwagen ihr Auto und riss mit einem lauten Krachen die Beifahrertür ab. Sie schlidderte über den Asphalt davon.

«Verdammt nochmal!» Zoe stiess sich von Vanzetti ab, auf dessen Schoss sie halb gelandet war, und krabbelte auf den Beifahrersitz.

Vanzetti hielt das Lenkrad umklammert. «Ist der besoffen?»

Durch die Frontscheibe sah Zoe, wie am Lieferwagen 50 Meter weiter vorne die Bremslichter aufleuchteten. «Er dreht um.»

Vanzetti fummelte am Zündschloss, der Schlüssel entglitt ihm und fiel in den Fussraum. «Merda!» Er tastete unter dem Gaspedal und dem Sitz herum, fand den Schlüssel endlich und rammte ihn ins Schloss.

Der Lieferwagen hatte auf der Landstrasse mittlerweile eine 180-Grad-Wende gemacht. Die Scheinwerfer blendeten Zoe. Sie setzte sich auf den Sitz und schirmte ihre Augen mit der Hand ab. «Los, weg hier.»

Der Skoda sprang mit einem Stottern an.

Mit hohem Tempo raste der Lieferwagen frontal auf sie zu. Vanzetti gab Gas, der Wagen machte einen Satz, der Zoe beinahe aus dem Auto schleuderte.

Vanzetti riss das Lenkrad nach rechts. Der Kuhfänger des Lieferwagens krachte schräg in ihren linken Kotflügel.

Mit dem Kopf knallte Zoe gegen das Armaturenbrett.

Vanzetti brachte den Skoda unter Kontrolle. Er beschleunigte, schaltete hoch und steuerte aus der Zufahrt auf die stockdunkle Landstrasse. «Alles okay?»

Zoes Stirn schmerzte höllisch. «Ja, fahren Sie.»

Vanzetti schaltete hoch in den dritten, vierten Gang. Schnell legten sie 50 Meter zwischen sich und den Lieferwagen, dann 100. Er sass gebeugt über das Lenkrad, der Wagen schlingerte von links nach rechts.

Wind pfiff durch die offene rechte Seite ins Innere. Mit der linken Hand zog Zoe den Sicherheitsgurt über die Schulter und rastete ihn ein.

«Scheisse, er verfolgt uns.» Durch die Heckscheibe sah Zoe, dass der Lieferwagen gewendet hatte und aufholte. Wieso bloss hatte sie ihre Waffe nicht eingesteckt? «Drücken Sie aufs Gas!»

«Das versuche ich ja. Aber mehr als 70 bringt er nicht.»

Der Skoda keuchte und ratterte.

«Ich hole Hilfe.» In ihrer Jacke suchte Zoe nach dem Handy, doch die Innentasche war leer. Es musste beim Aufprall rausgefallen sein.

Sie fuhren über eine Landstrasse durch Felder, ab und zu leuchteten in der Ferne die Fenster eines Bauernhofes.

«Er hat uns gleich eingeholt.» Vanzetti starrte in den Rückspiegel.

Grell erleuchteten die Scheinwerfer das Innere des Skodas. Zoe drehte sich um und sah den Lieferwagen heranbrausen. «Achtung!»

Zoes Kopf schnellte hinten gegen den Sitz, als der Lieferwagen ihr Heck rammte.

Der Skoda brach aus, Reifen quietschten auf dem Asphalt, der Wagen drehte sich um 90 Grad. Sie rutschten seitlich über die Strasse. Zoe wurde mit dem Sitz angehoben. Dann kippte die Welt vor der Frontscheibe plötzlich auf die linke Seite weg.

Vanzetti schrie irgendetwas.

Metall schrammte mit lautem Getöse über Teer, Funken sprühten. Der Skoda wurde aufs Dach gedreht und schlitterte über die Strasse, Zoe wurde im Gurt herumgeworfen, sie konnte den Kopf nicht heben und war nur noch wenige Zentimeter von den weissen Funken entfernt. Sie schloss ihre Augen und klammerte sich mit beiden Händen am Gurt fest.

Urplötzlich kam der Skoda zum Stillstand. Der Motor setzte aus, und es wurde ganz still.

Schwindlig orientierte sich Zoe. Der Skoda lag hochgekippt auf der rechten Seite mitten auf der Strasse, sie hing im Gurt fest. Durch die Frontscheibe entdeckte sie die Rücklichter des Lieferwagens.

Dessen Fahrertür öffnete sich, jemand stieg aus.

«Der kommt zurück und will uns fertigmachen.»

Zoe fummelte am Gurtschloss herum, sie musste zwei-, dreimal mit dem Daumen ansetzen. Dann fiel sie auf den harten, kalten Asphalt unter ihr.

Sie setzte sich auf – in dem Moment roch sie es: Benzin. Es musste aus dem offenen Tank auf die Strasse sickern.

«Vanzetti, sofort raus hier!»

Sie schaute zu ihm hoch. Von seiner Schläfe tropfte Blut. Er hing bewusstlos in seinem Gurt.

Zoe stand ganz auf, zwängte ihren Körper zwischen Vanzetti und dem Lenkrad durch und streckte die Hand nach oben zur Fahrertür. Sie rüttelte am Griff, drückte dagegen. «Scheisse!»

Vielleicht käme sie durch die Hintertür raus. Doch Vanzetti brächte sie nie und nimmer dort durch.

Zoe schaute nach vorn. Im Licht der Scheinwerfer sah sie deutlicher, wer vor dem Skoda stand.

Nora Rüfenacht.

Mit den hochgesteckten hellblonden Haaren und dem kurzen Kleid sah Nora aus, als ginge sie zu einem Ball. Sie starrte Zoe direkt ins Gesicht, doch ihr Blick zeigte weder Hass noch Schadenfreude. Es war, als studierte sie ein interessantes Insekt.

Es überraschte Zoe nicht, Nora dort draussen zu sehen. Im Lauf des Tages hatte sie erkennen müssen, dass die junge Frau übergeschnappt war – und eine kaltblütige Killerin.

Nora zog beide Hände aus ihrer Jackentasche und rieb sie aneinander. Im nächsten Moment leuchtete die kleine Flamme eines Streichholzes dazwischen auf. Sorgsam barg Nora die Flamme in ihren Händen, machte drei Schritte zum Strassenrand, ging in die Hocke und hielt das Zündholz an ein Rinnsal aus Benzin.

Shit, Zoe, das war es dann wohl.

56

Mit zwei Sonntagszeitungen unter dem Arm betrat Lucy ihr Entrée – und spürte augenblicklich, dass etwas nicht stimmte. Jahrzehnte hatte sie hier gelebt und war praktisch ein Teil des Inventars geworden. Sie kannte die Geräusche des Parketts, die Schattierungen der Wände, die Gerüche der Schubladen. Etwas hatte sich verändert. Nur was?

«Robi?» Sie bekam keine Antwort. Was zu erwarten war, denn er hatte einen Freund in Luzern besuchen wollen. Schade eigentlich.

Lucy legte die Zeitungen auf den Tisch im Entrée. Vermutlich war sie einfach erschöpft und überspannt. Kein Wunder, nach den Informationen ihres Ex-Kollegen André über die Schweizer Waffenindustrie und all dem, was sie in der Folge herausgefunden hatte.

In der Küche schraubte sie eine Flasche Mineralwasser auf und goss ein Glas voll. Sie nahm einen Schluck. Zoe und Vanzetti würden bald hier sein, sie hatten einiges zu bereden.

Im Entrée klemmte Lucy beide Zeitungen unter den Arm, dann knipste sie die Stehlampe im Wohnzimmer an. Wie elektrisiert blieb sie stehen. Die Zeitungen fielen zu Boden, das Wasser schwappte über.
«Was tust du hier?»

«Guten Abend, Lucy.» Oli Schenk sass in ihrem Sessel, in der Hand hielt er ein Glas Wein. «Komm her und setz dich», sagte er. Mit dem Glas wies er auf das Sofa ihm gegenüber.

«Was tust du hier, Oli?» Sie schielte zurück ins Entrée, zur Wohnungstür waren es bloss ein paar Schritte.

«Setz dich, Lucy.» Diesmal klang es schneidend. «Und komm nicht auf dumme Gedanken.»

Oli war jünger, schwerer und schneller als sie. Lucy machte einen halben Schritt ins Wohnzimmer. «Solltest du nicht auf der Wahlfeier sein?»

«Eine halbe Stunde kommen die ohne mich aus. So haben wir Zeit zum Reden.»

Wusste er, was sie wusste? «Können wir das auf morgen verschieben? Ich bin müde.»

Oli nippte am Wein und schmunzelte. «Lassen wir doch die Spielchen, ja? Du warst sehr fleissig, hast viel recherchiert. Und ich weiss, was du herausgefunden hast.» Er seufzte. «Du bist eine gute Journalistin. Ich hatte befürchtet, dass das zu einem Problem werden könnte.» Er lehnte sich vor und zeigte mit dem Finger auf das Sofa. «Los, setz dich hin.»

Zoe und Vanzetti waren auf dem Weg, sie musste Zeit schinden. Mit zitternden Knien begab sich Lucy zum Sofa, nahm Platz und stellte das Wasser auf den Couchtisch. «Ja, ich weiss, was du getan hast.» Was war sie doch für eine dumme Kuh gewesen. Mit gründlicher Recherche hätte sie schon vor Monaten herausfinden können, dass Olis Firma, die Junker AG, nicht bloss Zündsätze für Airbags herstellte. Ein Tochterunternehmen, die Precisiontech AG, verwendete das Wissen und Können zur Herstellung von Munition. «War es das wert?»

Oli hatte das Jackett über die Sessellehne gelegt und die bordeauxrote Krawatte gelockert. «Aber natürlich war es das. 2003 stand unsere Firma vor dem Ruin. Mein Schwiegervater, der Schwachkopf, hatte ein paar ganz schlechte Entscheidungen getroffen. Da kam das Angebot der Amerikaner wie gerufen. Die kauften mein ganzes Lager auf, alle Handgranaten, die ganze Munition für Kurz- und Langwaffen, fünf Güterzüge voll. Das hat über 100 Angestellten den Job gesichert.»

Lucy biss sich auf die Unterlippe. «Im Irak sind viele Menschen gestorben. Hast du denn keine Skrupel?»

Er stellte das Weinglas auf den Couchtisch und lächelte spöttisch. «Komm mir jetzt bitte nicht mit der Pazifisten-Leier, dafür bist du zu klug. Sicherheit und Stabilität sind die Basis dafür, dass eine Gesellschaft prosperiert. Wir leisten einen Beitrag zu einer friedlichen Welt.»

Es klang wie aus dem Werbeprospekt einer Waffenfirma. «Wie praktisch, damit lässt sich ja alles rechtfertigen.»

«Will ich gar nicht. Aber ich möchte, dass du verstehst. Denn ich mag dich, Lucy.»

Auf die Zuneigung so eines Typen verzichtete sie gerne. «2003 hatte der Bund die Ausfuhr von Kriegsmaterial verboten. Wie hast du die Behörden hinters Licht führen können?»

Oli lachte auf und schlug sich mit der Hand auf den Oberschenkel. «Das ist doch das Herrliche an der ganzen Sache. Ich musste gar nichts vertuschen, der Deal wurde ganz oben eingefädelt. Ein paar einflussreiche Politiker stünden mit heruntergelassenen Hosen da, wenn alles an die Öffentlichkeit käme.»

So etwas hatte Lucy vermutet. «Und die Menschen, die beim Bahnunglück in Wynigen gestorben sind? Waren das bloss Kollateralschäden?» Obwohl sie keinen Durst mehr hatte, nahm sie einen Schluck Wasser. Sie musste locker wirken und ihn am Reden halten.

Er hob beide Hände. «Ich kann beim besten Willen nichts dafür, wenn die Bahn marode Güterwagen einsetzt. Für die Entgleisung bin ich nicht verantwortlich.»

«Aber für die Morde in der vergangenen Woche. Weshalb mussten der Leibwächter und seine ehemalige Frau, der Arzt und die Dame aus dem Bundesamt sterben?»

Er schlug die Beine übereinander. «Die bekamen damals leider mit, was die Güterwagen tatsächlich geladen hatten. Galizia und Ryf sahen schnell ein, dass sie das im Interesse der nationalen Sicherheit für sich behalten sollten. Der Leibwächter Luginbühl und seine Frau wollten Geld, doch sie waren nicht gierig. Auch okay. Doch meine Wahl in den Ständerat hätte neue Begehrlichkeiten wecken können. Ich musste das Gefahrenpotenzial minimieren.»

«Eine schöne Umschreibung für Mord. Und wofür das alles? Geht es dir nur um Geld und Macht?»

«Die sind nun mal die Schmiermittel unserer Gesellschaft. Natürlich sind mir der Erhalt der Firma und meine Karriere als Politiker wichtig. Doch glaub mir, Lucy, Herzblut vergiesse ich nur für das Theater. Ich hätte es als Schauspieler weit bringen können. Leider bekam ich nie die Rollen, die ich verdient hätte.» Er verschränkte die Finger über dem Bauch. «Also habe ich sie mir eben selbst geschaffen. War ich nicht toll als Kandidat? Ich habe viel Arbeit reingesteckt, die politische Lage und die Stimmung im Land analysiert. Dann habe ich mich richtig reingehängt.»

«Das war bloss eine Rolle für dich?»

«Sag das nicht so abschätzig. Nein, ich bin wirklich zum Kandidaten Oliver Schenk geworden.» Begeisterung glänzte in seinen Augen. «Aber natürlich hätte ich auch andere politische Standpunkte vertreten können, wenn es der Sache gedient hätte.»

Lucy trank ein paar Schlucke. «Du erwartest jetzt aber kein Lob von mir.»

«Zumindest deinen Respekt hätte ich mir verdient. Amerikanische Filmstars wie Hanks oder de Niro werden in den Himmel gehoben, nur weil sie sich für Rollen ein paar Kilo anfressen. Aber hat sich jemals einer von denen anschiessen lassen?»

«Der Schuss in Muri war also geplant?»

«Natürlich. Zwar habe ich ein paar meiner Gegner mit schmutzigen Geschichten aus dem Feld räumen können. Meine Kontakte zum Schweizer Nachrichtendienst waren da sehr hilfreich. Doch ich wusste, dass das kaum reichen würde für die Wahl – zumal ausgerechnet du mir Knüppel zwischen die Beine geworfen hast. Mit den Fotos ihrer drogensüchtigen Tochter hätten wir Ständerätin Bärtschi fertigmachen können. Aber du und deine Skrupel ...» Er seufzte. «Egal, es hat ja trotzdem geklappt. Wie überhaupt alles in diesem Stück. Denn du musst verstehen, Lucy, dass ich nicht nur diverse Rollen verkörpert habe. Ich habe auch das Drehbuch geschrieben, die Nebenrollen besetzt und Regie geführt.»

«Ach, und ich war wohl eine Nebendarstellerin in diesem Film.»

«Für deine Rolle habe ich leider kein anständiges Casting durchgeführt. Das habe ich aus dem Bauch heraus entschieden. Zoe brachte deinen Namen ins Spiel, du warst quasi ein Nebenprodukt unserer kleinen Affäre.» Er griff wieder zum Wein und prüfte dessen Farbe im Licht der Stehlampe. «Die mir im

Übrigen den gewünschten Zugang zu den Medien und gute PR verschafft hat. Aus heutiger Sicht muss ich leider sagen, dass ihr beide Fehlbesetzungen wart.» Er leerte das Glas in einem Zug.

«Das betrachte ich als Kompliment. Und Tom Münch?»

«Der hat seine Sache hervorragend gemacht, findest du nicht? Zoe hat mir erzählt von diesem Psycho. Ich habe mich als Freund von Zoe an ihn herangemacht und ihm von ihrer Trauer über die verflossene Liebe erzählt. Dann habe ich ihn mit einer neuen Stelle nach Bern gelockt, Requisiten an den Tatorten und in Münchs Wohnung platziert und Zoe ein paar Tipps zukommen lassen. Stell dir mal die dramatischen Effekte der Geschenke und dieser Wand voller Fotos in einer Verfilmung vor.»

Lucy schielte auf ihre Armbanduhr. Viertel nach acht. Wo blieben Zoe und Vanzetti bloss? «Du hast Münch umgebracht.»

«Ich doch nicht. Für so etwas gibt es Nebendarsteller.»

Diese Entdeckung war der grösste Schock für Lucy gewesen. «Nora.»

«Hätte ich nicht gedacht, dass du so rasch auf ihre Spur kommst. Zum Glück haben wir aufmerksam verfolgt, was du so getrieben hast letzte Woche. Wir waren immer im Bild.»

«Wie bist du an Nora herangekommen?»

«Durch einen Geniestreich, die Stiftung für Hinterbliebene, die ich nach dem Zugunglück ins Leben gerufen habe. Sie verschaffte mir Kontakt zu Angehörigen. Noras grosser Bruder Lars hat sich leider nie erholt von den Verletzungen, die er sich als Rekrut in Wynigen zugezogen hatte. Die Familie hat sehr darunter gelitten. Ich bin ihr beigestanden, so wurden wir zu Freunden. Und ich habe Noras Ausbildung und Entwicklung gefördert. Sie hat sogar Jungschützenwettkämpfe gewonnen.»

Es klingelte an der Tür. Lucy sprang vom Sofa auf und rannte los.

Doch mit dem Fuss stiess Oli den Couchtisch in ihren Weg.

Mit dem Schienbein krachte Lucy dagegen, dann fiel sie seitlich auf die Tischplatte. Das Weinglas zersplitterte auf dem Parkett.

«Aber, Lucy … Ich bin dir immer einen Schritt voraus.» In aller Ruhe erhob sich Oli und schlenderte ins Entrée.

Lucy hörte ihn den Türöffner drücken. Sie rieb sich das Schienbein und die Hüfte. Beides tat furchtbar weh, doch nichts schien gebrochen.

Oli kam zurück ins Wohnzimmer. «Bestimmt erwartest du jetzt Zoe und diesen Polizisten.» Unsanft stiess er sie auf das Sofa. «Leider muss ich dich enttäuschen. Deine Anrufe haben wir abgehört. So erfuhren wir, wie nahe ihr uns auf den Fersen wart.

Da mussten wir eben handeln. Zoes Handy hat uns ihren Standort verraten.» Oli guckte auf die Uhr. «Mittlerweile sind die beiden tot.» Er bedachte sie mit seinem schönsten Lächeln.

Mein Gott, Zoe. «Du bist so ein Schwein.» Lucys Augen füllten sich mit Tränen.

«Ich verstehe deinen Schmerz. Aber weisst du, was das Traurigste ist an der ganzen Sache? Niemand wird je etwas über diese einzigartige Aufführung erfahren. Niemand ausser dir, meine ich. Dabei hätte es den Else-Lasker-Schülerpreis verdient. Und Bruno Ganz sollte mir den Iffland-Ring an den Finger stecken. Leider wirst du nicht darüber reden können.»

Wieso war ihr nie aufgefallen, dass der Kerl ein Psychopath war? «Willst du mich etwa auch umbringen?» Lucys Herz schlug bis zum Hals.

Er setzte eine bekümmerte Miene auf. «Du lässt mir keine Wahl.»

Schritte näherten sich über das Parkett im Entrée, dann betrat Wahlkampfleiter Markus Rüfenacht das Wohnzimmer. «Hallo, Lucy.» Mit grimmiger Miene stellte er sich breitbeinig vor das Sofa.

Im schwarzen Ledermantel wirkte der kleine, rundliche Markus wie die Karikatur eines Gestapo-Mannes. «Du also auch.»

«Markus und Nora waren mir eine grosse Hilfe.» Oli legte eine Hand auf ihren Oberarm. «Ich muss zurück zur Feier, er wird sich jetzt um dich kümmern. Leb wohl, Lucy.»

Sie wollte ihm die Augen auskratzen und sprang hoch.

Doch Markus stellte sich dazwischen, packte ihre Arme und drückte Lucy in das Polster.

Sie fühlte sich, als sei die Luft aus ihr gewichen wie aus einem Ballon. War Zoe tatsächlich tot? Bestimmt hatte ihre starke Kleine gekämpft bis zum Schluss.

Und das würde auch Lucy tun.

57

Ein Windhauch liess die Flamme in Noras Hand flackern, dann erlosch sie.

Gebannt beobachtete Zoe aus dem seitlich hochgekippten Skoda, wie Nora ein zweites Streichholz aus der Schachtel klaubte. Sie zündete es an und hielt das brennende Hölzchen an die Flüssigkeit auf dem Boden. Doch erneut ging die Flamme aus, bevor das Benzin Feuer fangen konnte.

Nora sah sich um, stand dann auf und schritt rasch zurück zum Lieferwagen. Ihr Oberkörper verschwand in der Fahrertür.

Danke, Windgott, für den kleinen Aufschub.

Vielleicht konnte Zoe das Auto ins Schaukeln bringen und zurück auf die Räder kippen. Dann käme sie auf ihrer Seite raus, wo die Tür abgerissen war. Zoe kauerte sich hin und stemmte ihre Schulter gegen den Sitz. Sie drückte mit aller Kraft, doch der Skoda machte keinen Wank.

Beim Lieferwagen lugten bloss noch Noras nackte Beine aus der Fahrertür.

Okay, dann eben durch die Frontscheibe. Zoe musste die zerschmettern. Auf dem kalten Asphalt kauernd tastete sie mit der Hand hektisch den Sitz neben ihrem Kopf ab. Sie untersuchte das Handschuhfach und den Fussraum, wühlte nach einem Werkzeug oder einer Waffe. Unter dem Beifahrersitz spürte sie kaltes Metall, das mit einem Spanngurt befestigt war. Das mussten der Wagenheber und der Radschlüssel sein. Sie fummelte am Gurt herum, bis der sich endlich lockern liess. Dann zog Zoe den Radschlüssel hervor.

Durch die Windschutzscheibe sah sie Nora auf den Skoda zuschreiten.

Mit aller Kraft hämmerte Zoe den Schlüssel gegen die Frontscheibe. Doch in der Enge konnte sie nicht richtig Schwung holen. Der Schlüssel prallte ab vom Verbundglas und bewirkte bloss kleine Sprünge in der Scheibe. Sie versuchte es dreimal, viermal, fünfmal. Schliesslich hämmerte Zoe verzweifelt mit der Faust gegen das Glas, trieb ihren Ellenbogen dagegen. «Komm schon, komm schon.» Es nützte nichts.

Vor dem Skoda hatte Nora eine Fackel entzündet und hielt sie in der ausgestreckten Hand.

«Wo zur Hölle hast du die denn her?», schrie Zoe und kickte mit dem Absatz gegen die Frontscheibe.

Nora holte aus und warf die Fackel in die Benzinpfütze. Mit einem irren Fauchen entzündete es sich.

Zoe starrte Nora an. Sie erwartete einen letzten Blick von ihr, ein Schulterzucken, eine entschuldigende Geste. Doch die drehte sich einfach weg und marschierte davon.

«Miststück!»

Die Flammen stiegen am Strassenrand in die Höhe und breiteten sich schnell aus. Sie kletterten über Blechteile, leckten an einem Stück Reifen, kamen immer näher.

Nora startete den Motor, der Lieferwagen fuhr an und verschwand hinter der Flammenwand und dem Rauch.

Zoe würde mit Vanzetti in diesem Blechkasten verrecken.

Eine Woge aus dichtem Qualm umfing sie und drückte die Luft aus ihren Lungen. Zoe spürte die Hitze und fühlte rasende Wut in sich hochsteigen. Von so einem Hungerhaken hatte sie sich fertigmachen lassen. In einem fairen Kampf hätte sie dieses Flittchen zerlegt. Sie schmetterte den Radschlüssel auf den Boden.

Klonk.

Der metallische Klang liess Zoe aufhorchen. Sie liess sich auf die Knie fallen, tastete den Boden mit den Händen ab, Schweiss tropfte von ihrer Nasenspitze. Ihr Hustenanfall stoppte sie nicht, jetzt nicht. Zoe spürte Rillen aus Metall und ein kleines Loch. Das Wrack des Skodas stand über einem runden Gullideckel von etwa einem halben Meter Durchmesser.

Die Hoffnung gab ihr Energie. Zoe steckte zwei Finger in das Loch und zog, doch der Deckel bockte. Sie kauerte sich breitbeinig darüber und versuchte es erneut. Sie zerrte daran, bis ihre Finger knackten. «Scheissdreck.»

Das Feuer folgte der Benzinspur rund um das Auto. Der Qualm wurde dichter, die Hitze grösser. Der Benzintank konnte jeden Moment explodieren.

Mit den Fingernägeln fuhr Zoe den Rand des Deckels entlang. Doch nirgends gab es eine Vertiefung oder einen Spalt. Sie brauchte mehr Kraft, einen Hebel. Zoe griff nach dem Radschlüssel auf dem Teer. Das schmale Ende führte sie in das Loch des Deckels ein, dann drückte sie gegen den Schlüssel. Zoe kippte fast um, als sich der Deckel ein paar Zentimeter bewegte. «Ja!»

Das verdammte Ding klappte wieder zu.

Zoes Atemwege brannten höllisch. Sie setzte sich auf den Hintern, nahm den Radschlüssel zwischen die Beine und hebelte mit aller Kraft gegen ihren Körper. Der Deckel aus Gusseisen musste eine Tonne wiegen, Zoes Muskeln brannten. Endlich bewegte sich das Metall, Zoe brachte eine Hand unter den Deckelrand, wuchtete ihn aus der Öffnung und lehnte ihn gegen den Autositz.

Die Flammen krochen in den Kofferraum. Zoe musste würgen, ihre Augen brannten und füllten sich mit Tränen.

Modriger Geruch stieg aus dem Loch. Im Licht der Flammen erkannte Zoe schmale Metalltritte, die am Rand einer Betonröhre nach unten führten.

«Vanzetti!» Sie stand auf und schlug ihm fest auf die Wangen. Doch er rührte sich nicht.

Die Flammen flackerten unerträglich heiss ins Innere des Skodas.

Zoe erfühlte Vanzettis Gurtschloss und drückte die Taste. Mit seinem ganzen Gewicht sackte der Körper auf Zoe, sodass sie mit dem Rücken gegen das Armaturenbrett prallte.

Das Feuer machte sich auf dem Rücksitz breit, Zoe atmete so flach wie möglich. Sie richtete Vanzettis Oberkörper auf, schob seine Füsse zur Betonröhre, packte ihn unter den Armen und hob ihn hoch. Dann stellte sich Zoe breitbeinig über die Schachtöffnung und liess Vanzetti hinunterstürzen.

Hitze biss in ihr Gesicht, Flammen versengten ihre Haare.

Zoe sprang hinterher.

Mit einem lauten Knall explodierte der Skoda über ihr. Flammen und Hitze verfolgten Zoe auf ihrem Sturz, dann schlug sie unten in der Röhre auf – halb auf Vanzetti, halb im knöcheltiefen Dreck.

Mit grösster Anstrengung kam Zoe auf die Knie, zog Vanzetti hoch und lehnte ihn mit dem Rücken gegen die Röhrenwand. Dann liess sie ihren Hintern neben Vanzetti in den Matsch fallen.

Es stank nach Müll und Urin, ihre Muskeln und Gelenke waren ganz taub vor Schmerzen. Doch Zoe fand alles wunderbar.

58

Lucy lag auf dem weichen Rücksitz von Markus' BMW, ihre Füsse waren mit Klebeband gefesselt, ihre Hände hinter dem Rücken ebenso.

Er sass am Steuer. «Ich tue das wirklich nicht gerne. Aber wir haben keine Wahl.»

Vergeblich hatte sie ihn davon abbringen wollen. «Was hast du mit mir vor?» Lucy spürte an der Fliehkraft, wie der Wagen nach der Dalmazibrücke abbog.

«Wir gehen ein wenig schwimmen. Man wird denken, dass du tief erschüttert bist über Zoes Autounfall. Das hat Erinnerungen an den Selbstmord deines Mannes geweckt. Zwei Tote aus der engsten Familie, das ist schwer zu verkraften.»

«Merkst du nicht, dass Oli dich bloss benutzt?»

«Oli war der Einzige, der mir nach Wynigen beigestanden ist. Ich schulde ihm mehr, als du erahnen kannst.»

An den Bewegungen des Wagens erkannte Lucy, dass sie am Schwellenmätteli vorbeifuhren. «Es ist schwer, einen geliebten Menschen zu verlieren. Doch das rechtfertigt keinen Mord.»

Markus fuhr ein Stück weiter, bremste dann ab und schaltete den Motor aus. «Hättest du meinen Jungen Lars früher gekannt, würdest du verstehen.

Er war ein toller Junge, intelligent, beliebt, die ganze Welt stand ihm offen. Nach dem Unglück in Wynigen hat er bloss noch dahinvegetiert. Weisst du, wie es ist, deinem erwachsenen Sohn täglich die Windeln zu wechseln? Oder deinem grossen Bruder?»

«Es muss schwer gewesen sein für Nora.» – «Als kleines Mädchen hat sie Lars angebetet. Nach dem Unfall ist Nora durch die Hölle gegangen.» Er machte eine Pause, in der nur das Rauschen des Wassers zu hören war. «Lars Tod vor 16 Monaten betrachtete ich als Erlösung. Doch Isabelle, meine Frau, ist mit ihm gestorben. Leider habe ich das erst erkannt, als sie sich in Ostermundigen vor einen Zug geworfen hat.»

Das Unglück hatte sehr lange Schatten geworfen. «Und aus Dankbarkeit zu Oli hast du all diese Menschen umgebracht?»

Er stieg vorne aus und öffnete die Fondtür. «Du bist zu sehr auf Oli fixiert. Er hat damit nichts zu tun. Luginbühl, dieser Polizist, hat Lars dorthin beordert, wo er von dem Trümmerteil getroffen wurde. Er ist schuld am Unfall. Der Arzt Galizia hätte ihn retten können, wenn er die Hirnblutung rechtzeitig erkannt hätte. Und Marlies Ryf trug als Leiterin des Krisenstabs die Verantwortung für das ganze Chaos.»

«Hat Oli dir das erzählt?»

«Er hatte gute Kontakte zu den Ermittlungsbehörden und konnte den kompletten Untersuchungsbericht einsehen.» Markus zog Lucy in eine aufrechte

Position. «Veröffentlicht wurde bloss eine zensierte Fassung.»

Oli, dieser Saukerl, hatte wirklich alle Fäden gezogen. «Wie kannst du nur so blind sein? Oli hat in diesem Zug Waffen transportiert. Und diese Menschen wussten Bescheid darüber. Deswegen wollte er sie loswerden. Für ihn bist du bloss ein Werkzeug.»

Markus lächelte amüsiert. «Er hat mich vor dir gewarnt. Er sagte, dass du mich bequatschen und die Tatsachen verdrehen würdest. Du bist schlau, Lucy.» Er riss Klebeband von einer Rolle. «Doch jetzt hast du genug geredet.»

Lucys Angst steigerte sich in Panik. «Glaub mir, Oli hat dich und Nora …»

Er klebte das Band fest über ihren Mund. «Es wird schnell vorbei sein.» Markus zog Lucy aus dem BMW und warf sie über seine Schulter wie einen Sack Mehl.

Lucy strampelte und versuchte, ihm ihre Knie in die Rippen zu stossen.

Doch Markus verstärkte bloss seinen Griff um ihre Hüfte. So viel Kraft hatte sie ihm gar nicht zugetraut. Nach 50 Metern endete die Teerstrasse und Markus folgte einem schmalen Spazierweg an der Aare. Auf der linken Seite zwei Meter unter ihnen floss das Wasser träge an einer Kiesbank vorbei, rechts befand sich ein bewaldeter Abhang.

Hinter dem Klebeband brachte Lucy nur gedämpfte Laute hervor. Mit jedem Schritt prallte ihr Kopf auf seinen Rücken. Keine 100 Meter entfernt brannten Lichter im Restaurant Schwellenmätteli. Tagsüber tummelten sich hier Spaziergänger und Jogger, nachts rauchten Teenager manchmal Joints.

Doch jetzt war niemand in Sicht.

Ein Stück flussabwärts gelangten sie zu einer breiten Steintreppe, deren Stufen zum Wasser führten. Markus trug Lucy hinunter, legte sie auf einen schmalen Streifen Kies und deutete hoch zur Kirchenfeldbrücke. «Von dort ist dein Mann gesprungen. Das ist doch ein passender Ort für deinen Abgang.»

Oft hatte Lucy hier unten gesessen und über Felix nachgedacht. In den ganz düsteren Zeiten hätte sie ihren eigenen Tod willkommen geheissen. Sie hatte sich doch nicht durchgekämpft, um jetzt auf so eine lausige Art zu sterben. Lucy zerrte an ihren gefesselten Handgelenken, warf den Kopf hin und her.

Markus packte sie unter den Armen und schleifte sie ins kalte Wasser. Dort riss er ihr das Klebeband vom Mund, drehte sie auf den Bauch und drückte ihr Gesicht in den Fluss. «Kämpf nicht dagegen an, dann geht es schnell.»

Lucy entwand sich seinem Griff, drehte sich auf die Seite und trat nach Markus mit den gefesselten Füssen. Dann hob sie ihren Kopf aus dem Wasser, spuckte und saugte tief Luft ein.

Doch Markus packte fester zu und zwang sie wieder unter die Oberfläche.

Lucy schluckte Wasser und musste husten. Sie wehrte sich mit aller Kraft, zappelte unter seinem Griff. Doch die Sekunden verstrichen und die Luft ging ihr aus. Der Drang, den Mund zu öffnen und die Lungen zu füllen, wurde unerträglich. *Ergib dich einfach dem Wasser,* sagte eine innere Stimme. *Nein, Lucy, tu das nicht,* hörte sie Felix rufen. Ihre Gedanken verwirbelten wie ein Strudel, bis ihr schwarz vor Augen wurde.

Urplötzlich liess der Druck auf ihren Nacken nach. Mit letzter Kraft riss Lucy den Kopf aus dem Wasser und schnappte nach Luft. Sie stemmte sich auf die Knie, kippte um, beinahe riss die Strömung sie mit. Dann fanden ihre Unterschenkel Halt auf dem Flussbett. Hustend und prustend hob Lucy ihren Oberkörper aus der Aare. Sie keuchte und schaute auf.

Auf der Treppe über ihr stand Robi und hielt Markus mit einer Pistole in Schach. «Lucy!» Sein Kopf schnellte hin und her zwischen ihr und Markus. Dann liess Robi die Pistole sinken, sprang die Stufen hinunter und packte Lucy mit einer Hand unter dem Arm. Er zog sie an Land.

Auf die Gelegenheit hatte Markus gewartet. Er rannte los und warf sich keine zehn Meter entfernt hinter einen angeschwemmten Wurzelstock auf das Kies. Robi stellte sich schützend vor Lucy und zielte in Markus' Richtung. «Gib auf. Hier kommst du nicht mehr weg.»

Markus gab keine Antwort, stattdessen knallte ein Schuss in der Dunkelheit.

«Shit!» Robi stöhnte, sank in die Knie und fasste sich an die rechte Schulter.

Verzweifelt sass Lucy auf der Kiesbank. Wenn sie doch bloss ihre Hände frei hätte.

Robi nahm die Waffe in die linke Hand, zielte und drückte ab.

Doch Markus duckte sich hinter den Wurzelstock.

«Wir wissen, dass Schenk hinter den Morden steckt. Warum solltest du für ihn sterben?» Robi wankte leicht und stützte sich mit der Waffe auf dem Kies ab.

Markus erkannte seinen Vorteil, sprang auf die Beine und riss die Waffe hoch.

«Nein!», schrie Lucy. Sie warf ihren Oberkörper gegen Robi, der kippte um.

Schüsse zischten über sie hinweg.

Noch im Liegen nahm Robi seine Waffe hoch und drückte ab, zweimal, dreimal.

Markus schrie auf und liess die Pistole fallen. Er taumelte, dann fiel er rückwärts in den Fluss.

«Robi.» Lucy beugte sich über ihn, dunkles Blut sickerte zwischen seinen Fingern an der Schulter hindurch. «Alles okay?»

Er setzte sich auf. «Ich hab schon Schlimmeres überlebt.» Er legte die Pistole auf die Steine und fummelte mit der linken Hand an Lucys Fesseln herum. «Und du?»

«Ich hab schon Schlimmeres überlebt», lachte und schluchzte sie vor Erleichterung. Als sie endlich ihre Hände freibekam, machte sich Lucy daran, das Klebeband um die Füsse selbst zu lösen.

«Die Polizei ist unterwegs», rief jemand vom Schwellenmätteli her, während der Fluss Markus' reglosen Körper flussabwärts trieb.

Als Lucy das Klebeband von den Knöcheln gelöst hatte, legte sie erschöpft ihre Arme um Robis Kopf. Tränen liefen ihr übers Gesicht. «Mein Held.»

59

Es ging auf Mitternacht zu und Ruhe war eingekehrt rund um die Mahogany Hall. Nur leise Musik und Gelächter drangen aus dem Innern. Ohne Blaulicht und Sirenen hatte Saxer den Passat auf den Klösterlistutz gesteuert und vor der Halle parkiert.

Vom Beifahrersitz aus beobachtete Vanzetti, wie acht Männer der Tigris-Einsatztruppe aus einem Transporter sprangen. Ein paar ihrer Kollegen hatten bereits vor einer halben Stunde Stellung rund um die Halle bezogen.

Vanzetti biss die Zähne zusammen, als er aus dem Auto stieg. Beim Sturz in den Abwasserschacht hatte er sich zwei Rippen gebrochen und den Fuss verstaucht. Zudem ratterte ein Presslufthammer in seinem Schädel. Doch ausser Ibuprofen hatte er keine Schmerzmittel schlucken wollen. Er wollte voll bei der Sache sein.

Saxer öffnete die Fondtür des Passats. Zoe Zwygart lag schlafend auf dem Rücksitz. «Soll ich sie wirklich wecken?»

«Ja.» Sie würde Vanzetti sonst den Kopf abreissen. Dabei hatte es Zwygart noch schlimmer erwischt als ihn selber. Sie hatte Verbrennungen an Händen und am Kopf sowie eine leichte Rauchvergiftung erlitten, dazu kamen eine Menge Prellungen und Schürfwunden. Doch wie Vanzetti hatte auch sie sich nur zu einer Dusche und zu Klamotten aus dem Ersatzkleiderdepot überreden lassen, danach hatte sie das Spital gegen den Willen der Ärzte verlassen. Zwygart wollte mit dabei sein. Und Vanzetti würde sie nicht daran hindern.

Zwygart rieb sich die Augen mit den bandagierten Händen und orientierte sich, bevor sie Saxer erkannte. «Sind wir schon da?»

«Ja», antwortete Vanzetti. «Geht es einigermassen?» Diese Frau hatte ihm das Leben gerettet. Als er sich im Spital dafür hatte bedanken wollen, war sie ihm über den Mund gefahren.

«Ich komme schon zurecht.» Mit der Hilfe von Saxer setzte sie sich auf und stieg aus dem Auto, offensichtlich von Schmerzen geplagt. Auf ihrem Gesicht klebten diverse Pflaster, um die Stirn trug sie einen Verband.

«Gut, dann gehen wir jetzt rein.» Vanzetti fühlte sich sehr wacklig auf den Beinen.

Saxer stellte sich zwischen sie, legte zu seiner rechten Seite Zwygart eine Decke über die Schultern und stützte Vanzetti links. «Als Kind wollte ich Krankenpfleger werden», versuchte er einen Scherz.

Vanzetti gluckste, wie ein Stich fuhr es ihm durch die Rippen. Mithilfe von Saxer setzte er einen Fuss vor den anderen, gemeinsam schlurften sie zur Halle.

«Ihr haltet euch im Hintergrund», befahl Saxer. Nur unter dieser Bedingung hatte er sie aus dem Inselspital abgeholt, nachdem Zwygart die Kantonspolizei mit Vanzettis Handy alarmiert hatte.

Saxer zog die Tür zum schummrigen Lokal auf. Im gedimmten Licht sassen zehn, zwölf Leute an einem langen Tisch vor der Bühne, leere Teller und halb gefüllte Gläser standen auf der weissen Tischdecke vor ihnen, dazwischen Flaschen, Brotkörbe, Servietten und Dessertschalen. Es brannten ein paar Kerzen, Girlanden hingen von der Decke. Alle schienen gesättigt und zufrieden.

Die friedliche Stimmung endete abrupt, als die Kampftruppe an Saxer vorbei ins Lokal stürmte. Augenblicklich verteilten sich acht Tigris-Leute mit Gewehren im Anschlag rund um die Feiernden. Vier ihrer Kollegen begannen mit der Durchsuchung der Räume im Erdgeschoss, zwei preschten über die Wendeltreppe nach unten in die Garderoben.

Unmittelbar hinter ihnen führte Saxer Zwygart und Vanzetti in den Saal und deponierte sie rechts vom Eingang in der Ecke.

Oli Schenk stand mit offenem Mund oben am Tischende. Jackett und Krawatte hatte er ausgezogen, zwischen seinen Fingern glomm eine Zigarre. «Was zum Teufel soll das?»

Saxer fackelte nicht lange, schritt durch das Lokal und trat vor Schenk. «Ich verhafte Sie wegen mehrfachen Mordes, mehrfacher Anstiftung zum Mord, mehrfachen Mordversuchs und Verstössen gegen das Kriegsmaterialgesetz.» Mit einer Hand führte er Schenks Arme auf dessen Rücken, in der anderen hielt er Handschellen.

Auf dem Stuhl rechts von Schenk schoss Nora Rüfenacht in die Höhe und stürzte sich zwischen zwei Männern in Kampfmontur zum Fensterbrett. Die beiden Männer warfen sich auf sie, doch die flinke Nora wich ihnen aus, erreichte ihre Tasche an der Wand und griff hinein.

Ein weiterer Mann kam seinen Kollegen zu Hilfe und stürzte sich auf Nora. Er schlug ihr die Waffe aus der Hand, bevor sie damit zielen konnte. Zu dritt drückten die Männer Nora auf den Betonboden, sie zappelte und schrie. Dann banden sie ihre Hände hinter dem Rücken fest.

«Um ein Haar …», sagte Zwygart.

Bisher hatte Vanzetti sie bloss auf Bildern gesehen, aber in Natura wirkte die Frau noch jünger und zerbrechlicher. Der Tod ihrer Mutter und ihres Bruders musste sie komplett aus der Bahn geworfen haben.

Während zwei Männer die hysterisch kreischende Nora aus dem Saal führten, hängte sich Bettina Junker an einen Arm ihres Mannes. «Was soll das, Oliver? Was passiert hier?»

«Keine Sorge, Schatz.» Er drehte den Kopf über seine Schulter zu Saxer, der den Sitz der Handschellen kontrollierte. «Das werden Sie noch bereuen. Morgen bin ich wieder zu Hause. Ende November sitze ich im Ständerat. Und Sie werden den Rest Ihres Lebens Parkbussen verteilen.»

Saxer schien ungerührt. «Gehen wir.» Er führte ihn am Arm weg.

«Ruf unseren Anwalt an», rief Schenk seiner Frau über die Schulter zu. Die wankte zu einem Stuhl und sank darauf zusammen.

Stimmen erhoben sich unter den übrigen Gästen, die das Schauspiel bisher stumm verfolgt hatten. «Was bilden die sich ein?» – «Fallen einfach über die kleine Nora her.» – «Das wird Konsequenzen haben.» – «Ich habe einen Freund beim Blick, den rufe ich sofort an.» Zwei Männer standen von ihren Plätzen auf.

«Sitzen bleiben», wies Saxer sie an. «Sie können erst nach Hause, wenn wir Ihre Aussagen aufgenommen haben.»

Er führte Schenk an der Tafel vorbei zum Eingang.

Neben Vanzetti richtete sich Zoe auf. Die Decke glitt ihr von den Schultern, als sie sich in Schenks Weg stellte.

Vanzetti streckte eine Hand nach ihr aus. «Machen Sie keinen Unsinn.»

Erst jetzt erkannte Schenk das Gesicht unter den Bandagen. Er blieb ruckartig stehen, machte einen Schritt rückwärts. «Halten Sie mir die vom Leib.» Er hatte die Augen weit aufgerissen. «Die ist verrückt.»

Zoe zitterte. «Du Drecksau hast uns alle beschissen.»

Vanzetti zog Zwygart am Arm zu sich heran. «Er ist es nicht wert.»

«Herr Schenk, gehen wir», sagte Saxer mit neutraler Stimme.

Zwygart kniff die Lippen zusammen und ballte die Fäuste. Vanzetti spürte, wie sich ihr ganzer Körper versteifte. Doch dann nickte sie schwach, ihre Energie schien zu verpuffen. Sie spuckte vor Schenks Füsse, als der an ihr vorbei aus dem Lokal geführt wurde.

Vanzetti und Zoe folgten den beiden aus der Mahogany Hall auf den Parkplatz am Klösterlistutz, den die Polizei abgesperrt hatte. Saxer schob Schenk in den Fond eines Einsatzwagens.

«Es ist vorbei.» Zwygart hakte sich bei Vanzetti ein, als sich beide über den Platz zum Passat schleppten.

«Sieht so aus. Ich werde eine Woche schlafen …»

Ein kurzer, scharfer Knall zerriss die Ruhe über dem Platz.

«Waffe!», schrie Vanzetti und warf sich neben Zwygart auf den Asphalt. Es tat höllisch weh in allen Knochen.

Sämtliche Tigris-Männer sprangen hinter Mauern oder Fahrzeuge und rissen ihre Gewehre hoch, hektische Funksprüche ertönten. «Was ist denn los?» – «Woher kam das?» – «In Deckung bleiben.» – «War das wirklich ein Schuss?»

Doch nichts weiter geschah. Kein Motor sprang an, keine Schritte eilten davon. Nach und nach verliessen die Polizisten ihre Deckung.

Ächzend kam Vanzetti hoch, sein ganzer Körper schien in Flammen. «Accidenti. So etwas hat mir noch gefehlt.»

«Ist jemand verletzt?», hörten sie aus einem Funkgerät.

Keiner meldete sich.

Vanzetti half Zwygart auf die Beine und schaute sich nach Saxer und dem Einsatzwagen mit Schenk um. «Dio mio ...»

Ein Spinnennetz zog sich über das rechte hintere Seitenfenster des Wagens, in der Mitte prangte ein kleines Loch. Schenks Kopf ruhte an der Scheibe, als ob er schliefe. Doch seine Augen standen offen, und das Glas färbte sich allmählich rot.

60

Der Regen prasselte auf Lucys Schirm, das Geräusch hatte etwas Melancholisches. Sie ging in die Knie und legte eine rote Rose auf die Erde vor der mächtigen Grabplatte aus Marmor.

Felix Eicher, 1942–1976

Die Eltern von Felix hatten «Nationalrat» darunterschreiben wollen, doch Lucy hatte sich quergelegt. Sie wollte nicht bei jedem Besuch auf dem Bremgartenfriedhof daran erinnert werden, was ihren Mann umgebracht hatte. Mittlerweile lagen die Eltern von Felix ebenso im Familiengrab wie dessen Grosseltern. Unter dem Wappen der Familie Eicher standen all ihre Namen in den Stein geritzt.

«Kommst du oft hierher?», fragte Zoe hinter ihr.

«Jede Woche. Es ist ein schöner Park, hier komme ich zur Ruhe.» Sie drehte sich zu Zoe hin. «Ich möchte auch hier beerdigt werden. Nicht hier bei den Eichers, das Grab ist viel zu protzig. Aber in der Nähe wäre schön.»

Zoe machte ein betretenes Gesicht. «Sag nicht so etwas, Grosi.»

In den zehn Tagen, seit Markus sie um ein Haar ertränkt hätte, war Zoe keine freie Minute von Lucys Seite gewichen. «Sterben müssen wir alle, Zoe. Aber keine Sorge, ich habe keine Eile. Bestimmt werde ich 100 Jahre alt.»

«Das will ich dir auch geraten haben.»

Zoe blieb für eine Weile stumm, bevor sie fragte: «Weshalb hat sich Grosspapi das Leben genommen?»

Ja, warum bloss? «Er war ein herzensguter Mensch, der immer und überall helfen wollte. Doch er hat sich zu viel aufgeladen, daran ist er zerbrochen. Ich vermisse ihn jeden Tag.»

«Ich wünschte, ich hätte ihn gekannt.»

«Ich auch, Kleines.»

Lucy schloss die Augen und fuhr mit dem Zeigefinger die Buchstaben auf dem Grabstein nach. Dann stand sie wieder auf, wobei ihre Knie knackten. «Robi lässt dich grüssen.»

«Danke, sag ihm auch einen Gruss von mir», antwortete Zoe. «Was läuft da eigentlich zwischen euch?»

«Ich weiss es nicht so recht. Das müssen wir noch herausfinden.»

Zoe klappte ihren eigenen Schirm zu und hakte sich bei Lucy ein. Noch immer trug sie Bandagen um die Handflächen und ein Pflaster auf der Stirn. Doch die Wunden würden verheilen. «Woher wusste Robi eigentlich, dass er dich am Schwellenmätteli findet?»

Lucy spürte einen kleinen Stich. «Er hat mich überwacht.»

«Was?»

«Nachdem er vom Munitionstransport erfahren hatte, war er besorgt. Deswegen ist Robi an dem Tag gar nicht nach Luzern gefahren. Stattdessen hat er mich beschattet.» Sie seufzte. «Ich war ganz schön wütend, als er mir davon erzählt hat. Ich lasse mich doch nicht so kontrollieren. Andererseits wäre ich jetzt nicht hier, wenn er es nicht getan hätte.»

Sie spazierten die Gräberreihen entlang, Zoe drückte ihren Arm fester. «Du hast ihm hoffentlich verziehen.»

«Mittlerweile ja. Sobald er ein paar Sachen erledigt hat in Minnesota, will er mich wieder besuchen kommen.» Lucy lächelte und deutete auf eine der Grabplatten. «Schau mal, dort drüben liegt Mani Matter. Und Klaus Schädelin ebenfalls.»

«Wer ist Klaus Schädelin?»

«Er hat ‹Mein Name ist Eugen› geschrieben.»

«Ach, das hast du mir vorgelesen. Das mochte ich.»

Sie schlenderten über einen geteerten Weg, der von Kastanienbäumen gesäumt war.

«Was ich noch nicht verstehe, ist die Sache mit dem Schal. Hat mir Nora den geklaut?», fragte Lucy.

«Vielleicht war es auch Oli. Ich denke, der trieb einfach seine Spielchen mit uns. Nora hat an dem Abend in der Turnhalle auch eine sehr auffällige Uhr getragen. Das gleiche Modell besitzt offenbar die Frau des Taxifahrers, der in Wynigen ums Leben gekommen ist. Das weiss ich von Vanzetti.» Verstohlen blickte Zoe auf ihre Uhr.

Lucy stiess sie leicht mit der Hüfte an. «Nun geh schon. Die brauchen dich bestimmt in der Redaktion.»

«Es ist verrückt, die Arbeit türmt sich auf meinem Tisch. Ich weiss gar nicht, wo ich heute anfangen soll. Und unser Superjournalist Walker hat plötzlich gemerkt, dass er dringend Ferien braucht.» Sie gluckste. «Nicht, dass ich ihn vermissen würde.»

«Hast du dir Gedanken gemacht über deinen Job?» Gleich reihenweise hatte Zoe Exklusivgeschichten produziert und Interviews gegeben, mittlerweile stapelten sich die Stellenangebote auf ihrem Tisch.

«Fürs Erste bleibe ich bei den Berner Nachrichten. Ich habe keine Lust auf Zürich oder Hamburg.»

Lucy hielt ihr einen Warnfinger vor die Nase. «Du tust das aber nicht mir zuliebe, oder?»

«Ich weiss, dass du sehr gut ohne mich zurechtkämst.» Zoe legte einen Arm um Lucy. «Aber was täte ich denn ohne dich?»

Nahm sie die Kleine wieder einmal auf den Arm? Egal, Lucy fiel ein Stein vom Herzen. «Schau mal. Wir bekommen Besuch.» Sie deutete die Allee hinunter, von der Kapelle her hinkte Vanzetti auf sie zu.

«Was tut er denn hier?»

«Ich habe ihn hergebeten.»

Lucy ging Vanzetti entgegen und umarmte ihn zur Begrüssung. «Ciao, Alessandro. Come va?» In den vergangenen zehn Tagen hatte er sie öfters besucht, und sie hatten angeregt geplaudert. Lucy mochte den jungen Mann, der sie wohl als eine Art Ersatz-Nonna betrachtete. Nur zu gerne würde sie ihn aus dem Schneckenhaus holen, in dem er seit dem Tod seiner Frau hockte.

«Schön, dich zu sehen. Es geht mir gut, danke.» Vanzetti liess Lucy los und nickte Zoe zu. «Guten Tag, Frau Zwygart.»

Sie lächelten sich an und für einen Augenblick schien es, als wollten sie sich ebenfalls umarmen. Doch dann streckte ihm Zoe die Hand entgegen.

Ach, was waren diese jungen Leute kompliziert heutzutage.

«Ich breche gerade auf. Gibt es etwas Neues über Nora?», fragte Zoe.

«Nein, sie redet immer noch nicht.» Regen tropfte von seinen hellbraunen Haaren.

Lucy gab ihm etwas Schutz unter ihrem Schirm. «Das ist nicht gut.»

«Na ja. Belastungsmaterial gegen Nora haben wir genug. Ihre DNA liess sich an verschiedenen Tatorten finden. Wir sollten belegen können, dass Nora Doktor Galizia umgebracht hat. Und ihr Vater Vesna Luginbühl. Wenn sie aber weiterhin schweigt, werden wir Schenk nichts nachweisen können. Es gibt weder Belege für die Waffenlieferung noch für seine Verbindung zu den Taten. Der Herr Ständerat behält seine blütenweisse Weste über den Tod hinaus.»

Zoe kickte einen Stein weg. «Anwälte seiner Frau machen mir die Hölle heiss. Wenn ich weitere Artikel über ihn publiziere, wollen sie mich wegen Verleumdung vor Gericht ziehen. Mein Chefredaktor verlangt bereits mehr Zurückhaltung. Es ist zum Kotzen.»

Vanzetti nickte. «Auch die Politik scheint nicht interessiert an einer Aufklärung der Hintergründe. Bundesrat Marchand hat die Ermittlungen auf Sparflamme gesetzt. Vermutlich wusste der die ganze Zeit Bescheid über den Waffentransport. Doch das Parlament wird kaum eine Untersuchungskommission einsetzen.»

Der Regen hatte so abrupt aufgehört, wie er gekommen war. Lucy klappte ihren Schirm zu. «Und der Mörder von Schenk? Bist du da weitergekommen?»

«Wir untersuchen in verschiedene Richtungen. Bis jetzt sehen die Spuren aber nicht vielversprechend aus.»

«Der Mord lief schnell und professionell ab», sagte Zoe. «Vielleicht steckt ein Geheimdienst dahinter.»

Vanzetti zuckte mit den Schultern. «Möglich.»

Schweigend standen sie für eine Weile beisammen. Dass einige Verantwortliche wohl ungestraft davonkämen, fand Lucy zum Haareraufen. Ebenso deprimierend war, dass die Giftmischerin Eva Bärtschi ihren Sitz im Ständerat nun doch würde verteidigen können. «Ich muss los», sagte Zoe schliesslich. Sie verabschiedete sich mit einem Winken und schritt energisch die Allee hinunter. Vanzetti verfolgte sie mit seinen Augen. Bevor Zoe hinter einer Hecke verschwand, blickte sie sich nochmals um und schenkte ihm ein Lächeln.

Interessant, das Kind konnte also doch charmant sein.

Lucy nahm Vanzetti am Arm und führte ihn weg von der Allee auf einen schmalen Kiesweg.

«Also, Lucy, was wolltest du mir zeigen?»

«Das hier.»

Sie stoppte vor einem Findling aus Granit, auf dem silberne Buchstaben prangten: *Michel Bakunin, 1814–1876*. «Erinnert euch an den, der alles opferte für die Freiheit seines Landes», übersetzte sie den französischen Spruch auf der Plakette darunter. Auf dem Grab lag ein frischer Blumenstrauss aus Astern, Dahlien und Hortensien.

«Sollte ich den Mann kennen?»

«Also wirklich, Alessandro. Michail Alexandrowitsch Bakunin war ein berühmter Revolutionär, der für eine klassenlose Gesellschaft eintrat. Er gilt als einer der einflussreichsten Denker der anarchistischen Bewegung. Er stammte aus Russland, wurde verhaftet, zum Tod verurteilt und verbannt.»

«Und wieso liegt er hier?»

«Er wollte sich in Bern wegen einer schweren Krankheit behandeln lassen. Doch dafür war es zu spät.»

Vanzetti sah sie skeptisch an. «Schwärmst du für den Anarchismus?»

«Ich tat es in meinen jungen Jahren. Damals glaubte ich, auf alles eine Antwort zu haben. Leute mit anderer Meinung betrachtete ich als Idioten. Mit den Jahren erkannte ich immer mehr Grautöne. Heute weiss ich, dass die echten Idioten diejenigen sind, die auf alles eine Antwort haben.»

«Und wie lange hat es gedauert, bis du zu dem Schluss gekommen bist?»

«Lange. Ich habe viel erlebt und mir tausend Gedanken gemacht. Auch über die Frage, woher ich komme. Deswegen wollte ich dir das Grab zeigen.»

«Das verstehe ich nicht.»

«Non ti hanno proprio insegnato niente i tuoi genitori?»

«Sorry, Lucy. Aber du weisst, mein Italienisch …»

«Eben, das meine ich ja. Haben deine Eltern dir denn gar nichts beigebracht?» Sie hob einen Finger hoch. «Der Name Vanzetti verpflichtet.»

Er winkte ab. «Ach, ja, da gab es vor langer Zeit mal eine Geschichte. Mein Nonno hat mir davon erzählt. Aber ich kann mich nicht mehr genau erinnern.»

«Der italienische Auswanderer Bartolomeo Vanzetti wurde 1921 in den USA gemeinsam mit Ferdinando Sacco hingerichtet. Sie waren Anarchisten und wurden in einem sehr fragwürdigen Prozess wegen

Raubmords verurteilt. Das hat in der ganzen Welt zu Massendemonstrationen geführt. Im Jahr 1977 wurden beide rehabilitiert. Für viele Menschen ist Bartolomeo bis heute ein Held. Wer weiss, vielleicht bist du mit ihm verwandt.»

Vanzetti zuckte mit den Schultern. «Und wenn schon. Für Politik habe ich mich nie gross interessiert.»

Lucy nahm seine Hand und tätschelte sie. «Du bist noch jung, das wird sich ergeben.» Sie fischte ein Couvert aus ihrem Mantel und streckte es ihm hin. «Hier, das ist schon mal ein Anfang.»

Er starrte auf das Couvert, dann in Lucys Gesicht und wieder zurück. Zögerlich griff er nach dem Umschlag. Er klappte die Lasche auf und zog ein gefaltetes A4-Blatt heraus. «Was ist das?»

«Ein Gutschein. Für einen Italienischkurs.»

Epilog

Um Viertel nach neun bremste Vanzetti den Dienstwagen vor dem Einfamilienhaus in Wynigen ab. Er blieb ein paar Sekunden sitzen und beobachtete, wie ein Mann auf dem benachbarten Grundstück ein Trampolin zerlegte. Auch Vanzetti hätte im Garten noch einiges zu tun, schliesslich war es bereits Ende November.

Vorsichtig löste er den Gurt, dann schälte er sich aus dem Fahrersitz. Auf die harte Tour hatte Vanzetti lernen müssen, dass rasche Bewegungen immer noch höllisch wehtaten. Nach Angaben seines Arztes dürfte es noch eine Weile dauern, bis die gebrochenen Rippen verheilt sein würden.

Als er aus dem Auto stieg, trat eine junge Frau aus dem zweistöckigen, weiss gestrichenen Haus. Sie trug ein dick eingepacktes Baby auf dem Arm und legte es behutsam in einen Kinderwagen, der unter dem Vordach stand.

Vanzetti öffnete das Gartentor, in der offenen Garage neben dem Haus entdeckte er einen weissen Opel.

Die Frau sah hoch. «Kann ich Ihnen helfen?» Sie war um die 30, trug kein Make-up und hatte dunkle Schatten unter den Augen.

«Ich möchte zu Wolfgang Ryf. Ist er zu Hause?»

«Papi, Besuch für dich», rief die Frau durch die offene Haustür. Sie deckte das Baby sorgfältig zu, dann wickelte sie den Schal enger um ihren Hals. Ihre dunklen Haare hingen in losen Strähnen ums Gesicht und flatterten im kalten Wind.

«Herr Vanzetti, lange nicht mehr gesehen.» Ryf trat über die Türschwelle, er trug einen schwarzen Wollmantel. «Sie wollen zu mir?» In der Hand hielt er eine kleine rote Mütze mit blauen Elefanten drauf.

Vanzetti grub seine Hände tief in die Jackentaschen. «Es gibt ein paar Dinge, die ich gerne mit Ihnen besprechen möchte.»

«Das ist gerade etwas ungünstig, wir wollten spazieren gehen», sagte der pensionierte Berufsoffizier mit Blick auf den Kinderwagen.

«Kein Problem, Papi.» Die Frau nahm ihm die Mütze aus der Hand und setzte sie dem Baby auf. «Ich gehe schon mal voraus.»

Für einen Moment stand Ryf unschlüssig da, dann nickte er kurz. «In Ordnung. Kommen Sie herein.»

Er führte Vanzetti durch den Flur, vorbei an Windelpackungen und einer Babyschaukel. Im Wohnzimmer streifte Ryf seinen Mantel ab und legte ihn auf das blaue Sofa. Er trug eine schwarze Hose und einen schwarzen Rollkragenpullover. Sein kleiner, drahtiger Körper schien kein Gramm überflüssiges Fett aufzuweisen. «Nehmen Sie Platz.»

Vanzetti setzte sich auf den gleichen hellbraunen Holzstuhl wie vor fünf Wochen, als er dem erschütterten Witwer Fragen über die ermordete Marlies Ryf hatte stellen müssen. «Wie alt ist das Baby?»

Ryf schob seinen Mantel, Spielzeug und zwei Kuscheltiere zur Seite, dann liess er sich auf dem Sofa nieder. «20 Tage. Es ist eine stressige Zeit für meine Tochter, die Kleine trinkt die halbe Nacht.» Er griff nach einer bunten Plastikrassel und drehte sie zwischen den Fingern. «Haben Sie Neuigkeiten zum Mord an Marlies?»

«Ja und nein.» Vanzetti knöpfte seine Jacke auf, die ihm auf die Rippen drückte. «Die junge Frau im Gefängnis, Nora Rüfenacht, macht uns Sorgen. Die Ärzte haben sie in eine psychiatrische Klinik verlegen müssen. Offensichtlich verkraftet sie das alles nicht.»

«Das arme Mädchen.» Ryf knetete die Rassel. «Ich weiss, vermutlich hat es meine Frau vor dem Bundesamt für Umwelt erschossen. Doch ich bin sicher, dass es nicht wirklich dafür verantwortlich ist. Das war Schenk, dieser Schweinehund.»

Vanzetti beugte sich vor und stützte seine Unterarme auf die Oberschenkel. «Mittlerweile wissen wir mehr über seinen Tod. Die Kugel, die Schenk getötet hat, war eine Lapua Magnum, Kaliber .338. Diese Patronen verwenden Scharfschützen bei Polizei und Armee. Aber das wissen Sie natürlich, schliesslich waren Sie Schiessinstruktor.» Vanzetti deutete auf den Wimpel der Pistolenschützen Wynigen an der Wand. «Ich habe gehört, dass Sie viele Wettkämpfe gewonnen haben.»

Ryf verzog keine Miene. «Weshalb erzählen Sie mir das?»

«Wir konnten rekonstruieren, dass Oliver Schenk aus einer Entfernung von 128 Metern erschossen wurde. Kopftreffer. Und das in der Nacht bei schwacher Beleuchtung. Kennen Sie einen Schweizer Schützen, der das schafft?»

«Da kommen mir auf Anhieb ein paar Leute in den Sinn. Aber wer sagt denn, dass es ein Schweizer war?»

«Da haben Sie natürlich recht. Es ist denkbar, dass ein ausländischer Geheimdienst hinter dem Anschlag steckt. Bestimmt hätten es viele Leute nicht gern gesehen, wenn Schenk über den illegalen Waffentransport geplaudert hätte. Die müssen sehr erleichtert sein über seinen Tod.»

«Vermutlich.»

«Aber wieso trat der Mörder ausgerechnet am Wahlsonntag in Aktion? Nur wenige Leute wussten, dass wir Schenk in Verdacht hatten und verhaften wollten. Frau Zwygart und ich mussten damals einige lose Fäden verbinden, deswegen haben wir Leute befragt. Unter anderem waren wir ja auch hier bei Ihnen.»

Ryf gab keine Antwort und starrte intensiv auf den schwarzen Bildschirm des Fernsehers.

Vanzetti setzte sich auf. «Ich habe erfahren, dass Sie sehr fleissig waren in den Tagen nach dem Mord an Ihrer Frau. Sie haben Kollegen in der Kaserne Thun besucht, haben Ihr Netzwerk im Verteidigungsdepartement angezapft. Ich vermute, dass Sie schon vor unserem Besuch Bescheid wussten über die brisante Fracht des Güterzugs. Und darüber, dass sie aus Schenks Fabrik stammte.»

Ryf legte die Rassel auf den Couchtisch. «Was wollen Sie, Vanzetti? Glauben Sie, dass ich ihn ermordet habe?» Seine Stimme blieb ganz ruhig.

Vanzetti holte ein Foto aus der Innentasche seiner Jacke und legte es auf den Couchtisch. «Das hat eine Rotlichtkamera in der Berner Viktoriastrasse gemacht, ein paar Minuten nach dem Schuss auf Schenk. Der weisse Opel Zafira und das Nummernschild sind klar erkennbar. Wo waren Sie an diesem Abend, Herr Ryf?»

Er warf einen kurzen Blick auf das Bild. «Zu Besuch bei einem Freund aus meiner Dienstzeit. Er wohnt beim Botanischen Garten. Auf dem Heimweg habe ich bei der Ampel für einen Moment nicht aufgepasst, das hätte mir nicht passieren dürfen. Die Busse habe ich schon bezahlt.»

«Welch ein Zufall, dass Ihr Freund in der Nähe des Tatortes wohnt. Vermutlich wird er bestätigen, dass Sie den ganzen Abend bei ihm waren.»

«Bestimmt.»

Ryf schmunzelte. «Und ein Scharfschützengewehr besitze ich auch nicht. Sie dürfen mein Haus gerne durchsuchen, wenn Sie mir nicht glauben.»

Vanzetti winkte ab. «Ich bin sicher, dass das nichts brächte. Für einen Mann mit Ihrem Hintergrund dürfte es ein Leichtes sein, sich so eine Waffe zu besorgen und dann verschwinden zu lassen. Oder sehe ich das falsch?»

«Da haben Sie vermutlich recht.»

«Unter dem Strich habe ich jetzt also ein paar Indizien und einen Verdächtigen. Aber keinerlei Beweise, die für eine Verurteilung reichen.» Vanzetti blickte durch das Wohnzimmerfenster hinaus auf die grüne Wiese hinter dem Haus. «Wie halten Sie es mit dem Gesetz, Herr Ryf? Denken Sie, dass ein Mensch das Recht selber in die Hand nehmen darf?»

Ryf starrte auf den Perserteppich. «Sie wissen genauso gut wie ich, dass es einen grossen Unterschied gibt zwischen Recht und Gerechtigkeit.» Er machte eine lange Pause. «Wir waren 36 Jahre verheiratet, Marlies und ich. 36 gute Jahre. Wir hatten noch viel vor zusammen. Sie können sich gar nicht ausmalen, was mir dieser Sauhund Schenk genommen hat. Wenn ich diesen Mord begangen hätte, dann stünde ich zu meiner Tat, das versichere ich Ihnen. Und ich ginge ohne Reue für den Rest meines Lebens ins Gefängnis.» Er faltete die Hände wie zum Gebet. «Doch nicht heute oder morgen. Ich habe eine alleinerziehende Tochter, um die ich mich kümmern muss. Und eine Enkelin, die einen Grossvater braucht.»

Vanzetti nickte stumm. «Das habe ich mir gedacht.» Er erhob sich und fischte ein Visitenkärtchen aus seiner Jacke. «Hier steht meine Nummer drauf, Sie können mich jederzeit anrufen. Das kann in fünf Monaten oder in fünf Jahren sein.» Er legte das Kärtchen vor Ryf auf den Tisch, dann ging er in Richtung Flur. Auf der Türschwelle drehte er sich nochmals um. «Ich werde auf Ihren Anruf warten.»

Anmerkungen

Diese Geschichte ist Fiktion. Die Personen oder Ereignisse in diesem Buch sind allesamt frei erfunden. Real sind hingegen die meisten Orte, die in diesem Krimi beschrieben werden. Hie und da habe ich mir allerdings erlaubt, Gebäude und Schauplätze ein wenig umzubauen oder zu verschieben.

Bedanken möchte ich mich bei allen Personen, die mir durch ihr Wissen und ihre Ratschläge beim Schreiben geholfen haben. Meine Agentin Anna Mechler unterstützte mich in vielen Belangen, und die Projektleiterin Denise Erb vom Reinhardt Verlag machte den Text noch besser. Zu meinem tollen Beraterteam gehörten zudem der Autor Carlo Feber, die Ärztin Patricia Engels, das Berner Urgestein Urs Frieden sowie Hans-Rudolf Flury, der leitende Ermittler der Bundeskriminalpolizei. Wertvolle Tipps lieferten mir auch Daniela Kipfer, Sophie Nägeli, Anna Peters, Gregor Saladin, Rolf Wirz sowie meine Schwester Michaela und mein Bruder Peter.

Den grössten Dank schulde ich wie immer meiner Frau und meinen Kindern, die mich auf vielfältige Weise unterstützt haben.

Krimis im Friedrich Reinhardt Verlag

Anne Gold: **Das Schweigen der Tukane**

Im Kommissariat kursiert das Gerücht, dass ein Wachtmeister der Sitte ein Verhältnis mit einer Edelprostituierten hat. Nadine Kupfer bittet ihren Chef, Kommissär Francesco Ferrari, dem Kollegen ins Gewissen zu reden. Doch bevor er sich mit dem Wachtmeister unterhalten kann, wird eine stadtbekannte Persönlichkeit ermordet, und zwar in der Wohnung der Prostituierten. Der Fall scheint klar, die Meinungen sind schnell gemacht und im Kommissariat brodelt es mächtig. Während der Grossteil des Polizeikorps zum Wachtmeister hält, der von der Unschuld seiner Geliebten überzeugt ist, glaubt Nadine, dass er versucht, die Ermittlungen zu behindern. Die Fronten verhärten sich zusehends, bis der Konflikt eskaliert und sich eine Katastrophe abzeichnet.

352 Seiten, gebunden mit Schutzumschlag
CHF/EUR 29.80
ISBN 978-3-7245-1850-1

Anne Gold: **Die Tränen der Justitia**

Der Supergau ist eingetreten, die Enkelin von Staatsanwalt Jakob Borer wurde entführt! Ein Zufall oder verbirgt sich hinter dieser Wahnsinnstat die bittere Rache eines Verurteilten? Kommissär Francesco Ferrari und seine Kollegin Nadine Kupfer sind schockiert und zum Nichtstun verurteilt. Denn solange es sich um eine Entführung handelt, sind ihnen die Hände gebunden. Und die Vorstellung, dass es zu ihrem Fall werden könnte, wäre eine Tragödie. Systematisch gehen die beiden Borers Fälle der letzten Jahre durch. Dabei stossen sie auf zwei kürzlich entlassene Mörder, die dem Staatsanwalt im Gerichtssaal gedroht hatten. Am liebsten würde Ferrari die Verbrecher in die Mangel nehmen, wäre da nicht das Verbot des Staatsanwalts, sich in die laufende Ermittlung einer anderen Abteilung einzumischen …

320 Seiten, gebunden mit Schutzumschlag
CHF/EUR 29.80
ISBN 978-3-7245-1930-0

Anne Gold: **Wenn Marionetten einsam sterben**

Olivia Vischer, eine reiche Baslerin, ruft zum Sponsorenlauf und die ganze Stadt nimmt teil, auch der bekannte Anwalt Edgar Hasenböhler. Seit Jahren setzt er sich für die Rechte von Menschen ein, die keine Lobby haben. Kurz bevor Kommissär Francesco Ferrari seine Runden absolvieren kann, wird Hasenböhler tot in seiner Wohnung aufgefunden. Während der Ermittlungen stellen Ferrari und seine Kollegin Nadine Kupfer fest, dass Hasenböhler sich im Laufe der Jahre durch seine konsequente Haltung viele mächtige Feinde geschaffen hat. Feinde, die auch nicht vor einem brutalen Mord zurückschrecken.

320 Seiten, gebunden mit Schutzumschlag
CHF/EUR 29.80
ISBN 978-3-7245-2018-4

Anne Gold: **Das Lachen des Clowns**

Montag früh um vier, ganz Basel begrüsst mit dem Morgestraich die Fasnacht. Kein Thema für Kommissär Francesco Ferrari, der sich zu Hause die Decke über den Kopf zieht, während seine Assistentin Nadine Kupfer inmitten unzähliger Zuschauer den Beginn der drei schönsten Tage geniesst. Unmittelbar nach dem Auftakt geschieht das Unfassbare – am Rümelinsplatz begeht ein Kostümierter einen Mord. Und es kommt noch schlimmer, denn die Tote ist die Tochter von Big Georg, dem Chef der Fahndung. Handelt es sich um eine lang geplante Einzeltat oder um den ersten tödlichen Schlag in einer grausamen Mordserie, die Panik auslösen wird? Ein Wettrennen mit der Zeit beginnt, um das Schreckensszenario zu verhindern.

320 Seiten, gebunden mit Schutzumschlag
CHF/EUR 29.80
ISBN 978-3-7245-2081-8

Dani von Wattenwyl: **Die Brigade des Falken**

Denis Benz bekommt es unfreiwillig mit einer der gefährlichsten islamistischen Terroristengruppen der Welt zu tun. Die pakistanische Gruppe mit dem Namen «Reiner Glauben» will ein Computerprogramm an sich bringen, das der Schweizer Geheimdienst entwickelt hat, um Terroristen auszuspionieren. Der Kopf der Organisation mit dem Decknamen «Falke» schickt eine Truppe von Extremisten nach Europa, um das gesamte Informationssystem auszuschalten. Nach dreijähriger Ausbildung zum Agenten kehrt Denis Benz als Frischling zur Spezialabteilung PRIOS zurück und wird, ohne sein Zutun, gleich zum Spielball des internationalen Terrorismus.

523 Seiten, gebunden mit Schutzumschlag
CHF 34.80
ISBN 978-3-7245-1698-9

Dani von Wattenwyl: **Die Patriotenlüge**

Mit der kontinuierlichen Schwächung des Schweizer Bankgeheimnisses blicken internationale Verbrechersyndikate zunehmend nervöser auf die Schweiz. Sie fürchten um ihre in der Schweiz versteckten Vermögen. Allen voran die kalabresische Mafia 'Ndrangheta, die die Schweizer Banken besonders häufig für ihre Geldwäsche missbrauchte. Sie verstärkt den Druck auf die Schweiz, was auch der italienischen Anti-Mafia-Einheit DIA nicht entgangen ist. In enger Zusammenarbeit mit der Elite-Abteilung PRIOS des Schweizer Geheimdienstes wollen sie dagegen vorgehen. Letztere beschliesst, einen Spitzel in die Mafia einzuschleusen, um deren Pläne zu durchkreuzen. Die Wahl fällt auf Denis Benz. Als er merkt, dass sich die 'Ndrangheta geschickt die Dienste einer rechtsradikalen Loge zunutze macht, gerät die Lage total ausser Kontrolle.

624 Seiten, gebunden mit Schutzumschlag
CHF 34.80
ISBN 978-3-7245-1792-4